MAIRI CARLSSON

DER PAKT VON BABYLON

VERBANNT

ZUR AUTORIN

Mairi Carlsson wandelt zwischen den Welten – als Schöpferin des Imagiya-Universums erschafft sie tagsüber düstere Fantasy und nachts recherchiert sie unheimliche Phänomene, die sie in ihrem Mystery-Blog dokumentiert. Mit einem erfolgreich abgeschlossenen Studium der Ägyptologie und Altorientalistik im Gepäck (echte Geisterbegegnung inklusive), verleiht sie ihren Fantasy-Romanen eine fundierte historische Tiefe. Ihre späteren Jahre als E-Commerce-Managerin dienten lediglich als cleveres Ablenkungsmanöver, um ungestört das Imagiya-Universum erforschen zu können. Nach »Zeitläufer: Der Verborgene Raum« und »Requiem für einen Reaper« schreibt sie fleißig an ihrer Urban-Fantasy-Serie »Der Pakt von Babylon«, während sie zugleich ihren Perserkater davon überzeugen muss, dass Manuskriptseiten kein Spielzeug sind. Wenn sie nicht gerade durch mystische Welten streift, trinkt sie zu viel Kaffee in ihrer zeitweiligen Wahlheimat Hamburg und sammelt Legenden, die niemand glauben will. Besucher ihres Blogs schwören, dass sie gelegentlich Madame Mercer zitiert, eine weise Kräuterfrau, die möglicherweise gar nicht existiert ... oder doch?

Mehr zu ihr unter www.mairicarlsson.de

DER PAKT VON BABYLON

VERBANNT

MAIRI CARLSSON

Dark Urban Fantasy

1. Auflage
Copyright © 2025 Mairi Carlsson
www.mairicarlsson.de

Lektorat, Satz & Covergestaltung: Heike Schreiber, Text-In-Line
www.text-in-line.de

Bildmotive: Pexels, Pixabay, Creative Fabrica, Midjourney AI (Textprompts
Heike Schreiber)

Verlag: BoD · Books on Demand GmbH, Überseering 33, 22297 Hamburg,
bod@bod.de
Druck: Libri Plureos GmbH, Friedensallee 273, 22763 Hamburg

ISBN: 978-3-7693-2267-5
Taschenbuch

Bibliografische Information der Deutschen Nationalbibliothek: Die Deutsche
Nationalbibliothek verzeichnet diese Publikation in der Deutschen
Nationalbibliografie; detaillierte bibliografische Daten sind im Internet über
dnb.dnb.de abrufbar.

Die automatisierte Analyse des Werkes, um daraus Informationen
insbesondere über Muster, Trends und Korrelationen gemäß §44b UrhG
(„Text und Data Mining") zu gewinnen, ist untersagt.

Für alle,

die schon immer wussten, dass der Schatten in der Ecke ihres Zimmers mehr als nur ein Schatten ist.

AUS DEM BUCH DER
SCHATTEN

Es heißt, der Aura Noctis wurde aus den Feuern des untergehenden Atlantis geboren. In seinem Innern fließt Sternenlicht, und sein Leuchten durchdringt alle sechs Sphären der Wirklichkeit. Er ist das Vermächtnis der Unvergänglichen an die Menschheit.
Wer sein Wesen versteht, spendet Lebenskraft, wer ihn beherrscht, zerstört Welten.

Auszug aus dem »Buch der Schatten«, niedergeschrieben von Alysande, 12. Hohepriesterin der Schwestern von Avalon, Anno Domini 1374.

IM ZWIELICHT

Die Königin der Schatten schöpft eine Handvoll Wasser und lässt es von ihren Fingern zurück in den Brunnen perlen. Die Tropfen bilden Kreise auf der Wasseroberfläche, einer springt zurück nach oben. Auf ihr geflüstertes Wort hin erstarrt der Tropfen mitten in der Luft. In seinem Innern schimmert der Splitter eines Kristalls.

»Hörst du seine Klage, Hohepriesterin?«, fragt die Königin. Ihre Stimme ist samtig wie die Dunkelheit, die sie umhüllt. »Ein Splitter aus dem Herzen des Seelenwahrers. Er wartet darauf, neu geformt zu werden.«

Die Hohepriesterin streckt eine zitternde Hand danach aus, wagt aber nicht, den Tropfen und seinen kostbaren Inhalt zu berühren.

Schattenherz. Sie hat es schon immer geahnt: Anders als die Schriften behaupten, ist es nicht vollständig erloschen. So viel Kraft, so viel Unheil und so viel Hoffnung schwingt in diesem Begriff durch die Zeiten. Ein Echo, das aus der Zukunft zu ihr zurückhallt.

Die Königin der Schatten durchdringt sie mit einem Blick, in dem Finsternis und Licht einen zeitlosen Kampf ausfechten. »Das Herz braucht einen Körper, der Körper braucht eine Seele. Du kannst der Seele den Weg öffnen. Erfülle das Versprechen, das der alte Seelenwahrer brach, und es sei dein.«

Die Hohepriesterin verspricht es. Sie kennt die Gefahr, weiß um die Konsequenzen. Mit den Mächten des Zwielichts spielt man nicht, denn ihre Herrscherin kennt keine Gnade.

Es heißt, dass Schatten anstelle von Blut durch die Adern der Königin fließen. Ihr Haar ist aus Mondlicht geflochten und fällt wie ein silberner Wasserfall über ihren Rücken. Ein Reif, in dem das Licht sterbender Sterne gefangen ist, umschließt ihre Stirn. Zwei gewundene Hörner krönen ihr Haupt. In ihrem Brunnen soll sie die Ewigkeit sehen können. Und in die Herzen der Menschen.

»Lange habe ich auf die Rückkehr meiner Kinder gewartet«, sagt die Königin der Schatten und erhebt sich mit einer fließenden Bewegung vom Brunnenrand. Im Zwielicht gleitet sie an der Hohepriesterin vorbei und flüstert dabei in ihr Ohr: »Erweise dich meiner Gabe als würdig, Schwester von Avalon.«

Mit zitternden Fingern berührt die Hohepriesterin den Tropfen. Sie hat keine Wahl. Der Tropfen verglüht, der Splitter sinkt in ihre Handfläche. Farben strahlen auf, leuchtender als ein Regenbogen, und verleihen den Schatten um sie herum neues Leben.

Die Schatten flüstern, als sie ihre Königin lächeln sehen.

KAPITEL 1

SOLON

Der Nebel hat mich aufgespürt. Wieder einmal. Wie ein lautloses Raubtier schleicht er über die ungeschützten Ausläufer der Salzsteppe, gierig, hungrig nach seiner Beute. Mir bleiben nur wenige Herzschläge. Mit einem Hechtsprung rette ich mich ins Innere der Höhle, keinen Augenblick zu früh. Eine dichte, weißliche Wolke verschluckt den Eingang, ihre Schwaden tasten nach mir wie gespenstische Finger. Wäre ich vor lauter Müdigkeit nicht über diese verdammte Wurzel gestolpert und rechtzeitig aufgeschreckt, hätte er mich erwischt. Und das wäre es dann gewesen. Für immer und ewig.

Schwer atmend weiche ich vor den Nebelschwaden zurück und lasse mich an der Wand zu Boden gleiten.

Das einzig Lebendige im Nirgendwann ist das Nirgendwann selbst, hat der Schattenmar einmal zu mir gesagt. Ich bin geneigt, ihm zuzustimmen. Dieses Mal ist es verdammt knapp gewesen. Je länger meine Gefangenschaft andauert, desto unachtsamer werde ich. Oder das Nirgendwann wird geschickter darin, meine Fluchtversuche vorauszuahnen. Der Nebel tötet nicht, o nein, er ist viel hinterhältiger. Er bringt das Vergessen. Sie nennen ihn den Odem des Nirgendwann. Den Atem einer toten Welt. Welche Ironie.

Ich habe keine Ahnung, wie lange ich nutzlos herumsitze, aber da der Odem keine Anstalten macht, sich zu verziehen, beschließe ich, meinen Zufluchtsort näher zu erkunden. Mit etwas Glück vergisst das Nirgendwann meine Anwesenheit, und in zehn Jahren oder hundert kann ich meinen Weg fortsetzen.

Der Nebelschein verbreitet genug Licht, dass ich die Konturen des Gesteins erkennen kann. In der Tiefe der Höhle weckt ein merkwürdiges Glitzern meine Aufmerksamkeit. Vielleicht sind es nur ein paar Quarzsplitter, vielleicht ist es aber auch ein zweiter Ausgang, der mich am Odem vorbeiführen kann.

Geröll knirscht unter meinen Schuhen, während ich mich vorsichtig an der Wand entlangtaste. Sie fühlt sich feucht und klebrig an, aber ich wage nicht, den Kontakt aufzugeben, nur für den Fall, dass sich plötzlich ein Schlammloch unter meinen Füßen auftut oder eine Sandlaus an mir Geschmack findet. Es wäre nicht das erste Mal.

Je tiefer ich vordringe, desto unangenehmer wird die Luft. Ein scharfer, fast beißender Geruch kitzelt mich in der Nase. Er erinnert mich an Williams Atelier. Dicht neben mir huscht ein Schatten vorbei. Jemand stößt einen Fluch aus, gefolgt von einem metallischen Klappern. Ich bleibe stehen. Mit Sinnen, die ich schon seit langer Zeit nicht mehr benutzt habe, lausche ich in das Halbdunkel. Nichts. Es ist totenstill, abgesehen von meinem eigenen unruhigen Herzschlag. Draußen tobt der Odem lautlos wie ein Grab. Er muss meinen Geist mehr verwirrt haben als gedacht.

Es passiert mir immer häufiger, dass ich seltsame Visionen erlebe.

Mit einem mulmigen Gefühl in der Magengegend setze ich meinen Weg fort. Bisher war der Höhlengang ebenerdig und so schmal, dass ich mit ausgestreckten Händen die Wände zu meinen Seiten berühren konnte. Doch nach einer scharfen Biegung fällt er plötzlich steil ab. Vor mir öffnet sich ein steinernes Halbrund, das ein antikes Theater hätte sein können. Zerklüftete Felswände mit meterdicken Vorsprüngen erweitern sich ringsum in einem schrägen Winkel nach oben. Der Boden dagegen sieht so glatt poliert aus, als wäre er von Menschenhand gemeißelt worden. Sein Ebenmaß wird nur von einigen Steintrümmern verunziert, die aus der Felsdecke herausgebrochen sein müssen. Sie wirken auf mich wie steinerne Statisten in einem vergessenen Theaterstück.

Ein unruhiges Licht flackert am Ende der Höhle, als ob jemand eine Fackel angezündet hätte, doch nirgends kann ich ein Loch oder gar eine Öffnung erkennen, die auf einen Ausgang hinweist. Ich wage mich einen Schritt nach vorn, als das Geröll plötzlich unter mir nachgibt, als hätte es nur darauf gewartet, dass ich weitergehe. Ich verliere den Kontakt zur Wand und stolpere mit wild rudernden Armen mehrere Meter nach vorn. Mit einem eleganten letzten Hüpfer lande ich auf Händen und Knien inmitten des Steintheaters, als wäre das der finale Akt einer geheimnisvollen Inszenierung.

Toller Auftritt, Solon!

Zum Glück hat mich niemand gesehen. Ich richte mich auf und klopfe mir den Staub von der Hose.

›Ein Gast!‹, krächzt keine Sekunde später eine Stimme in meinem Kopf. ›Welch unerwartetes Vergnügen!‹

So viel dazu.

Langsam drehe ich mich um. Eine Eisharpyie kauert mit ausgebreiteten Flügeln über mir auf einem Felsvorsprung. Sie sieht beinahe hübsch aus mit ihrem blauen Federkleid, in dem Eiskristalle glitzern. Aufgerichtet gleicht sie einer zu groß geratenen Menschenfrau. Sehnen und Muskeln wölben sich dicht unter ihren schillernden Federn. Heller Flaum bedeckt ein puppenhaftes Gesicht; rote Augen glühen darin. Die weiße Federmähne um ihren Kopf lässt sie elegant und trotz ihrer Größe fast zerbrechlich wirken. Wenn da nur ihre Krallen nicht wären.

»Ganz meinerseits.« Ich zupfe meine Hemdsärmel zurecht und taste dabei unauffällig nach dem Granitsplitter in meiner Jackentasche.

Die Eisharpyie antwortet mit einem Laut, der meine Ohren zum Klingeln bringt. Fast hätte ich vergessen, dass die Biester nur telepathisch kommunizieren können. Ihre Lippen, voll und rot wie reife Kirschen, aber unfähig Worte zu formen, verziehen sich und geben den Blick auf spitze Zähne frei. Mit einem tigergleichen Sprung landet sie zwei Meter entfernt von mir im Halbrund. Ich widerstehe dem Impuls, vor ihr zurückzuweichen. Ihre Mähne fließt über ihren Rücken und bildet einen dichten Bausch aus flaumigen, seidenweichen Federn, um den sie ein Pfau beneiden würde.

Sie legt den Kopf schräg. ›Du bist der, den sie den Weltengänger nennen.‹

Die Worte kitzeln mich unangenehm hinter der Stirn. Wie mag ich ihr wohl erscheinen? Äußerlich kaum mehr als ein Mensch, ein Mann mit ungewöhnlichen Augen, in zerschlissenen Kleidern, vor Staub und Schmutz starrend und schwach? Ich habe schon seit Ewigkeiten nicht mehr in einen Spiegel geblickt.

›Du hast von mir gehört‹, antworte ich ihr in Gedanken, indem ich meinen Geist gerade weit genug öffne, um meine Worte in Bilder und Emotionen zu hüllen. Ich weiß nicht, wann ich mich das letzte Mal auf diese Weise unterhalten habe. Meine Gedankenstimme ist genauso rau, wie die Stimme meines physischen Körpers nach monatelangem Schweigen wäre.

›Schon unseren Küken erzählen wir Schauergeschichten von dir.‹ Sie mustert mich von oben bis unten. ›Magier ohne Magie. Du bist Opfer deines eigenen Fluchs geworden.‹ Ihre Gedankenstimme, gurrend wie eine Taube hinter meiner Stirn, klingt höhnisch.

Die Eisharpyie zwirbelt mit der Klaue eine Haarsträhne neben ihrem Ohr. Ohrloch. Was mich daran erinnert, dass ich ihr in dieser Höhle wehrlos ausgeliefert bin. Meine letzte Waffe habe ich bei einer unbedachten Wette an den Schattenmar verloren.

Ich bewege mich ein paar Schritte zur Seite, damit ich die Felswand im Rücken habe.

›Die Wahrheit kann sich nicht immer mit der Legende messen‹, antworte ich ihr mit einem Achselzucken. ›Du hast nicht zufällig vorhin einen Schatten gesehen? Oder Stimmen gehört?‹

Erneut stößt sie diesen kreischenden Laut aus, der wohl ein Lachen sein soll. ›Das Nirgendwann hat deine Sinne verwirrt, Weltengänger. Du klingst wie ein Gargoyle. Die hören auch Stimmen, wo keine sind.‹

Eisharpyien mögen nicht die geselligsten Bewohner des Nirgendwann sein, aber sie sind äußerst gut informiert. Nur weil sie stumm sind, bedeutet das nicht, dass sie auch dumm sind. Tatsächlich lauschen sie aufmerksamer als andere, da sie nicht nur telepathisch kommunizieren, sondern auch die Gedanken von Wesen aufschnappen können, die nicht gelernt haben, ihren Geist nach außen hin abzuschirmen.

›Ist das nicht der Grund, warum du hier bist?‹ Sie macht einen Schritt auf mich zu, ich weiche ein Stück zurück. ›Weltengänger?‹

Das Miststück hat sich in meine Gedanken geschlichen. Habe ich in der Verbannung derart gelitten, dass eine niedere Kreatur wie die Eisharpyie so mühelos in meinen Geist eindringen kann, als wäre er ein offenes Buch? Die kleinste Schwäche, die ich zeige, könnte mein Ende bedeuten. Im Gegensatz zu ihr besitze ich nur meine Hände und einen scharfkantigen Granitsplitter, um mich zu verteidigen. Meine Zírkräfte sind im Nirgendwann wirkungslos. Mit ihrem menschenähnlichen Oberkörper, den muskulösen Beinen, die an einen Strauß erinnern, und den schmalen, federbedeckten Flügeln, die sich zwischen Ellbogen und Hüfte spannen, ist die Eisharpyie nicht nur drei

Köpfe größer, sondern auch doppelt so stark wie ich. Wenn sie mich angreift, muss ich mir etwas einfallen lassen. Die Höhle bietet keinerlei Fluchtmöglichkeit, denn draußen lauert der Odem auf mich.

›Wie du so trefflich bemerkt hast, bin ich hier nichts weiter als ein Mann ohne Magie. Ein Gefangener an diesem Ort, genau wie du. Und ich besitze nicht die scharfen Augen und Ohren der stolzen Eiskriegerinnen.‹ Ein wenig Schmeichelei hat noch bei keiner Verhandlung geschadet. In meinem Geist lasse ich sie das Bild ihrer freien Schwestern sehen, die einst in Palästen aus Eis und Diamanten über die eisigen Frostwüsten jenseits der Feenreiche geherrscht haben. ›Ist Freiheit nicht das, was du dir am meisten wünschst? Ich kann dir dazu verhelfen.‹

Sie umkreist mich hungrig, von links nach rechts und wieder zurück. Ich halte die Felswand in meinem Rücken.

›Wir fürchten weder das Nirgendwann noch den Odem, der es umgibt. Und noch weniger fürchten wir dich.‹ Ihre roten Augen leuchten auf, als sie einen weiteren Meter auf mich zuspringt. Ich stolpere zurück, bis ich die Felswand in meinem Rücken spüre. ›Jenseits der Tanzenden Berge wirst du finden, was du so sehnsüchtig suchst.‹

Das Biest spielt mit mir. Ich habe das gesamte Nirgendwann nach einem Fluchtweg durchstreift, jede Holzansammlung, die sich Wald schimpft, jede Wüste, jeden Berg. Jeden verdammten Ort, bis auf einen. Das Nirgendwann ist endlos, ein Labyrinth, in dem man sich verlieren kann. Ganz gleich, welche Richtung man einschlägt, entweder landet man dort, von wo aus man aufgebrochen ist, oder man fällt dem Odem zum Opfer. Er verschlingt alles, sogar die Erinnerung. Die Sehnsucht nach Freiheit ist das Einzige, was mich antreibt. Doch jedes Mal, wenn der Nebel sich anschleicht, bringt sie mich an den Rand des Vergessens. Meine Route hat mich immer näher an die Tanzenden Berge herangeführt, aber mich dort blicken zu lassen, käme einem Todesurteil gleich – und das weiß die

Eisharpyie genau. Genauso gut könnte ich mich selbst in den Odem werfen. Etwas, das sie zweifellos mit mir vorhat, wenn ich das Funkeln in ihren Augen richtig deute.

Habe ich eine Wahl? Vielleicht war die Stimme, die ich vorhin gehört habe, keine Narretei des Nirgendwann, sondern ein Zeichen, dass ich auf dem richtigen Weg bin. Eisharpyien sind hinterhältige Kreaturen, aber sie lügen nicht. Niemals.

›Dann ist es wahr? Dort existiert Zeit?‹

Sie lacht wieder. ›Deine Verzweiflung riecht köstlich. Aber die Antwort darauf wirst du selbst finden müssen. Solange du schneller bist als ich.‹

Mit ausgestreckten Klauen springt sie auf mich zu, ihre Mähne wallt wie ein Schleier hinter ihr her. In ihren Augen leuchtet die blanke Mordlust. Ein Kratzer von ihr reicht aus, um mein Blut zu Eis erstarren zu lassen. Wortwörtlich. Ihre Krallen sind eine unschätzbar wertvolle Waffe im Nirgendwann, wo nichts endgültig ist. Nicht einmal der Tod.

Ich springe zur Seite und werfe mich im selben Moment zu Boden. Ihre Größe ist zugleich ihre Schwäche. Ihr muskulöser Körper ist für weite Ebenen aus Eis und Schnee geschaffen. Auf dem steinigen Felsboden bewegt sie sich ungeschickt. Ein Tritt von hinten in ihre Kniekehlen lässt sie wanken, ein zweiter gegen die Knöchel bringt sie zu Fall. Ich packe einen Felsbrocken mit beiden Händen. Sie rollt sich auf den Rücken, doch bevor sie sich aufrichten kann, schmettere ich den Stein auf ihren Schädel. Blut spritzt aus ihren Nüstern in mein Gesicht und besprenkelt ihre weiße Mähne mit roten Flecken. Eine ihrer Krallen hat meinen Hemdsärmel aufgerissen, doch die Haut darunter ist unverletzt. Ich darf nicht zögern. Falls sie geistigen Kontakt zu ihren Schwestern aufgenommen hat, werden sie mich aufspüren.

Die Eisharpyie ist nur halb bei Bewusstsein. Ein heiseres Krächzen entweicht ihrer Kehle. Sie versucht mich zu packen, aber ihre Gliedmaßen sind gelähmt. Ihre Finger, vier an jeder Hand, dünn und sehnig, zucken krampfartig. Die Krallen, die daraus hervorwachsen, sind gebogen wie Sicheln und größer als meine Handfläche.

Ich packe die Eisharpyie an ihrer Mähne und schleife sie über den Boden zur Wand, wo ich ihren Hinterkopf so oft gegen den Felsen schlage, bis sie sich nicht mehr bewegt. Erst dann widme ich mich ihren Klauen. Mit dem Granitsplitter, den ich als Ersatz von Waffe und Werkzeug bei mir trage, schneide ich das oberste Glied ihres Fingers ab. Es ist eine eklige, schweißtreibende Arbeit. Die Haut ist ledrig und zäh, der Knochen darunter hohl, aber fast so hart wie Stein. Kaum bin ich damit fertig, beginnt sich die Wunde bereits wieder zu schließen. Ich wickle die abgetrennte Kralle in ein Stück Hemdstoff, damit sie nicht mit meiner Haut in Berührung kommt, und verzichte darauf, mir weitere Krallen zu nehmen. Selbst wenn die Eisharpyie ihre Schwestern nicht mehr zu Hilfe rufen konnte – sie sind Rudeltiere und geistig miteinander verbunden. Wenn sie den Kontakt zu ihrer Schwester verlieren, werden sie nach ihr suchen. Mir bleibt daher keine Wahl.

Mein Atem geht keuchend, während ich ihren leblosen Körper durch den Höhlengang hinter mir herziehe. Mehr als einmal rutsche ich auf dem Geröll aus. Der Schweiß läuft mir in Strömen über den Körper, als ich schließlich den Eingang erreiche. Draußen geistert noch immer der Odem umher, aber er ist schwächer geworden. Das milchig-trübe Weiß ist zu einem Schleier verblasst, durch den ich die Konturen der kargen Landschaft erkennen kann. Der Odem ist mehr als nur eine undurchdringliche Mauer in einem perfekten Gefängnis. Wer in ihn eingeht, dessen gesamte Existenz wird ausgelöscht – jede Erinnerung an ihn, jede Tat, die er begangen hat. Es ist, als hätte es ihn nie gegeben. Er wird vergessen, und mit ihm verschwindet alles, was er in seinem Leben erreicht hat. Ich kann mir kein schlimmeres Schicksal vorstellen.

Die Höhle liegt auf einer flachen Anhöhe. Der Nebel, der langsam abklingt, wabert sanft auf und ab, weiß und gleißend und beinahe wunderschön. Es fühlt sich an, als stünde ich auf dem schwankenden Deck eines Schiffes. Die Bewegung beruhigt mich. Fast scheint es, als ob sie mich in einen tiefen Schlaf wiegen will, und für einen kurzen Augenblick erwäge ich, mich dieser Ruhe hinzugeben. Alles vergessen, was geschehen ist. Ist dieser Frieden nicht genau das, was ich mir immer gewünscht habe?

Das Stöhnen der Eisharpyie reißt mich aus dem Bann. Mit klopfendem Herzen weiche ich zurück in die Höhle. Noch einen Schritt, und ich wäre nichts weiter als eine verblassende Erinnerung in den Köpfen jener, die ihren Kindern Geschichten über meine Taten erzählt haben. Weniger als nichts. Das ist das eine Schicksal, das ich nicht akzeptieren kann.

Ich zerre die Eisharpyie vor den Eingang, wobei ich darauf achte, ihren Körper zwischen mir und dem Nebel zu halten, der mit dünnen Fingern nach mir greift. Ich spüre seine Kälte bis in die Knochen, doch diesmal liegt keine Ruhe oder Frieden in seiner Berührung, sondern nur eisige Gier.

Die Augen der Eisharpyie sind zu schmalen Schlitzen geöffnet. Sie erwacht. Vielleicht spürt sie den Odem in ihrem Gesicht und ahnt, was ich vorhabe. Einen Moment lang koste ich ihre Angst aus. Auch sie fürchtet sich davor, vergessen zu werden. Welche Kreatur würde das nicht?

›Ich habe dir die Wahl gelassen‹, sage ich in Gedanken zu ihr und schicke ihr das Bild ihrer alten Heimat, wie ich sie zuletzt gesehen habe: verwüstet von den Fomorenkriegen, die Paläste aus Eis im Feuer geschmolzen wie flüssiges Blei und die weiten Ebenen aus Schnee, Kälte und Diamanten verwandelt in einen leeren, grauen Ozean, in dem das Blut ihrer getöteten Schwestern fließt. ›Du hättest mich mehr fürchten sollen als dein Gefängnis.‹

Ich versetze ihrem Körper einen Stoß.

Ein zischender Laut entweicht ihren Lippen, als sie von der Anhöhe stürzt. Ein Hügel nur, und doch scheint der Fall endlos zu sein. Wolkenwellen schlagen über ihr zusammen. Der Odem verschluckt ihren Körper in einem blendenden Weiß, still und endgültig wie ein Grab. Eine einsame blaue Feder schwebt durch die Luft und landet zu meinen Füßen. Ich hebe sie auf. Sie und die Kralle – das ist alles, was von der Eisharpyie bleibt.

Ich weiß nicht, ob es Gnade oder Grausamkeit ist, aber so wird sie nicht ganz vergessen sein.

›Wenn es dir ein Trost ist ...‹, sage ich in Gedanken zu ihr, während ich mich vom Odem abwende, bevor er erneut nach meinem Geist greifen kann, ›... ich werde einen Ausweg finden. Und dann werde ich die Erinnerung an dich mit mir in die Freiheit tragen.‹

KAPITEL 2

ADAM

Die Kralle des Gargoyles bereitete ihm Schwierigkeiten. Ihre Proportionen waren zu zart im Vergleich zum mächtigen Körper des Monsters. Mit ausgebreiteten Flügeln stand es bereit, sich von den Ruinen des Turms in die Lüfte zu erheben. Sein goldfarbenes Auge leuchtete vor dem Dunkel des verfallenen Bauwerks, eine Warnung an unachtsame Wanderer, sich ihm nicht zu nähern, denn das Monster war hungrig. Seine Brüder kreisten hoch über ihm auf der Jagd nach Beute, jedoch waren sie kaum mehr als Schatten vor dunklen Wolkenmassen.

Adam korrigierte die Ausrichtung des Projektors um winzige Millimeter, aber das Ungleichgewicht blieb bestehen. Der Einfallswinkel des Lichts entsprach genau seinen Berechnungen und der Abstand der halbtransparenten Spiegelflächen zwischen den Projektoren stimmte ebenfalls. Er musste wohl oder übel seine Computergrafik überprüfen und gegebenenfalls die Kralle neu skalieren.

Auf dem Bildschirm sah das Arrangement perfekt aus, doch sobald er das dreidimensionale Hologramm aktivierte, wurden die kleinsten Makel sichtbar. Davon abgesehen war die Holografie bei weitem sein bestes Werk. Die technologische Ausrüstung, die Stella Fortune ihm zur Verfügung gestellt hatte, übertraf sogar die Ausstattung seiner Universität, ganz zu schweigen von den Programmen, die er sich für sein privates Computernetzwerk leisten konnte. Zudem wurde er für diesen Job gut bezahlt. Grund genug für ihn, sich in einem prunkvollen Kirchenschiff in gut vier Metern Höhe auf ein wackliges Gerüst zu schwingen, als wäre er Michelangelo unter der Kuppel der Sixtinischen Kapelle. Zu dumm, dass er nicht schwindelfrei war.

Adam probierte eine neue Einstellung für die Lichtstärke, um den Schatten der Gargoylekralle zu vergrößern und die Übergänge zu mildern. Das spröde Gestein splitterte unter der riesigen Klaue, die mit lederartigen Hornschuppen bedeckt war, ähnlich wie bei einem Greifvogel. Beinahe konnte er das Bersten und Knirschen hören, als die Krallen sich tiefer in das Gestein bohrten. Jede einzelne Kralle war dicker als seine fünf Finger zusammen. Dort, wo die anderen Gargoyles in der Luft schwebten, herrschte ein fahles Licht, aber ihre Konturen kamen nicht recht zur Geltung. Egal wie oft er die Form der Berge und Felsen im Hintergrund veränderte, die Beleuchtung in der Kirche beeinflusste den Kontrast. Das musste er dringend optimieren. Abgesehen davon konnte er mehr als zufrieden mit seiner Arbeit sein. Selbst der Albtraum von letzter Nacht, in dem ihn eines der Monster gejagt hatte, konnte nicht mit der Detailtreue seiner Holografie mithalten. Zu schade, dass er sie nicht für seine Semesterarbeit verwenden konnte.

Stella Fortune hatte Adam aufgetragen, das Hologramm düster und bedrohlich wirken zu lassen, um dem Betrachter einen Schauer über den Rücken zu jagen. »Licht & Schatten« lautete das Motto der diesjährigen Fortune Fashion Show.

»Es gibt keine Gargoyles mehr in London«, hatte Stella nach dem Sichten seiner ersten Entwürfe gesagt, als würde sie über real existierende Wesen sprechen. Dann hatte sie ihm auf ihrem Tablet Bilder von Notre-Dame de Paris gezeigt, wo Dutzende der steinernen Monster die Fassade schmückten. »Aber ich bin froh, wenn wir ein bisschen von ihrem alten Glanz und Gloria in unsere Stadt zurückholen.«

Man hatte ihm ein Gerüst mit drei Etagen errichtet, damit er alle Projektoren erreichen konnte. Ein Team von Technikern, Handwerkern und Beleuchtern hatte ihm bei den notwendigen Messungen und der Installation der Hardware geholfen. Adam vermied es, nach unten zu sehen. Er stand auf dem mittleren Brett des schmalen Gerüsts, auf Höhe der von Arkaden gesäumten Empore, die um den Chor herumführte. Die roh behauenen Säulen und Pfeiler von St Bartholomew-the-Great wirkten aus der Nähe noch massiver als vom Boden aus, waren aber gleichzeitig zu glatt poliert, um sich daran festhalten zu können. Wenn er abstürzte, würde er entweder von den mannshohen Kerzenständern oder dem silbernen Kreuz auf dem Altar aufgespießt. Wie hatten es die Künstler der Renaissance damals nur geschafft, die Wände und Decken der Paläste und Kathedralen zu bemalen? Er selbst wäre vermutlich vor Höhenangst gestorben.

Ein leiser Pfiff lenkte seine Aufmerksamkeit nach unten. Colin Rhodes stand zwischen den vorderen Stuhlreihen am Ende des Mittelgangs, der zum Altar führte, und musterte mit schräg gelegtem Kopf die Lichtpartikel, aus denen sich Adams Monster formten.

»Na also«, rief er zu ihm herauf. »Wer hatte letzte Woche Panik, dass das Hologramm nicht rechtzeitig fertig wird? Jetzt schau dir dieses Monsterwerk an!« Colins kräftige Gestalt bewegte sich im Takt einer nur für ihn hörbaren Melodie. Er war der Sänger von Enter Horizon. Die Band sollte für die musikalische Live-Untermalung der Modeshow sorgen. Musik von einer Playlist war Stella Fortune nicht gut genug.

Mit einem Achselzucken deutete Adam auf den dampfenden Plastikbecher, den er neben sich auf dem Brett abgestellt hatte.

»Schlaflose Nächte, wie?«, fragte Colin. Sein Lachen dröhnte durch das nahezu leere Kirchenschiff. »Solange du sie nur mit Kaffee kompensierst, brauchst du dir keine Sorgen zu machen.«

Adam lächelte zur Antwort. Unterhaltungen mit dem Sänger verliefen überraschend unkompliziert. Colin störte sich nicht an seiner Stummheit. Er war der Einzige in der Band, der sich die Mühe machte, mit ihm zu sprechen.

Adam schob den Becher zur Seite und setzte sich unbeholfen auf das Brett. Seine Beine baumelten in der Luft. Er umklammerte die Eisenstange über sich und versuchte nicht darüber nachzudenken, was passieren würde, wenn das Gerüst unter seinem Gewicht ins Wanken geriet. Egal wie professionell die Baufirma gearbeitet hatte – Unfälle passierten. Besonders ihm.

St Bartholomew-the-Great war von beeindruckender Größe, und dazu fast 900 Jahre alt. Die Kirche blieb wöchentlich zwei Tage für den Tourismus geschlossen, um ihnen Gelegenheit zu geben, das kommende Event vorzubereiten. Als Veranstaltungsort war sie selbst ohne Kerzenschein und Gargoyles unheimlich genug. Seit seiner ersten Begehung vor gut drei Wochen litt er unter Albträumen. Zum Glück würde der Spuk bald vorbei sein. Bis heute verstand er nicht, wieso Stella Fortune ausgerechnet ihn, einen unbekannten Studenten, ausgewählt hatte, um das Ambiente zu gestalten. Es gab Hunderte von Künstlern in London, die sich ein Bein ausgerissen hätten, um an seiner Stelle zu sein. Namhafte Technologie-Firmen hätten Software-Entwickler mit jahrelanger Erfahrung und modernstes Equipment bereitstellen können. Am Geld konnte es nicht liegen. Davon besaß ein Unternehmen wie Fortunes genug.

»Kein anderer ist originell genug«, hatte Stella ihm auf

seine Frage diesbezüglich geantwortet. »Wer unsichtbare Fischmonster in einem Meer jenseits der Wirklichkeit entwirft, der hat eine Chance verdient.« Sie hatte das betreffende Hologramm in einer Galerie entdeckt. Es handelte sich um eine vergleichsweise einfache Projektion und war das einzige Werk, das er jemals offiziell ausgestellt hatte (abgesehen vom Porträt seiner Großmutter in deren Salon, das rückblickend betrachtet eine auffällige Ähnlichkeit mit seinem Gargoyle aufwies).

Allerdings hatte sie im gleichen Atemzug betont, dass sie keine Skrupel hatte, seine künftigen Karrierechancen zu ruinieren – egal in welchem Metier –, wenn er es nicht schaffte, innerhalb von vier Wochen das Arrangement für die Show fertigzustellen. Stella Fortune besaß den nötigen Einfluss, um ihre Drohung wahr werden zu lassen.

»Sei froh, dass es für dich nur ein Arbeitsauftrag ist.«

Colin ließ sich auf einen der Holzstühle fallen, die das Kirchenschiff säumten, und legte die Füße auf die Lehnen der Sitzreihe vor ihm. Selbst im Sitzen war er beeindruckend groß. Das kurz geschorene Haar, ein schwarzer Ohrring und der Drei-Tage-Bart verliehen ihm ein verwegenes Aussehen. Eine tätowierte Libelle dehnte sich über seine linke Halsseite aus, und jedes Mal, wenn er schluckte, schien es, als würde sie mit ihren Flügeln schlagen.

»Wir haben Stella für die Show einen neuen Song versprochen. Ich habe meinen Part fertig, aber mein Brüderchen schiebt Panik wegen der Texte. Ihm fehlen die Worte. Stevie ist ein Perfektionist. Wie du.«

Er lachte wieder.

Adam warf einen Blick auf das Treiben am Boden. Auf den terrakottafarbenen Mosaiken vor dem Altar hatten die restlichen Bandmitglieder ihre Instrumente aufgebaut. Steven stimmte Bass und Gitarre, während Pixie die Drums arrangierte. Ihr platinblonder Schopf tauchte ab und zu wie ein Heiligenschein zwischen den Altarkreuzen auf. Zwischen den beiden Musikern wuselten Techniker hin und her, die mit ihren Gerätschaften scheinbar wenig Rücksicht auf die Mosaiken und Marmorstufen vor dem Altar nahmen. Sie kümmerten sich um die Elektrik und brachten Scheinwerfer zwischen den Säulen der Empore an. Beleuchtung und Akustik waren das A und O für Stella Fortunes Show. Darum probte die Band heute live vor Ort.

Adam deutete auf das Equipment, dann umfasste er mit einer Armbewegung das Kirchenschiff. Enter Horizon galten als Geheimtipp in der Musikszene, besaßen aber eine rasant wachsende Fangemeinde auf YouTube. Ihre seltenen Konzerte in London fanden in Underground-Clubs statt und waren regelmäßig ausverkauft. Er dagegen besaß nicht einmal einen Instagram-Account.

Colin kniff ein Auge zusammen und starrte fragend zu ihm hoch. »Ob wir so was öfter machen, willst du wissen?« Er zuckte die Schultern. »Das hier ist nicht unser übliches Publikum, aber es ist eine Chance. Stella Fortune kennt eine Menge Leute. Wenn dabei ein Plattenvertrag herausspringt, würde ich sogar nackt vor den Royals tanzen.« Er zündete sich eine Zigarette an und deutete mit einer ausladenden Geste in Richtung des Chors, der inzwischen eher wie eine Showbühne aussah. »Sieh uns an. Zwei durchgeknallte schottische Brüder, die als Teenager die Schaufensterscheiben in unserem Dorf mit Graffiti besprüht und für ein Publikum aus Schafen und Rindern in den Highlands Songs von Nirvana und Oasis gecovert haben. Hat fast ein Jahrzehnt gedauert, bis man auf uns aufmerksam wurde. Jedes einzelne Jahr davon war die Plackerei verdammt noch mal wert.«

Adam tippte sich mit zwei Fingern an die Stirn.

»Hast recht, ich bin verdammt stolz darauf! Aber Ruhm und Ehre ist nicht das, was dich zu dem Job bewogen hat, oder, mein Freund? Du bist eher der schweigsame Typ. Wortkarg, aber zielstrebig. Ich denke da an eine gewisse wunderhübsche Persönliche Assistentin ...«

Adam tunkte das schmale Holzstäbchen, das ihm als

Löffel diente, in seinen Cappuccino und rührte verlegen darin herum. War das so offensichtlich? Wenn man als Künstler erfolgreich sein wollte, musste man vermutlich wie Colin sein: an sich glauben und all seine Leidenschaft und Energie diesem einen Ziel opfern. Und sich keinen Deut um Konventionen und Regeln scheren. Adam hielt sich weder für einen Künstler noch für besonders leidenschaftlich. Nur für einen IT-Studenten, der die neuesten Entwicklungen in der Softwaretechnologie kreativ interpretierte. Das waren nicht unbedingt die besten Voraussetzungen, um ein Herz im Sturm zu erobern. Nicht bei der Konkurrenz. Wenn er sich mit Colin verglich, dann hinkte er seinem Ziel mehrere Millionen Lichtjahre hinterher.

Dieser hatte inzwischen die Hände im Nacken verschränkt und summte mit geschlossenen Augen eine Melodie vor sich hin. Die Zigarette hing windschief in seinem Mundwinkel. Sein Bruder spielte die passenden Akkorde dazu auf der Gitarre. Die Klänge waren leise, dennoch hallten sie durch das Kirchenschiff und warfen ein düsteres Echo von den Steinmauern zurück, wie zum Gedenken an die längst verblichenen Mönche, die vor Jahrhunderten mit ebenso düsteren Gesängen auf den Lippen durch diese Hallen gewandelt sein mochten. Das Gerüst unter ihm vibrierte. Für einen Augenblick glaubte Adam, den Luftzug der Schwingen des Gargoyles in seinem Nacken zu spüren. Irritiert drehte er den Kopf herum.

Das goldene Auge des Monsters starrte ihn unverwandt an. Ein Feuer loderte in seinen Tiefen. Die hexadezimalen Farbcodes aus Ocker und Zinnober wirkten genauso lebendig, wie er es erhofft hatte. Fast zu lebendig. Unbehaglich wandte er sich wieder um.

Als Pixie an den Drums ein schnelleres Tempo vorgab, schwang Colin die Füße vom Kirchengestühl.

»Schätze, das ist mein Einsatz«, rief er nach oben.

Adam seufzte innerlich, da die willkommene Pause vorüber war. Anschließend zog er seine Beine zurück auf das

Brett. Das Gerüst wackelte unter seinem Gewicht, was ihn wieder daran erinnerte, dass er nicht schwindelfrei war. Zum Glück standen für heute nur noch einige Feinjustierungen an den Projektoren an, um die Ausleuchtung zu verbessern. Die Größenkorrekturen an der Gargoylekralle konnte er zu Hause am Computer vornehmen.

»Hey, da kommt ja meine Muse«, hörte er Colin von unten rufen, lauter als unbedingt notwendig. »Ivy! Wir haben dich vermisst. Du siehst hinreißend aus. Sind Adams Monster cool oder was?«

»Bist du des Wahnsinns, Colin? Mach sofort die Zigarette aus! Stella bezahlt dich nicht dafür, die Kirche abzufackeln.«

»Schon gut, Schönste der Schönen. Ich will dir ja keinen Ärger machen.«

Colin entsorgte den Zigarettenstummel kurzerhand in einem der eisernen Kerzenständer. Selbst von hier oben konnte Adam sehen, wie Ivy mit den Augen rollte. Sein Herz machte einen Hüpfer. Er hatte nicht zu hoffen gewagt, sie vor der Show noch einmal zu sehen. Als Stella Fortunes Assistentin war sie rund um die Uhr beschäftigt. Letzte Woche hatte sie ihm überraschend einen Coffee to go mitgebracht. Anschließend hatten sie sich fünf Minuten lang unterhalten. Oder besser gesagt, Ivy hatte fünf Minuten lang über die Show gesprochen, bevor ihre Chefin sie wegbeorderte. Fünf Minuten waren längst nicht genug.

»Jetzt sag schon, was hältst du von dem Monster?«, bohrte Colin nach.

»Unheimlich«, sagte Ivy. »Eine recht fantastische Interpretation des Begriffs ›Schatten‹. Und ziemlich genau das, was Stella sich vorgestellt hat. Nur wo bleibt das Licht?«

»Ah, höre ich da eine Spur Ungeduld heraus? Warte, bis du Alyssas Interaktion mit dem Hologramm siehst. Der Junge da oben ist ein Zauberer, sage ich dir. Ich hätte nie gedacht, dass so etwas mit unserer Technik heutzutage schon möglich ist.«

Alyssa war die Primaballerina, die man als Highlight der Show engagiert hatte. Sie würde mit seinem Gargoyle tanzen. Er hatte keine ihrer Proben bisher live gesehen. Das könnte die nächste Herausforderung werden.

Colin wedelte mit den Armen, als wollte er ihn auffordern, sich in das Gespräch einzumischen. Adam hätte sich am liebsten in eine dunkle Nische verzogen. Es war schlimm genug, dass Colin die Konversation für ihn übernehmen musste, aber der Sänger hätte ruhig ein wenig subtiler dabei vorgehen können. Die leise Kritik, die er in Ivys Worten vernommen hatte, machte die Sache auch nicht besser.

Adam setzte sich in Bewegung, um den letzten Projektor einzuschalten. In seiner Hast stieß er dabei mit der Schuhspitze gegen den Kaffeebecher.

Eine Sekunde lang passierte nichts.

Dann machte es Platsch, als heißer Kaffee vier Meter tiefer auf Mosaiksteinchen und Marmorfliesen traf. Und auf etwas Weiches dazwischen. Das Rührstäbchen, das gefährlich nah an den Rand des Brettes gerollt war, zögerte noch einige Sekunden, bevor es dem Pappbecher hinterherfolgte.

Pling.

Das Geräusch war kaum wahrnehmbar, aber in Adams Ohren hallte es wie ein Donnerschlag. Mit beiden Händen umklammerte er die Stangen des Gerüsts und atmete einmal tief durch, bevor er einen Blick nach unten wagte.

Ivy stand da und hatte die Arme zu beiden Seiten ausgebreitet. Sie sah aus wie ein Engel.

In Cappuccinogold.

Es tropfte von den Ärmeln ihrer einstmals weißen Bluse. Es versickerte in ihrem Ausschnitt und klebte in ihrer dunklen Lockenmähne. Ein versteckter Teil in Adams Hirn fand, dass sie mit den Milchschaumtupfern auf ihrer karamellfarbenen Haut wunderschön aussah. Der andere Teil schrie lautlos um Hilfe.

Ivy starrte ihn an. Sie sagte nichts. Blinzelte nicht einmal. Colin stand drei Schritte hinter ihr und krümmte sich vor Lachen. Er trug einen braunen Spritzer auf der Wange. Steven und Pixie hatten aufgehört zu spielen, aber ihre Mienen verrieten nichts, außer vielleicht einen Anflug unterdrückter Erheiterung.

Adam wäre vor Scham am liebsten tief im Boden versunken.

»Hallo, Adam«, sagte Ivy, als sie ihre Sprache wiederfand. »Ich wollte dich fragen, ob du noch Hilfe mit dem Hologramm brauchst. Aber wie ich sehe, hast du die Lage voll im Griff.«

Adam klappte den Mund auf und wieder zu. In der Situation gab es nichts, was er hätte sagen können. Selbst wenn er eine Stimme gehabt hätte.

»Das freut mich zu hören. Dann kann ja nichts mehr schiefgehen.« Ivy drehte sich um und marschierte mit tropfendem, aber erhobenem Haupt davon.

Adams Beine gaben unter ihm nach wie Gummi. Das Schwindelgefühl war wie weggeweht. Sein Herz flatterte so heftig in seiner Brust, dass es wehtat. Aber selbst das war ihm egal. Im Schneidersitz sank er auf das Brett und vergrub das Gesicht in beiden Händen. Colins Gelächter dröhnte ungebremst von den Mauern wider.

KAPITEL 3

SOLON

Ein paar Geistervögel stürzen mit halsbrecherischer Akrobatik durch die Schluchten. Das Bergmassiv erinnert mich an das Wrack eines gigantischen Schiffes. Zerklüftet, mit Narben übersät und voller unerzählter Geschichten. Die Tanzenden Berge. Ihren Namen verdanken sie weder den tiefen Einschnitten noch den beeindruckenden Kaskaden aus Stein, die wie erstarrte Wasserfälle aus den Steilwänden hervorschießen, sondern weil sie immerzu ihre Position ändern. Angeblich. Niemand hat je gesehen, wie sie sich bewegen. Glaubt man den Grünen Wolltrollen vom Anderen Gebirge, dann existieren sie zugleich innerhalb und außerhalb des Nirgendwann, also auch dort, wo die Welt sich dreht. Dadurch ist immer nur ein Ausschnitt von ihnen sichtbar, aber für jeden Beobachter ein anderer. Die Wintersatyrn dagegen sind überzeugt, der Odem verschlucke Teile von ihnen zum Abendessen, um sie unverdaut woanders wieder auszuscheiden.

Mir ist es herzlich egal, was die lokalen Legenden behaupten. Solange ich einen Weg aus dem Nirgendwann finde.

Die Felsen ragen so steil in die Höhe, dass mein Nacken

schmerzt, wenn ich an ihnen hochblicke. Nach links und rechts verlieren sie sich im fahlen Dunst des Horizonts. Risse und Felszacken überziehen die graue Oberfläche zwischen den kilometertiefen Schluchten. Meine Laune sinkt. Nicht zum ersten Mal seit meiner Verbannung wünsche ich mir ein Paar Flügel. Was mache ich hier eigentlich? Ich hätte sämtliche Reste der Eisharpyie, einschließlich Kralle und Feder, in den Odem werfen sollen, dann hätte ich mich nicht mehr an sie erinnert und wäre nie auf die Schnapsidee gekommen, den Tanzenden Bergen einen Besuch abzustatten. Meine Chancen, jenseits dieses Felsmassivs einen Fluchtweg zu finden, sind verschwindend gering. Im Gegenteil, dort lauern neue und unkalkulierbare Gefahren. Aber die Hoffnung ist eine launische Geliebte. Selbst wenn man sie hasst, kann man einfach nicht von ihr lassen.

Ich atme tief durch, dann mache ich mich an den Aufstieg.

Die erste Etappe ist einfach. Das Gemisch aus lockerer Erde, Stein und dürrem Pflanzenwuchs führt auf ein ausladendes Felsplateau, das sich unterhalb der eigentlichen Steilwand erstreckt. Nur selten muss ich beim Klettern meine Hände zu Hilfe nehmen. Dennoch dauert es eine halbe Ewigkeit, bis ich schließlich die breite Felsnase erreiche. An jedem anderen Ort, zu jeder anderen Zeit wäre der Anblick der Landschaft von dieser Höhe aus atemberaubend gewesen. Aber niemals im Nirgendwann. Ich lege eine Pause ein und lasse meinen Blick über die ausgetrocknete Ebene schweifen, die ich tagelang, vielleicht sogar jahrelang, durchquert habe. Die Savanne der Endlosen Fragen. Ich kann mich an keine einzige Frage erinnern. Dahinter erstrecken sich die Trostlosen Hügel, wo ich der Eisharpyie begegnet bin, davor liegt die Salzsteppe, an deren Ausläufern mich der Odem überraschte, und weiter davor die Kargwälder, von wo aus ich aufgebrochen bin. Ein langer, einsamer Weg.

Lediglich meine staubbedeckten, löchrigen Stiefel zeugen von meiner Reise.

Am Himmel sind weder Sonne noch Mond zu sehen. Nur Ödnis, Trostlosigkeit, Nichts. Einen Moment lang wünsche ich mir, ich könnte durch einen dieser Felsen hindurchfallen und auf der anderen Seite wieder auftauchen. Irgendwo, wo ich warme Sonnenstrahlen auf meiner Haut spüren oder das Mondlicht auf der Oberfläche eines glatten Sees schimmern sehen kann. Alles, nur nicht diese gelbstichige Dunstglocke, die über dem Land hängt, so weit das Auge reicht. Die Einsamkeit erdrückt mich. Die einzigen Wesen, die meinen Weg gekreuzt haben, waren Echos – menschliche Seelen, die nach dem Tod ihres physischen Körpers ohne Aussicht auf Erlösung langsam aus der Welt verblassen. Ihre müden, zerlumpten Gestalten waren kaum weniger lebendig als ich. Das Nirgendwann ist ein Sammelbecken für all jene, die nichts mehr zu verlieren haben, nicht einmal mehr ihr Leben.

Wenigstens, sage ich mir, wenigstens hast du ein Ziel.

Mache ich mir selbst etwas vor? Aus dem Nirgendwann ist noch niemand geflohen. Es existiert außerhalb der Gesetze der natürlichen Welt. Doch diesmal ist es anders.

Ein Seelenwahrer ist erwacht.

Seitdem ich begonnen habe, Nachforschungen anzustellen, behauptet jeder, dem ich begegne, die Auswirkungen seiner Magie gespürt zu haben – außer mir natürlich. Das halbe Nirgendwann spricht inzwischen von nichts anderem mehr. Die Lavakrähen hinter den Rosenhügeln haben die Neuigkeiten von den Blisterwargen aus dem Nordmoor, die sie wiederum von den Verrückten Findlingen vernommen haben wollen. Die Wyldfische behaupten sogar, von ihm geträumt zu haben, wie er in ihrem Teich aus Unechtem Morgentau schwamm. Doch keiner von ihnen konnte mir verraten, wo ich ihn finden kann.

Außer der Eisharpyie, und sie hat ihr Wissen mit dem Leben bezahlt.

Hätten die Fimbelwürmer nicht damit begonnen, ein Nest zu bauen, wäre ich vielleicht niemals aufgebrochen. Ein Nest aus Hoffnung, weil ein neuer Seelenwahrer, so sagt man, auch neues Leben bringt. Dazu muss man wissen: Fimbelwürmer sprechen nicht, sondern sie tanzen. Normalerweise tanzen sie nur zu Beginn und zum Ende der Paarungszeit (bevor die Weibchen die Männchen verspeisen), oder wenn eine Kältewelle droht. Beides ist im Nirgendwann nicht möglich. Wer unter den Zweigen eines von Fimbelwürmern bewohnten Kargbaums ruht, braucht sich um Angreifer keine Sorgen machen. Mit ihren langen Saugnäpfen und breiten Mäulern packen sie jeden, den sie nicht leiden können. Bisher habe ich mich immer gut mit ihnen verstanden. Vielleicht, weil ich ihnen in den langen Tagen unserer Gefangenschaft Geschichten aus der alten Heimat erzählte, wo ihre Wälder dunkel und voller Leben waren. Wo die Bäume im Rascheln ihres grünen und goldenen Laubes miteinander flüsterten und gemeinsam mit den Würmern im Wind tanzten.

Vielleicht war es die Müdigkeit, die mich während meiner Verbannung überfiel, oder die Enttäuschung, die sich wie ein rostzerfressener Nagel tiefer und tiefer in mich hineinbohrte. Jedenfalls erzählte ich ihnen diesmal keine Geschichte über das längst vergangene Reich im Wonnewald, sondern wies sie auf das Offensichtliche hin, als sie aufgeregt um mich herumtanzten: Ihr Nest war leer. Und das würde es bleiben, solange sie im verfluchten Nirgendwann feststeckten.

Das Nest war der ganze Stolz der Prinzessin. Ihre Untertanen bauten es für sie in die Krone des höchsten Kargbaums. Zweig für Zweig, Erdklumpen für Erdklumpen und jede Menge Krähendung transportierten sie mit den Saugnäpfen an ihren dicklichen Leibern nach oben, die sich wie Lianen um den Baumstamm wanden. Alles stand bereit, nur der Wurmprinz fehlte.

Mehr habe ich nicht gesagt. Ein leeres Nest, kein Prinz.

Und nirgendwo ein Seelenwahrer. Dabei habe ich es nur gut mit ihnen gemeint. Falsche Hoffnungen helfen niemandem dabei, zu überleben.

»Solon Weltengänger!« Die Prinzessin tanzte meinen Namen sehr energisch – drei Zuckungen nach rechts, eine Windung in die Höhe, eine halbe Verbeugung nach links –, und tippte mir mit einem ihrer Saugnäpfe gegen die Wange. »Deine Weisheit und dein Ruhm eilen dir voraus. Deine Taten hallen selbst von jenseits der Grenzen des Nirgendwann wieder.« Sie verknotete ihren Unterleib und entknotete ihn wieder. »Willst du mein Prinz sein?«

Ich habe abgelehnt. Dankend. Seitdem bin ich auf der Flucht. Es gibt sehr, sehr viele Fimbelwürmer in den Kargwäldern.

Aber bin ich klüger als sie? Vielleicht hat mich die Hoffnung auf Freiheit längst den Verstand gekostet. Hoffnung ist ein trügerisches, ein gefährliches Gefühl. Wenn sie dich einmal gepackt hat, reißt sie dich in den Abgrund.

»Du bist ein Narr«, höre ich die Stimme des Schattenmars in meinem inneren Ohr, »dich an ein Gerücht zu klammern wie ein Ertrinkender an ein morsches Stück Holz. Williams Gebeine sind längst zu Staub zerfallen. Und sein Herz mit ihm.«

Er hat ja recht. Ohne mich kann es keinen Seelenwahrer geben. Nicht ohne einen elementaren Teil von mir. Und dieser existiert nicht mehr.

Ich verbanne die unbequeme Stimme aus meinen Gedanken und mache mich stattdessen wieder an den Aufstieg. Zweifel helfen ebenfalls nicht beim Überleben.

Die nächste Etappe ist die schwierigste: eine massive Steilwand. Die Tanzenden Berge heißen mich nur widerwillig willkommen. Die scharfkantigen Felsen reißen meine Hände auf, während ich an den Vorsprüngen und Rissen emporklettere. Es wäre besser gewesen, einen weiten Bogen um sie zu machen, aber dafür ist es nun zu spät. Nur hier werde ich meine Antworten finden.

Was ich jedoch nicht erwartet habe, ist, dass die rachsüchtigen Eisharpyien mich zuerst finden.

Sie sind schnell. Eine von ihnen nähert sich von hinten, zwei von der Seite. Ihr blaues Gefieder leuchtet fahl im Nirgendlicht, wie zarte Saphirtropfen zwischen Schichten aus unansehnlichem Stein.

Die einzige Fluchtmöglichkeit führt die steile Felswand hinauf. Bei Tiamats Barte! Hätten die Biester mich nicht später angreifen können? Wahrscheinlich wissen sie nicht einmal, warum sie mich jagen. Sie spüren lediglich, dass ich etwas mit dem Verschwinden ihrer Schwester zu tun habe. Ohne ihre telepathischen Fähigkeiten hätten sie die Erinnerung an sie längst verloren. Aber da ich etwas von ihr zurückbehalten habe, ist die Verbindung zwischen ihnen nicht vollständig erloschen.

Mit den Fingern und Fußspitzen taste ich nach Kanten und Felsvorsprüngen, an denen ich mich in die Höhe ziehe. Die Bergkuppe liegt mindestens hundert Meter über mir. Die Jägerinnen sind flink und stark. Sie haben jeden erdenklichen Vorteil auf ihrer Seite. Ohne Ausrüstung und die Möglichkeit, mich auszuruhen und den Untergrund auszuloten, kann jeder Griff mein letzter sein. Ein Sturz aus dieser Höhe gleicht einem Todesurteil, ebenso wie ein gezielter Hieb ihrer giftigen Krallen.

Das scharfkantige Gestein schneidet in meine Handflächen. Meine Arme zittern bereits vor Anstrengung, dabei habe ich noch nicht einmal die Hälfte der Strecke zurückgelegt. Immer wieder prasseln lockere Steine unter meinen Füßen in die Tiefe, doch die Eisharpyien weichen ihnen mit bewundernswerter Leichtigkeit aus. Ich wage einen Blick nach unten, um meinen Vorsprung abzuschätzen. Die glitzernden Eiskristalle in den Federkleidern meiner Jägerinnen verraten mir ihre Position und Geschwindigkeit.

Ich habe ihre Wendigkeit unterschätzt. In der Enge der Höhle war ihre Schwester im Nachteil, doch hier in den Bergen können die Eisharpyien ihre Überlegenheit voll ausspielen. Die dünne, flaumbedeckte Flugmembran zwischen ihren sehnigen Körpern und den kräftigen Armen bläht sich wie ein Segel, während sie den Auftrieb des Windes nutzen, um in einem steilen Zickzackkurs von einem Absatz zum nächsten zu springen. Die Anführerin der Horde ist höchstens noch drei Körperlängen von mir entfernt. Ihre weiße Mähne flattert wie ein Leichentuch hinter ihr her. Hass glitzert in ihren roten Augen, als unsere Blicke sich treffen. Sie weiß genau, wen sie vor sich hat.

Die rettende Anhöhe rückt quälend langsam näher. Nur noch ein Dutzend Meter. Schleier tanzen vor meinen Augen. Die scharfen Krallen meiner Verfolgerinnen wetzen über den Fels, näher und näher. Als ich mein Gewicht verlagere, um in einen Felsspalt nahe der rettenden Kante zu greifen, gibt das Gestein mit einem prasselnden Geräusch unter meinen Füßen nach. Instinktiv klammere ich mich an den Spalt. Ein stechender Schmerz schießt durch mein Schultergelenk. Ich hänge nur noch an einer Hand über dem Abgrund.

Unter mir stoßen die Harpyien ein hohles Jaulen aus. Verdammte Biester! Mit der freien Hand taste ich verzweifelt nach einer Wurzel, die über mir aus dem Gestein ragt. Doch ich verfehle sie um die Breite einer Fingerkuppe. Gerade als ich abrutsche, packt jemand mit stahlhartem Griff mein Handgelenk und zieht mich hoch. Der Ruck bringt mich wieder zur Besinnung. Mein Retter zerrt mich nach oben, bis ein schmaler Vorsprung unter den Füßen mir Halt bietet. Ich klammere mich an einen Felszacken. Mein Herz klopft wild, doch meine Erleichterung währt nur kurz.

»Gian-Sûl«, stoße ich keuchend hervor, kaum in der Lage, meinen Atem zu kontrollieren. »Bist du hier, um dich an meinem Elend zu weiden?«

Der Schattenmar kniet eine Armlänge über mir auf der Bergkuppe. Mit einer Hand umklammert er meine Schulter, damit ich nicht wieder abrutsche, während er sich mit der anderen an einer morschen Baumwurzel festhält.

»Quid pro quo, Solon. Oder anders gesagt: wie du mir, so ich dir. Ich schulde dir noch eine Revanche.«

Die Anführerin der Eisharpyien heult auf. Die Bestien lauern dicht unter mir, in einem Dreieck an der Felswand verteilt. Sie sind bereit zum Sprung, doch das unerwartete Auftauchen des Schattenmars hat sie verunsichert. Ich kann die unausgesprochene Frage in ihren Augen lesen: Ist er Jäger oder Beute?

Ich blicke zurück zu Gian-Sûl. In dessen farblosen Augen glimmt ein boshafter Funke. Vom Regen in die Traufe. Heißt es nicht so schön?

Ich bohre meine Finger tiefer in die Felswand, bis der Schmerz unter meinen Nägeln unerträglich wird. Mein Herz hämmert wild in meiner Brust. Nur noch eine verfluchte Armeslänge weiter, und ich hätte es geschafft.

»Worauf wartest du?«

Ein Kratzen und Knirschen verrät mir, dass die Harpyien sich wieder in Bewegung setzen.

»Gönn mir den kleinen Triumph, mein Freund.« Gian-Sûl drückt beruhigend meine Schulter und beugt sich noch weiter über den Rand, sodass sein langes Haar mein Gesicht kitzelt. Er senkt seine Stimme zu einem Flüstern. »Du weißt, wie sehr ich es genieße, dich leiden zu sehen.«

Ein kleiner Stoß genügt. Das Letzte, was ich höre, als ich in die Tiefe stürze, ist das Siegesgejaule der Harpyien.

KAPITEL 4

ADAM

Nachdem er seine Hände von Schmieröl, klebrigen Kaffeeresten und Metallstaub gereinigt hatte, war das Waschbecken bräunlich verfärbt. Er schrubbte mit Desinfektionsmittel hinterher, aber ein unschöner Rand blieb. Zum Glück war Stella Fortune versichert.

Die Band hatte ihre Sachen vor über einer Stunde zusammengepackt. Die beiden Hochleistungscomputer für sein 3D-Hologramm sowie die transportablen Teile der komplizierten Bühnenbeleuchtungstechnik waren wie jedes Mal von Stella Fortunes Versicherungsagentur abgeholt worden. Adam verstaute seine Feinwerkzeuge in einem Karton, den er in einem klapprigen Spind über einem Wischmop und Haushaltsreinigern lagerte. Als er aus den Waschräumen trat, begrüßte ihn der zugluftige Gang mit gähnender Leere. Von den Handwerkern war nichts mehr zu sehen oder zu hören, aber im Kirchenschiff brannte noch Licht. Somit hatte der alte Verwalter ihn noch nicht eingeschlossen, anders als letzte Woche, wo Adam eine Nachricht an den technischen Notdienst hatte schicken müssen. Trotzdem hatte es zwei Stunden gedauert, bis man ihn aus dem eisigen Gemäuer befreit hatte. Allein die Erinnerung daran ließ ihn schaudern. Bis heute zweifelte er daran, ob seine Fantasie ihm die flüsternden Stimmen und huschenden Schatten nur vorgegaukelt hatte. Seine Albträume hatten in Sachen Lebhaftigkeit daraufhin einen rasanten Sprung nach oben gemacht. Auf eine Wiederholung konnte er verzichten.

Seiner Eile war es zu verdanken, dass er Ivy übersah, die fast ebenso eilig aus einem von zwei Säulen flankierten Seitengang stürmte. Mit einem lautlosen *Umpf!* stolperte er zurück, besaß aber noch die Geistesgegenwart zuzugreifen, bevor Ivy auf ihrem Hosenboden landete. Mit hochrotem Kopf ließ er sie los, nachdem sie beide ihr Gleichgewicht wiedergefunden hatten.

Ivys Haare waren feucht, aber sauber. Nur an der einstmals weißen Bluse, die unter ihrer geöffneten Jacke hervorblitzte, klebten noch eingetrocknete Kaffeereste.

»Dir passieren öfter Missgeschicke, oder?«, fragte sie, während sie den Riemen ihrer Handtasche auf der Schulter zurechtrückte.

Er zuckte mit einem entschuldigenden Lächeln die Schultern und zeigte auf ihre Bluse.

Ivy wickelte sich eine Haarlocke um den Finger und sah ihn fragend an, aber dann lachte sie. »Die Flecken? Mach dir nichts draus. Ich wollte die Bluse sowieso in die Altkleidersammlung geben. Morgen suche ich mir eine neue aus. Es hat auch Vorteile, wenn man für ein Modeunternehmen arbeitet.«

Der Schein einer Wandlampe fing sich in dem zarten Goldkettchen an ihrem Handgelenk und brachte den warmen Ton ihrer Haut zum Leuchten. Nicht zum ersten Mal fiel Adam auf, wie wundervoll alles an ihr zusammenpasste. Er hätte sie zu gern gefragt, ob sie in London aufgewachsen war, wie weit ihre afrikanischen Wurzeln zurückreichten und seit wie vielen Generationen ihre Familie in Großbritannien lebte. Da er selbst aus einer alteingesessenen Familie aus den Staaten stammte, konnte er wenigstens vier verschiedene Nationen in seinem Stammbaum aufzählen. Nicht, dass er sich bisher sehr für Genealogie interessiert hätte.

»Was machst du so spät überhaupt noch hier? Hast du kein Privatleben?« Sie sprach laut, und die Mauern warfen ein zusätzliches Echo zurück. Adam machte sich nicht die Mühe, sie daran zu erinnern, dass er stumm war, nicht taub. Viele Menschen reagierten anfangs so. Aber er mochte Ivys direkte Art. Die meisten Leute redeten zu viel und hörten zu wenig zu. Adam war verdammt gut im Zuhören. Daher lächelte er unverbindlich, zuckte erneut die Schultern und vermied es, ihre Fragen zu beantworten. Stattdessen deutete er auf sie.

»Warum ich noch hier bin? Willkommen in meiner Welt. Freizeit ist ein Fremdwort.« Sie spielte erneut mit ihrer Handtasche. »Selbst schuld. Ich hätte mir auch einen anderen Job nach dem Studium suchen können.«

Ivy war vielleicht ein oder zwei Jahre älter als er. Soweit er wusste, arbeitete sie seit über einem Jahr bei Fortunes. Was hatte er dagegen vorzuweisen? Ein halbfertiges Studium, das noch knapp ein Jahr bis zum Abschluss als Bachelor dauerte – vielleicht sogar zwei Jahre, falls er sich für den Masterabschluss entschied. Dazu ein paar computergenerierte Hologramm-Werke mit fragwürdigen Motiven, sandfarbenes Haar, das dringend einen Friseurbesuch vertragen konnte, und Sommersprossen. Er hasste Sommersprossen. Seine Schwester hatte ihn deswegen seit Kindertagen immer aufgezogen.

Adam berührte ihre Jacke, tat so, als würde er zeichnen, und imitierte dann mit zwei Fingern eine Schere. Schließlich schloss er die Gebärden mit einem in die Luft gemalten Fragezeichen ab.

Ivy nagte einen Moment ratlos an ihrer Unterlippe. Dann erhellte sich ihre Miene. »Warum ich das tue?«

Er nickte.

»Weil es *die* Chance für mich ist.« Ein trauriger Ausdruck schlich sich in ihre dunklen Augen, verschwand jedoch so schnell wieder, dass er sich fragte, ob er ihn sich nur eingebildet hatte. »Selbst wenn es Jahre dauert – eines Tages werde ich mein eigenes Modelabel gründen.«

Sie sagte es mit der gleichen Entschlossenheit, mit der Colin über seine Musik gesprochen hatte. Adam lüftete einen unsichtbaren Hut, bevor er sein Smartphone zückte, sie mit erhobenem Zeigefinger um etwas Geduld bat und eine Antwort eintippte. Er war verdammt schnell im Tippen. Das machte die Übung.

Sie nahm ihm das Gerät aus der Hand.

›Mir fehlt der Ehrgeiz‹, las sie laut vor. Mit einem Kopfschütteln begann sie, eine Antwort zu tippen. Adam zählte die Sekunden, bis sie innehielt und sich mit der Hand gegen die Stirn schlug. »Ich bin so dämlich.«

Er lachte lautlos und nahm ihr das Smartphone wieder ab.

›Das passiert vielen‹, tippte er.

»Was ich eigentlich sagen wollte: Du bist unglaublich talentiert. Hast du nie an eine Karriere als Künstler gedacht?«

Er schüttelte den Kopf. ›Zu unsicher, zu anstrengend.‹

»Welcher Job ist das nicht?«

Irgendwo hatte sie recht. Trotzdem ... Er wiegte den Kopf.

Ivy schob die Handtasche auf ihrer Schulter zurecht und sah sich um. Sie unterhielten sich seit fast fünf Minuten. Die wenigen Sätze hätte sie mit jemand anderem in weniger als zwei Minuten austauschen können. Es war zweifellos anstrengend mit ihm. Adam fragte sich, wie lange es noch dauern würde, bis sie ungeduldig wurde. Jeder wurde es irgendwann.

Der Gang war zugig und düster. In den Mauernischen standen Kohlebecken, die vermutlich seit Jahrzehnten nicht mehr benutzt worden waren. Sie dienten nur noch zur Dekoration. Mit etwas Fantasie konnte er sich vorstellen, wie einst eine Gruppe Mönche in langen Roben würdevoll durch diesen Gang geschritten war. Aus dem Kirchenschiff drang ein unruhig flackerndes Licht, das den Eindruck verstärkte, zwischen den Zeiten und zwei Welten gefangen zu sein. Irgendwo hörte er den Verwalter husten. Es klang wie das Krächzen eines großen Raubvogels.

»Wir sollten aufbrechen.«

Da war sie schon, die Ungeduld. Adam schluckte seine Enttäuschung hinunter, nickte und begann in Richtung Kirchenschiff zu gehen.

»Warte!«

Etwas zu eilig drehte er sich wieder zu ihr um, doch Ivy starrte mit schräg gelegtem Kopf in die entgegengesetzte Richtung. »Siehst du das auch?«

Adam kniff die Augen zusammen. Der Gang verlor sich in der Dunkelheit. Wo nackte Mauerzungen und Säulen das schwache Licht brachen, huschten Schatten über den Boden. Anfangs dachte er, der einfallende Lichtschein aus dem Kirchenschiff spiele seinen Sinnen einen Streich. Aber dort, zwischen den Schatten, glühte an beiden Wänden knapp über dem Boden ein seltsames Funkeln auf. Es erlosch kurz, nur um im nächsten Augenblick erneut aufzuleuchten, gefolgt von einem kratzenden Geräusch auf Stein.

Er deutete auf seine Ohren.

»Du hörst etwas?«, fragte Ivy irritiert.

Er nickte. Das Geräusch war so unangenehm, dass er sich über die Ohren rieb. Mit seinen Fingern ahmte er trippelnde Bewegungen nach.

Ratten?

»Mutierte vielleicht. Ich höre nichts. Aber dieses Funkeln macht mir Sorgen. Sind die Handwerker noch da?«

Er schüttelte den Kopf.

»Lass uns nachsehen. Stella stiftet Unsummen an die Kirchenverwaltung. Sie wird mich teeren und federn, wenn vor der Show irgendetwas schiefläuft. Ein Wasserrohrbruch oder durchgebrannte Elektrik hätten uns gerade noch gefehlt.«

Sie setzte sich in Bewegung. Ihre Absätze klackerten auf den Steinfliesen. Adam folgte ihr nach kurzem Zögern. Als sie sich dem Glitzern näherten, verschwand es, um ein paar Meter weiter vorne wieder aufzutauchen. Fast schien es, als würde es ihnen den Weg weisen. Es sah aus, als wären die alten Mauern mit Quarzkristallen durchsetzt, die wie das Licht sterbender Sterne aufglühten und erloschen, jedes Mal, wenn sie ihnen zu nahe kamen.

»Das ist doch nicht normal«, flüsterte Ivy. »Phosphoreszierende Pilzsporen vielleicht? Das hätte uns noch gefehlt, wenn wir das Gesundheitsamt verständigen müssten. Ob die Kirche auch als Begräbnisstätte dient? Wer weiß, was hier für alte Leichen im Keller lagern.«

In der Kirche gab es eine Krypta, aber Adam hatte sich nicht die Mühe gemacht, nachzuforschen. Er war kein Freund von Gräbern und Friedhöfen.

Sie folgten dem Funkeln eine dreistufige Steintreppe hinab und bogen anschließend um eine Ecke. Der Gang wurde merklich enger, und selbst die Decke flachte ab. An einigen Stellen ragten nackte Leitungsrohre aus dem Mauerwerk. Adam hörte erneut ein Schaben. Das klang nach einem größeren Tier. Ivy schien es jedoch nicht wahrzunehmen. Das Funkeln pulsierte noch zweimal vor ihnen auf, dann verschwand es genauso plötzlich, wie es aufgetaucht war.

Der Gang endete nach einigen Metern in einem schmalen Erker. Die Decke öffnete sich nach oben und gab den Blick auf ein Fenster in sechs oder sieben Metern Höhe frei. Eine gelbliche Patina und eine Schicht aus Staub bedeckten die Scheibe. Adam vermutete, dass sie sich unterhalb der Kapelle befanden. Das fahle Licht stammte hauptsächlich von einer nackten Glühbirne, die links von ihnen über einem torbogenförmigen Durchgang brannte. Dicke Spinnweben hingen von ihr herab. Eine schmale

Treppe führte nach oben, entweder in die Kapelle oder zurück ins Kirchenschiff. Rechts versperrte eine provisorische Holztür aus zusammengenagelten Latten ein Loch in der Mauer. Auf dem Boden ringsum lagen Staubhäufchen und Bruchstücke von rotbraunen Lehmziegeln. Es sah so aus, als hätte jemand mit Hammer und Meißel einen versiegelten Durchgang in der Wand aufgebrochen. Das Mauerwerk zu beiden Seiten des Lochs bestand aus solidem Stein.

Das Schaben kam eindeutig von dort. Adam bückte sich und starrte durch das Loch. Es war zu dunkel, um Details zu erkennen, aber dahinter schien sich ein schmaler, fensterloser Raum zu verbergen. Ivy drängte Adam kurzerhand beiseite und leuchtete mit der Taschenlampe ihres Smartphones hinein.

»Da ist nichts.« Sie klang enttäuscht.

Das Gestein hinter dem Loch knackte. Adam zog an Ivys Ärmel. *Lass uns lieber gehen.*

Ivy ignorierte die zaghafte Geste. »Kannst du die Latten aufbrechen?«

Adam schüttelte den Kopf und fuchtelte mit den Armen. *Wir sollten den Verwalter holen.* Er hatte keine Ahnung, ob Ivy ihn verstand.

»Sieh nur! Da hinten leuchtet etwas. Es scheint durch den Boden zu kommen.«

Sie rückte ein Stück zur Seite, sodass er an ihr vorbeiblicken konnte. Tatsächlich sah es so aus, als würde jemand von unten mit einem Scheinwerfer ein bizarres Muster auf einen durchlöcherten Boden projizieren. Das Muster pulsierte im gleichen Rhythmus wie das Funkeln, dem sie gefolgt waren. Aus dem Gang hörte Adam ein Keuchen. Anscheinend war der Verwalter auf dem Weg zu ihnen, um ihnen die Leviten zu lesen. Unbefugte durften sich hier unten garantiert nicht aufhalten.

Ivy rüttelte an einer der Holzlatten. »Hilf mir mal.«

Adam starrte sie einen Moment lang an. Sie war verrückt. Trotzdem bewunderte er ihre Entschlossenheit. Widerwillig packte er die oberste Holzlatte und zog daran. Sie gab schneller nach, als er erwartet hatte. Er taumelte mit Schwung zurück an die Wand und stieß sich den Ellbogen. Ausnahmsweise war er froh über seine fehlende Stimme, denn so konnte Ivy die Flüche nicht hören, die er in Gedanken ausstieß. Er ließ die Latte fallen und umklammerte seinen Zeigefinger. Ein Splitter steckte dicht über der Handfläche, aber er war nicht tief eingedrungen. Vorsichtig zog Adam ihn raus, bevor er das Blut wegsaugte. Der Geschmack war widerlich. Unwillkürlich verzog er das Gesicht.

»Oh, sorry«, rief Ivy besorgt. »Ist es schlimm? Brauchst du ein Pflaster?«

Adam umwickelte den Finger mit einem Taschentuch und grinste tapfer. Nicht dass sie auf die Idee kam, er sei wehleidig.

Zwei weitere Latten saßen so locker, dass Ivy sie ohne seine Hilfe entfernen konnte. Sie ließ ihre Handtasche auf den Boden gleiten und bückte sich mit eingeschalteter Lampe unter den restlichen Holzlatten hindurch, um in den dahinterliegenden Raum zu treten.

Adam blickte sich um, aber vom Verwalter war weit und breit keine Spur zu sehen. Hatte sich der Mann auf dem kurzen Weg zu ihnen verirrt, oder was?

»Komm schon«, rief Ivy von der anderen Seite.

Er sollte das wirklich nicht tun ...

Natürlich tat er es doch.

Der Raum war so niedrig, dass er nur gebückt darin stehen konnte. Schutt knirschte unter seinen Schuhen. Die Wände bestanden aus grob behauenem Mauerwerk, das vermutlich seit Jahrhunderten von keiner Menschenhand berührt worden war. Es fühlte sich feucht und modrig an – eine ideale Wohnstätte für sechs- und achtbeinige Lebewesen. Adam zog seine Hand hastig zurück und machte sich so klein wie möglich. Das funkelnde Muster, das sie gesehen hatten, war wieder verblasst. Dafür klopfte sein Herz so laut, dass er glaubte, ein Echo von den Wänden widerhallen zu hören.

Ivy schien von der unwirtlichen Umgebung unbeeindruckt zu sein. Sie leuchtete mit ihrem Smartphone in jede einzelne Ecke. Überall nackter Stein. Adam sah einen Schatten über die Wand huschen und schauderte. Er hasste Spinnen.

»Wow, ist das eine Art Pentagramm? In rund vielleicht?«, fragte Ivy.

Sein Blick folgte dem Lichtstrahl ihrer Taschenlampe. Das Symbol auf dem Boden sah aus, als hätte es jemand mit einem Meißel eingeritzt. Der größte Teil war mit Staub und kleinen Steinen bedeckt, die von der Decke herabgefallen waren. Besaß ein Pentagramm nicht die Form eines fünfzackigen Sterns? Was er von dem Symbol erkennen konnte, glich eher zwei ineinander verflochtenen Kreisen, die von einem äußeren Kreis eingefasst wurden.

Ivy trat ein paar Schritte weiter in die Mitte des Raums. Das halb verdeckte Symbol auf dem Boden begann plötzlich zu leuchten. Das Mauerwerk knackte und knirschte. »Oh schei...«

Adam hechtete vorwärts, um sie zurückzuziehen.

Zu spät.

Mit einem Bersten gab der Boden unter ihren Füßen nach.

KAPITEL 5

ADAM

»**B**ist du okay, Adam?«
Ivys Stimme kam irgendwo von rechts.
Adam rollte sich auf die Seite. Seine Schulter
schmerzte. Der bei ihrem Sturz aufgewirbelte Staub nahm
ihm die Sicht.

»Adam, sag was!«

Sehr witzig! Er stemmte sich auf die Knie und tastete
blind in ihre Richtung. Als er ihren Schuh zu fassen bekam, zog er daran.

»Huch!«, machte sie überrascht, dann krabbelte sie
neben ihn. »Bist du verletzt?«

Er schüttelte den Kopf und hustete.

Ivy klopfte ihm auf den Rücken und meinte: »Immerhin
kannst du Geräusche von dir geben. Das ist beruhigend.
Auch wenn du dich anhörst wie mein verkalkter Wasser-
kocher in der Aufwärmphase.«

Reizend. Er deutete auf sie und schrieb anschließend
mit dem Finger ein Fragezeichen in die Luft. Der Staub
hatte sich mittlerweile gelegt. Eine gelbliche Schicht davon
bedeckte Ivy von den Haarlocken bis zu den Schuhspitzen.
Wahrscheinlich sah er nicht besser aus. Mit dem Ärmel
fuhr er sich durchs Gesicht und musste erneut husten.

»Mein Zeh ist angeknackst, mein Stolz auch, aber sonst ist alles gut. Wir sind nicht sehr tief gefallen.«

Er sah hoch. Das Loch im eingestürzten Fußboden gähnte etwa zweieinhalb Meter über ihnen. Wenn er aufstand, konnte er den Rand mit den Fingerspitzen erreichen. Steinbrocken lagen um sie herum, aber keiner davon war groß genug, als dass er sie hätte erschlagen können. Trotzdem glich es einem Wunder, dass sie den Sturz unbeschadet überstanden hatten. Der Schreck dagegen wich nur langsam. Bestimmt würde er seine Prellungen und Abschürfungen später noch spüren.

»Der Boden fühlt sich so komisch an. Bei dir auch?« Ivy wirbelte eine Staubfahne auf, als sie sich neben ihm bewegte. »Irgendwas pikst mich hier in den ... oh ... *Igitt!*«

Sie schmiss einen runden Gegenstand quer durch den Raum. Er prallte mit einem dumpfen Geräusch von der Wand ab.

Adams Magen sank ein Stück tiefer. War das wirklich das gewesen, wonach es ausgesehen hatte? Er hatte den Gegenstand nicht genau erkennen können, aber ... *Ach Unsinn!*, unterbrach er seine eigenen Gedanken. Vorsichtig tastete er über den Boden. Der Untergrund war uneben und gab an einigen Stellen nach, als ob er aus Sand bestehen würde. Etwas, das sich wie ein morsches Stück Holz anfühlte, weckte seine Aufmerksamkeit. Er musste mehrmals daran ziehen, bevor es sich mit einem Ruck vom Boden löste. Ein Stock? Adam hielt ihn in die Höhe, um ihn genauer zu betrachten.

»Spieß mich mit dem Ding bloß nicht auf, Indiana!«, rief Ivy und wich vor ihm zurück.

Ungläubig starrte Adam auf den bleichen Unterarmknochen vor seinem Gesicht. Eine halb verweste Hand hing daran. Sie fiel ab, als er den Knochen bewegte.

Ivy fing an zu lachen. Er konnte nichts Lustiges daran finden.

»Sorry, aber du hättest dein Gesicht sehen sollen ...« Sie

unterbrach sich, weil sie niesen musste. Dann hielt sie sich die Hand vor den Mund, um nicht erneut loszulachen. »Entschuldige«, murmelte sie schließlich. »Das war unpassend. Aber meine Nerven haben das gebraucht.«

Adam schnitt eine Grimasse und warf den Knochen angewidert beiseite.

Ivy räusperte sich, stand auf und klopfte den Staub aus ihrer Kleidung. »Wir müssen in den Katakomben gelandet sein. Überall liegen Knochen durcheinander. Sieh doch nur! Was um Himmels willen ist das?«

Sie hielt einen Unterkiefer in die Höhe. Das Knochenstück war so lang wie Adams Unterarm, und die drei verbliebenen Zähne darin konnten mit der Länge seines Küchenmessers konkurrieren.

»Das glaube ich nicht!«, sagte Ivy und schwang das Ding wie ein Schwert durch die Luft.

Adam erhob sich ebenfalls und versuchte, auf keine Knochen zu treten, was leichter gesagt war als getan. Überall lagen Gebeine. Oder Bruchstücke davon. Einige waren menschlich. Andere nicht. Mit den Fingerspitzen zog er an etwas, das wie ein Horn aussah. Rippen und Unterschenkel rollten beiseite und gaben den Blick auf einen Schädel frei. Er hob ihn in die Höhe. Der Schädel war schwer für ein Stück Knochen, schwerer als er es erwartet hätte, und die Oberfläche fühlte sich glatt an, fast wie versteinert. Die Form erinnerte ihn an den Schlangenschädel, den er bei einem Besuch im Naturkundemuseum gesehen hatte – nur etwa fünf- bis zehnmal so groß. Das Verrückteste daran waren die drei breiten Hörner, die hintereinander aus dem Nasenrücken hervorragten.

»Der kann doch niemals echt sein!« Ivy klopfte gegen den Schädel, was ein hohles Echo erzeugte. »Requisiten von einem Filmset vielleicht? St Bart's war schon öfter Kulisse für Hollywood-Produktionen. Vielleicht hat man das Zeug hier einfach vergessen.«

Adam schaute sich skeptisch um. Wozu hätte jemand

eine Fortsetzung von »Jurassic Park« in einer Londoner Kirche drehen wollen? Die Knochen sahen erschreckend real aus.

»Hast du deine Handylampe an?«, fragte Ivy.

Er schüttelte den Kopf. Erst jetzt fiel ihm auf, wie hell es in dem Raum war. In der oberen Kammer hatten sie ein künstliches Licht gebraucht, um ihre Umgebung zu erkennen, aber hier unten erhellte ein sanfter weißgoldener Schein die kahlen Wände und den knochenbedeckten Boden. Dazwischen tanzten hellere Partikel, die immer wieder neu aufglühten, Irrlichtern gleich – das gleiche Funkeln, das sie hierhergeführt hatte. Wieder hörte er ein Geräusch, das wie das Kratzen von Klauen auf Stein klang, doch hier unten drang es wie ein fernes Echo an seine Ohren. Es war unmöglich, die Richtung auszumachen.

Er wechselte einen Blick mit Ivy.

»Unheimlich«, sagte sie und näherte sich der Lichtquelle in der Ecke des Raums. Adams stumme Bitten, vorsichtig zu sein, trafen auf taube Ohren. Er folgte ihr unbehaglich.

Der Raum ähnelte einer Gruft. Er war relativ geräumig und von meterdicken, ungeschliffenen Steinblöcken umgeben. Mehrere massive Säulen ragten empor, doch sie schienen nicht recht zur niedrigen Decke zu passen, die wie nachträglich eingezogen wirkte. Adam erinnerte sich nicht daran, in der oberen Kammer Säulen gesehen zu haben. Soweit er wusste, war St Bart's im Laufe der Jahrhunderte mehrmals umgebaut worden. Sie mussten sich in einem sehr alten Teil der Kirche befinden.

»Wow!« Ivy räumte Schutt und Knochen beiseite und hielt einen Gegenstand in die Höhe.

Es war ein Kristall, geformt wie ein breiter, leicht nach oben abgerundeter Obelisk von der Größe einer Faust. Er schimmerte obsidianschwarz, bis auf eine hellere Spitze, dennoch wirkte er seltsam transparent. In seinem Inneren tanzten dunkle Nebelschwaden. Drei kleinere, amethystfarbene Kristallspitzen waren darin eingeschlossen, umgeben von einem haarfeinen Wald goldener Nadeln. Von dort strahlte der mysteriöse Lichtschein aus, der den gesamten Raum erfüllte. Das Licht pulsierte sanft im Rhythmus eines Herzschlags.

»Wunderschön!«, flüsterte Ivy mit einem beinahe ehrfürchtigen Gesichtsausdruck. »Sieh ihn dir an, Adam. Träume ich das?«

Bewundernd strich sie über die Kanten, doch plötzlich zuckte sie mit einem Schmerzenslaut zurück. Der Kristall glitt ihr aus den Händen. Reflexartig fing Adam ihn auf – und in der nächsten Sekunde umgab ihn ein gleißendes goldenes Licht. Geblendet schloss er die Augen. Wie aus weiter Ferne hörte er Ivys erschrockenen Aufschrei, dann stürzte er in eine schier endlose Tiefe. Panisch ruderte er mit den Armen, konnte jedoch nicht mehr unterscheiden, wo oben und wo unten war. Gezackte Felswände wirbelten um ihn herum, obwohl er die Augen fest zusammengekniffen hatte. Er hörte nichts außer seinem Atem und einem Herzschlag – ein Herzschlag, der nicht sein eigener war. Er wollte um Hilfe rufen, aber kein Laut drang aus seinem Mund, obwohl er in Gedanken schrie. Gleich würde er aufprallen. Er spürte es instinktiv und versuchte, sich zusammenzurollen und klein zu machen wie eine Kugel, aber sein Körper gehorchte ihm nicht.

In dem Moment hörte er Ivys Stimme: »Adam?«

Er fuhr hoch und schnappte nach Luft. Ihn schwindelte, sein Herzschlag raste. Er atmete ein paarmal tief durch, bis seine Umgebung aufhörte, sich um ihn zu drehen.

»O mein Gott, du hast mir einen riesigen Schrecken eingejagt«, rief Ivy. Sie kniete vor ihm und hatte ihre Hand auf seinen Arm gelegt. »Geht es dir gut?«

Verwirrt starrte Adam an sich herab. Halb saß, halb lag er auf dem Boden, umgeben von einem Haufen Knochen. Ein schwacher Lichtschein, der allmählich verblasste, schwebte über seinem Körper. Unbehaglich rieb er sich über die Brust. Sie schmerzte, als hätte jemand mit Boxhandschuhen darauf eingeschlagen. Sein Herz pochte spürbar gegen seine Rippen. Das Atmen fiel ihm schwerer als zuvor. Fragend sah er Ivy an.

»Du warst für ein paar Minuten bewusstlos. Der Kristall … ich … ich habe mich daran geschnitten und ihn fallen lassen. Und dann …« Sie starrte ihn an. »Keine Ahnung, was dann passiert ist. Du hast den Kristall aufgefangen, und in dem Moment begann er zu glühen. Alles wurde gleißend hell, dann bist du zusammengebrochen … und hast selbst geleuchtet«, setzte sie mit ungläubiger Stimme hinzu. Zaghaft berührte sie seine Brust. »Ich glaube, er ist in dir drin.«

Was?

Adam starrte sie mit offenem Mund an. Selbst wenn er hätte sprechen können, wären in diesem Moment keine Worte über seine Lippen gedrungen.

»Der Kristall ist in dir drin«, wiederholte Ivy, als spräche sie mit einem kleinen Kind.

Blödsinn! Sein Herz hämmerte weiterhin wie verrückt, als hätte er nicht nur eines, sondern gleich zwei davon in seiner Brust. Es brachte seine Ohren zum Klingeln. Er schüttelte sich.

»Jemand da?«, rief eine verzerrte Stimme von oben. Direkt darauf ertönten schwere Schritte, gefolgt von weiteren Stimmen, die durcheinanderredeten. Der Lichtstrahl einer Taschenlampe fiel durch das Loch über ihnen.

»Wir sind hier unten!«, rief Ivy zurück und winkte mit ihrem eingeschalteten Smartphone. Ein Spinnennetz aus haarfeinen Rissen zog sich über das Display. Sie wandte sich wieder zu ihm um. »Ich habe den Notruf gewählt, als du umgekippt bist. Kaum zu glauben, aber ich habe hier unten Empfang.«

Ein breites Lächeln erhellte ihr staubverschmiertes Gesicht. In diesem Moment hätte Adam sie am liebsten geküsst. Oder ihr eine Ohrfeige verpasst.

Eine Viertelstunde später saßen sie in Decken gehüllt auf den Altartreppen im Kirchenschiff. Eine Sanitäterin hatte Adam einen heißen Becher Tee in die Hand gedrückt, nachdem sie ihn flüchtig untersucht und nach möglichen Beschwerden gefragt hatte. Er hatte verneint. Ein weiterer Sanitäter verarztete währenddessen die Schnittwunde an Ivys Finger.

Der Verwalter marschierte mit fuchtelnden Armen auf und ab, sein dünnes graues Haar wehte wie ein Heiligenschein hinter ihm her. Er war sichtlich aufgewühlt und murmelte etwas von Versicherung und Schadensersatz. Für ihn war es ein Unding, dass so etwas in seiner Kirche unter seiner Aufsicht hatte passieren können. Adam bekam allein schon vom Zusehen Schwindelanfälle.

Ein Polizist hatte ihre Geschichte zu dem Vorfall angehört und Notizen gemacht. Inzwischen besprach er sich leise mit seinem Kollegen, der die Unglücksstelle begutachtet hatte. Adam wollte lieber nicht wissen, was in ihrem Bericht stehen würde. Weder er noch Ivy hatten den Kristall mit einem Wort erwähnt.

Nachdem der Sanitäter ihren Finger verbunden hatte, ließ Ivy den Kopf in die Hände sinken. Aus ihren Locken stieg eine Staubwolke auf, deren Partikel im gedämpften Licht des Kirchenschiffs glitzerten. Sie stöhnte. »Stell dir nur die Schlagzeilen vor: ›Fortune-Fashion-Skandal! Pärchen findet Saurierknochen bei verbotenem Stelldichein!‹ Stella wird mich umbringen. Sie hasst die Boulevardpresse.«

Adam hatte Schwierigkeiten, sie zu verstehen, da sie ihr Gesicht noch immer in den Händen vergraben hielt.

»Oder sie wird mich einfach feuern«, fügte sie hinzu.

Wäre das so schlimm? Zum Glück konnte sie seine stumme Frage nicht hören. Die paar Male, denen er Ivys Chefin persönlich begegnet war, hatten ihm gereicht. Es gab nur wenige Personen, die ihm Angst machten. Eine davon war seine Mutter. Die andere Stella Fortune.

»Verbuchen wir es als Erfahrung«, seufzte Ivy. Sie hob den Kopf aus den Händen, ohne Adam anzusehen.

Er nippte an seinem Tee. Das Getränk breitete sich wohltuend in seinem Körper aus, aber seine Brust schmerzte noch immer. Allerdings hatte er darauf verzichtet, dieses Detail den Sanitätern gegenüber zu erwähnen, um eine Nacht im Krankenhaus zu vermeiden. Er wollte nur nach Hause und schlafen. Und alles vergessen. Doch sobald er nur kurz die Augen schloss, konnte er einen zweiten Herzschlag hören, ein Echo seines eigenen.

Adam zuckte überrascht zusammen, als Ivy seine Hand berührte. »Das vorhin war dumm von mir. Wir hätten beide draufgehen können.«

Er nickte.

»Du hättest mich ruhig aufhalten können.«

Er zog die Augenbrauen hoch. *Als ob ich das nicht versucht hätte ...*

»Sieh mich nicht so an. Du siehst aus wie ein Bernhardiner, hat dir das noch niemand gesagt?«

Und du bist wunderschön, dachte Adam und blickte rasch weg.

»Am besten, wir vergessen einfach, was passiert ist. Die Welt dreht sich weiter, niemand ist gestorben, also was soll's?«

Ja, was schon. Er hatte ja nur einen Kristall in seiner Brust. Kein Grund zur Beunruhigung. So etwas passierte bestimmt andauernd. Adam zwang sich zu einem Lächeln. Ivy stand auf und zog ihn schwungvoll mit sich in die Höhe, sodass er ein paar Tropfen heißen Tees über seine Hand verschüttete.

»Du bist echt ungeschickt, weißt du das?« Sie lachte.

Es fiel ihm verdammt schwer, ihr böse zu sein.

»Was habt ihr euch dabei gedacht?«

Die scharfe Stimme hinter ihnen ließ Ivy erschrocken herumwirbeln. Adam, noch immer fest in ihrem Griff, wurde mitgerissen. Beide erstarrten.

Stella Fortune stand vor ihnen, ihr durchdringender Blick nagelte sie förmlich fest.

Die Frau als schön zu bezeichnen, kam einer Untertreibung gleich. Sie sah aus wie eine griechische Göttin in Marmor. Perfekt, kühl und unnahbar. Ihr dunkles Haar schien von einer begnadeten Künstlerhand filigran in Stein gemeißelt und anschließend in Tinte getaucht worden zu sein, so seidig und glatt fiel es über ihre Schultern. Ihre vollen Lippen, eine Haut wie Elfenbein und beinahe makellose Gesichtszüge, denen ein Hauch von Rosa auf den Wangen Leben verlieh, hätten selbst die berühmte Venus von Milo im Louvre vor Neid erblassen lassen. Adam fiel es schwer, sie nicht anzustarren, während er sich gleichzeitig am liebsten in eine dunkle Ecke verkrochen hätte. Stella strahlte eine Präsenz aus, die ihn gleichermaßen einschüchterte und anzog. Ihr Blick streifte ihn, und der Hauch von Enttäuschung in ihren blaugrünen Augen war kaum zu übersehen – gepaart mit der üblichen Portion Herablassung.

»Ich bezahle dich nicht dafür, Höhlenforschung zu betreiben, Ivy. Das nächste Mal rufst du mich an, bevor du so eine Dummheit unternimmst, oder du kannst dir einen neuen Job suchen. Ist das klar?« Sie sprach leise, aber jedes ihrer Worte glich einer geschliffenen Dolchklinge.

»Glasklar«, antwortete Ivy, doch ihre Stimme hatte einen trotzigen Unterton.

Adam hob die Hand, um etwas einzuwerfen.

»Keine Widerrede!« Auf ihren hochhackigen Schuhen überragte Stella Fortune ihn um mehrere Zentimeter. »Folgen ihr wie ein Narr einer Blinden. Ich habe Sie nicht fürs Flirten engagiert.«

Adams Wangen brannten. Die Boulevardpresse nannte die Frau nicht umsonst »Eiskönigin«. Ihren Platz auf der Forbes-Liste »The World's 100 Most Powerful Women« hatte sie sich nicht nur aufgrund ihrer früheren Modelkarriere verdient.

Stella ließ ihren kühlen Blick über sie gleiten. »Geht es euch gut?«

Adam und Ivy nickten synchron.

»Wie passend, dann könnt ihr mir jetzt erzählen, was dort unten passiert ist.«

Adam stöhnte innerlich auf. Das konnte noch ein langer Abend werden.

KAPITEL 6

SOLON

Ein Herzschlag. Ein menschlicher Herzschlag, flüchtig und lebendig. Äonen sind vergangen, seit ich diesen Klang zuletzt vernommen habe.

William? Schlägt das Schattenherz wieder in deiner Brust?

Ich taste nach seiner Aura, die mich immer an das Rascheln des Windes in einer Baumkrone erinnert hat, aber mein Geist streift ins Leere. Das Pulsieren ebbt ab, mit jedem Schlag ein wenig mehr. Was bleibt, ist das endlose Nichts, das mich umgibt. Ein weiterer Verrat. Eine neue Enttäuschung. Ich bin dieses Spiels so müde. Aber das Nirgendwann spielt es so gern; als wäre es eine fleischfressende Pflanze, die ihr Opfer bewegungsunfähig macht, bevor sie es verschlingt, um die Reste am Ende wieder auszuspucken.

Widerwillig öffne ich meine Augen. Die Steilwand ragt über mir empor wie ein mahnender Finger und bringt die Erinnerung zurück. Der Sturz. Das Geräusch des Aufpralls, als meine Knochen zerschmetterten.

Mir wird schlecht. Mein Körper krampft sich zusammen, aber meine Muskeln reagieren nur schwach auf den Impuls. Es muss das Gift der Eisharpyie in meinen Adern sein, das sie lähmt. Dafür spüre ich jeden einzelnen Knochen, der sich wieder in Position schiebt. Meine rechte Schulter dreht sich zurück ins Gelenk. Zwei Finger an meiner linken Hand fügen sich zusammen. Ein Knie, drei Rippen. Zwei Wirbel. Ich versuche so still wie möglich zu liegen, während ich darauf warte, dass die Wellen aus Schmerz abebben. Seit ich im Nirgendwann gefangen bin, sind Schmerzen zu einem vertrauten Begleiter geworden. Ich habe gelernt, sie zu kontrollieren. Dass ich so früh im Heilungsprozess meines Körpers erwacht bin, ist kein gutes Zeichen. Mein Instinkt will mich warnen, doch mein zugegebenermaßen noch etwas träger Verstand flüstert mir zu, dass ich mich nicht in unmittelbarer Gefahr befinde. In meinem derzeitigen Zustand hätte ich sowieso keine Chance, mich gegen einen Angriff zu wehren.

Um mich abzulenken, lausche ich der Stille hinterher, aus der ich erwacht bin. Doch nur mein eigener Herzschlag antwortet mir. Er ist langsamer als der eines Menschen. Kräftiger, beständiger. Das einzige andere Geräusch ist ein leises, beinahe fröhliches Pfeifen.

Als ich einigermaßen sicher bin, dass mein Körper nicht auseinanderfällt, wenn ich mich bewege, quäle ich mich in eine sitzende Position und lehne mich mit dem Rücken an einen morschen Baumstumpf. Selbst diese kleine Anstrengung lässt mich atemlos und schweißüberströmt zurück. Noch sind nicht alle meine Verletzungen geheilt.

Doch im Vergleich zur Anführerin der Eisharpyien habe ich den Sturz glimpflich überstanden. Sie liegt einige Meter entfernt von mir auf einem scharfkantigen Felsblock. Ihr Oberkörper und ein Arm hängen schlaff über die Kante, der dünne Flügel dazwischen ist zerfetzt. Der andere Arm fehlt. Aus dem Stumpf sickert bläuliches Blut. Dunkel erinnere ich mich daran, wie sich ihre giftige Kralle während des Sturzes in meine Haut gebohrt hat, zwischen Schlüsselbein und Hals. Nicht tief genug, um mein Blut gefrieren zu lassen, andernfalls wäre mein Aufwachen noch weitaus schmerzhafter geworden. Aber das Ziehen und Zerren, das wie glühendes Eisen durch meine Adern fegt, ist schlimm genug.

»Dein Mantel war dir dafür wohl zu schade«, sage ich mit rauer Stimme und beobachte den Schattenmar dabei, wie er den leblosen Körper der Eisharpyie in einem Halbkreis nach hinten biegt und ihre Knöchel und den verbliebenen Arm mit einem Stoffstreifen zusammenbindet, damit sie sich nach dem Aufwachen nicht rühren kann. Dabei pfeift er ein irisches Schanklied vor sich hin. Es klingt schauderhaft.

Der Stoff stammt aus meinem Hemd. Ein langer Streifen am Saum fehlt. Gian-Sûl muss ihn während meiner kleinen Unpässlichkeit herausgerissen haben. Meine Laune sinkt um weitere Grade. Anders als mein Körper wird meine Kleidung nicht von selbst wieder heil.

»Echte Zwielichtschmetterlingsseide!«, antwortet der Schattenmar und befingert seinen Mantel. »Weich wie Butter, robuster als Leder, dunkel wie die Nacht. Würdest du an meiner Stelle ein so wertvolles Stück ruinieren?« Sein Blick folgt zunächst der Steilwand nach oben, anschließend mustert er mich skeptisch. »Dich im Sturz an die Bestie zu hängen, war übrigens ein kluger Schachzug von dir. Du bekommst Übung. Die Eisharpyie hat deinen Fall gebremst, andernfalls hättest du nach dem Aufprall deine Körperteile einzeln zusammensuchen können. Was für eine Schande bei der Hülle. Wie wir beide wissen, ist das Nirgendwann nicht besonders schnell mit der Reparatur seiner Insassen.«

Ich spare mir eine Antwort darauf. Schließlich war es seine Schuld, dass ich um ein Haar als halblebendiges Puzzlespiel die Landschaft geziert hätte. »Was ist mit ...« Meine Nackenwirbel knirschen, als ich den Kopf drehe. Ein Klumpen Blut sitzt in meinem Hals fest, und ich spucke ihn aus. Eine Rippenspitze steckt noch in meiner Lunge.

»Den anderen beiden Biestern?«, ergänzt der Schattenmar. Seine tiefe Grabesstimme hallt immer ein wenig nach, so als würde er direkt aus der Hölle sprechen. »Geflohen. Du weißt, wie furchterregend ich sein kann. Sich mit mir anzulegen, war ihnen eine Nummer zu groß.«

An Großspurigkeit hat es Gian-Sûl noch nie gemangelt, besonders wenn es darum geht, mich zu ärgern. Er zieht den Knoten fest und begutachtet sein Werk mit einem zufriedenen Nicken, bevor er von seiner Gefangenen abrückt und sich vor mich hinhockt. Er erinnert mich an die Teufelsgestalten aus Williams Büchern, nicht zuletzt wegen der beiden gebogenen, verzierten Hörner, die zwischen den schwarzen, von silbernen Strähnen durchzogenen Haaren aus seinem Schädel ragen. Seine Wangenknochen wölben sich weit nach außen und sind von feinen Maserungen bedeckt, ähnlich wie seine Hörner. Seine restliche Gesichtshaut ist so bleich wie die eines Toten. Entlang seiner äußeren Augenhöhlen zieht sich ein Geflecht aus phosphoreszierenden Schuppen bis hinauf zum Stirnbein. Der schwache Schimmer ist ein Zeichen dafür, dass er vor Kurzem Energie von der Harpyie oder von mir abgezapft hat. Vermutlich von uns beiden. Die Energie anderer Lebewesen ist sein Elixier. Anders als die meisten von uns ist er nicht auf feste Nahrung angewiesen, was ziemlich praktisch für ihn ist, da es im Nirgendwann keine Nahrungsquellen gibt. Hier kann man zwar niemals an Unterernährung sterben, aber man verspürt unentwegt Hunger und Durst.

Gian-Sûl lässt die Arme locker zwischen seinen Knien herabbaumeln, seine Zungenspitze ragt aus dem linken Mundwinkel hervor. Ich verkneife mir die Bemerkung, dass er damit aussieht wie ein ausgestopftes Krokodil. Wen will er mit dieser Pose erschrecken?

Er verzieht seine schmalen Lippen zu einem Lächeln und sagt: »Jetzt sieh mich nicht so an! Ich habe uns den Schlamassel nicht eingebrockt. Dein Seelenwahrer musste sich ja unbedingt etwas Besonderes einfallen lassen.«

»Wenn ich mich recht entsinne, hast du ihm dabei ge-holfen.«

»Mein Fehler. Wer weiß, wo der alte Schwarzseher jetzt steckt. Einen Meter achtzig unter der Erde wahrscheinlich. Schade. Ich würde ihm gern die Augen ausstechen, bevor ich ihn langsam häute, seine Nieren brate und mich dazu an einer Flasche würzigen Rotweins labe. Ach, wie ich die Freuden des Fleisches vermisse.« Gian-Sûls Fingernägel sind lang und spitz. Tödlich wie die der Eisharpyien. Mit einem davon fährt er an meiner Halsschlagader entlang. »Stattdessen sitzen wir beide hier fest, sind weder lebendig noch tot und haben die Ewigkeit vor uns. Wie traurig es wäre, wenn wir das nicht ausnutzen würden.«

Gian-Sûls Vorstellungen von Vergnügen sind recht zweifelhafter Natur. Für gewöhnlich spielt Blut eine Rolle dabei. Nur weil er Energie trinkt, heißt das nicht, dass er fleischliche Genüsse verschmäht.

Ich besitze noch nicht genug Kraft, um ihn zu erwür-gen. Daher begnüge ich mich damit, seine Hand beiseite zu schlagen.

»Den Fimbelwürmern würde das gar nicht gefallen.«

Gian-Sûl legt den Kopf zurück und lacht schallend. Es klingt wie das Keuchen eines sterbenden Mammuts. »Die Gerüchte sind wahr? Die Fimbelwurmkönigin hat ein Kopfgeld auf dich ausgesetzt, weil du dich nicht mit ihr paaren wolltest? Oh, wie ich es bedaure, nicht dabei gewesen zu sein. Beinahe entschädigt mich das dafür, mit dir in diesem Loch festzusitzen.«

Er zupft die blaue Eisharpyienfeder aus meinem Haar, die ich als Trophäe in eine Strähne eingeflochten hatte. An einer Lederschnur um seinen Hals baumelt eine Kralle. *Meine* Kralle. Die ich von der Eisharpyie erbeutet hatte. »Ich kenne deine Angst, Solon, vergiss das nicht. Ich könnte dich noch tausendmal töten, bevor ich dich in den Odem schleudere, wo du endgültig vergehst. Man wird dich vergessen, o großer Weltengänger. All die Spuren, die

du in der Zeit hinterlassen hast – sie werden ausgelöscht.«
Er tippt mir mit der Feder gegen die Nase. »Andererseits
wäre die Ewigkeit viel zu langweilig ohne dich.«

Gian-Sûl rückt von mir ab und steht auf. Aufgerichtet
ist er über zweieinhalb Meter groß. Nicht, dass mich das
beeindrucken würde. Ich betaste vorsichtig meine Nackenwirbel. Sie knacken noch, wenn ich den Kopf zur Seite
drehe. Just in diesem Moment trudelt eine weitere blaue
Feder vor mir zu Boden. Die gefangene Eisharpyie bewegt
sich. Ihr zerschmetterter Armstumpf steht grotesk von
ihrem nach außen gekrümmten Körper ab, und ein einzelnes rotes Auge glüht zwischen halb geschlossenen
Lidern hervor. Sobald ihr Körper geheilt ist, werden die
provisorischen Fesseln des Schattenmars sie nicht lange
festhalten können. Aber wahrscheinlich ist das sein Plan.
Wenn es darum geht, Schmerzen zuzufügen, ist Gian-Sûl in
seinem Element.

»Mich zu töten, war kaum der Grund, warum du mir
aufgelauert hast. Hast du die Bestien auf mich gehetzt, um
eine weitere Waffe für deine Sammlung zu erbeuten?« Ich
deute auf die Kette um seinen Hals. »Eine hat dir wohl
nicht gereicht.«

Der Schattenmar hält die Kralle an der Schnur in die
Höhe und streift die Eisharpyie mit einem Blick. »Ein
nettes Spielzeug. Aber ich denke, du weißt, was mich zu
den Tanzenden Bergen geführt hat.« Er lässt die Kralle
achtlos zurück auf seine Brust fallen und zieht stattdessen
einen langen, spitzen Gegenstand aus den Tiefen seines
ominösen Mantels. Ich habe keine Ahnung, wie er es geschafft hat, ihn darin zu verstecken. »Was sagst du dazu?«

Gian-Sûl wartet meine Antwort gar nicht erst ab, son-
dern dreht sich einmal um die eigene Achse, als wollte er
einen Regentanz aufführen (was, nebenbei bemerkt, im
Nirgendwann ein ziemlich sinnloses Unterfangen wäre).
Dann hält er mir den Gegenstand triumphierend vor das
Gesicht. »Darum bist du wirklich aus den Kargwäldern

geflohen, stimmt's? Die Liebeserklärung der holden Prinzessin war bloß eine willkommene Ausrede dafür. Solon, du überraschst mich. Woher kommt dein plötzlicher Optimismus? Warst du nicht derjenige, der mich überzeugen wollte, dass es keinen Ausweg gibt?«

Ich starre den Gegenstand an, unfähig, die widerstreitenden Gefühle in meinem Inneren auseinanderzuhalten. »Ein Gargoyleknochen bedeutet gar nichts«, entgegne ich rau.

Der Schattenmar tippt sich mehrmals mit dem Knochen gegen das Kinn. »Oh, aber genau das Gegenteil ist der Fall, mein Freund und Weltengänger. Alles, was dir gefehlt hat, ist ein Fahrschein in die Freiheit. Und hier ist er. Als ob ich dich so leicht davonkommen lassen würde.« Er lacht erneut.

Ein verrottender Knochen mag auf den ersten Blick als nichts Besonderes erscheinen. Doch hier kann er nur eines bedeuten: Zeit. Denn nur wo Zeit existiert, kann es auch verwesende Körper geben.

Aber im Nirgendwann gibt es keine Zeit – es sei denn, jemand hätte von draußen ein Schlupfloch geradewegs durch den Odem gebohrt. Kann das wirklich sein? Das Blut rauscht plötzlich mit doppelter Geschwindigkeit durch meine Adern. Habe ich mir den menschlichen Herzschlag während meines Sturzes doch nicht eingebildet?

»Der Gargoyle kann genauso gut Opfer eines Artgenossen geworden sein, der eine Trophäe zurückbehalten wollte, nachdem er den Rest des Körpers in den Odem geschleudert hat.«

Ich weiß nicht, ob ich mit dieser Erklärung den Schattenmar überzeugen will oder mich selbst.

»Wäre es dein Knochen, den ich in der Hand halte, würde ich dir zustimmen. Ich erinnere mich dunkel, dass die Gargoyles nicht besonders gut auf dich zu sprechen sind. Warum sonst solltest du dich in ihr Gebiet wagen, wenn nicht aus einem einzigen Grund?«

Gian-Sûl geht wieder vor mir in die Hocke und drückt mir das spitze Ende des Knochens unter das Kinn. Es ist zersplittert, vielleicht von einem Bruch oder weil der Knochen abgenagt worden ist. Meine Nackenwirbel knirschen, als ich unwillkürlich den Kopf anhebe. »William hat das einzige Bindeglied zwischen mir und der Welt der Menschen zerstört«, erwidere ich mit zusammengebissenen Zähnen. »Das weißt du genauso gut wie ich. Du belügst dich selbst, Schattenmar.«

»Aber hat er das wirklich? Oder wollte er dich das nur glauben machen? Der alte Schurke war ein gerissener Lügner, das muss ich ihm lassen.« Seine farblosen Augen leuchten auf. Er bohrt den Knochen tiefer, bevor er ihn wieder zurückzieht und mir die blutige Spitze vor die Augen hält. »Verrate mir – was ist dein Plan?«

Ach, hätte ich doch mein Zír! Aber Magie ist im Nirgendwann genauso wirkungslos wie der Tod. Der Schattenmar hat nur eine Schwachstelle: Er besitzt keine Geduld. Das muss ich ausnutzen.

»Deine Drohungen sind zwecklos, Schattenmar. Entweder hat das Nirgendwann dir den Verstand vernebelt oder du spielst eines deiner perversen Spielchen mit mir. Langsam langweilt mich das. Es gibt keinen Weg aus dem Nirgendwann. Das hier ist nur einer deiner billigen Tricks.« Ich strecke die Hand wie beiläufig nach dem Gargoyleknochen aus.

Das Gesicht des Schattenmars läuft vor Wut dunkel an. »Du glaubst, ich scherze mit so etwas? Dann verrate mir, wie echt sich das hier anfühlt!« Mit voller Wucht rammt er mir den Knochen durch die Hand.

Verdammt, das ist schmerzhafter als erwartet. Ich beiße die Zähne zusammen und umklammere mein Handgelenk. Der Knochen ragt wie ein Angelhaken auf beiden Seiten meiner Handfläche hervor.

Gian-Sûl beugt sich lächelnd über mich. »Beweis genug?«

Ein rascher Seitenblick verrät mir, dass die Eisharpyie hellwach ist. Die Bestie hat sich nicht gerührt, beobachtet uns aber aus ihrem roten Auge. Ihr abgetrennter Arm wächst bereits nach.

Jetzt oder nie.

Mit einem Ruck reiße ich den Knochen aus der Wunde und stoße ihn in der gleichen Bewegung in die Kehle des Schattenmars. Dunkelgrünes Blut spritzt mir ins Gesicht. Gian-Sûl stolpert zurück und greift sich an den Hals. Mit weit aufgerissenen Augen starrt er mich an. Er bewegt die Lippen, aber nur ein weiterer Schwall Blut quillt hervor.

Meine Wirbelsäule knackt, als ich mich aufrichte. Meine Bewegungen sind noch ungelenk und der Schattenmar ist um einiges größer und stärker als ich, aber das nutzt ihm jetzt auch nichts mehr. Ich packe ihn an den Haaren. Ein Tritt in die Kniekehlen lässt ihn zusammensacken.

»Quid pro quo«, sage ich zu ihm. »So halten wir es, nicht wahr?«

Gian-Sûl lächelt verzerrt. Sein Lächeln gefriert, als ich ihm den Knochen in die Schläfe bohre. Die Spitze tritt auf der anderen Seite wieder hervor. Das Licht in seinen farblosen Augen erlischt. Mit einem dumpfen Laut schlägt sein Körper zu Boden.

Ich reiße ihm die Kette mit der Harpyienkralle von der Brust, flechte die Feder wieder in mein Haar, dann wende ich mich zu der gefesselten Eisharpyie um, die mich hilflos anfaucht. Ihr Armstumpf ist erst bis zum Ellbogen nachgewachsen, trotzdem schlägt sie damit nach mir. Ich biege ihren gefiederten Kopf nach hinten und lasse die Kralle ihrer getöteten Schwester vor ihren Augen baumeln.

»Ich könnte dich töten. Wieder und wieder. Aber das Vergnügen behalte ich mir für den Schattenmar vor. Ich könnte dir deine Krallen stehlen und dich dem Odem überantworten, wie ich es mit deiner Schwester getan habe, deren Bild dir mit jedem Atemzug mehr entgleitet. Das würde er tun, wenn er aufwacht.« Ich deute mit einem Nicken auf den gefallenen Schattenmar. »Aber ich bin nicht er. Er wollte seinen Spaß, du aber wolltest Rache. Letzteres respektiere ich. Darum gebe ich dir eine Chance. Doch überlege dir beim nächsten Mal gut, an wem du Rache übst. Denn noch einmal lasse ich keine Gnade walten.«

Ich durchtrenne ihre Fesseln. Die Eisharpyie streckt mit einem Heulen ihre Gestalt. Sie ist noch zu schwach, um sich aufzurichten. In ihren Augen glitzert eine Frage. Ihre Gedankenstimme kitzelt mich hinter der Stirn.

»Warum ich das tue?«, wiederhole ich und gönne mir ein triumphierendes Lächeln. »Weil ich der Weltengänger bin. Das solltest du niemals vergessen.«

KAPITEL 7

ADAM

»Gesundheit«, sagte eine weibliche Stimme hinter dem Tresen.

Adam tupfte seine Nase mit einem zerknüllten Taschentuch ab und sah sich um, aber er konnte die Sprecherin nirgends entdecken. Normalerweise machte er keine Geräusche beim Niesen, wenn man von einem tonlosen Zischen beim Luftausstoß einmal absah.

»Ich empfehle eine Mischung aus Holunderblüten und Ingwer. Bei Husten Salbei oder Thymian«, fuhr die körperlose Stimme fort.

Danke, aber ich bin nicht erkältet, hätte er gerne erwidert.

Der Raum war kühl und schummerig. Ein schmales Fenster stand auf Kipp und ließ kalte Oktoberluft und Sprühregen herein. Das Wetter war der einzige Grund, warum er ausgerechnet diese Apotheke aufgesucht hatte. Sie lag nur zwei Gehminuten von seiner Wohnung entfernt, quer über die Straße. Normalerweise mied er Angela Mercers Laden. Wenn man durch die Tür trat, fühlte es sich an, als wäre man durch ein Zeitloch ins 18. Jahrhundert gefallen. Weder dem staubigen Dielenboden noch den rissigen Holzbalken der niedrigen Decke konnte Adam etwas Positives abgewinnen. Beide sahen aus, als könnten sie jederzeit in sich zusammenstürzen – und von einstürzenden Räumen hatte er wahrhaftig genug. Die Wände waren mit wackeligen Regalen zugestellt, in deren unteren Fächern durchnummerierte Schubladen ringsum liefen. Auf den oberen Brettern stapelten sich Dosen und bauchige Glasflaschen in allen Farben und Größen. Sie waren mit lateinischen oder griechischen Titeln bedruckt, die er nicht einmal aussprechen konnte. An der einzigen freien Stelle an der Wand hing ein verblichenes Poster, auf dem die zwölf Tierkreiszeichen und ihre Bedeutung abgebildet waren. Den Tisch in der Mitte des Raums füllte ein Sammelsurium aus Kerzen und Kerzenhaltern, Holzschatullen und verkrusteten Reagenzgläsern, ein Wachsschädel und sonstige seltsame Gegenstände, für die seine Großmutter keinen Cent ausgegeben hätte.

Dazu roch es wie auf einem indischen Basar: eine pikante Mischung aus Tee, exotischen Gewürzen, überreifem Obst und Räucherstäbchen.

Ms Mercers Kopf tauchte hinter dem Tresen auf, gefolgt vom Rest ihres Oberkörpers. Die Dielen unter ihren Füßen knarrten, als sie sich bewegte.

»Fische!«

Wie bitte?

Die Apothekerin war eine attraktive, etwas füllige Frau in den Vierzigern und von auffälliger Erscheinung. Auf einem Jahrmarkt hätte sie mit ihrem Kopfschmuck problemlos als Wahrsagerin auftreten können. Nur die Kristallkugel fehlte. Er hatte einmal überlegt, ein Hologramm von ihr anzufertigen, sich aber nie getraut, sie zu fragen, ob sie ihm Porträt sitzen würde. Sie war so merkwürdig wie ihr Geschäft, und er tat sich ohnehin schwer, mit fremden Leuten ins Gespräch zu kommen. In einem Anfall kreativen Wahns hatte er stattdessen ein Bild von seiner Vermieterin gezeichnet, die sich wie ein kleines Kind darüber gefreut hatte. Die Bleistiftzeichnung hing im Flur im ersten Stock, gleich wenn man reinkam. Das Wohnzimmer wäre dafür wesentlich angemessener gewesen.

»Ihr Sternzeichen ist Fische, habe ich recht?«, konkretisierte Ms Mercer ihre Frage und zwirbelte dabei eine rote Haarlocke, die unter dem mit Perlen, Münzen und Amuletten bestickten hellblauen Stirnband hervorlugte. Silberne und kupferne Ringe glitzerten an ihren Fingern.

Er war Steinbock, aber das würde er ihr bestimmt nicht verraten. Mit einem lautlosen Schnaufen hielt er ihr den Zettel hin, den er in weiser Voraussicht zu Hause ausgefüllt hatte.

›Ich schlafe sehr schlecht, habe Migräne und brauche Tabletten. Kein Baldrian bitte, das habe ich schon versucht.‹

Die letzte Nacht war am schlimmsten gewesen. Nach seiner unfreiwilligen Exkursion in die Katakomben von St Bart's und der anschließenden Inquisition durch Stella Fortune hatte er gehofft zu schlafen wie ein Stein. Stattdessen hatte er von Dämonen mit Hörnern geträumt. Und vom Fallen. Seine Brust tat immer noch weh.

»Hm ...«

Die Apothekerin trat um die Theke herum und schloss das Fenster, an das inzwischen dicke Regentropfen platschten. Ihre Schuhe – sie trug Plüschpantoffeln – wirbelten Staubfontänen auf, als hätte seit Jahren niemand mehr den Boden gefegt. Die Partikel schwebten durch die Luft und glitzerten im schwachen Licht. Adam unterdrückte mühsam ein weiteres Niesen.

»Ich hatte gestern so eine Vorahnung«, sagte Ms Mercer und zupfte abwesend an ihrem riesigen runden Ohrring. »Fische in Regentropfen. Irgendetwas kommt auf uns zu, und es ist nichts Gutes. Einige Meeresbewohner sind Meister der Tarnung. Vor allem jene, die außerhalb ihrer üblichen Gewässer auf Jagd gehen. Ist Ihnen schon einmal ein Tiefseefisch ins Netz gegangen? Unheimliche Kreaturen! Absolut unberechenbar und tödlich.«

Sie wandte ihm den Blick zu und starrte ihn über den Rand ihrer Brille hinweg an.

Er war sich nicht sicher, ob die Frau ihn auf den Arm nehmen wollte oder schlichtweg verrückt war. Oder beides. Der Blick ihrer blassblauen Augen war jedenfalls unangenehm. Er lächelte unverbindlich und betete, dass weitere Kundschaft eintraf, damit er ihr nicht länger allein ausgeliefert war. Die Wahrscheinlichkeit dafür war jedoch gering, denn der Laden lud wahrlich nicht zum Stöbern ein.

»Träumen Sie vom Tod?«, fragte Ms Mercer unvermittelt.

Die Haut in seinem Nacken prickelte. Die Frau konnte doch unmöglich wissen, welche Träume ihn quälten.

Er kritzelte eine weitere Notiz auf den Zettel. ›Nur Schlafmittel. Stärker als Baldrian, rezeptfrei.‹

»Aha.«

Aha was?

»Sie sind hier, weil Sie wieder richtig durchschlafen möchten.«

Hatte er das nicht gerade gesagt?

»Nein, Sie sagten, Sie wollen ein Schlafmittel. Das ist ein Unterschied. Albträume werden nicht mit ein paar Tabletten kuriert. Und Träume vom eigenen Tod haben oft eine tiefere Bedeutung.«

Die Frau musste tatsächlich Gedanken lesen können.

›Stress im Studium‹, kritzelte er. ›Prüfungen.‹ Warum fühlte er sich genötigt, sich zu rechtfertigen?

»Noch ein Grund, genauer nachzuforschen. Sehen Sie, langsam machen wir Fortschritte.«

Er schnitt eine Grimasse.

»Ich mache mich nicht über Sie lustig. Als Sie in meinen Laden kamen, wirkten Sie bleich und abwesend. Ihr Körper war schlaff wie ein Schluck Wasser. Sehen Sie sich jetzt an. Sie stehen aufrecht, Ihre Augen blitzen, Ihre Wangen glühen. Ich sehe Widerstand in Ihnen. Sie sind wütend, weil ich Sie herausgefordert habe. Fühlen Sie sich jetzt, in diesem Moment, tot?«

Er warf die Arme in die Luft. Die Frau brachte ihn noch um den Verstand. Warum hatte er keine andere Apotheke aufgesucht? Nur weil er zu bequem gewesen war, im Regen ein paar Straßen weiter zu laufen. Manchmal hätte er sich selbst gern für seine Dummheit geohrfeigt.

»Sehr schön. Sie sind also nicht tot. Diese Erkenntnis wollen wir festhalten. Ich hatte auch schon Kunden, die sich für einen Zombie hielten.«

Er gab auf. Seine Schultern sanken herab.

»Geduld, junger Mann! Die passenden Rezepturen ergeben sich nur aus der richtigen Analyse Ihres Problems.« Die Apothekerin sammelte drei verschiedenfarbige Glasflaschen von ihrem Regal und stellte sie in einer Reihe nebeneinander auf den Tresen. Mit einem Messbecher füllte sie aus jeder Flasche etwas Flüssigkeit ab, bevor sie diese über einen Trichter in eine schmale Phiole goss. Das Ergebnis war ein blassrosa Sud, in dem kleine Partikel von was auch immer schwammen.

»Alraune, Wacholder und Lavendel. Die Mischung fördert den Schlaf und schirmt negative Schwingungen ab. Sind Sie in Ihren Träumen allein?«

Adam hob eine Augenbraue. Sollte er sich wirklich auf diese lächerliche Therapiesitzung einlassen? Wahrscheinlich wollte die Frau nur den Preis in die Höhe treiben. Andererseits waren ihre Beobachtungen, abgesehen von seinem Sternzeichen, erstaunlich akkurat gewesen. Was hatte er schon zu verlieren außer ein wenig Zeit?

Er machte eine vage Handbewegung und zuckte zusammen, als dicht neben ihm eine Katze fauchte. Sie saß auf dem Rand der Theke und musterte ihn aus grünen Augen. Er hatte das Tier bisher nicht bemerkt, denn sein schwarzes Fell verschmolz perfekt mit den Schatten. Die Katze fauchte erneut, wie um ihn dringlichst zu ermahnen, bitte schön Abstand zu halten.

»Das ist nicht gut«, sagte Ms Mercer und kraulte die Katze hinter dem Ohr. »Das spricht für Fremdenergien, die sich an Sie geheftet haben. Fühlen Sie sich oft grundlos nervös? Oder beobachtet?«

War das so ungewöhnlich, wenn man schlecht schlief?

»Also ja.« Ms Mercer nickte und füllte Flüssigkeit aus einer weiteren Flasche in die Phiole. Adam sah seine Rechnung nach oben schnellen. »Rosenquarzwasser zur Stärkung der Abwehr. Ich empfehle außerdem eine Räucherung Ihres Schlafraums mit Olibanum, Birkenrinde und Bärentraube. Das vertreibt negative Energien. Die Zutaten habe ich als fertige Mischung im praktischen Portionsbeutel vorrätig.«

Sie kramte ein Tütchen aus einer alten Holzschatulle hervor und packte es zusammen mit der verschlossenen Phiole in eine Papptüte mit der Aufschrift »Mercer's Midnight Magic«. Als Krönung legte sie noch eine Visitenkarte mit aufgedruckter Kristallkugel dazu.

»Nehmen Sie die Tinktur auf leeren Magen ein, etwa eine Stunde vor dem Zubettgehen. Und keine Sorge, die Zutaten sind hochpotenziert und mit Quellwasser gemischt. Die Räuchermischung benutzen Sie am besten morgens nach dem Aufstehen. Lassen Sie die Kräuter etwa zehn Minuten in einer mit Sand gefüllten Schale brennen. Danach lüften Sie gut durch.«

Er hob skeptisch eine Augenbraue.

»Meine Kunden haben keinen Grund zur Klage.«

Adam sah sich in dem leeren Laden um und behielt seine Gedanken lieber für sich. Stattdessen zückte er sein Portemonnaie, während er sich innerlich auf einen Schock vorbereitete. Sein Vater hatte zwar ein ansehnliches Sümmchen für seine Ausbildung zur Seite gelegt, das hieß aber nicht, dass er diese Geldquelle grundlos anzapfte.

»Nichts da.«

Ms Mercer schob die 20-Pfund-Note, die er ihr reichen wollte, beiseite und drückte ihm die Papptüte in die Hand.

»Sie haben eine besondere Gabe. Unterdrücken Sie sie nicht. Ihre Träume sind das Tor in eine andere Welt. Es wird Ihre Symptome nur verschlimmern, wenn Sie versuchen, die Tür gewaltsam zu verschließen. Lassen Sie die Träume zu, und lassen Sie sich von ihnen führen. Sie müssen davor keine Angst haben. Wenn Sie das nächste Mal träumen, kommen Sie danach vorbei und berichten Sie mir, was Sie erlebt haben. Und wenn Sie das Gefühl haben, mein Mittelchen hilft, bekommen Sie das nächste Rezept zum halben Preis. Einverstanden?«

Er nickte perplex und stopfte die Tüte in seine Jackentasche. Sie beulte aus, aber das war ihm egal. Seine Nachbarn waren bereits geschwätzig genug. Wetten, dass einer von ihnen mitbekommen hatte, wie er in die ›Eso-Apotheke‹ gegangen war? Er musste ihnen nicht noch mehr Zündstoff für ihre Lästereien liefern, indem er Angela Mercers Werbung durch die Gegend trug.

Mit einem Nicken und einem Wink seiner Hand verabschiedete er sich und wandte sich zum Gehen.

»Sie wohnen drüben bei der alten Ms Davenport, nicht wahr?«, rief die Apothekerin hinter ihm her. »Der junge Mann, dem die Stimme geklaut wurde.«

Sein Fuß verharrte auf der Schwelle.

»Falls Sie mal jemandem zum Reden brauchen …«

Er rollte mit den Augen.

»Dann ist ja alles bestens.« Die Apothekerin kramte einen Strohbesen hinter der Theke hervor und begann damit, die Staubschicht auf den Dielen neu zu verteilen. »Grüßen Sie Ihre Vermieterin von mir und erinnern Sie sie bei Gelegenheit daran, dass ich das Rezept für ihren Mann fertig habe.«

Er hob den Daumen zur Bestätigung, erleichtert darüber, dass sie nicht weiter nachbohrte. Inzwischen wunderte ihn gar nichts mehr – auch nicht, dass Ms Mercer Medizin für Geister herstellte, denn Ms Davenports Ehemann war schon vor Jahren gestorben.

»Und Adam ...« Er erstarrte, als sie seinen Namen verwendete. »Hüten Sie sich vor Fischen. Ein Tor öffnet sich immer in zwei Richtungen.«

KAPITEL 8

ADAM

Auf dem Campus herrschte das übliche Treiben: Studenten, Besucher, Professoren und Dozenten, die ein seltsames Gemisch aus Jeans, Pullundern, wetterfester Alltagskleidung, Anzügen und Regenschirmen zur Schau trugen. Den überquellenden Pappbechern, Coladosen und Plastikverpackungen nach zu urteilen, waren die strategisch verteilten Papierkörbe seit mindestens zwei Tagen nicht geleert worden. Die Bäumchen, die eigens für den Zweck gepflanzt worden waren, dem Gelände einen Hauch von Natur und Entspannung zu vermitteln, reckten ihre dürren Zweige verzweifelt gen Himmel. Nur hier und da sträubte sich noch ein einsames Herbstblatt hartnäckig gegen sein drohendes Schicksal, erst zu Laub und anschließend zu Matsch zu zerfallen. Regenschauer hatten auf den Pflastersteinen dicke Pfützen hinterlassen, in denen sich die verzerrten Fassaden der Universitätsgebäude spiegelten. Trotz ihrer Lage zwischen The Strand und dem Victoria Embankment drang der Verkehrslärm nur gedämpft in den abgeschirmten Innenhof. Adams Einschätzung nach fehlte es dem King's College an einer ordentlichen Portion Ehrwürdigkeit. Die Gebäude waren alt, aber nicht uralt, weitläufig, aber nicht riesig. Sie waren beeindruckend, ohne jedoch besonders zu sein. Die Fassaden, von Smog und Regen gezeichnet und gelegentlich durch angedeutete Arkaden und Säulen aufgelockert, fügten sich harmonisch aneinander, ohne überladen zu wirken. Dennoch konnten sie nicht mit Oxford oder gar Cambridge mithalten, wo die Jahrhunderte der Gelehrsamkeit beinahe greifbar in die Architektur der Universitäten eingebrannt waren. Adam war beinahe enttäuscht gewesen, als er zum ersten Mal den Campus des King's College betreten hatte. Trotzdem hob die vertraute Umgebung seine Stimmung.

»Hallo, Pandabär!«, rief Keiko ihm entgegen. »Wieder schlecht geschlafen?« Sie winkte ihm mit einem Becher Cappuccino zu, während sie auf den Stufen vor der Fakultät für Natur- und Mathematikwissenschaften auf ihn wartete.

Er setzte sich neben sie und nahm dankbar den heißen Pappbecher entgegen. Sie war ein Engel. Keiko schien immer im Voraus zu wissen, wann er Koffein brauchte. Sie selbst trank lieber Tee. Oder Milchshakes. Letzteres würde er nie verstehen.

Mit der freien Hand deutete er auf sein Gesicht. *So schlimm?*

»Mit deinen Augenringen machst du einem Zombie Konkurrenz. Hältst du Kaffee und Schlaftabletten für eine gute Mischung?«

Zur Antwort nahm er einen tiefen Schluck und verbrannte sich prompt die Zunge. Keiko gluckste, als er mit abgehackten Stößen Luft zwischen seine Lippen sog, um seinen Mund zu kühlen. Nachdem er seine Zunge wieder bewegen konnte, deutete er mit einem entschuldigenden Lächeln auf seine Uhr. Der Abstecher in die Apotheke war der Grund für sein Zuspätkommen gewesen.

»Als wärst du jemals pünktlich«, grummelte sie. »Meine drei nächsten Milchshakes gehen zur Strafe auf dich. Also, was ist das für ein Notfall, den du mir unbedingt erzählen musst? Lass mich raten: Du hattest ein Date mit Ivy und es lief schief.«

Adam schnitt eine Grimasse und reichte ihr das beidseitig beschriebene Blatt Papier, das er vor seinem Aufbruch ausgedruckt hatte. Darauf war sein gestriges Erlebnis in dürren Worten zusammengefasst.

»Oh«, machte Keiko drei Minuten später, nachdem sie zu Ende gelesen hatte. Danach sagte sie genauso lange erst einmal gar nichts. Adam konnte sehen, wie es hinter ihrer Stirn arbeitete. Er widerstand dem Impuls, an seinen Fingernägeln zu knabbern.

Schließlich räusperte sie sich, vorsorglich gleich mehrmals. »Als deine beste Freundin darf und muss ich dich das fragen: Du bist ganz sicher, dass du das nicht geträumt hast?«

Er verzog den Mundwinkel und kniff vorwurfsvoll ein Auge zusammen.

»Oder Drogen genommen?«

Adam verzichtete auf eine Antwort.

Keiko schüttelte fassungslos den Kopf. Ihr glattes, kinnlanges Haar wirbelte um ihr Gesicht, unterstützt vom Oktoberwind. »Seit Wochen hast du schlaflose Nächte mit Albträumen – und jetzt das? Verzeih, wenn ich ein wenig besorgt um deine Gesundheit bin, mein Lieber. Auch die geistige.« Sie starrte über den Rand ihrer Brille hinweg auf seine Brust. »Der Kristall ist da drin?«

Er zuckte die Schultern.

»Tut es weh?«

Er wiegte den Kopf. Keiko rollte mit den Augen.

»Warum um Himmels willen bist du damit nicht zum Arzt gegangen?«

Er zückte sein Smartphone und tippte: ›Damit die mich in die Klapsmühle stecken?‹

Keiko schnaufte und stützte den Kopf in die Handfläche. »Auch wieder wahr. Ich gebe zu, ich bin ratlos. Etwas, das, wie du weißt, so gut wie niemals vorkommt.«

In der Tat hatte Keiko immer ein offenes Ohr für ihn und meistens auch eine Antwort parat. Außer ihr hatte er niemanden, dem er seine Sorgen anvertrauen konnte. Abgesehen von seinem Onkel Jake, aber der war auf Dienstreise.

›Du glaubst mir?‹

Sie atmete tief durch, bevor sie antwortete.

»Wie meine koreanische Mutter in ihrer Weisheit zu sagen pflegte: ›Ein Schritt nach dem anderen.‹ Ja, ich glaube dir, dass du glaubst, einen Kristall in der Brust zu haben. Auch wenn ich keine Ahnung habe, wie das möglich sein kann. Du magst die schaurigsten Monster kreieren, die ich kenne, aber nie im Leben würdest du dir eine derartige Geschichte ausdenken, schon gar nicht, um mich zu ärgern. An deiner Stelle würde ich trotzdem zum Arzt gehen, und sei es nur, um körperliche Ursachen auszuschließen. Du musst ihm ja nicht erzählen, was passiert ist, sondern nur, dass du seit deinem Sturz Beschwerden in der Brust hast. Davon abgesehen müssen wir herausfinden, was tatsächlich in der Kammer geschehen ist, und zwar bald. Zunächst die gute Nachricht: Du bist noch am Leben. Das bedeutet, es gibt wahrscheinlich eine rationale Erklärung für das, was dir passiert ist. Was hält Ivy von der Sache?«

Er zögerte mit seiner Antwort, vertippte sich mehrfach und musste wieder von vorn anfangen. ›Ich habe nicht mehr mit ihr gesprochen, seitdem Stella Fortune uns ausgequetscht hat.‹

»Das sieht dir ähnlich«, seufzte Keiko, ging jedoch nicht weiter darauf ein. »Spürst du sonst irgendeine Veränderung? Halluzinationen, Müdigkeit, Reizbarkeit?«

›Du klingst wie meine Apothekerin.‹

»Gib mir das Zeug mal.« Sie deutete auf die »Midnight Magic«-Papptüte, die er neben sich auf den Boden gestellt hatte.

Er reichte ihr die Tüte hinüber.

»Bäh, riecht das scheußlich!«, rief sie, nachdem sie erst den Inhalt durchwühlt und dann die Phiole geöffnet hatte. »Vielleicht solltest du es lieber mit einer Therapie versuchen. Ernsthaft, manchmal verstehe ich dich einfach nicht. Wir studieren an einer der weltweit besten Universitäten ein zukunftsweisendes Fach, für das jährlich gerade einmal fünfzig unter tausenden Bewerbern ausgewählt werden, und das bei einem Professor, der zu den renommiertesten seiner Zunft zählt. Unsere Chancen, einen überbezahlten und spannenden Job zu bekommen, sind verglichen mit dem Durchschnitt der IT-Absolventen phänomenal. Und was machst du? Versuchst dich als Künstler. Ich hatte dich gewarnt. Die Welt der Schönen und Reichen ist ein gefährliches Gewässer. Und diese Stella Fortune schwimmt ganz vorne mit. Seit du ihren Auftrag angenommen hast, leidest du an Schlaflosigkeit und Albträumen, hast Ärger mit dem Prof – und jetzt steckt zu allem Übel auch noch ein Kristall in deiner Brust, der Gott weiß was mit dir macht.« Sie holte tief Luft. »Mein Leben wäre sooo langweilig ohne dich.«

Jetzt war es an ihm, mit den Augen zu rollen. ›Du jobbst in einem Supermarkt.‹

»Ich bin jung und brauche die Abwechslung. Nicht jeder wird wie du mit einem goldenen Löffel im Mund geboren.« Sie räumte die Phiole zurück in die Tüte und stellte sie zwischen sich auf den Boden. »Aber unterbrich mich nicht, ich war noch nicht fertig. Was ich eigentlich sagen wollte: Du machst dein Ding, und dafür liebe ich dich – selbst wenn du Monster am Computer entwirfst, die sogar mir Albträume entlocken. Erfolg braucht Zeit, Entschlossenheit und ein Quäntchen Glück. Du solltest sie jedoch in die richtigen Bahnen lenken.« Keiko rückte ihre Brille zurecht, die viel zu groß für ihr rundliches Gesicht war. »Betrachten wir es einmal positiv: Ohne deine Kunst hättest du den Auftrag nicht bekommen, und ohne deine Albträume wären deine Werke nicht so fantastisch geworden. Ohne dein Talent und deine Beharrlichkeit hätte Stella Fortune dich wieder gefeuert und dann hättest du niemals die Liebe deines Lebens kennengelernt. Abgesehen von deinen Noten könnte es kaum besser für dich laufen.« Als sie »Liebe deines Lebens« sagte, malte sie imaginäre Anführungszeichen in die Luft.

Adam bewunderte Keikos Opportunismus, auch wenn er ihre Logik nicht nachvollziehen konnte. Im ersten Semester hatte er im Kopierraum aus Versehen ihre Hausarbeit durch den Papierschredder gejagt, und sie hatte ihn daraufhin auf einen Erdbeermilchshake eingeladen (sie hätte ihm stattdessen auch einen Aktenordner über den Kopf schlagen können). Seither waren sie befreundet. Es sagte viel über Keikos Charakter aus, dass sie anderen nichts nachtrug, jedenfalls nicht lange. Darum konnte er es ihr nicht übelnehmen, wenn sie jede Gelegenheit nutzte, um seinen Lerneifer infrage zu stellen.

›Nach gestern Abend wird sich Ivy wenigstens an meinen Namen erinnern.‹

Keiko seufzte. »Adam, stell dein Licht nicht immer unter den Scheffel. Du bist unglaublich klug, sensibel und niedlich. Ich würde sofort mit dir ausgehen.«

›Du stehst auf Mädchen und junge Hunde‹, schrieb er zur Antwort und stellte den leeren Pappbecher zwischen seine Füße. Die Wirkung des Kaffees ließ auf sich warten. Ob Keiko koffeinfreien gekauft hatte? Zutrauen würde er es ihr. Seit er ihr von Ivy erzählt hatte, benahm sie sich merkwürdig. Allerdings ermutigte sie ihn auch ständig, endlich den nächsten Schritt zu wagen und Ivy um ein Date zu bitten. Manchmal wurde er einfach nicht schlau aus ihr. Er empfand aufrichtige Freundschaft für Keiko. Mit ihr konnte man Pferde stehlen. Nie hatte sie eine Andeutung gemacht, dass sie mehr von ihm wollte.

Keiko schnaubte. »Ich mag auch Jungs. Aber ich weiß nicht, ob Ivy ein Herz für Hundewelpen hat.« Ohne ihre letzte Bemerkung weiter auszuführen, kramte sie in ihrem

Rucksack nach einem Schokoriegel. »Zurück zu deinem Problem. Hast du es schon gegoogelt?«

Er starrte sie an.

»Kristall. Absorption. Knochen. Katakomben. Schon vergessen?« Sie bot ihm drei verschiedene Sorten Müsliriegel an, die er jeweils dankend ablehnte, bevor sie fortfuhr: »Möglicherweise steckt eine Sekte dahinter. Zu viktorianischen Zeiten waren Kontakte mit der Geisterwelt voll in Mode. Oder eine finstere Geheimgesellschaft? Ein satanischer Orden? Ich glaube zwar nicht an einen derartigen Kram, aber andere tun's. Das ist das Fatale. Dennoch gibt es für alles eine rationale Erklärung. Wir müssen sie nur finden. Ich wiederhole mich ungern, aber für mich ist das ein klassischer Fall von ›Ockhams Rasiermesser‹: Die einfachste Theorie ist meistens die richtige. Der alte Ockham war ein kluger Philosoph. Halten wir uns daher an sein Prinzip und schneiden alle überflüssigen Annahmen und irrationalen Erklärungen ab. Was weißt du über die Geschichte von St Bart's?«

Er hob die Schultern. Bisher war er nicht auf die Idee gekommen, nach einem Zusammenhang zwischen der Kathedrale und dem Kristall zu suchen.

Keiko schien kurz davor, sich die Haare zu raufen. »Das hab ich mir gedacht. Aber dafür hast du ja mich. Rate mal, wie ich meinen Nachmittag verbringen werde: in der Bibliothek. Wie immer, wenn ich nicht arbeite oder ein Seminar habe. Die Bibliothek ist übrigens ein Ort, wo man recherchieren kann. Das solltest du eigentlich wissen, wenn du dich nur öfter dort blicken lassen würdest. Aber eigentlich wollte ich etwas ganz anderes von dir hören: Hast du schon Antworten vorbereitet?«

Ihr sprunghafter Themenwechsel brachte ihn aus dem Konzept. In Gedanken hatte er tatsächlich gerade überlegt, ob er in der Bibliothek Literatur zu St Bart's und dessen Architektur und Geschichte finden konnte. Für gewöhnlich recherchierte er in Online-Foren, wenn er über ein technisches Problem oder eine Fragestellung aus seinen Seminaren grübelte. Mit Geschichte oder gar Okkultismus hatte er sich bisher nicht befasst. Wozu denn auch?

Mit einiger Verspätung tippte er: ›Antworten wofür?‹

»Die Modeshow natürlich. Hat Stella Fortune dich nicht vorgewarnt? Die Presse wird dich ausfragen bis auf die Knochen. Jeder wird wissen wollen, wer so ein geniales Kunstwerk wie deinen Gargoyle erschaffen hat. Ob das die Kunst der Zukunft oder die Zukunft der Kunst sein wird. Welche Technologie dahintersteckt. Wie du dazu gekommen bist. Warum deine Hologramme so düster sind. Warum du in London IT studierst, anstatt in der Firma deines Vaters den Chefsessel warmzuhalten. Warum du nicht sprichst. Wovor du Angst hast.«

Sie riss die Verpackung des Schokoriegels auf und deutete mit diesem vielsagend auf seine Herzgegend, bevor sie hungrig ein großes Stück abbiss. Adam rieb sich mit den Fingerknöcheln über die Brust. Die Schmerzen waren über Nacht abgeebbt, dafür kribbelte es seit ein paar Stunden unangenehm hinter seinen Rippen. Er versuchte, das Gefühl zu ignorieren.

Bisher hatte er sich über den Ablauf der Show keine Gedanken gemacht. Er wusste nicht einmal, ob er dabei sein wollte, außer vielleicht, um im Fall der Fälle technischen Support zu leisten. Keiko übertrieb. Die Presse würde sich für die Models, die Band und die Primaballerina interessieren, während sein Gargoyle lediglich schmückendes Beiwerk war, für das er zudem anständig bezahlt wurde. Aus diesem Grund hatte er den Auftrag angenommen, und nicht etwa in der Hoffnung auf einen Durchbruch als Künstler – obwohl dieser Wunsch gelegentlich in den Tiefen seines Geistes herumspukte. Welcher kreative Mensch würde sich keine Anerkennung für sein Werk wünschen? Aber er war nicht wie Colin. Da machte er sich nichts vor. Der Sänger brannte mit einer Leidenschaft, die Adam fehlte. Dennoch waren seine

Werke mehr als nur ein Hobby oder eine technische Spielerei für ihn. Sie waren der Teil von ihm, den er bisher verleugnet hatte, auch wenn er noch nicht genau wusste, welcher Teil das eigentlich war.

Lahm tippte er in sein Handy: ›Du kennst mein Motto: Schweigen ist Gold.‹

»Wie witzig. Am besten schreibst du den Satz auf deine Visitenkarte und hältst ihn den Reportern unter die Nase«, erwiderte Keiko. »Und jetzt komm! Unser Seminar fängt gleich an. Mein Hintern ist vom Regen schon ganz durchgeweicht.«

Sie stand auf. Sein Pappbecher wurde prompt von einem Windstoß erfasst und rollte ihr die Stufen hinterher. Wenigstens hatte er ihn vorher ausgetrunken.

Nach dem Gespräch mit Keiko breitete sich ein Gefühl der Erleichterung in Adam aus. Er gab sich der Hoffnung hin, dass er mit ihrer Hilfe eine rationale Erklärung für seinen Zustand finden würde. Möglicherweise hatten Ivy und er in den Katakomben Pilzsporen eingeatmet, die zu Halluzinationen geführt hatten. Es klang so plausibel, dass er sich fragte, warum er nicht gleich darauf gekommen war. Bestimmt würde Keiko ihm beipflichten oder nach ihrer Recherche mit einer ähnlich schlüssigen Argumentation aufwarten. Er sollte sich weniger Sorgen machen. Doch trotz seiner guten Vorsätze plagte ihn weiterhin eine innere Unruhe, die auch während des zweistündigen Seminars nicht weichen wollte. Mathematik gehörte nicht gerade zu seinen Stärken, daher fiel es ihm schwer, sich auf die gestellte Aufgabe zu konzentrieren. Selbst ohne bleischwere Augenlider wäre er daran gescheitert, einen vierdimensionalen Hyperwürfel für einen möglichen zukünftigen Quantencomputer der Universität zu erstellen. Das war eine Technologie, die er erst ansatzweise zu verstehen begann. Bei jedem Versuch, den Code auszuführen, meldete das Programm einen Fehler zurück. Sein einziger Trost bestand darin, dass seine Kommilitonen nicht besser abschnitten als er. Unter Druck arbeitete er nicht gut. Am liebsten hätte er diese Aufgabe zu Hause an seinem Computer erledigt, wo er in Ruhe herumexperimentieren konnte. Als Nächstes würde er zwei weitere Vorlesungsstunden zum Thema Reverse Engineering über sich ergehen lassen müssen. Daher nutzte er die kurze Pause zwischen den beiden Veranstaltungen, um sich einen weiteren Cappuccino aus dem nahegelegenen Coffeeshop zu holen.

Währenddessen drifteten seine Gedanken ständig zu den gestrigen Ereignissen zurück. Rückblickend betrachtet erschienen sie ihm surreal, fast wie ein Traum, den er auch im Wachzustand nicht abschütteln konnte. Selbst die kalte Oktoberluft konnte das unangenehme Gefühl von Staub und Knochenmehl auf seiner Haut nicht vertreiben. Immer wieder strauchelte er auf lockerem Geröll. Sand und kleine Kieselsteine verfingen sich in seinen Schuhen und stachen unangenehm in seine Fußsohlen. Es war, als würde er durch einen wellengepeitschten Ozean aus Steinen wandern, ohne ein klares Ziel, immer nur vorwärts.

War er nicht eben noch auf dem Rückweg zur Uni gewesen?

Der Campus wirkte wie ausgestorben. Anstelle der vertrauten Gebäudefassaden des King's College ragten Felsen um ihn herum auf. Manche glichen mannshohen, bizarr geformten Steinblöcken, andere strebten säulenartig in die Höhe, während wieder andere flach und niedrig waren, aber scheinbar endlos weit reichten. Risse und Einkerbungen, breit genug, um sich darin auszustrecken, zeugten von der unaufhaltsamen Kraft des Wassers, das sich in längst vergangenen Zeiten seinen Weg durch diese Landschaft gebahnt hatte. Doch jeder einst existierende Tropfen Nass schien inzwischen versiegt zu sein.

Vereinzelt lockerten trockene Sträucher das monotone Gemisch aus Rot, Ocker und Graubraun auf, an einigen Stellen wagten sich zaghaft braune Grashalme zwischen den Ritzen hervor. Dennoch deutete nichts darauf hin, dass irgendwo Leben herrschte. Das einzige Geräusch in der Stille war das Knirschen seiner Schritte, wenn er lose Gesteinsbrocken unter seinen Schuhsohlen zermahlte. Fahles Licht stach unangenehm in seine Augen und erinnerte ihn an den Schein einer nackten Glühbirne. Etwas stimmte nicht an diesem Bild. Saß er schon im Hörsaal? Er war spät dran gewesen für die Vorlesung. Es fiel ihm schwer, einen klaren Gedanken zu fassen. Die trostlose Gegend schien sich in seinen Kopf eingeschlichen zu haben und hing dort wie eine hartnäckige Nebelwolke fest.

Fahrig rieb er sich über das Gesicht. Sollte er Ivy eine Nachricht schicken? Würde sie ihn überhaupt wiedersehen wollen?

In der Ferne zog ein Schatten am Himmel seine Kreise, ein einsamer Raubvogel auf der Suche nach Beute. Doch etwas an seiner Bewegung war ungewöhnlich, nicht typisch für einen Vogel. Sein Flug wirkte zu plump im Vergleich zur schwerelosen Eleganz eines gefiederten Jägers. Nicht der Auftrieb des Windes trug ihn durch die Lüfte, sondern das kraftvolle Auf und Ab seiner Flügel, die wie geblähte Segel über einem gedrungenen Körper aufragten.

Der Schatten am Himmel nahm keine Notiz von ihm. Doch von nun an achtete Adam darauf, im Schutz der hohen Felsbrocken zu bleiben, um nicht durch eine unbedachte Bewegung oder ein Stolpern die Aufmerksamkeit des Jägers auf sich zu lenken – genau wie die Gestalt, die einige Dutzend Meter vor ihm über die Felsen nach oben kletterte.

Wann war sie aufgetaucht? Er hatte sie zuvor nicht bemerkt.

Adam beschleunigte seine Schritte, während er den steilen Hang hinaufstieg. Je höher er gelangte, desto weniger Sand und Geröll lagen auf dem Plateau. Stattdessen ragten die Felsen wie eine massive Wand in den gelben Himmel auf, durchzogen von tiefen Spalten und dunklen Höhleneingängen. Er musste die Gestalt unbedingt einholen, bevor sie in einer der Höhlen verschwand. Der Schweiß rann ihm in Strömen von der Stirn. Immer wieder rutschte er aus und schnitt sich die Handflächen an scharfen Felskanten auf. Verzweifelt rief er der Gestalt vor ihm zu, dass sie auf ihn warten solle. Seine Stimme hallte als Echo von den Felswänden wieder.

Seine Stimme …?

Der Schwall heißen Kaffees auf seiner Hand brachte Adam wieder zur Besinnung.

»Murphy's Gesetz, Mister Thorne! Alles, was schiefgehen kann, wird schiefgehen. Sie sind der lebende Beweis dafür«, sagte Professor Magnusson, während er ein Taschentuch hervorzog, um sein Gesicht abzutupfen.

Adam starrte ihn an, anschließend den Pappbecher in seiner Hand. Was von seinem Cappuccino noch übrig war, zierte die Eingangstür zur Fakultät und den Anzug des Professors.

»Ihre Ungeschicklichkeit sucht wirklich ihresgleichen. Wenn Sie dafür Punkte sammeln könnten, würde ich Ihnen die Bestnote geben. Bitte sparen Sie sich weitere Katastrophen für die Zeit nach der Vorlesung auf und vergessen Sie Ihre Seminararbeit nicht.«

Adam nickte reflexartig und sah zu, wie der Professor mit schwungvollen Schritten über den Campus davoneilte. Einige Studenten, die mit Zigaretten in der Hand neben dem Eingang standen, steckten grinsend die Köpfe zusammen. Sie machten sich nicht die Mühe, leise zu reden. Worte wie »Idiot«, »Wette« und »Murphy« schwirrten an Adams Ohr vorbei. Der Spitzname »Murphy« begleitete ihn dank Professor Magnusson schon seit seinem ersten Semester. Vielleicht war es ein Omen. Bei ihm lief tatsächlich alles schief, was möglich war.

Mit brennenden Wangen zwängte Adam sich an seinen Kommilitonen vorbei und suchte die nächstgelegene Toilette auf. Ein Student mit blonden Haaren kam ihm hinter der Tür entgegen und verzog geringschätzig den Mund, als er ihn erkannte. Nicht auch noch der, stöhnte Adam innerlich und verfluchte sein Pech.

»Hey, Murphy, du siehst aus, als wäre dir eines deiner Monster auf den Fersen«, rief Ron Cavendish und boxte Adam gegen die Schulter. »Oder deine schlitzäugige kleine Freundin. Wobei das irgendwie aufs Gleiche rauskommt.« Er grölte laut, als hätte er gerade einen grandiosen Witz gerissen.

Adam eilte mit gesenktem Kopf an ihm vorbei in die einzige vorhandene Toilettenkabine und schlug die Tür hinter sich zu. Ignorieren war schon immer seine beste Verteidigung gewesen. Das hinderte Ron jedoch nicht daran, mit der Faust gegen die Tür zu ballern. »Soll ich mir die Kleine mal vornehmen? Komm schon, Murph, ich tu dir doch nur einen Gefallen.«

Adam zählte in Gedanken langsam von zwanzig rückwärts. Wäre er in besserer Verfassung gewesen, hätte er es vielleicht gewagt, den Kerl zu konfrontieren, selbst wenn er sich dabei eine blutige Nase geholt hätte. Typen wie Ron mochten ihn beleidigen, so viel sie wollten, aber wenn es um Keiko ging, hörte der Spaß auf.

Seine Kalkulation ging auf. Der Cavendish-Dreckskerl gab noch ein paar Obszönitäten von sich, bevor er schließlich abzog. In der Toilette fehlte ihm das Publikum für seine selbstgefälligen Machtspielchen. Adam wartete mit angehaltenem Atem, bis die Tür hinter ihm ins Schloss fiel, dann stürzte er aus der Kabine und warf den Pappbecher samt spärlichem Kaffeerest achtlos ins Waschbecken. Anschließend spritzte er sich kaltes Wasser ins Gesicht. Seine Hände zitterten, als er sich auf dem Beckenrand abstützte. Die Adern verliefen wie ein verzweigtes Flussbett über seinen Handrücken. Oder wie die Risse in der Felswüste, durch die er geklettert war. Seine Hemdsärmel waren fleckig von Wüstenstaub und Kaffee.

Vielleicht war es das Beste, wenn er die Kreativität für eine Weile auf Eis legte, sobald er mit dem Hologramm für die Modeshow fertig war. Der doppelte Stress bekam ihm nicht gut. Sein Studium hatte in den letzten Wochen unter seiner Unkonzentriertheit gelitten. Professor Magnusson hatte ihn deswegen bereits im Visier, und Keiko machte die Sache mit ihrem rastlosen Ehrgeiz nicht besser. Kein Job der Welt war es wert, wenn er dadurch seinen Abschluss gefährdete. Knochenkammern und sich auflösende Kristalle schon zweimal nicht.

Die Berührung mit etwas Solidem, Greifbarem tat gut. Das Zittern ebbte ab. Mit einem Papiertuch aus dem Spender rieb er sich über das Gesicht, bis es schmerzte. Als er den Blick hob, starrten ihn violette Augen aus dem Spiegel an.

Adams Beine gaben nach. Glücklicherweise stand er direkt neben der Wand, sodass er sich mit einem Rums auf den Heizkörper setzte, statt mit den kalten Bodenfliesen Bekanntschaft zu machen. Ein paar Minuten blieb er sitzen, so lange, bis weitere Toilettenbesucher durch die Tür kamen. Zum Glück ignorierten sie ihn. Wahrscheinlich hätten sie ihn selbst dann übersehen, wenn er leblos auf dem Boden gelegen hätte. Manchmal hatte er das Gefühl, unsichtbar durchs Leben zu taumeln, solange er nicht durch ein dummes Missgeschick ins Visier seiner Mitmenschen geriet. Mit zitternden Fingern fuhr er sich durchs Haar und ordnete seine Kleidung, bevor er einen letzten prüfenden Blick in den Spiegel warf.

Seine Augen sahen aus wie immer. Gott sei Dank. Violett war noch nie seine Farbe gewesen.

Es war höchste Zeit, dass er Ivy kontaktierte. Bevor er noch wahnsinnig wurde.

KAPITEL 9

SOLON

Das Spiegelbild verblasst, als ich es berühren will. Stattdessen trifft meine Hand auf massiven Fels. Die Wand, deren Oberfläche sich soeben noch wie Wellen auf einem vom Wind bewegten See vor mir gekräuselt hat, fühlt sich rau und porös an. Steinstaub rieselt zu Boden, als ich über die von Rissen überzogene Fläche streiche.

Nichts. Nur nackter Fels.

Werde ich wahnsinnig? Den Verstand zu verlieren ist im Nirgendwann keine Seltenheit. Ein Tod zu viel, und man begibt sich aus freien Stücken in den Odem. Ich habe längst aufgehört zu zählen, wie oft ich in diesem verfluchten Gefängnis gestorben bin.

Dennoch – für die Dauer von mehreren Herzschlägen ist die Wand durchlässig gewesen. Ein spiegelnder, kristallklarer See, in dem ein Gesicht schwamm. Unscharf, mit verzerrten Zügen, aber lebendig. Nie zuvor ist mir ein Mensch im Nirgendwann begegnet. Die Echos, die in Scharen in den Odem wandern, zählen nicht. Von denen ist längst alles Menschliche abgefallen.

Ob Glück, Zufall oder Fügung, vielleicht bin ich meinem Ziel endlich einen Schritt näher gekommen. Das hoffe ich, denn in diese verflixte Höhle zu gelangen, hat mich beinahe Kopf und Kragen gekostet.

Nach dem Desaster mit den Eisharpyien und dem Schattenmar suchte ich mir einen leichteren Aufstieg auf die Tanzenden Berge. Für den Zickzackkurs, der mich schließlich auf die Gipfel führte, brauchte ich zwar doppelt so lange wie bei meinem ersten Versuch, aber wenigstens blieb ich unverletzt. Der Ausblick von den Gipfeln war enttäuschend. Unter mir erstreckten sich Felsen, und vor mir erstreckten sich Felsen. Als hätte ein einfallsloser Schöpfer einen Haufen Steine zu einem Felsengebirge aufgetürmt und darauf ein weiteres Gebirge geschichtet. Die Felsen von Gebirge Nummer zwei waren weniger hoch, weniger steil, aber dafür tief zerfurcht und scheinbar endlos. Wie Klauen ragten sie in den gelblichen Himmel, als ob sie darauf warten würden, ahnungslose Beute aus der Luft zu pflücken. Nur gab es hier nichts, was ihren Hunger stillen konnte. Nichts außer weiteren Felsen und vereinzelten verdorrten Sträuchern. Und Höhlen. Jede Menge davon. Sie verbargen sich hinter unscheinbaren Rissen im Gestein, die bei genauerem Hinsehen tief in die Felsen führten.

Ab jetzt musste ich doppelt vorsichtig sein. Denn hier begann *ihr* Hoheitsgebiet.

Im Schutz der Felsen setzte ich meinen Weg fort, während mein Herz unruhig in meiner Brust schlug. Sie konnten überall lauern. In der Ferne erblickte ich einen von ihnen als geflügelte Silhouette am Himmel. Ohne mein Zír, die Quelle meiner Lebenskraft und meiner ureigenen Magie, war ich ihnen hilflos ausgeliefert. Es war im Nirgendwann genauso verdorrt wie die Sträucher zwischen den Felsen. Trotzdem vertraute ich darauf, dass die verbliebenen kargen Reste mir den rechten Weg weisen würden. Ob meine Feinde bereits ahnten, dass ich mich ihnen näherte? Mehr als einmal hatte ich das Gefühl, dass mir jemand folgte.

Staub bedeckte meine Stiefel so dick mit einer weiß-gelben Schicht, dass ich beinahe glaubte, durch Schnee zu laufen. Die linke Sohle klaffte auseinander, was dazu führte, dass ich ständig Steine herausschütteln musste. Wie oft hatte ich sie schon repariert? Zuletzt hatte ich es mit Schneckenschleim und einer Paste aus Schlamm und Sumpfbeeren probiert. Die Mischung war vielversprechend gewesen und hatte die Hetzjagd in den Kargwäldern, die Savanne der Endlosen Fragen und sogar den Aufstieg auf die Tanzenden Berge überstanden. Doch die Kletterei in dieser kahlen Mondlandschaft war zu viel für sie gewesen. Bedauerlicherweise gab es hier nichts, was als alternatives Klebemittel infrage kam.

Ach, wie sehr hätte ich mir einen entspannten Nachmittagstee auf Williams Veranda gewünscht. Wenn ich die Augen schloss, konnte ich beinahe die frische Brise des Atlantiks auf meinem Gesicht spüren, die der Westwind über die Hügel herantrug. Der salzige Geruch kitzelte mich in der Nase. Im Haus hörte ich jemanden Klavier spielen. Ich konnte mich nicht mehr daran erinnern, wer es war, aber die flinken Finger verrieten einen geübten Spieler. Die Töne webten mich in einen angenehmen Kokon aus Schläfrigkeit und Entspannung. Feine Nebelschwaden streckten ihre Finger nach mir aus. Ich stolperte vorwärts, doch meine Beine fühlten sich an wie Blei, und mit jedem Schritt schwand mein Ziel ein wenig mehr. Wozu all diese Mühe?

In der Ferne rief jemand nach mir.

Ruh dich aus, flüsterte der Odem mir gleichzeitig zu.

Es war verlockend. Ich sollte mir eine Pause gönnen …

In dem Moment gab der Boden unter mir nach. Graue Felsen wirbelten an mir vorbei, etwas schnitt in mein Fleisch und im nächsten Moment trieb mir der Aufprall die Luft aus den Lungen. Knochen splitterten. Das Blut rauschte in meinen Ohren, und es dauerte mehrere Herzschläge, bis mein Atem wieder einsetzte. Einige weitere

Atemzüge lang blieb ich reglos liegen und verfluchte mich selbst für meine Nachlässigkeit. Vor lauter Angst, von meinen Feinden entdeckt zu werden, hatte ich die größte Gefahr ignoriert. Der Odem besaß keine Klauen, aber er war ungleich hinterhältiger. Ein weiteres Mal hätte er mich beinahe erwischt.

Probeweise hob ich einen Arm. Er war noch dran. Unsinnigerweise versuchte ich damit, den Staub beiseite zu wedeln, der von oben in mein Gesicht rieselte. Außerdem pikste mich etwas Spitzes in die Wirbelsäule. Vorsichtig drehte ich mich auf die Seite und zog den Störenfried unter meinen Rippen hervor.

Ein Knochen. Kürzer und dicker als der, den ich dem Schattenmar ins Gehirn gebohrt hatte. Ein echter, weißlicher und deutlich abgenagter Knochen.

Ich blickte mich um. Weitere Knochen ragten neben mir auf wie die Planken eines Schiffswracks oder die Stangen eines Käfigs. Ich war mitten in den Brustkorb eines riesigen und zugleich sehr toten Wesens gestürzt. Ein paar Zentimeter weiter nach links oder rechts und ich hätte als Braten am Spieß geendet. Ein paar der scharfen Knochen hatten meine Haut geritzt, andere waren unter meinem Gewicht beim Aufprall zersplittert. Wieder andere zeigten deutliche Nagespuren – kleine, regelmäßige Kerben in den Rippen, als ob sich eine Horde Ratten über den Kadaver hergemacht hätte.

Ich untersuchte die Knochensplitter genauer. Es waren zu viele, als dass allein mein Sturz dafür verantwortlich sein konnte. Doch was konnte ein Wesen dieser Größe zu Fall gebracht haben? Das Gerippe war mindestens fünfmal so lang wie ich. Die gekrümmte Wirbelsäule war dicker als mein Oberschenkel und endete in einem langen Schwanz, dessen letzter Knochen wie eine Harpune gezackt war. Seitlich davon lagen dünnere, hohle Flügelknochen. Sie sahen aus wie jener, mit dem der Schattenmar geprahlt hatte. Die krallenartigen Fortsätze an den Flügelbögen waren dünner als meine Finger. Auch der Schädel des Biests wies eigentümliche Beschädigungen auf. Er war an so vielen Stellen zerbrochen, als hätte jemand einen Stepptanz darauf aufgeführt. Die Zähne lagen verstreut herum. Sie waren nicht sehr spitz, sondern flach und abgerundet wie die eines Pflanzenfressers.

Nicht alle Gargoyles waren Beutejäger.

Die Gargoyle-Clans lagen seit Urzeiten miteinander im Streit, aber ich hielt es für unwahrscheinlich, dass ein Artgenosse diese Schäden verursacht hatte. Noch weniger konnte ich mir erklären, wie der Kadaver in die Höhle gelangt war. Abgesehen von dem schmalen Durchbruch, durch den ich gestürzt war, gab es nur einen einzigen Eingang in der Nähe, der kaum breit genug war, um einen ausgewachsenen Mann hindurch zu lassen, geschweige denn einen Gargoyle von der Größe eines afrikanischen Elefantenbullen – mit fünf Metern Flügelspannweite.

Durch den Spalt in der Höhlendecke fielen Sand und fahles Nirgendlicht, das groteske Schatten über die Wände und das ausgeblichene Skelett in der Mitte warf. Die Rückwand der Höhle schien mit den Schatten zu tanzen. Ich musste zweimal hinsehen, um sicherzugehen.

Das war keine optische Täuschung. Die Felswand bewegte sich. Oder besser gesagt: Etwas an der Felswand bewegte sich.

Ich stand auf und trat näher. Eine zähe Flüssigkeit tropfte in drei parallelen Bächen am Gestein herab und sammelte sich in einer Pfütze. Bei jedem Tropfen, der zu Boden platschte, hörte ich ein leises Pling. Ich berührte eines der Gerinnsel an der Wand und zerrieb die klebrige Substanz zwischen Zeigefinger und Daumen. Sie verströmte einen beißenden Geruch, den ich nicht einordnen konnte, obwohl er mir vage vertraut vorkam. Dann hörte ich noch etwas anderes – einen Nachhall in dem stetigen Tropfgeräusch. Ich legte mein Ohr an die Wand und lauschte mit geschlossenen Augen. Mein eigener Herzschlag hallte mir entgegen, überlagert von einem zweiten, unregelmäßigeren Pochen. Konnte das wirklich sein?

»William?«, flüsterte ich.

Das massive Felsgestein unter meinen Handflächen begann Wellen zu schlagen, und ich zuckte erschrocken zurück. Ein feiner Sprühregen aus Flüssigkeit traf mein Gesicht. Die Wand wurde durchlässig! Mein Herz machte einen Sprung vor Freude. Hatte ich das Schlupfloch gefunden? Das Graubraun des Gesteins verblasste zu einer farblosen Politur, auf der Schatten tanzten. Zuerst hielt ich es für mein eigenes Spiegelbild, das mir entgegenstarrte. Es war unscharf und verzerrt, aber eindeutig menschlich.

Ich fuhr mir durchs Haar, doch die Gestalt im Spiegel wiederholte meine Bewegung nicht. Sie hielt den Kopf gesenkt und schien mich nicht wahrzunehmen. »Sieh mich an!«, rief ich und streckte meine Hand nach dem Gesicht in der Wand aus. Sie drang durch die Oberfläche, als würde ich durch geronnene Milch greifen.

Der Kopf des Fremden zuckte hoch, und ein Paar Augen starrte mich zwei Herzschläge lang an, bevor ein heftiges Wellenmuster das Bild verzerrte, als ob jemand einen Stein auf eine Wasseroberfläche geschleudert hätte. Eine eisige Kälte durchfuhr meine Knochen, und ich zog meine Hand gerade noch rechtzeitig zurück, bevor die Wellen erstarrten. Furchen und Risse überzogen den Fels, der wieder massiv und undurchdringlich war.

»Warte!«, rief ich. Aber nur mein eigenes Echo antwortete mir.

Und so stehe ich nun da wie ein Idiot, der weder bestellt noch abgeholt wurde. Es ist zugleich der Moment, in dem ich an meinem Verstand zu zweifeln beginne, während gleichzeitig eine neue Hoffnung in mir aufkeimt, nur um gleich darauf einen neuen Dämpfer zu bekommen, als der Schattenmar dicht hinter mir spricht: »Ah, Solon! Wenn ich geahnt hätte, dass du mich so sehr vermisst, dann hätte ich mich beeilt.«

Ich fahre herum. Zwischen zwei Fingern jongliert Gian-Sûl grinsend den Knochen, den ich ihm zuvor durch den Schädel gebohrt hatte.

»Kannst du nicht einmal tot bleiben?«, frage ich und reibe meine Hand an der Hose ab, aber die zähe Flüssigkeit klebt hartnäckig daran fest.

»Wo wäre da der Spaß?«

Der Schattenmar legt den Knochen wie einen Spazierstock über seine Schulter und vollführt eine angedeutete Verbeugung. »Aber für die Kopfschmerzen schuldest du mir etwas.«

Ich taste nach der Harpyienkralle in meinem Gürtel. Die Chancen stehen schlecht. Ein zweites Mal werde ich den Schattenmar nicht überrumpeln können. Wie lange mag er mich schon beobachtet haben?

Gian-Sûl stößt das Gerippe des Gargoyles mit dem Schuh an. »Wolltest du klammheimlich ohne mich aus dem Nirgendwann abhauen, Freund Solon?«

»Und ich dachte, ich hätte mich ordentlich verabschiedet«, entgegne ich und tippe mir vielsagend an die Schläfe.

Gian-Sûls aufgesetztes Lächeln verschwindet. Mit einer schlangenartigen Bewegung gleitet er auf mich zu. Mir bleibt keine Zeit, die Kralle aus meinem Gürtel zu ziehen, doch anstatt mich anzugreifen, berührt Gian-Sûl mit einer fast sanften Geste meine Wange und zieht die Hand anschließend wieder zurück. Mit einem Stirnrunzeln, das die Schuppen an seinen Schläfen stärker hervortreten lässt, reibt er die Fingerkuppen aneinander, bevor er mit seiner Zungenspitze an ihnen leckt. Dann hält er die Hand in den gelblichen Lichtschimmer des Nirgendwann, der von der Decke hereinfällt.

»Königsblau.«

»Königswas?«

Der Schattenmar kratzt sich mit dem Knochen zwischen den Hörnern auf seinem Schädel. »Hörst du nie zu? Es ist Farbe!«

Er streckt mir seine Finger entgegen, wie um mich aufzufordern, ebenfalls daran zu lecken.

Farbe? Ernsthaft?

Die Höhle fängt an zu knurren. Anders lässt sich das Geräusch nicht beschreiben. Ich wechsle einen Blick mit dem Schattenmar. »Das ist nicht zufällig dein Magen?«, frage ich.

Gian-Sûl gönnt mir keine Antwort, sondern lässt seinen Blick über die Höhlenwände wandern. Sand rieselt von der Decke herab. Zu dem Knurren gesellt sich ein Schaben und Kratzen, gefolgt von einem Poltern, als Felsblöcke beiseitegeschoben werden.

»Sandläuse!«, ruft Gian-Sûl.

Jetzt sehe ich sie auch. Wie ein Schwarm Heuschrecken schieben sie sich unter Gesteinsbrocken hervor oder tauchen aus Felsspalten und Rissen in den Wänden auf. Sandläuse sind eklige Biester. Der geschmeidige Panzer um ihre Körper kann sich zusammenziehen oder ausdehnen, je nachdem, ob sie sich durch einen Riss quetschen oder ihn überqueren müssen. Am Boden wirken sie platt und unförmig, aber ihre zwölf Beine tragen sie in Windeseile über den felsigen Untergrund. Einer krabbelnden Woge gleich stürzen sie auf uns zu. Die Reißzangen an ihren Oberkiefern klacken in Vorfreude des Festmahls aufeinander. Wenigstens weiß ich jetzt, wie der Gargoyle seine Weichteile verlor. Nicht dass die Zangen mich besonders beeindrucken, denn bevor ich in den Genuss käme, zerrissen zu werden, würden mir die Biester mit ihrem Saugrüssel die Weichteile aussaugen.

Ohne lange nachzudenken, setze ich mich in Bewegung. Der Schattenmar folgt mir wie ... nun, wie ein Schatten.

Breite Kiefer schnappen gierig nach meinen Füßen, als ich mitten zwischen die flirrenden Körper hineinspringe. Das Gerippe des Gargoyles versperrt mir den Weg und ich verliere wertvolle Zeit, weil ich mich seitlich daran vorbeizwängen muss. Säure brennt auf meiner Haut, als eine der

Sandläuse mit ihren Kieferwerkzeugen mein Hosenbein durchsticht. Als wäre die Attacke der Läuse nicht Unheil genug, fängt der Boden unter mir an zu schwanken. Der Schattenmar stolpert von hinten in mich hinein und bringt mich beinahe zu Fall.

»Raus, raus, raus«, drängelt er und schiebt mich vorwärts. »Die Höhle stürzt ein!«

Als ob ich das nicht selbst bemerkt hätte.

Die Sandläuse halten plötzlich inne. Der Felsboden schwankt erneut, aber diesmal bewegen sich sogar die Wände. Sie werden nicht durchlässig wie vorhin, sie bersten auch nicht wie bei einem Erdbeben, nein, vielmehr scheint es, als würde eine gigantische Hand sie in die Luft zerren – wie ein Tornado, der alles in seinem Weg mit sich reißt, um es woanders wieder auszuspucken.

Tanzende Berge.

Jetzt weiß ich, woher der Name stammt.

Der Schattenmar drängt sich an mir vorbei, dabei hüpft er wie ein Eisläufer von einem Sandlauskörper zum nächsten. Ich springe ihm hinterher und möchte nicht wissen, was für einen lächerlichen Anblick wir bieten. Obwohl der rettende Ausgang immer näher rückt, verkleinert sich der Spalt mit jedem neuen Beben, denn ein Felsbrocken senkt sich zentimeterweise von oben herab.

Die Vorstellung, den Rest der Ewigkeit zerquetscht unter einem Felsmassiv zu liegen, verleiht mir neue Kräfte. Da riskiere ich lieber eine weitere Begegnung mit dem Odem.

Der Schattenmar taucht geduckt durch den Spalt, gefolgt von zwei Sandläusen. Der Felsbrocken rutscht tiefer. Ich lasse mich zu Boden fallen, um mich unter dem Brocken durchzuschieben, doch da bebt die Höhle erneut. Steine prasseln auf mich nieder, ein schweres Gewicht drückt mich zu Boden und nimmt mir die Luft zum Atmen. Schatten tanzen vor meinen Augen. Verdammt, nur noch ein paar Zentimeter …

Plötzlich packt mich jemand an den Armen und zieht mich vorwärts. Sind das Finger oder Klauen, die sich in meine Haut bohren? Sandläuse sind verdammt unberechenbare Kreaturen. Und Schattenmare auch.

KAPITEL 10

ADAM

Es dunkelte bereits, als Adam nach Hause kam. Er hatte keine Ahnung, wie er die Vorlesung am Nachmittag und die anschließenden Arbeiten in St Bart's überlebt hatte. Die ständige Angst vor einer weiteren Halluzination hatte ihn zermürbt und hing wie eine schwarze Wolke über ihm. Er sehnte sich nach Ruhe. Der Geruch von Schmieröl hing in seiner Kleidung und seine Hände schmerzten, weil er sich immer wieder krampfhaft an den Gerüststangen festgeklammert hatte. Beinahe drei Stunden lang hatte er die Projektoren und Spiegelfolien neu ausgerichtet, nachdem er seinem Gargoyle am Computer den letzten Schliff verliehen hatte. Gelegentlich hörte er ein Klappern und Rascheln aus den seitlichen Gängen der nahezu leeren Kirche.

Das Hologramm war praktisch fertig, obwohl seine Hände beim letzten Feinjustieren der Vektoren zitterten. Es war, als ob das gelbe Auge des Monsters ihn unablässig bei seiner Arbeit beobachtete, während es ungeduldig darauf wartete, dass er sein Meisterwerk vollendete – um ihn anschließend zu verschlingen.

Natürlich spielte seine Fantasie ihm Streiche. Trotzdem fühlte er sich unbehaglich in der Nähe des Bildes, und daran war in erster Linie das Erlebnis in der Knochenkammer schuld.

Außer einem Techniker, der die Stromleitungen überprüfte, war er die meiste Zeit allein in St Bart's. Niemand sprach ihn auf den gestrigen Vorfall an. Das Loch zur Kammer war provisorisch verbarrikadiert worden. Nach der Show würde ein Team aus Archäologen und Historikern sich der Angelegenheit annehmen, berichtete ihm der Verwalter, bevor er sich für den Rest des Tages in sein Arbeitszimmer zurückzog. Vielleicht empfand er das gleiche Unbehagen beim Anblick des Hologramms wie er selbst. Adam bekreuzigte sich innerlich mehrmals, als er endlich vom Gerüst herunterklettern konnte. Morgen sollte die Generalprobe stattfinden, nicht nur für die Models, sondern auch für die Band und die Ballerina, die zu seinem Hologramm tanzen würde. Für ihn gab es dabei nicht mehr viel zu tun. Er musste zwar für alle Fälle bereitstehen, aber er hatte die Techniker intensiv in sein Softwareprogramm eingewiesen. Der eigentliche Ablauf lag nun in ihren Händen und denen der Beleuchter. Alles, was danach geschah, war nicht mehr sein Problem.

Falls er gehofft hatte, sich unbemerkt in sein Apartment zu schleichen, wurde er enttäuscht. Kaum knarrte die erste Stufe im Treppenhaus unter seinen Füßen, öffnete sich die Tür zu Ms Davenports Wohnung.

»Adam, endlich! Würden Sie mir bitte den Müll nach draußen tragen?«, fragte seine Vermieterin und hielt ihm aus der geöffneten Wohnungstür eine Plastiktüte entgegen, in der die Reste von Joghurtbechern und Kaffeefiltern schimmelten. »Oh, und das Licht in der zweiten Etage ist schon wieder aus. Sind Sie so nett und schauen gleich noch nach dem Sicherungskasten?«

Adam lächelte höflich und grummelte innerlich stumm vor sich hin, während er ihren Anweisungen Folge leistete. Ms Davenport war eine liebenswerte Person, aber sie war einsam. Wenn sie ihn erwischte, musste er sich stundenlange Monologe über die korrekte Zubereitung von Himbeersahnetorte anhören oder seine Hände vermessen lassen, weil sie ihm zu Weihnachten neue Handschuhe stricken wollte. Im Gegenzug zahlte er jedoch eine unverschämt günstige Miete.

Nachdem er den Müll entsorgt, die Sicherung wieder eingeschaltet und der alten Dame mit Gesten versichert hatte, dass alle Eingangstüren verschlossen waren, begab er sich nach oben in sein Reich. Die Dachgeschosswohnung war klein, aber gemütlich, und die Dachterrasse war gerade groß genug, um eine Staffelei darauf aufzustellen, sodass er bei gutem Wetter draußen malen konnte. Jetzt, im Oktober, waren die Temperaturen drinnen recht angenehm, nicht so stickig wie im Sommer, wenn sich der Londoner Smog festsetzte, und nicht so zugig wie im Winter, wenn er anstelle der Zimmer die kühle Außenluft heizte. Das alte Haus war mangelhaft isoliert, aber Ms Davenport scheute die Kosten für die Sanierung.

Adam kochte sich einen Tee, kippte mit wenig Begeisterung Ms Mercers Tinktur hinein und ließ sich anschließend auf sein zerfranstes Sofa fallen, das seine Schwester wohlwollend als Mottenfänger bezeichnen würde. Mit einem lautlosen Seufzen legte er die Beine auf den Couchtisch. Eigentlich sollte er aufräumen. Seine Malutensilien standen offen in der Ecke, und das unfertige Bild auf der Leinwand verbreitete noch immer einen leichten Geruch nach Lösungsmitteln.

Seit er sich der digitalen Kunst verschrieben hatte und die unendlichen Möglichkeiten virtueller Realitäten im Studium erforschte, malte er nur noch selten. Aber manchmal brauchte er den Kontakt mit Pinsel und Farbe. Die Leinwand verzieh einen falschen Pinselstrich nicht so leicht wie sein Grafikprogramm, daher wusste er nie, wie sehr sich das fertige Bild am Ende von seiner Vorstellung unterscheiden würde. Diese Unberechenbarkeit bildete einen willkommenen Kontrast zu seinem ansonsten so geordneten Leben, das an manchen Tagen nur noch aus Formeln, Zahlen und Binärcodes zu bestehen schien.

Das Bild hatte er begonnen, um ein Gefühl für die Welt seines Gargoyle-Hologramms zu bekommen. Alle paar Tage übermalte er die Felsformationen wieder, aber nie war er mit der Wirkung zufrieden. Mal waren die Schatten an den schroffen Felswänden zu kurz, die Anhöhen zu spitz oder die zerklüfteten Einschnitte und vertrockneten Äste zu plump. Der Anblick erinnerte ihn unbehaglich an die Landschaft, durch die er in seinem merkwürdigen Wachtraum auf dem Campus gewandert war.

Am besten warf er das Bild morgen einfach in den Müll. Alle weiteren Skizzen der Gargoyles hatte er Stella Fortune nach Beginn des Projekts zur Begutachtung überlassen. Die zugehörigen digitalen Projektionen hatte er vor einigen Tagen fertiggestellt und ihrem Team übergeben. Er hatte keine Ahnung, was Stella damit plante, aber eigentlich war ihm das auch egal. Bald würde ihn nichts mehr an diesen unglückseligen Auftrag erinnern. Hoffentlich.

Missmutig starrte er sein Smartphone an. Seit seinem gestrigen Sturz zierte ein tiefer Kratzer das Display.

Keine Nachrichten. Auch keine Antwort von Ivy.

Vielleicht war es besser so. Je seltener er sie sah, desto geringer war die Chance, in eine weitere Katastrophe verwickelt zu werden.

Kurz spielte er mit dem Gedanken, Keiko anzurufen, um nach dem Stand ihrer Nachforschungen zu fragen, aber dann fiel ihm ein, dass sie um diese Uhrzeit wahrscheinlich am Arbeiten war. Ihr Studentenjob als Tutorin an der Uni reichte gerade so für ihre Studiengebühren aus, daher nahm sie jeden Job an, den sie kriegen konnte, um die Miete zu bezahlen und ihre Haushaltskasse aufzufüllen. Sie kellnerte, putzte oder half, wenn es gut lief, als Netzwerkadministratorin in kleineren Unternehmen aus. Seit letztem Monat saß sie zweimal pro Woche abends an der Kasse eines Supermarkts. Besser, er ließ sie in Ruhe. Sie hatte seinetwegen schon einmal einen Job verloren. Damals hatte sie ihn ins Krankenhaus begleitet, anstatt als Hostess auf einer Messe für Mobiltelefone mit aufgesetztem Lächeln Prospekte zu verteilen. Und all das nur, weil er über die einzige Stufe in der Campus-Cafeteria gestolpert war und sich den Fuß verstaucht hatte.

Andererseits brauchte er unbedingt jemanden zum Reden. Was war schon dabei, wenn er ihr eine Nachricht schickte? Keiko war erwachsen. Sie musste nicht antworten, wenn sie nicht wollte.

›Monstergramm ist fertig. Feiere jetzt mit einer Flasche Wein. Lust auf ein Glas?‹, schrieb er schließlich.

Wie erwartet musste er nicht lange auf eine Antwort warten. Manchmal beschlich ihn der Verdacht, dass sie einen eigenen Signalton für ihn eingerichtet hatte. An der Uni erwischte er sie gelegentlich dabei, wie sie die Nachrichten von anderen ignorierte oder Anrufe wegdrückte, wenn sie sich gerade mit ihm unterhielt. Beinahe machte ihm das ein schlechtes Gewissen. Aber eben nur beinahe.

›Bist du verrückt? Dein Kaffee-Konsum allein ist schon schlimm genug! Wer weiß, was du damit anrichtest. Das Ding in deiner Brust könnte ein Experiment von Außerirdischen sein. Schon mal daran gedacht?‹

Adam konnte ihr Augenrollen geradezu spüren, dafür war kein zusätzliches Smiley im Text notwendig.

›Kaffee am Morgen vertreibt Kummer und Sorgen‹, schrieb er zurück. ›Wein am Abend ist labend.‹

›Sehr witzig. Als Poet wirst du es weit bringen.‹ Und zehn Sekunden später: ›Rühr die Flasche nicht an oder ich zieh sie dir persönlich über den Kopf!!‹

Diesmal rollte er mit den Augen.

Bei all ihrem Pragmatismus konnte Keiko erschreckend sentimental sein. Die einzige Flasche Alkohol in seinem Besitz stand seit fast einem Jahr unberührt in seinem Regal. Sake. Keiko hatte ihm das japanische Reisgetränk zu seiner bestandenen Zwischenprüfung geschenkt. Trinken durfte er es aber erst, wenn er seinen Abschluss gemacht hatte. Im Zweifel nie, falls er das laufende Semester vergeigte.

Er schob den bedrückenden Gedanken rasch beiseite und schrieb: ›Heißt es nicht, Sake steigert die Potenz?‹

›In deinem Fall schrumpft er höchstens was.‹ Fünf Sekunden Pause. ›Nicht dass es noch viel kleiner ginge.‹

Ui, der ging unter die Gürtellinie. Da war jemand richtig sauer. Bevor er eine Antwort tippen konnte, trudelte schon ihr nächster Kommentar ein.

›Im 19. Jahrhundert wurde ein geisterhaftes Leuchten über St Bart's gesichtet. Kurz darauf gab es einen lauten Knall, wie bei einer Explosion. Teile der Kirche stürzten ein, aber alle Berichte zu den Restaurationsarbeiten sind unter Verschluss. Könnte ein Raumschiff gewesen sein.‹

Adam wusste nicht, was er darauf antworten sollte. Trotz ihres Rationalismus hatte Keiko ein Faible für Außerirdische. Sie war fest davon überzeugt, dass ein extraterrestrischer Einfluss die Entwicklung der Menschheit gelenkt hatte. Damit war sie in ihrem Studienfach nicht allein. Selbst unter den Professoren gab es einige, die den in der Physik heiß diskutierten Theorien folgten, dass das Universum möglicherweise nichts weiter als ein gigantisches Hologramm oder eine Simulation sei.

›Lass mich raten‹, tippte er schließlich. ›Ich habe das Antriebssystem des Ufo-Wracks assimiliert und mutiere zum Borg ...‹

›Haha. Schlechte Karten, wenn du Ivy damit beeindrucken willst ...‹

Adam starrte sein Smartphone missmutig an. So hatte er sich den Chat nicht vorgestellt.

›Wir könnten doch trotzdem anstoßen und abwarten, ob mir Antennen wachsen.‹

›Nimmst du mich überhaupt ernst?‹

›Keiko ...‹

›Trink Tee!‹

Sie ging offline. Adam wusste aus Erfahrung, dass es vergeblich war, sie weiter zu behelligen. Er hätte gleich von Anfang an reinen Tisch machen und ihr von den Halluzinationen berichten sollen. Aber wer gab schon gerne zu, dass er möglicherweise verrückt wurde? Da waren Außerirdische die bessere Alternative.

Mit sieben hatte er aus Versehen seinen Goldhamster in die Toilette fallen lassen. Beim Versuch, Otto zu retten, wäre er beinahe ertrunken, weil seine Schwester die Klospülung gedrückt hielt und den Deckel über seinem Kopf zugeklappt hatte – während sie obendrauf stand. Seine Mutter hatte ihn daraufhin zu einer Psychiaterin geschickt. Adam fand, dass seine Schwester die Therapie dringender gebraucht hätte. Es war die erste von vielen Lektionen gewesen, die er hatte lernen müssen. In seiner Familie war er unerwünscht. Fünf Jahre und vier Therapeuten später hatte er freiwillig zugestimmt, in ein Internat zu gehen. Seine spätere Entscheidung, die Staaten zu verlassen, um in London zu studieren, war ihm daher nicht schwergefallen.

Aber war der Uni-Abschluss wirklich alles, was er wollte? Selbst wenn er später einen gut bezahlten Job in einem führenden Unternehmen bekam, würde er für die Vision eines anderen arbeiten und nicht für seine eigene. Die Arbeit würde ihm zwar den Lebensunterhalt sichern und ihn unabhängig von seiner Familie machen, aber das war's auch schon. Nicht zum ersten Mal wünschte er sich, er besäße einen Funken von Colins Leidenschaft für seine Kunst.

Nachdem er lustlos eine Viertelstunde lang seine Facebook-Timeline durchgescrollt hatte und über den neuen Beziehungsstatus seiner Schwester (zum vierten Mal Single in zwei Monaten), das Low-Carb-Frühstück eines ehemaligen Klassenkameraden (aktuell Sportstipendiat) und das neue Profilbild des Freundes eines Freundes eines Freundes informiert worden war, beschloss er, den Abend produktiver zu gestalten und sich seinem Zeichenblock zuzuwenden, um Skizzen zu üben.

Die nackten Figuren in verschiedenen Posen und mit dem lockigen Haar sahen schon bald verdächtig nach Ivy aus. Frustriert legte er den Block beiseite und überlegte, sich einen weiteren Tee zu kochen, als eine Nachricht auf seinem Display aufblinkte.

Endlich! Mit klopfendem Herzen griff er nach dem Gerät.

Doch die Nummer auf dem Display war ihm fremd. 666 666 666 666. Das konnte nur ein schlechter Scherz sein! Mit gerunzelter Stirn las Adam die Nachricht.

›William, bist du da?‹

Wunderbar, da hatte sich jemand ganz offensichtlich verwählt. ›Falsche Nummer‹, tippte er kurz angebunden zurück.

›Was für eine Nummer? William?‹, kam die prompte Antwort.

Wer immer am anderen Ende saß, tippte schneller, als Adam für möglich gehalten hätte. Und er selbst war Experte im Schnelltippen.

›Nein, hier ist Adam.‹

›Adam? Das ist also dein Name. Wieso dauert das so lange bei dir?‹

›Wer ist da?‹, fragte Adam genervt zurück.

›Habe ich dir schon erzählt, dass ich mal ein Reittier namens Adam besaß? Eigentlich hieß es Fakir, aber es bestand darauf, dass ich es Adam rufe. War eine Kreuzung zwischen Zebra und Esel. Ein Zesel. Der Erste seiner Art. Du verstehst schon.‹

Klasse, warum hatte er seinen Namen verraten? Der anonyme Sender hatte ganz offensichtlich einen an der Klatsche. Sein Vater hatte ihn immer ermahnt, nicht so vertrauensselig zu sein. Eine Angewohnheit, die Adam nie hatte ablegen können.

›Was ist? Hat es dir die Sprache verschlagen?‹

›Findest du das witzig?‹, antwortete Adam wider besseres Wissen.

›Ich bin witzig. Meistens. Wann holst du mich endlich hier raus?‹

Adam starrte sein Smartphone ratlos an. Sollte er sich überhaupt die Mühe machen, darauf zu antworten? Bevor er sich entscheiden konnte, trudelte schon die nächste Nachricht ein.

›Ich kann deinen Herzschlag hören, Adam. Wofür bist du gut, wenn du nicht einmal deine Nervosität kontrollieren kannst?‹

O Gott, auch noch ein Perverser! Adam löschte die Nachrichten aus seinem Chatverlauf und blockierte die Nummer des Absenders. Sicher war sicher. Dann schaltete er das Handy aus.

Besser, er verbrachte den restlichen Abend mit Netflix und Co.

KAPITEL 11

ADAM

Sein Frühstücksmüsli stand vor ihm auf dem Tisch, der Löffel verharrte auf halbem Weg zu seinem Mund. Milch tropfte in die Schüssel. Ungläubig starrte Adam auf sein Smartphone. Neunzehn neue Textnachrichten. Wer zum Teufel hatte ihm über Nacht neunzehn Nachrichten hinterlassen?

Eine war von seinem Vater. ›Viel Glück heute Abend. Ich wünschte, ich könnte da sein. Der Rest der Familie lässt dich grüßen.‹

Die Show war erst morgen. In Boston war es gerade mitten in der Nacht, und die Nachricht war dort am frühen Abend verschickt worden. Sein Vater hatte vermutlich das Datum verwechselt. Aber immerhin hatte er daran gedacht. Adam verzichtete darauf, ihn aufzuklären, und schrieb ein kurzes Dankeschön zurück.

Er öffnete die nächste Nachricht. Sie war von seiner Schwester. ›Blamier dich nicht wieder, Bruderherz. Ich habe einen Ruf zu verlieren.‹

Adam ignorierte sie.

Die restlichen siebzehn Nachrichten waren von der Nummer, die er gestern Abend gesperrt hatte. Adam schob das Müsli von sich weg. Der Hunger war ihm vergangen.

Sein erster Impuls war, die Nachrichten einfach zu löschen, aber seine Neugier siegte.

›Hast du Angst vor mir?‹, stand dort als erste Frage, gleich gefolgt von der Antwort.

›Angst lähmt dich.‹

Und so ging es munter im Monolog weiter.

›Keine gute Voraussetzung für deine neue Karriere.‹

›Und ich dachte immer, ich flöße euch Arkanisten Respekt ein.‹

›Nun ja, Zeiten ändern sich.‹

Arkanisten? Adam schüttelte verständnislos den Kopf.

›Übrigens, welches Jahr haben wir?‹

›Ist William noch bei euch?‹

›Dumme Frage, dann wärst du ja nicht hier.‹

›Weißt du, wie es sich anfühlt, wenn die Erde sich nicht dreht? Und weder Sonne noch Mond über den Himmel wandern?‹

›Eintönig.‹

›Ich finde unsere Konversation ziemlich eintönig.‹

›Hast du schon mal versucht, deine Haare zu zählen?‹

›Oder barfuß über glühende Lava zu laufen?‹

›Und wusstest du, dass du nicht durch die Nase atmen kannst, wenn du dabei die Zunge herausstreckst?‹

Adam runzelte die Stirn und streckte die Zunge heraus.

›Reingefallen! Jetzt siehst du aus wie ein Hund.‹

Erst ärgerte sich Adam über seine eigene Dummheit, aber dann musste er grinsen. Okay, das hatte er verdient. Auf den Trick wäre jeder hereingefallen.

›Und noch etwas, Adam …‹

›Meinen nächsten Tod zahlst du.‹

Bei der letzten Nachricht verging Adam das Lachen. Ein Schauer lief ihm den Rücken hinunter, als er an seinen Alptraum von heute Nacht dachte. Er war erstickt. Die Details entglitten ihm, je mehr er versuchte, sich daran zu erinnern. Glibberige, vielbeinige Biester waren über sein Gesicht gekrabbelt, doch bevor sie ihm das Knochenmark aussaugen konnten, war eine Tonne Fels über ihn hereingebrochen.

Adam schüttelte sich. Er sperrte die Nummer in der Hoffnung, diesmal damit erfolgreich zu sein. Der Absender hatte doch nicht mehr alle Tassen im Schrank.

Wenig später machte er sich auf den Weg zur Uni. Als er an Ms Mercers Laden vorbeikam, zögerte er. Halsbonbons sollten in jeder Apotheke zu finden sein, oder nicht? Und zwar die industriell hergestellten, keine selbst gepanschten. Er hatte den ganzen Morgen über bereits einen trockenen Mund, fast so, als hätte er nachts in seinem Traum zu viel Sand und Staub eingeatmet.

Als er in den schmalen Aufweg einbog, stürmte ein glatzköpfiger Mann mit hochrotem Gesicht aus der Tür. Er rannte Adam beinahe um, während er wild gestikulierte und dabei wüste Beschimpfungen über seine Schulter zurückwarf.

»Von wegen Aphrodisiakum!«, rief er. »Verklagen werde ich dich, du elende Hexe! Und deinen Teufelsbraten von schwarzer Katze gleich mit!«

Der Mann war Mr Gilbert aus dem Mietblock am Ende der Straße. Er trug sonntags die Stadtteilzeitung aus. Beinahe hätte Adam ihn nicht wiedererkannt. Wo sonst eine schicke Föhnwelle seine Stirn geziert hatte, glänzte nun ein riesiger kahler Fleck.

»Lassen Sie sich bloß nichts von der da aufschwatzen, junger Mann«, sagte er mit zornbebender Stimme zu Adam. »Sonst enden Sie noch als Eunuch!«

Als Adam nach der Klinke griff, um die Tür am Zufallen zu hindern, sauste ein Kehrbesen haarscharf an seinem Kopf vorbei.

»Du bist doch längst einer, Gilbert!«, polterte Angela Mercer hinter dem Glatzkopf her. »Lass dich bloß nie wieder hier blicken!«

Adam sah dem davoneilenden Mr Gilbert hinterher, dann trat er mit gemischten Gefühlen ein. Es war noch genauso staubig, aber nicht mehr so zugig wie bei seinem letzten Besuch. Ms Mercer stand mit funkelnden Augen hinter dem Tresen. Ihre lackierten Nägel tackerten ein zorniges Stakkato auf das Holz.

»Mieser alter Geizkragen! Schuldet mir einen Hunderter! Wissen Sie, wie viel Mühe es kostet, einen Liebeszauber herzustellen? Acht Wochen habe ich gebraucht! Acht! Die Hälfte der Kräuter habe ich eigenhändig in Sherwood gesammelt. Das Mischen geht nur in einer Vollmondnacht, das Brauen dauert einen weiteren Mondzyklus. Ich hatte ihn gewarnt! Die Zutaten sind das eine, die Absicht das andere. Wer Niederes denkt, zieht Niederes an. Er sagte, er wolle seine ›große Liebe‹ nicht verlieren. Tja, seine Angetraute ist weg, und mit ihr seine Haare. Eitler Pfau! Selbst schuld!« Ihre Miene verwandelte sich in weniger als einer Sekunde von einer Furienfratze in ein freundliches Buddhaantlitz. »Was kann ich für Sie tun, Adam?«

Suchend sah Adam sich um. Auf dem Tresen lag ein Notizblock. Perfekt.

›Halspastillen. Die mit Minze in der weißen Verpackung und dem grünen Logo.‹

»Sehe ich so aus, als verkaufe ich Chemie?« Sie beugte sich zu ihm hinüber und musterte ihn eingehend. »Haben Sie gut geschlafen?«

Adam zögerte. Er wollte nicht unhöflich sein. Oder einen Kehrbesen an den Kopf bekommen. Er schüttelte den Kopf. ›Albträume‹, schrieb er dazu.

»Trotz meiner Tinktur?« Ms Mercer hob die Brauen. »Kamen Fische darin vor?«

›Megakäfer mit zwölf Beinen und Saugrüsseln.‹

»Schade. Ich hatte so eine Vorahnung, was die Fische angeht. Aber ich kann mich auch irren. Vielleicht müssen wir noch einen Schuss Goldmohn in den Trank tun. Hilft im Übrigen auch bei Inkontinenz.«

Adam deutete flehentlich auf seinen Hals.

»Papperlapapp! Was Sie brauchen, ist eine Mütze voll

Schlaf.« Die Apothekerin griff sich vier bauchige Flaschen aus dem Regal und füllte über ein Sieb eine kleine Menge des Inhalts jeder Flasche in eine Phiole. »Und vergessen Sie das Räuchern nicht! Sie haben das Beutelchen doch noch, oder? Machen Sie das gleich morgen früh! Und abends den Sud trinken. Solange es nicht hilft, müssen Sie auch nichts dafür zahlen.«

Adam steckte die Phiole mit einem verkniffenen Lächeln in seine Jackentasche. ›Halspastillen?‹, wiederholte er auf dem Block.

Ms Mercer seufzte und kramte gebückt unter dem Tresen herum, um mit einer bunten Blechdose wieder aufzutauchen. Darin verbargen sich abgepackte Bonbons in allen Farben, Formen und Geschmacksrichtungen.

»Die hier habe ich nur für die Kinder. Heute Abend ist Halloween. Blöde amerikanische Narretei! Wir vom Alten Weg feiern Samhain, das Fest der Vereinigung. In dieser Nacht verwischen die Grenzen zwischen den Welten. Sie sind zurzeit besonders empfänglich, Adam. Gerade darum ist gesunder Schlaf wichtig. Wer an Samhain seine Sinne für das Übernatürliche öffnet, wird einen Blick in die Anderswelt werfen. Manche zerbrechen daran, andere finden ihre Bestimmung. Passen Sie daher gut auf sich auf!«

Adam nahm zwei durchsichtige Tütchen heraus, deren ovale Bonbons irgendwie minzig aussahen, und bedankte sich bei Ms Mercer.

»Drei Pfund vierzig«, sagte sie, als er sich zum Gehen wandte. »Für die Bonbons. Schließlich bin ich nicht die Heilsarmee.«

Als Adam wenig später nach draußen trat, summte sein Handy. Die Textnachricht war von Ivy.

KAPITEL 12

SOLON

Ein Strom aus Farben ergießt sich über mich, während ich durch altvertraute Straßen schlendere. Ein seltsamer Traum und ein seltsamer Tod, in dem die Straßen aus Pflastersteinen zu Straßen aus Umbra verschmelzen, und sich die Hauswände und Mauern in einen Fluss aus Anthrazit und Ocker ergießen. Selbst der Himmel fließt in Wellen aus Ultramarin über mich hinweg, gefleckt mit Sonnenstrahlen aus Zitronengelb und dem Geruch von Sommergrün.

Im Spiel der Farben sind seine Gedanken erstaunlich klar.

Adam nennt er sich also. Ich habe mir seine Präsenz und seinen Herzschlag, der mich so sehr an William erinnert, nicht eingebildet. Sein Gesicht bleibt mir weiterhin verborgen, denn mein Geist, der halb zwischen Wachen und Traum gefangen ist, kann die Barriere zwischen uns nicht durchdringen. Aber das ist keine Narretei des Nirgendwann. Irgendwo jenseits seiner Grenzen hat jemand den Schlüssel zu meinem Gefängnis gefunden. Allerdings scheint dieser Adam ein schüchternes Kerlchen zu sein. Oder ich habe ihn mit meiner forschen Art verschreckt. Nicht jeder mag es, gleich bei der ersten Begegnung mit einem Pferd verglichen zu werden. Zu meiner Entschuldigung: Der plötzliche Kontakt hat mich komplett überrumpelt. Ich habe so lange nach einer Möglichkeit gesucht, aus dieser Hölle zu fliehen, dass die Vorstellung, einen Seelenwahrer aufgeweckt zu haben, mir seltsam unwirklich erscheint. Unwirklicher als das Nirgendwann selbst.

Wahrscheinlich hat es deshalb mehrere Tonnen Stein auf mich herabregnen lassen, um mich daran zu erinnern, wer hier das Sagen hat. Und dass Hoffnung etwas für Narren und Träumer ist. Ich bin weder das eine noch das andere, dafür halbtot. Nicht schon wieder gestorben, Walhalla und den sieben Zwergen sei Dank, aber es war knapp. Ich tippe auf eine Gehirnerschütterung, meinem benebelten Verstand und dem pelzigen Geschmack in meinem Mund nach zu urteilen. Während das Nirgendwann sich einen Spaß daraus macht, dem Tod ein Schnippchen zu schlagen, geht es mit Verletzungen nicht so nachsichtig um. Das ist wie mit den auseinanderklaffenden Stiefelsohlen. Sie lassen sich nicht mehr richtig reparieren, selbst wenn man Klebstoff dabeihat.

Ich liege auf einem Haufen Geröll, so viel kann ich spüren, aber nicht einmal mein kleiner Finger will mir gehorchen. Mein Körper ist wie paralysiert. Es gibt keine Stelle, die nicht schmerzt. Ich weigere mich, meine Augen zu öffnen (wahrscheinlich würden mir die Lider eh nicht gehorchen), sondern lausche dem verklingenden Herzschlag Adams.

Träumer und Narr, der ich bin.

Während ich so daliege, dringen zwei Stimmen an mein Ohr, von denen die eine wie eine verbogene Blechtröte und die andere wie eine zusammenstürzende Ziegelmauer klingt.

»Das ist er nicht!«, scheppert die Blechtröte.

»Und wer es sonst sein?«, fragt die Ziegelmauer. »Sieht er vielleicht aus wie Höhlentroll?« Bei jedem Wort klingt es, als würde ein Ziegel gewaltsam herausgebrochen und anschließend mehrfach mit einem Hammer zertrümmert. Der Sprecher muss dicht in meiner Nähe sein. Ich höre das Knirschen und Rollen loser Steine, als er sich bewegt. Er scheint recht groß zu sein.

»Aber ein Echo ist er auch nicht, obwohl er so aussieht. Mami hat gesagt: Trau keinem Menschen!« Die Blechtröte rückt näher. Sie bewegt sich leichtfüßiger als ihr Kumpan. Ich schätze sie auf die Größe eines Hundes. Etwas, das sich verdächtig nach Klaue anfühlt, pikst mich in die Seite.

»Er auch kein Mensch, Van!«, rumpelt die Ziegelmauer.

»Aber der Weltengänger muss viel größer sein. Mindestens so groß wie ein Troll!«

Vielen Dank für den Vergleich!

Ich rühre mich nicht (nicht, dass ich es könnte). Die beiden Wesen scheinen zumindest nicht die Absicht zu haben, mich bei halblebendigem Leib zu verspeisen.

»Nicht alle Legenden so beeindruckend wie Geschichten, die man erzählt über sie. Sieh dir doch Schattenmar an.«

Aus dem Hintergrund dringt ein amüsiertes Schnauben an mein Ohr, gefolgt von einem unterdrückten Husten. Klar, der Bastard muss natürlich mit von der Partie sein. Warum hat die einstürzende Höhle ihm nicht die Hörner zerbröselt?

»Pass auf, was du sagst, Gogh, sonst stutze ich dir deinen dreizackigen Schwanz!«, erwidert Gian-Sûl und poliert seine scharfen Nägel an seinem geliebten Zwielichtschmetterlingsseidenmantel. Jedenfalls hört es sich so an.

»Ich mein ja nur …«, brummt die Ziegelmauer namens Gogh. »Körpergröße nicht alles. Sonst unser kleiner Van hier längst verloren.«

»Öih!«, protestiert die Blechtröte. »Du musst grad reden. Bist ja selbst kaum größer als ein Sumpflurch.«

»Das war gemeintes Kompliment.« Die Ziegelmauer seufzt – es klingt, als würde man einen Haufen Steine in eine Grube werfen und Erde obendrauf schütten – und schüttelt den Kopf, dem plötzlichen Wind nach zu urteilen, der über mein Gesicht fegt.

»Wie auch immer, er Weltengänger. Als ich noch junger Hüpfer wie du, vor dem Ersten Fluch, ich saß auf Mauer von Babylon. Ich gesehen, wie er unter dem Ischtar-Tor gewaltigen Utakku in die Knie zwang. Nebukadnezars Befehl das war.«

Ein Duft nach in Essig eingelegten Zwiebeln umhüllt mich, als Van, die Blechtröte, sich über mich beugt. »Hm!« Wieder ein Piksen. »Er ist hübsch.«

Der Schattenmar seufzt.

»Und er riecht gut«, ergänzt Van seine Beobachtung.

Was man von dir nicht behaupten kann, Tröte. Und lass gefälligst deine Krallen bei dir!

Ich versuche, meine Finger zu bewegen, aber ohne Erfolg. Mein Hirn ist noch nicht bereit, motorische Impulse durch meine Nervenbahnen zu lenken. Jedenfalls nicht dorthin, wo sie hinsollen. Dafür juckt meine Nase.

»Ist er wirklich ein Ishtâri? Der letzte der Unvergänglichen?«, fragt die Blechtröte und rückt *(Halleluja!)* von mir ab.

»In Mamis Geschichtsunterricht wieder nicht aufgepasst, Van? Er ist der einzige Ishtâri!«

»Gar nicht wahr!«, keift die Tröte. »Die Ishtâri gehören zu den Unvergänglichen. Nach der Großen Flut wurde …«

»Kinder, hört auf, euch zu streiten«, unterbricht sie der Schattenmar ungeduldig. »Ihr braucht ihn noch, wenn ihr aus diesem unangenehmen Gefilde namens Nirgendwann entkommen wollt.«

Aha, daher weht der Wind. Gian-Sûl hätte mich kaum aus reiner Zuneigung aus der einstürzenden Höhle gezogen. Ob er etwas von meinem geistigen Kontakt mit Williams Nachfolger mitbekommen hat? Ich höre, wie kleine Steine unter seinen Schuhen zerrieben werden, als er sich mir nähert und neben mir in die Hocke geht. Sein ach so schöner Mantel streift meine Schulter.

»Zeit, aufzuwachen, Schneewittchen!«, ruft er in einem Singsang und tätschelt dabei meine Wange. »Oder war das Rapunzel? Dornröschen? Ich hätte damals mehr lesen sollen.«

Irgendetwas schnauft in mein rechtes Ohr, vermutlich die Ziegelmauer. Eine Pranke legt sich auf meine Brust. »Soll ich drücken?«

»Nicht doch, Gogh! Ich brauche ihn nicht noch kaputter, als er schon ist.«

Wie rücksichtsvoll.

»Schneewittchen wurde wachgeküsst. Oder war das doch Dornröschen? Finden wir's raus.«

Langes Haar peitscht in mein Gesicht. Er wird doch nicht wirklich …? Meine Augen fliegen ohne mein Zutun auf.

»Wer sagt's denn.«

Gian-Sûl grinst mich verzerrt an. Seine farblosen Augen leuchten vor kaum verhohlener Schadenfreude. Zu meinem Bedauern sind seine Hörner noch immer intakt und wölben sich spitzbübisch gen Himmel.

»Geh weg!«, grolle ich.

Meine Stimme klingt schlimmer als die der Ziegelmauer. Mit einem Stöhnen drehe ich mich zur Seite und huste mehrere Kilogramm Staub aus meinen Lungen. Wenigstens gehorchen mir meine Muskeln wieder. Zum Aufstehen reicht es allerdings noch nicht, daher schiebe ich mich in eine sitzende Position und lehne mich mit dem Rücken an einen Felsblock. Davon gibt es hier wahrlich genug. Um mich herum ragen die zerklüfteten Felsen der Tanzenden Berge empor. Der Schutthaufen im Rücken des Schattenmars muss das Überbleibsel der eingestürzten Höhle sein. Unter einem Stein, der mich in Form und Größe an einen pompösen Kronleuchter erinnert, ragen die verdrehten Beine einer Sandlaus hervor.

Der Himmel über mir ist so gelb wie immer, aber irgendetwas ist anders. Ich kann es nicht recht greifen.

Irgendetwas in der Luft ...

Mein dröhnender Schädel verhindert, dass ich meine Sinne weiter nach diesem seltsamen Gefühl ausspüren lasse. Mit dem Ärmel reibe ich mir Staub und Reste von zerdrückten Sandläusen aus dem Gesicht. Blechtröte und Ziegelmauer beobachten mich neugierig aus einiger Entfernung. Van und Gogh oder wie immer sie heißen.

Seit wann tragen Gargoyles überhaupt Namen?

Dass ich die Frage laut gestellt habe, merkt mein umnebeltes Hirn erst, als Van mir antwortet.

»Der Erhabene hat sie uns geschenkt«, sagt er mit stolzgeschwellter Brust.

Er ist ein kleiner, drahtiger Gargoyle, der mit gutem Willen die Größe eines Schäferhundes erreicht. Seine lederartige Haut ist ähnlich gemasert wie die einer Klapperschlange, wobei die rhombenförmigen Flecken eher ins Grünliche als ins Bräunliche spielen. Sein Kopf ähnelt einem Totenschädel mit Wülsten über den Augen, und aus dem breiten Unterkiefer ragen zwei Reißzähne über die flache Oberlippe. Seine an den Körper gefalteten Flügel sind schmal und zart. Ich bezweifle, dass er damit fliegen kann, höchstens gleiten wie die Eisharpyien. Nicht fliegen zu können, ist ein herber Makel für einen Gargoyle.

Gogh bringt gut das Fünffache von Vans Körpermasse auf die Waage. Seine Flügel sind muskulös und wölben sich hoch über seinen Rücken, mit krallenartigen Fortsätzen an den Gelenken. Er erinnert mich an einen buckligen Grizzlybären, dem man die Schnauze eingedrückt hat. Die Krallen an seinen Händen und Füßen könnten mir mit Leichtigkeit das Fleisch von den Rippen schneiden. Seine schuppige Haut spielt ins Rötliche und weist anders als bei Van keinerlei Muster auf. Entlang seines gedrungenen Nackens sammelt sich zwischen einer Reihe von Stacheln eine stoppelige weiße Haarkrause, die ihm eine entfernte Ähnlichkeit mit einem Shetland-Pony verleiht. Nun ja, der Raubtieranteil überwiegt. Wenn er sich sogar noch an Babylon erinnert, muss er ein stattliches Alter erreicht haben, selbst für einen Gargoyle. Dafür hat er sich gut gehalten.

Ich wundere mich, warum er mir nicht den Garaus gemacht hat, als ich ihm hilflos ausgeliefert war.

»Der Erhabene?«, wiederhole ich.

»Clanführer lauscht seiner heiligen Stimme in den Schluchten der Einöde und in den Ruinen der Vergessenen.« Gogh macht eine ausholende Bewegung mit dem linken Flügel und dem rechten Arm.

Ich habe keine Ahnung, wovon er spricht. Mein Kopf muss mehr abbekommen haben als befürchtet – was sich wohl in meinem Gesichtsausdruck widerspiegelt, denn der Schattenmar souffliert im Flüsterton: »Er meint deinen Seelenwahrer.«

»Oh.« Ich blicke zwischen den Gargoyles hin und her. »Wieso könnt ihr ihn hören?«

Beide zucken mit den Flügeln. »Nur Clanführer kann«, antwortet Gogh.

»Na los, erzählt ihm, was mit eurem Kumpan in der Höhle passiert ist«, fordert Gian-Sûl die beiden auf. Er grinst mich schon wieder an. »Scheint so, als ob jemand alle Hebel in Bewegung setzt, um dich aus dem Nirgendwann zu holen, Solon.«

Der kleinere Gargoyle räuspert sich. Es klingt, als würde er eine Trompete durchpusten. »Es begann, als die Zeit stillstand ...«

»Die Zeit steht immer still im Nirgendwann«, unterbreche ich Van.

Der kleine Gargoyle schlägt ärgerlich mit den kurzen Flügeln und plustert sich auf, soweit ihm dies ohne Federkleid möglich ist. »Als die Zeit stillstand, erschien ein Regenbogen am Himmel und ...«

»Es regnet nicht im Nirgendwann. Und eine Sonne existiert auch nicht.«

Van hüpft auf und ab. Gogh tätschelt ihm beruhigend

den Rücken und sagt: »Wir sehen Regenbogen, glaub es oder nicht, Weltengänger. Und aus Regenbogen dringt Stimme des Erhabenen, sagt Clanführer. Raffael fliegt hinauf, um Phänomen zu untersuchen. Nicht gehört auf Warnungen hat er. Niemand nähert sich Erhabenem ungestraft. Und da passiert es ist. Regenbogen wird größer, Strahlen von Sonne berühren ihn. Unser Bruder fällt wie Stein zu Boden. Doch bevor er aufschlägt, Berge bewegen sich. Einer wächst sooo hoch«, er reckt seine Klaue in die Höhe, »bis fast zu Regenbogen hoch. Verschluckt Raffael. Er nie wieder gesehen.«

»Bis wir sein Skelett gefunden haben«, ergänzt der Schattenmar trocken.

Van und Gogh wippen in rascher Folge mit ihren Armen und Flügeln, als wollten sie sich bekreuzigen.

Ich ziehe meinen linken Stiefel aus und schüttle Steine aus dem Schaft und der aufgerissenen Sohle. Goghs Erzählung klingt noch absurder als die babylonischen Gute-Nacht-Geschichten, die ich seinerzeit in Assurbanipals Bibliothek gelesen habe. Andererseits habe ich am eigenen Leib erfahren, wie es ist, wenn ein Berg mir nichts, dir nichts die Position wechselt.

»Ihr habt das selbst gesehen?«, frage ich nach und ziehe meinen Stiefel wieder an. Die beiden Gargoyles nicken eifrig. »Hat einer von euch Klebstoff?« Sie schütteln den Kopf.

Gut, dann muss ich eben noch eine Weile länger mit einer klaffenden Sohle herumlaufen.

»Es gibt keine andere Erklärung dafür«, behauptet der Schattenmar, während er zwischen den Felsen auf und ab stapft. »In der Höhle liegt der lebende, oder besser gesagt tote Beweis dafür. Ein neuer Seelenwahrer ist erwacht. Und du bist der Einzige, der Kontakt zu ihm aufnehmen kann.« Er kauert sich wieder vor mich hin. Seine farblosen Augen scheinen mich durchbohren zu wollen. Leise, damit ihn die beiden Gargoyles nicht hören, sagt er: »Es ist ganz einfach. Du rufst deinen Seelenwahrer herbei, und ich werfe ihn für dich in den Odem, bevor du mit ihm aus dem Nirgendwann verschwinden kannst. Dafür erspare ich dir das Vergessen.«

Ich erlaube mir nun ebenfalls ein Grinsen. »Du nimmst deine Pflichten als selbsternannter Kerkermeister etwas zu ernst. Warum sollte ich dir helfen?«

Seine Augen verdunkeln sich. Er zieht den Gargoyleknochen aus seinem Mantel und stößt mich damit an. Ich sehe Van und Gogh beim Anblick des Knochens unter ihren Schuppen erbleichen. »Weil du mich noch brauchen wirst. Sieh selbst, Rotkäppchen!«

Er rückt von mir ab und wartet. Mit einem unguten Gefühl in der Magengrube rapple ich mich auf, was mir nach einigen Flüchen auch gelingt. Dann blicke ich in Richtung des ausgestreckten Knochens.

»Ah«, entfährt es mir.

»Ganz genau«, antwortet er.

Ich tue so, als würde ich den Triumph in seiner Stimme nicht hören. Wenigstens verstehe ich nun dieses merkwürdige Gefühl, das ich mir vorhin nicht erklären konnte.

Einige Meter vor mir, jenseits der Böschung, fallen die Tanzenden Berge steil in die Tiefe ab. Im Tal dahinter erstreckt sich eine ausgedehnte Ruinenlandschaft bis zum Horizont. Einst müssen Türme wie silberne Nadeln in den Himmel geragt haben, doch nun liegen sie in Trümmern, vermischt mit den Überresten einer riesigen Tempelanlage oder eines Palastes innerhalb einer noch riesigeren Stadt. Quarzsplitter funkeln im Licht einer nicht vorhandenen Sonne. Meterdicke Säulen liegen umgestürzt am Boden, während andere wie erloschene Streichhölzer in die Höhe ragen. Einzelne Pfeiler, an denen mein scharfes Auge die Reste von Reliefs zu erkennen glaubt, umgeben wie windschiefe Segel einen einstmals prächtigen Hof. Die Ruinen türmen sich mehrere Meter über dem Boden auf. In den vereinzelten Lücken dazwischen kämpfen kahle Bäume und dürre Büsche um ihr Überleben. Sie haben ihre Wurzeln in den rissigen, steinigen Erdboden gekrallt, der einst das Bett eines breiten Flusses gewesen sein mag.

Das Reich der Gargoyles.

Die Fimbelwürmer hatten Gerüchte getanzt, dass es dort Ruinen geben soll, jedoch hatte ich ihnen nie ernsthaft Gehör geschenkt, geschweige denn Lust verspürt, ihnen auf den Grund zu gehen. Wie hätte im Nirgendwann jemals etwas existieren können, das auch nur entfernt an eine Zivilisation erinnert? Und doch sehe ich die Beweise mit eigenen Augen vor mir. Ein unerklärliches Gefühl der Trauer und des Verlusts ergreift mich, während ich die Überreste dieser einstmals prächtigen Stadt betrachte. Ich habe viele Reiche kommen und gehen sehen, aber dieses hier ruft einen Schmerz in mir hervor, den ich nicht verstehe. Spüre ich das Echo seines Untergangs? Vielleicht liegt es daran, dass die Erbauer ihr Geheimnis mit sich in ihr unbekanntes Grab genommen haben. Das Nirgendwann hat jede Erinnerung an sie gestohlen und nur Ruinen übrig gelassen, als wollte es ihre einstige Existenz verhöhnen. Oder um mich daran zu gemahnen, dass nichts und niemand seinen Grenzen entkommt, auch nicht die Mächtigsten unter uns.

Über den Ruinen fliegen Schwärme von Gargoyles. Der Anblick jagt mir Schauer über den Rücken. Dicke, dünne, drahtige und kompakte Schatten bevölkern den Himmel. Manche sind kaum größer als ein Kondor, andere so gewaltig, dass die Kuppel von St. Paul's unter ihrem Gewicht gestöhnt hätte. Dutzende, wenn nicht Hunderte weitere verteilen sich über die Trümmer der Stadt oder ruhen auf den Ästen der kargen Bäume.

»Wir entdeckten die Stadt vor einer langen Weile«, sagt Gogh mit erhabener Stimme, die wie ein Zerrbild der zerfallenen Mauern klingt. »Eine lange Weile« konnte im Nirgendwann genauso gut gestern oder vor einem Äon bedeuten.

Was mich wirklich aus der Fassung bringt, sind nicht die Heerscharen an Gargoyles. Auch nicht die Ruinenlandschaft in all ihrer beeindruckenden Vergänglichkeit. Nicht einmal dieses tief empfundene Gefühl der Traurigkeit, das mich im Innern aufwühlt.

Es ist die Dunkelheit, die über dem Land liegt.

Im Nirgendwann existiert keine Zeit. Kein Tag und keine Nacht. Und dennoch wird das beständige und unverwechselbare fahle Gelb des Himmels verdrängt von einem Schatten, der wie ein schwarzes, jedoch gleichzeitig transparentes Leichentuch über das Firmament gebreitet ist. Nur am Horizont kämpft ein Streifen von Blässe hartnäckig um seine Existenz, so als hätte jemand die Nacht über das Land geschüttet, aber vergessen, das Glühen eines sterbenden Feuers zu löschen. Jenseits der Dunkelheit lauert als unsichtbares, aber unzerstörbares Band der Odem. Wenn ich die Augen schließe, kann ich seinen Hauch wahrnehmen. Wie ein eisiger Wind fährt er durch mein Innerstes, lockt und ruft mit verführerischer Stimme nach mir – ein derart betörender Klang, dass ich beinahe gewillt bin, mich ihm hinzugeben.

Der Schattenmar tritt neben mich und blickt versonnen über die wie ein Gemälde vor uns ausgegossene Landschaft. Damit zerbricht der Bann, der mich zu umklammern droht. Heimlich atme ich auf.

»Im Gegensatz zu dir verstehe ich mich mit den Gargoyles ganz gut. Was glaubst du, wie weit du ohne mich und meine beiden neuen Freunde hier kommst?« Mit einer beinahe kameradschaftlichen Geste legt Gian-Sûl mir den Arm um die Schultern. »Vielleicht, o großer Weltengänger Solon, solltest du deine Situation noch einmal überdenken.«

KAPITEL 13

ADAM

Eine knappe Stunde später nippte Adam an dem wässrigen Kaffee, der in der öden Campus-Cafeteria serviert wurde. Die Brühe schmeckte metallisch, so als hätten die Wasserleitungen des Gebäudes jahrzehntelang vor sich hin gerostet. Der kleine Bistrotisch in der Ecke gewährte ihm eine gewisse Abgeschiedenheit. Von dort aus konnte er das Kommen und Gehen der Studenten an der Bar beobachten, die sich Kuchen, Kaffee oder einen Salat holten, während er selbst von einer Palme im Kübel abgeschirmt wurde. Die an den Spitzen braun verfärbten Blätter hingen traurig nach unten und kitzelten ihn an der Nase, wenn er sich zu weit zur Seite neigte.

Seine Tarnung hielt Professor Magnusson nicht davon ab, sich auf den Stuhl neben ihm zu setzen und seine Aktentasche mit so viel Schwung auf den Tisch zu werfen, dass das Gestell wackelte. Der Professor war keinen Tag älter als vierzig, sah aber aus, als wäre er direkt den 1970er Jahren entsprungen: Cordhose, Rollkragenpullover unter einem Blazer mit Ellbogenpatches und eine dunkle, schulterlange Haarmähne, die an den Schläfen bereits weiß war. Er strahlte geballtes Selbstbewusstsein aus.

Adam unterdrückte ein Seufzen.

Warum hatte Ivy ausgerechnet die Campus-Cafeteria als Treffpunkt vorgeschlagen?

»Mr Thorne«, begann Magnusson mit dem Offensichtlichen und faltete die Hände vor sich auf dem Tisch. »Ihre Leistungen bereiten mir Sorgen.«

Adam trank einen Schluck und verzog das Gesicht. Aus dem Augenwinkel sah er, wie die Cavendish-Zwillinge mit Tortenstücken auf ihren Tellern zu einem Tisch in der Nähe steuerten und miteinander tuschelten. Ihre Blicke irrten immer wieder in seine Richtung. Die beiden plagten ihn seit dem ersten Semester, besonders Ron. Adam hätte seiner inneren Stimme folgen und lieber zu Hause bleiben sollen.

»Es schmerzt mich, jemanden mit Ihrem Potenzial ins Mittelmaß versinken zu sehen«, fuhr der Professor fort, da Adam keine Anstalten machte zu antworten. »Ich hatte große Hoffnungen in Sie gesetzt – und habe sie noch«, fügte er nach einer kurzen Pause hinzu. »Sie sind intelligent und ehrgeizig. Das sind die besten Voraussetzungen, um es im Leben zu etwas zu bringen. Aber Sie müssen sich entscheiden.«

Adam stellte seine Tasse etwas zu schwungvoll zurück auf den Tisch. Ein Spritzer Kaffee traf die Ecke von Magnussons hellbrauner Aktentasche und schlängelte sich im Zeitlupentempo an einer Falte nach unten, bevor er in dem brüchigen Leder versickerte.

›Entscheiden?‹, wiederholte er, indem er die Worte auf die elektronische Zeichentafel schrieb, die er für gewöhnlich verwendete, um an der Uni mit seinen Kommilitonen oder dem Personal zu kommunizieren. Es war praktisch – alles, was er schrieb, konnte er mit einem Knopfdruck wieder löschen und hatte dann Platz für Neues. Im Kopf überschlug er, ob er vergessen hatte, sich rechtzeitig für einen neuen Kurs einzutragen oder eine Seminararbeit abzuliefern.

Professor Magnusson strich sich eine grau melierte

Stirnlocke aus dem Gesicht. Er war ein gut aussehender Mann. Es gab zahlreiche Studentinnen in seinem Kurs, die ihn anhimmelten (eine davon war Regina Cavendish, Rons Schwester). Aber sein allzu glattes Gesicht gab nichts preis. Mit seinen hellblauen Augen hinter der randlosen Brille musterte er Adam scheinbar verständnisvoll.

»Sie haben dieses Semester bereits dreimal in meiner Vorlesung gefehlt, und zweimal im Seminar. Die Fehlstunden bei den Kollegen habe ich nicht mitgerechnet. Und wir haben erst Halbzeit. Das reicht aus, um Sie das Semester wiederholen zu lassen.«

Adams Kehle verengte sich. Er hatte doch immer rechtzeitig ein Attest abgeliefert, oder nicht?

»Ich bin mir bewusst, dass Sie es nicht einfach haben. Nebenjobs, um sich zu finanzieren. Kommilitonen und Dozenten, die Sie aufgrund Ihrer Stummheit nicht ernst nehmen oder zu ungeduldig sind, um sich mit Ihnen auseinanderzusetzen. Kaum Freunde, die willens sind, Ihnen zuzuhören. Es kann einsam sein, wenn man anders ist. Glauben Sie mir, ich weiß, wovon ich spreche.« Er klopfte Adam kurz auf den Arm, als würde das ein Trost sein. »Aber um ehrlich zu sein, ist es nicht Ihre Stimme, sondern Ihr Herz, das mit Sorgen macht.«

Adam krampfte seine Hände um die Kaffeetasse. Sein Nacken prickelte. Warum hatte Magnusson das gesagt? Konnte der Mann etwa in ihn hineinblicken? Sah er einen schwarzen Kristall anstelle seines Herzens schlagen? Der Gedanke war so unheimlich und abwegig zugleich, dass Adam ihn sogleich wieder verbannte. Dennoch gefiel ihm die Richtung, die das Gespräch nahm, immer weniger.

Sein Unbehagen musste sich auf seinem Gesicht widergespiegelt haben, denn der Professor hob beschwichtigend die Hand und sagte: »Ich möchte Ihnen nicht zu nahe treten, wirklich nicht. Aber, Mr Thorne, ich erkenne, wenn jemand nicht mit vollem Herzen bei der Sache ist. Und Ihr Herz schlägt in einer anderen Brust.«

Adam merkte, wie sein Ärger hochkochte. Was erlaubte sich Magnusson? Adam arbeitete den Stoff immer nach, wenn er ein Seminar verpasste. Im vergangenen Semester hatte er den drittbesten Notendurchschnitt in seinem Jahrgang erreicht. Genau das teilte er dem Professor mit. Der Stift hinterließ Druckstellen auf dem Bildschirm der Tafel.

»Ihre Noten sind nicht das Problem. Ihr Einsatz ist es«, erwiderte Magnusson und neigte sich vor. »Sie sind der geborene Forscher. Eine Tätigkeit als Entwickler für eine Software-Firma wird Sie bald langweilen. Sie brauchen Herausforderungen, die Sie reizen. Ihre Zukunft liegt in der Wissenschaft. Die Universität braucht Leute wie Sie. Menschen mit einer Vision und einem Hang zur Kreativität. Menschen, die die Entwicklung von Computern und Künstlicher Intelligenz auf die nächste Evolutionsstufe bringen, anstatt sie dem Konsumwahn der Verbrauchergesellschaft unterzuordnen. Verschwenden Sie Ihr Talent nicht für eine alberne Spielerei.«

Adam brauchte ein paar Sekunden, bis er begriff, was der Professor mit »Spielerei« meinte. ›Meine Kunstwerke sind das Problem?‹, fragte er.

An der Uni wusste offiziell niemand von seinen gelegentlichen Abstechern in die Kunstszene, aber manche Neuigkeiten waren schwer geheim zu halten. Besonders wenn ein Unternehmen wie Fortunes an allen Ecken und Werbeflächen damit prahlte. Sein Name und sein Foto waren zusammen mit dem Auftrag, den er gewonnen hatte, in zahlreichen Netzwerken verbreitet worden.

Professor Magnusson machte eine abwehrende Handbewegung. »Wie ich eingangs sagte, Mr Thorne – Sie müssen eine Entscheidung treffen. Die kreative Kunst oder die intellektuelle. Niemand kann auf beiden Gebieten ein Meister sein.«

Adam wollte etwas erwidern, doch Magnusson wartete seine Antwort gar nicht erst ab.

»Beweisen Sie es mir. Beweisen Sie mir, dass Sie nichts von Ihrem Ehrgeiz verloren haben, und ich werde Sie nach Kräften unterstützen, damit Sie Ihr Studium genauso erfolgreich abschließen, wie Sie es begonnen haben. Ich mache Ihnen keine Versprechungen, Mr Thorne. Die Zukunft liegt im Ungewissen. Aber es hat noch nie jemandem geschadet, einen einflussreichen Fürsprecher an seiner Seite zu haben. Andernfalls ...« Er ließ den Satz unvollendet und streckte bedeutungsvoll die geöffneten Handflächen zur Seite.

Adam befeuchtete seine Lippen, die sich mit einem Mal sehr spröde anfühlten. Er kritzelte auf seine Tafel: ›Was erwarten Sie von mir?‹

»Ich verschwende meine Zeit nicht an faule Tomaten. Entwerfen Sie mir bis Ende November ein lebensechtes, freischwebendes Hologramm, das komplett ohne Spiegelfolien, sichtbare Displays oder Leinwände auskommt. Ich übertrage Ihnen diese Aufgabe als vorgezogene Semesterarbeit. Wenn Sie damit erfolgreich sind, sehe ich über Ihre bisherigen Fehlzeiten hinweg.«

Adam wurde abwechselnd heiß und kalt. Er schüttelte energisch den Kopf. Was Magnusson verlangte, war physikalisch unmöglich. Oder aber so fortschrittlich, dass Adam nicht einmal wusste, ob die Technologie dafür bereits existierte, geschweige denn, wie er an die notwendige Hardware und Software gelangen sollte. Er würde Wochen brauchen, nur um Grundlagenforschung zu betreiben. Abgesehen davon grenzte die Forderung des Professors an Erpressung.

»Vier Wochen, Mr Thorne«, bekräftigte Magnusson, ohne auf Adams Schock Rücksicht zu nehmen. »Seien Sie kreativ, aber bitte ohne künstliche Effekthascherei.« Er schnappte sich seine Aktentasche und stand auf. »Und gönnen Sie sich eine Mütze voll Schlaf. Sie sehen aus wie ein Zombie.« Mit diesen Worten verließ er den Raum.

Adam starrte ihm mit offenem Mund hinterher.

»Was für ein Schnösel«, sagte Ivy keine fünf Sekunden später und ließ sich auf den Stuhl gleiten, den der Professor gerade freigemacht hatte. Sie stellte ihren Kaffeebecher auf den Tisch, rückte ein wenig nach vorne und schob dabei einen dürren Palmzweig zur Seite. Die Grünpflanze ließ als Antwort ein paar trockene Blätter zu Boden rieseln.

Adam brauchte einen Augenblick, um sich aus seiner Erstarrung zu lösen und Ivys Anwesenheit zur Kenntnis zu nehmen. Er begrüßte sie mit einem Lächeln, das etwas gezwungen wirkte, spürte aber gleichzeitig, wie neue Energie durch ihn floss. Ivy war wie ein Sonnenstrahl, der durch eine graue Wolkendecke brach. Sie sah hübsch aus in ihrer zart gepunkteten Seidenbluse und den engen Jeans. Mit Genugtuung bemerkte er die hochgezogenen Brauen der Cavendish-Zwillinge und ihrer Entourage zwei Tische weiter.

Er bürstete trockene Pflanzenkrümel beiseite, die auf dem Tisch gelandet waren, und schrieb dann auf seine Tafel: ›Was hast du mitbekommen?‹

»Genug, glaub mir.« Ivy schob ihren Kaffeebecher mit einer ärgerlichen Geste zur Seite, sodass der Inhalt überschwappte. Mit einer gemurmelten Entschuldigung griff sie nach einer Serviette, tupfte die Flecken vom Tisch und etwas zögerlicher von seinem Ärmelsaum. Ihre Berührung schickte ein Kribbeln durch seinen Körper. Sein Herz schlug plötzlich viel schneller.

»Lass dich bloß nicht von ihm manipulieren«, fuhr Ivy fort, knüllte die Serviette zusammen und warf sie zielsicher in einen nahegelegenen Mülleimer. »Ich hatte an der Uni Dozenten wie ihn. Bei Fortunes gibt es auch einige von dieser Sorte. Der Typ hat nichts Gutes im Sinn, egal, was er dir verspricht.«

›Was hat er davon, wenn er mich durchfallen lässt?‹

»Genugtuung. Ich spreche aus Erfahrung. Menschen wie er lieben es, andere herunterzumachen, um sich selbst besser zu fühlen. Wer weiß, welche Minderwertigkeits-komplexe ihn antreiben.«

›Er ist einer der erfolgreichsten Professoren für Quanteninformatik und Virtual Reality weltweit‹, schrieb Adam. ›Der Star in seinem Fach. Fächern, um genau zu sein.‹

»Das ist Pierre-Carlo auch – unser Star-Designer. Und eine linke Socke. Kurz nachdem ich bei Fortunes anfing, versuchte er ständig, mich unter Druck zu setzen und meine Kollegen gegen mich auszuspielen. Ich hatte das Gefühl, mich für jede Entscheidung und jede erledigte Aufgabe rechtfertigen zu müssen. Weißt du, was ich mir irgendwann gesagt habe? ›Wenn er mit seinen Intrigen nichts Besseres anzufangen weiß, als sie an dich zu verschwenden, dann musst du es wert sein.‹ Seither habe ich viel weniger Probleme mit ihm.« Sie nippte an ihrem Getränk und schnitt eine Grimasse. »Ich hatte vergessen, wie schlecht der Kaffee hier schmeckt.«

Adam lehnte sich zurück und versuchte, das nervöse Wippen seines Fußes zu unterbinden. ›Wir müssen reden‹, war alles, was Ivy ihm heute Morgen getextet hatte. Das und den Treffpunkt. Nach einem Date hatte es nicht geklungen, schon gar nicht, nachdem sie auf keine seiner gestrigen Nachrichten geantwortet hatte. Vielleicht hätte er den Kristall und die Knochen lieber nicht erwähnen sollen.

Ivy schien plötzlich ein großes Interesse an der Grünpflanze zu entwickeln, denn sie musterte die trockenen Blätter ausgiebig. Das Goldkettchen an ihrem Arm klimperte leise, während sie den Kaffeebecher in ihren Händen drehte. Ihr Zeigefinger war mit einem Pflaster umwickelt. Als Adam nach seinem Stift griff, um das unangenehme Schweigen zu überbrücken, seufzte sie plötzlich auf und zerrte eine an den Ecken arg zerknickte Mappe aus ihrer Handtasche. Zu seiner Überraschung verbargen sich in der Mappe Kopien seiner ersten Entwürfe für die Show.

»Okay, kommen wir zur Sache. Ich habe deine Skizzen

nochmal durchgesehen.« Sie schob ihm die aufgeschlagene Mappe zu. »Sehen deine Monster dem Schädel, den wir gefunden haben, nicht frappierend ähnlich?«

Adam warf einen flüchtigen Blick auf die Grafiken. Er hatte sich von einer TV-Dokumentation über die Kreidezeit dazu inspirieren lassen. ›Ich hatte Saurier im Sinn‹, schrieb er, ›keine Monster.‹

Ivy winkte ungeduldig ab. »Wir sollten uns die Kammer nochmal ansehen, bevor sie versperrt wird.«

Entgeistert starrte er sie an.

»Wir sind die Finder. Bestimmt haben wir Rechte. Ist dein Onkel nicht bei der Polizei?«

Woher wusste sie das denn? ›Patenonkel‹, schrieb er zurück. Wenn es nach ihm gegangen wäre, hätte er längst mit Onkel Jake über den Vorfall gesprochen. ›Er ist auf Dienstreise.‹

»Oh«, machte Ivy enttäuscht. »Ich hatte gehofft, er könnte uns weiterhelfen. Stella verschweigt etwas, da bin ich sicher. Sie hat ihre Finger in einer ganzen Reihe von Stiftungen, von Kunst bis Archäologie. Normalerweise schiebt sie mir den bürokratischen Kram zu. Aber diesmal kümmert sie sich selbst darum. Angeblich sollen die Behörden bereits involviert sein. Denkmalschutz oder so. Wir müssen über etwas Außergewöhnliches gestolpert sein, Adam. Das waren keine Requisiten. Bist du denn gar nicht neugierig?«

Unbehaglich rieb er sich über die Brust. Er könnte die Sache hier und jetzt beenden. Einfach nein sagen. Der Job war erledigt. Es war der ideale Moment, um die Kunstszene – und Ivy – hinter sich zu lassen und sich wieder auf sein Studium zu konzentrieren. Keine Unfälle mehr, kein Nervenstress, keine unerfüllten Hoffnungen. Die Vorstellung war verlockend. Doch gleichzeitig dachte er an Colin, der mit so viel Leidenschaft für seine Musik brannte. Ungebeten tauchte ein Bild vor Adams innerem Auge auf: Ivy küsste den Sänger vor jubelnder Menge auf die Wange, während Stella Fortune ihm unter tosendem Applaus einen goldschimmernden Pokal überreichte ... Wollte er wirklich den Erfolg immer den anderen überlassen? War es nicht an der Zeit, selbst nach den Sternen zu greifen? Wie sollte er jemals etwas Großes bewirken können, wenn er nicht ein einziges Mal in seinem Leben über seinen Schatten sprang? Niemand hatte behauptet, dass es einfach sein würde. Sein rationaler Verstand gestand es sich nicht ein, aber tief in seinem Innern glaubte Adam, dass nichts unmöglich war, solange er den Mut aufbrachte, das Unmögliche zu versuchen.

Ivy ließ sich von Adams abwesendem Blick nicht irritieren und sprach munter weiter: »Wir könnten morgen während der Show nachsehen. Alle werden abgelenkt sein. Ich weiß, dass du dich am liebsten davor drücken würdest, aber deine Anwesenheit ist Pflicht. Das steht sogar in deinem Vertrag, auch wenn ich dich ungern daran erinnere. Du weißt, was Stella mit dir machen wird, wenn du nicht erscheinst. Außerdem ist es eine einmalige Chance für dich. Der Auftritt von Enter Horizon und die Enthüllung deines Hologramms werden der absolute Höhepunkt sein, das verspreche ich dir. Alyssa Dale wird ihre eigene Choreografie dazu aufführen. Hast du sie eigentlich schon live erlebt? Sie hat mit deiner Simulation bisher nur über einen großen Bildschirm geprobt, aber nicht mit dem Hologramm selbst. Übrigens ist heute die Generalprobe. Denk bitte daran. Mir ist klar, dass die Techniker nur ein paar Knöpfe drücken müssen, aber du kennst dein Programm am besten und kannst es korrigieren, falls etwas schiefgeht. Nicht dass ich glaube, dass etwas schiefgeht. Aber man kann nie wissen. Außerdem wird Stella die Künstler während der Show ehren. Du musst also kommen!«

Adam nahm ihre Worte nur am Rande wahr. Er fühlte sich seltsam benommen, als hätte er zu viel getrunken. Sein Blick verschwamm. Der Student, der sich gerade zwei Tische weiter mit einer Kaffeetasse in der Hand zwischen den Stuhlreihen hindurchzwängte, flackerte auf und verschwand. An seiner Stelle ragte ein morscher Baumstumpf aus dem Boden. Adam blinzelte. Wo eben noch Tische und Stühle gestanden hatten, verteilten sich Felsbrocken und die Überreste alter Ruinen, so weit das Auge reichte. Im schattigen Zwielicht konnte er ihre Formen nur vage erkennen. Statt der Bistrotheke erhob sich eine gezackte Felsformation in den Himmel. Ein Zug zerlumpter Menschen schlurfte in einiger Entfernung an ihm vorüber, ohne ihn zu beachten. Ihre Gesichter waren grau und teilnahmslos, ohne jegliche Individualität. Er konnte nicht sagen, ob sie alt oder jung waren, Männer oder Frauen. Sie wirkten kaum lebendiger als ihre eigenen Schatten, nur dass sie selbst keine Schatten warfen. Sie waren wie Geister, gefangen zwischen den Welten.

»Adam?«, drang Ivys Stimme wie aus weiter Ferne zu ihm durch. Er schuldete ihr eine Antwort. Wegen der Show.

»Nicht jetzt!«, sagte er. Seine eigene Stimme hallte so deutlich in seinem Kopf wider, als hätte er die Worte laut ausgesprochen. Hatte er das etwa?

»Hast du nicht, aber unhöflich ist es trotzdem«, hörte er eine Männerstimme dicht hinter sich sagen.

Adam erstarrte.

KAPITEL 14

SOLON

st das nicht aufregend?«, fragt Gian-Sûl.
»Ich zucke zusammen, als seine Stimme dicht neben mir erklingt. Sein Atem streift mein Ohrläppchen. Die gemeinsame Gefangenschaft im Nirgendwann lässt mich manchmal vergessen, mit wem ich es zu tun habe. Schattenmare sind Geschöpfe des Zwielichts. Ihre materielle Form ist nur eine Manifestation der Schatten, die dort entstehen. Schatten, die aus Ängsten und unerreichten Träumen geboren werden.

Seit wir die Tanzenden Berge hinter uns gelassen und das Ruinenreich dieser geheimnisvollen vergangenen Zivilisation betreten haben, ist Gian-Sûl in seinem Element. Er verschmilzt mit den Schatten, die der unnatürlich düstere Himmel über die mit Trümmern übersäte Landschaft zeichnet. Mal kriecht er wie ein dunkler Fleck über den rissigen Boden, mal wabert er als Schemen über die zerbrochenen Wände von Tempeln und Palästen. Einmal verbarg er sich sogar im Windschatten eines Gargoyles und kreiste mit ihm über den Ruinen. Ich selbst gebe mein Bestes, unbeirrt einen Schritt vor den anderen zu setzen, ohne über Mauerreste oder Bruchstücke eingestürzter Säulen zu stolpern, während ich versuche, die immer größer werdende Schar aus Monstern zu ignorieren, die sich an unsere Fersen geheftet hat.

Ein Gargoyle im Nacken ist schon schlimm genug, aber mehrere Dutzend sind eine Katastrophe. Normalerweise jagen Gargoyles in Rudeln von fünf bis zehn, wobei sie einander entweder aus dem Weg gehen oder blutige Fehden austragen. Wie eine ganze Nation von ihnen scheinbar einträchtig miteinander existieren kann, ist mir ein Rätsel. Allein bei dem Gedanken stellen sich mir die Nackenhaare auf. Gargoyles sind unberechenbare Kreaturen; einst stolze Jäger der Nacht, sind sie im Laufe der Jahrhunderte zu verderbten, mordenden Bestien verkommen.

Ich sollte mir dringend einen Plan B überlegen.

Unsere Annäherung ist nicht unbemerkt geblieben, vermutlich weil Van und Gogh lauthals verkünden, dass sie »Besuch« mitbringen. Vans Stimme schrillt wie eine Fanfare über die Trümmer, und Goghs Organ klingt ähnlich wie meine Stiefel, wenn sie einen Stein unter ihren Sohlen zermalmen.

»Weltengänger! Der Weltengänger ist da!«

Auf diese Weise könnten sie eine Sonderausgabe der Times in den Straßen von London verkaufen. In anderen Zeiten wären ihre Worte mit frenetischem Jubel begrüßt worden, doch jetzt wäre ich schon für ein paar freundliche Blicke dankbar.

Bisher hat sich noch kein Gargoyle an uns herangewagt. Sie springen in einiger Entfernung von Trümmerteil zu Trümmerteil oder flattern wie überdimensionierte Fledermäuse über unsere Köpfe hinweg. Einige setzen zum Sturzflug auf uns an, um uns zu erschrecken.

Worauf warten sie?

Der Schattenmar nimmt wieder feste Form neben mir an. Leise fragt er: »Was denkst du über diesen Ort?«

Ich zucke mit den Schultern. »Er ist steinalt.«

Gian-Sûl knurrt: »Das ist nicht die rechte Zeit für deine Scherze.«

»Du weißt doch: Es gibt keine Zeit im Nirg...«

Ein schmerzhaftes Brennen in meiner Seite unterbricht mich. Der Schattenmar hat mir das spitze Ende des Gargoyleknochens zwischen die Rippen gebohrt.

»Das war unhöflich!«, erwidere ich und betaste die Wunde. Sie blutet kaum. Gnädigerweise hat er nicht fest zugestochen. »Den Knochen solltest du hier lieber nicht schwingen.« Ich deute mit dem Daumen über meine Schulter auf unsere stetig wachsende Fangemeinde.

Mit einem gemurmelten Fluch auf den Lippen lässt der Schattenmar den Knochen in den Tiefen seines ominösen Mantels verschwinden. »Das sollte nur als kleine Warnung dienen.«

»Und ich hatte immer gedacht, du magst meinen Sinn für Humor.«

Er entblößt nadelspitze Zähne, ein boshaftes Funkeln glimmt in seinen Augen. »Oh, das tue ich.«

Ich verzichte darauf, ihn weiter zu reizen. Trotz ihrer äußeren Unterschiede sind Schattenmare und Gargoyles artverwandt. Beide entstammen dem Zwielicht. Er gehört zur Großen Schattenfamilie, ich dagegen – nun ja, sagen wir, ich habe es mir mit den Biestern schon vor einer Weile verscherzt, lange vor meinem unfreiwilligen Aufenthalt im Nirgendwann. Es ist nicht der richtige Zeitpunkt, mir Gian-Sûl zum Feind zu machen, jedenfalls nicht noch mehr, als er es bereits ist.

»Spürst du ihn?«, fragt er weiter.

»Nein.«

Gian-Sûl kommentiert meine Antwort mit einem ungläubigen Schnauben. Natürlich spüre ich die Nähe des Seelenwahrers, so wie ich die Nähe des Odems spüre. Nur dass anstelle des verlockenden Rufes nach Vergessen das Echo eines warmen Herzschlags in meinem Inneren widerhallt. Die Luft um mich herum vibriert von seiner Präsenz. Doch egal, wie oft ich ihn im Geiste anstupse, er antwortet nicht auf meine Rufe.

Ich widme meine Aufmerksamkeit wieder unserer Umgebung. Eine Erregung hat mich erfasst, die ich nicht erklären kann. Vielleicht liegt es am Raunen, das durch die Reihen der Gargoyles eilt, unhörbar für sterbliche Ohren, aber für meine Sinne ist es wie ein Jucken auf der Haut und ein Prickeln im Nacken. Ich atme frische Luft ein, in die sich der Geruch von nassen Steinen und aufgeweichter Erde nach einem Regenschauer mischt. Der Boden unter meinen Füßen fühlt sich locker an, an einigen Stellen sogar etwas matschig, als hätte tatsächlich vor nicht allzu langer Zeit der Himmel seine Schleusen geöffnet. Was im Nirgendwann unmöglich ist. Und dennoch türmen sich dicke Wolken am Himmel, der die Ruinenstadt mit einer fast mitternachtsblauen Dunkelheit überzieht. Sie werden von einem unsichtbaren und *unspürbaren* Wind in Richtung Horizont getrieben, dorthin, wo der Odem lauert. Als ich mit meinen Fingernägeln etwas Moos von den überwucherten Trümmern abkratze, fühlt es sich an, als würde ich durch eine zähflüssige Substanz greifen, die ständig in Bewegung ist. Ich verreibe die Reste auf meinen Fingerkuppen. Als ich Daumen und Mittelfinger gegeneinanderpresse und langsam wieder öffne, dehnt sich die Substanz dazwischen wie ein Kaugummi aus, bevor sie an der dünnsten Stelle mit einem leisen Schmatzen auseinanderreißt.

Ich wechsle einen ratlosen Blick mit dem Schattenmar. Er nimmt seinerseits eine Probe vom Erdreich und zerdrückt sie in seiner Hand. Zurück bleibt ein braungraues Gemisch, das mich in seiner Konsistenz an zähflüssiges Blut erinnert, wie bei einer Wunde, die sich entzündet hat.

Kein sehr beruhigender Gedanke.

Der Schattenmar wischt seine Handfläche an den zerschlissenen Resten meiner Jacke ab, anstatt seinen wertvollen Mantel zu beschmutzen. Schönen Dank auch! Ich stoße seine Hand beiseite, drauf und dran, ihm wider besseres Wissen mit meiner Faust eine neu geformte Nase zu verpassen, da verschwindet er mit einem unterdrückten Lachen in die Schatten, um sich ein neues Opfer zu suchen. Van und Gogh zanken sich vor mir leise über den richtigen Weg. Der kleinere Gargoyle dreht sich dabei wie ein Hund auf Trüffelsuche im Kreis und schnüffelt in die Luft.

Jetzt oder nie! Eine bessere Gelegenheit wird sich mir nicht mehr bieten. Ich nutze die Deckung eines hohen Trümmerteils und verschmelze mit den Schatten.

Ich bin vielleicht nicht der Schattenmar, aber ein paar Tricks beherrsche ich auch.

Das Zwielicht kitzelt mich auf der Haut, als ich mich in seinem Schutz zwischen die Trümmer flüchte. Anders als Gian-Sûl kann ich nicht zu einem Schatten werden, aber die Dunkelheit, die den Regeln des Nirgendwann zu widersprechen scheint, erlaubt mir, die Dichte meines physischen Körpers so weit zu reduzieren, dass sich meine Konturen von den Trümmern und Felsen kaum noch abheben. Nicht, dass ich ein Wesen des Zwielichts lange damit narren könnte. An den aufgeregten Rufen erkenne ich, dass die Gargoyles meine plötzliche Abwesenheit bereits bemerkt haben.

Ich husche abseits in einen Bereich, der einst ein Säulenhof gewesen sein mag. Nicht weit von meinem Standpunkt entfernt zieht eine Gruppe Echos vorbei, auf der unermüdlichen Suche nach dem Odem. Sie bewegen sich schlurfend und stolpernd über den unebenen Untergrund, aber die Nähe der Gargoyles scheint die trostlosen Gestalten nicht zu schrecken. Die Monster nehmen im Gegenzug keine Notiz von ihnen.

Perfekt.

Der Zug ist vielleicht zwanzig Meter von mir entfernt. Über mir kreist ein halbes Dutzend Gargoyles in der Luft, ein paar von ihnen hoch oben, um die Stadt zu überblicken, andere tief genug, um die einzelnen Trümmer abzusuchen. Vans Stimme hallt wie eine scheppernde Fanfare über die Ruinen. Nicht allzu weit hinter mir höre ich Krallen über das Gestein schaben. Aber noch haben die Biester mich nicht entdeckt.

Ich ducke mich dicht über den Boden und husche von Säule zu Säule, als eines der Echos keine drei Armlängen vor mir plötzlich aus der Reihe stolpert. Ich erstarre mitten in der Bewegung.

Verwirrung. Schrecken.

Ich schnappe diese Gefühle so deutlich auf, als wären es meine eigenen. Aber Echos haben keine Gefühle. Sie sind nicht lebendig.

Mein Herzschlag dröhnt plötzlich doppelt so laut in meinen Ohren.

Das Nicht-Echo hebt abwehrend einen Arm und sagt mit eindrücklicher Stimme in meinem Kopf: ›Nicht jetzt!‹

Wie wahr. Adams Timing lässt definitiv zu wünschen übrig.

KAPITEL 15

ADAM

Eine Hand stieß ihn grob nach vorne. Adam taumelte gegen einen Felsblock. »Steh nicht rum, sonst entdecken sie uns«, zischte eine Stimme in sein Ohr.

Adam war unfähig, sich zu rühren. Er hatte völlig die Orientierung verloren. Gerade eben war er noch mit Ivy in der Cafeteria gewesen. Doch wie war er hierhergelangt?

Ein Schatten huschte über sie hinweg. Adam duckte sich instinktiv. Sein selbsternannter Retter fluchte und zerrte ihn tiefer in den Schutz mehrerer Steinblöcke, die zu einer verfallenen Mauer gehörten. Verwitterte Säulen ragten um sie herum auf wie die Stangen eines Käfigs. Der Anblick kam Adam seltsam vertraut vor. Langsam dämmerte ihm, dass er in seine Albtraumlandschaft zurückgekehrt war, und zwar mit allen seinen Sinnen.

»Warum tauchst du ausgerechnet dann auf, wenn ich dich am wenigsten gebrauchen kann?«, fragte der andere.

Adam starrte ihn an. Geschah das wirklich? Das war der Mann, dessen Augen ihm aus einem Spiegel entgegengestarrt hatten und der ihn in seinen Albträumen heimsuchte. Das war's! Jetzt hatte er endgültig den Verstand verloren.

Adam zwickte sich in den Arm, doch nichts geschah. Er

wachte nicht auf. Der Mann vor ihm verschwand auch nicht. Im Gegenteil, er verdrehte die Augen. Zu allem Überfluss sah er aus, als wäre er geradewegs einer Verfilmung von »Stolz und Vorurteil« entsprungen: Gehrock (an dem ein Ärmel fehlte und der andere zur Hälfte), eine ausgefranste Samtweste, ein ausgebleichtes, zerrissenes Hemd und lederne Reitstiefel. Die altmodische Kleidung starrte vor Staub und Schmutz, ebenso wie sein Gesicht, was es Adam beinahe unmöglich machte, seine Züge zu erkennen. Er schien jung zu sein. In seinem ebenfalls staubverschmierten Haar hing eine blaue Feder. Sie war der einzige Farbtupfer an ihm.

Der Mann musste seine Gedanken erraten haben, denn er vollführte eine spöttische Verbeugung. »Gestatten? Solon. Erster, einziger und letzter meiner Art. Ich dachte, wir hätten einander bereits vorgestellt. Und jetzt komm!«

Er zerrte Adam in eine schmale Schneise zwischen den umgestürzten Steinbrocken und sah sich dabei nach allen Seiten um, wie um sicherzugehen, dass sie nicht beobachtet wurden. »Wenn du schon hier bist, dann erwecke ihn auch!«

Adam hatte Mühe, seine Gedanken zu fokussieren. Er konnte immer noch nicht begreifen, was mit ihm geschah. ›Wen erwecken?‹, fragte er verwirrt.

»Nutzlos wie eine Scheibe Brot. Was für ein Magier bist du eigentlich?« Der Mann namens Solon legte eine Hand auf Adams Brust. Seine Augen – Adam hätte schwören können, dass sie in diesem Moment die Farbe wechselten – weiteten sich. »Wie kann das sein? Ich spüre seine Energie in dir, aber er reagiert nicht. Dein Herz ist so leer wie das eines x-beliebigen Menschen.«

Adam spürte ein dumpfes Ziehen in der Brust und wich vor ihm zurück. ›Ich träume wieder.‹

Er wusste nicht, ob er die Worte laut aussprach oder nur in Gedanken. Dort klang seine Stimme für ihn immer wie die seines Onkels Jake.

»Das ist genau dein Problem. Du solltest langsam mal aufwachen.«

»Adam?«, fragte jemand mit weicher Stimme.

Eine schmale Hand griff nach seinem Arm. Der Kontakt kam so überraschend, dass er zusammenzuckte. Ivy!

Adam wollte ihren Namen rufen, aber er brachte keinen Ton über die Lippen. Sie musste ganz in seiner Nähe sein. Er konnte sie hören und spüren. Das bedeutete, dass ihn nur ein dünner Schleier von der realen Welt trennte. Wenn es ihm gelänge, ihn beiseite zu schieben ... Mit all seinen Sinnen konzentrierte er sich auf Ivy und spürte ihrer Berührung nach. Doch anstatt ihn zurück in die Wirklichkeit zu holen, stand Ivy plötzlich neben ihm. Ihre Gestalt war transparent. Er konnte die Felsen durch sie hindurchschimmern sehen – und etwas, das aussah wie ein Bistrotisch. Sie drückte Adams Hand, aber die Berührung fühlte sich an, als würde er in einen vollgesogenen Schwamm greifen.

Sie starrte ihn an, ihre Stimme zitterte. »Adam, was geschieht hier gerade? Ich kann dich sehen, aber du bist wie durchsichtig.«

Adam wünschte, er könnte sprechen.

Solon zog beide Augenbrauen in die Höhe. »Nanu, wen haben wir denn da? Eine Freundin von dir? Hallo, Mädel.« Er griff nach ihr, aber seine Hand glitt durch ihren Körper hindurch.

»Aua!« Ivy wich zurück und hielt sich den Arm. »Was war das? Wer spricht da?«

»Noch eine Amateurin.« Solon schlug mit der flachen Hand gegen den Felsen. »Ihr beide habt mir gerade noch gefehlt.«

Ivy blickte in Solons Richtung. Ihre Augen weiteten sich. »Wer ist ...? Oh mein Gott, das glaube ich nicht.«

»Wir haben keine Zeit dafür!« Solon leckte sich über den Finger und streckte ihn dann in die Luft. »Zu spät. Sie haben uns entdeckt.«

»Wer hat uns entdeckt?«, fragte Ivy und drückte sich eng an Adams Seite. Ihr Blick schweifte suchend über die Felsen – oder was immer sie an deren Stelle wahrnahm. Instinktiv legte Adam einen Arm um ihre Schultern. Ihr Körper fühlte sich warm an, doch gleichzeitig schien er unter seinem Griff nachzugeben, als wäre er nicht aus fester Materie.

»Die da!« Solon zeigte nach oben.

Adams Kinnlade klappte nach unten. Etwa drei Meter über ihnen hockten zwei Gargoyles auf einem Felsvorsprung. Einer von ihnen hatte ein breites Horn auf der Nase, der andere sah aus wie eine vierbeinige Vogelscheuche mit Krallen so lang und dünn wie Bajonettspitzen. Das konnte einfach nicht wahr sein.

Ivy keuchte auf. Panik spiegelte sich in ihren Augen. Also konnte sie die Wesen ebenfalls sehen. »Das ist ein Traum«, rief sie und zerrte an seinem Arm. »Sag mir, dass wir träumen.«

Der dickere der beiden Gargoyles knurrte. Es klang, als würde jemand versuchen, einen alten Dieselmotor zum Laufen zu bringen. Speichel tropfte von seinen zurückgezogenen Lefzen.

»Das ist das letzte Mal, dass ich dich ziehen lasse, Pferd! Und dich, Mädel, wer immer du bist.« Solon beugte sich zu Adam hinüber und berührte erneut seine Brust. Diesmal glitt seine Hand *in* Adams Körper *hinein*. Adam keuchte auf, mehr vor Schreck als vor Schmerz. Ungläubig starrte er auf den Arm, der aus seiner Brust ragte. Er spürte einen leichten Druck, gefolgt von eisiger Kälte, als die körperlose Hand sein Herz umklammerte.

»Dein Herz gehört mir. Vergiss das nicht, Adam. Ich gebe dir noch eine Chance: Entweder du findest einen Weg, mich zu befreien, oder ich befördere dich bei deinem nächsten Besuch höchstpersönlich ins Nichts. Dann hast du ausgeträumt, und zwar für immer. Haben wir uns verstanden?«

Solon ließ sein Herz los und zog seine Hand zurück. Mit einem Keuchen sank Adam in die Knie. Die Wärme flutete wie ein Lavastrom zurück in seinen Körper, heiße Nadeln stachen in seine Haut. Verschwommen nahm er wahr, wie einer der beiden Gargoyles zum Sprung ansetzte. Seine gelben Augen waren auf Adam gerichtet.

»Pass auf!« Ivys Schrei hallte in seinen Ohren.

Im Reflex hob Adam die Arme, um sich zu schützen, aber im selben Moment schlug jemand mit der flachen Hand auf den Tisch. Adam fuhr senkrecht in die Höhe und schnappte nach Luft, als lauwarmer Kaffee auf ihn spritzte. Statt in den Rachen eines Gargoyles starrte er in die spöttischen Gesichter seiner Kommilitonen.

Ron Cavendish ragte neben ihm auf wie ein Berg und rüttelte an seiner Schulter. »Hey, Armleuchter! Bist du jetzt auch taub, oder was?«

Seine Schwester Regina kicherte und sagte: »Jedenfalls schnarcht er laut.«

Die Studenten an den umliegenden Tischen brachen in Gelächter aus. Die Cafeteria war erschreckend voll geworden. Die Cavendish-Zwillinge stießen sich gegenseitig mit dem Ellbogen an und kassierten eine 5-Pfund-Note von einem Studenten in teuren Designerklamotten, der am Nachbartisch saß. Offensichtlich war es die Ausbeute einer neuerlichen Wette auf ihn.

Adam nahm es nur am Rande wahr. Schwer atmend fiel er auf seinen Stuhl zurück und versuchte, sich wieder in der Realität zu orientieren. Er zitterte wie Espenlaub, und sein Herz klopfte noch immer bis zum Hals. Seine Kaffeetasse war umgekippt, der Inhalt hatte sich über den Tisch und sein Hemd ergossen und tropfte auf den Boden. Ivy saß ihm mit bleichem Gesicht gegenüber. Sie hielt ihre eigene Tasse mit beiden Händen umklammert. Ihre Augen waren groß wie Wagenräder.

»Das waren keine Requisiten!«, flüsterte sie.

Adam schüttelte den Kopf. Ihm war übel.

Regina musterte erst Ivy, dann ihr Outfit. »Du bist nicht von hier, oder?«

Ivy atmete mehrmals tief durch und verzichtete auf eine Antwort.

»Hey, ihr zwei Turteltäubchen, wir reden mit euch«, rief Ron mit lauter Stimme. Auf seinen Wangen brannten zwei rote Flecken. Er war es nicht gewohnt, ignoriert zu werden.

»Verzieh dich!«

Ivy scheuchte ihn wie eine lästige Fliege mit der Hand beiseite, ohne ihn dabei anzusehen. Die Geste musste sie von Stella Fortune übernommen haben.

Ron stemmte die Hände in die Hüften. Sein Hemd spannte sich über seiner breiten Brust. »Was glaubst du eigentlich, wer du bist, Schätzchen? Ich werde dir …«

Er unterbrach sich, weil in diesem Augenblick Professor Magnusson mit zwei Kollegen die Cafeteria betrat. Regina stieß ihren Zwilling mit dem Ellbogen an und sagte leise: »Später!«

Sie zog ihren widerstrebenden Bruder zurück zu ihrem Tisch, wo ihre Clique sie grinsend in Empfang nahm. Weitere Geldscheine wechselten den Besitzer. Bevor Ron sich setzte, warf er Adam ein Grinsen zu, das nichts Gutes verhieß. Adam tat so, als würde er die anzügliche Geste in Richtung Ivy nicht bemerken. Stattdessen griff er nach einer Serviette, um damit den verschütteten Kaffee aufzuwischen.

»Was war das eben?«, fragte Ivy und lehnte sich auf ihrem Stuhl zurück. Die Farbe war in ihr Gesicht zurückgekehrt, aber ihre Hände zitterten.

Adam hob die Schultern und steckte die vollgesogenen Servietten in seine leere Kaffeetasse. Seine Hände zitterten ebenfalls. Professor Magnusson warf ihnen von der Theke aus einen langen Blick zu, bevor er sich wieder seinen beiden Kollegen zuwandte.

»Haben deine reizenden Mitstudenten uns Drogen in

den Kaffee gemischt?«, rätselte Ivy weiter und roch an ihrer Tasse.

Er deutete erst auf ihren Kopf, dann auf seinen.

Sie sah ihn fragend an, um gleich darauf mit Bestimmtheit zu erwidern: »Nein, wir sind nicht verrückt.«

Sie rümpfte die Nase, als er auf ihre Antwort hin den Kopf schüttelte und nochmals mit zwei Fingern erst auf ihre, dann auf seine und wieder auf ihre Augen zeigte. »Ach so, du meinst, das kann nicht sein, weil wir beide das Gleiche erlebt haben? Das haben wir doch, oder?«

Er machte eine vage Handbewegung.

»Eine Felslandschaft, ein Typ in zerrissenen Kleidern und angreifende Gargoyles?«, konkretisierte sie.

Er schnitt eine Grimasse und nickte.

»Kollektive Halluzinationen?«

Wenn sie mit dieser Erklärung nur recht hätte. Dann müsste er nicht mehr das Gefühl haben, die Hauptrolle in seinem ganz persönlichen Horrorfilm zu spielen.

Ivy strich sich nachdenklich eine Haarlocke aus dem Gesicht. »Meine Großmutter konnte mit Geistern sprechen, und mein Urgroßvater soll angeblich ein großer Medizinmann in seinem Stamm gewesen sein. Ich habe meiner Nana diese Geschichte nie ganz abgekauft.« Ein Lächeln breitete sich plötzlich über ihr Gesicht aus. »Das ist so cool.«

Bitte?

»Ist dir das schon mal passiert? Dieser Übertritt in eine andere Welt?«

Er nickte zögernd, aber sie wartete seine weitere Antwort nicht ab.

»Mir auch. Heute Morgen. Es war eine Art Vision, denke ich. Sie war nicht so deutlich wie eben, sondern eher wie ein Traum, nur dass ich dabei nicht mehr geschlafen habe. Der Typ von vorhin kam darin vor. Ich habe ihn vor meinen geistigen Augen in einer Höhle gesehen. Zu diesem Zeitpunkt war ich bereits halb wach, denn ich erinnere mich, dass ich kurz vorher auf die Uhr geschaut hatte und frustriert war, weil mein Wecker gleich klingeln würde. In den wenigen Minuten dazwischen muss es passiert sein. Der Mann hat mit jemandem gesprochen, aber ich habe die Worte nicht verstanden. Im Traum war er gesichtslos, während er vorhin irgendwie ... durchsichtig war. Ich habe jedoch seine Stimme wiedererkannt.«

Adam griff nach seiner Magnettafel und begann zu schreiben, aber seine Schrift war so krakelig, dass er die ersten Buchstaben löschen und erneut ansetzen musste. ›Solon.‹

»Ist das sein Name?«

Adam nickte und reichte ihr sein Smartphone mit den gesendeten Textnachrichten von letzter Nacht.

»Wow«, machte Ivy, nachdem sie zu Ende gelesen hatte. »Du denkst, die sind von diesem ...«, sie äugte auf die Tafel, »... Solon?«

Davon war Adam mittlerweile überzeugt. Ein Zufall schien ihm ausgeschlossen. Als Alternative blieben nur noch die verrückte Ms Mercer und ihre Tinkturen oder ein Psychopath, der sein Gerät gehackt hatte und sich einen Scherz mit ihm erlaubte. Aber das erklärte weder seine Halluzinationen noch die Tatsache, dass Ivy ähnliche Erfahrungen gemacht hatte. Die Nachrichten hatten erst begonnen, nachdem sie beide vorgestern in die Knochenkammer gestürzt waren und den Kristall gefunden hatten.

»Vielleicht ist er ein Geist«, sinnierte Ivy.

Adam zog die Augenbrauen hoch.

»Eine verirrte Seele, die in einer Zwischenwelt feststeckt ...« Ivy zwirbelte gedankenverloren eine Haarlocke. »Oder ein Dämon, der deine Seele rauben will.«

Mit einem gequälten Lächeln rieb sich Adam über die Brust. Seine Herzgegend schmerzte. Die Erinnerung an Solons Hand, die in seinen Körper hineingriff, ließ ihn frösteln. Was hatte der Kerl getan? Hatte er dort wirklich nach einem Kristall gesucht?

»Wir müssen doch irgendwie nachweisen können, dass wir nicht verrückt sind.« Ivy beugte sich entschlossen über den Tisch. »Zeig mal her!« Bevor Adam reagieren konnte, nestelten ihre Finger bereits an seinem Hemd. Er erstarrte. Wie oft hatte er heimlich davon geträumt – aber Himmel, so hatte er sich das wahrhaftig nicht vorgestellt. Als er sich wieder gefangen hatte und nach ihren Händen greifen wollte, hatte sie schon die obersten Knöpfe geöffnet und den Stoff beiseitegeschoben.

»Jetzt sei nicht so prüde! Du kannst später ...« Ivy stockte und wich zurück. »*Oh!*«

Adam starrte ahnungsvoll auf seine Brust. Der Umriss einer menschlichen Hand war deutlich zu sehen. Bleich hob er sich von seiner geröteten Haut ab. Mit Fingern, die ihm nicht recht gehorchen wollten, knöpfte er sein Hemd wieder zu. Regina Cavendish beobachtete ihn von ihrem Tisch aus mit einem beinahe mitleidigen Lächeln. Adam sank ein paar Zentimeter tiefer in seinen Stuhl.

»Definitiv keine Drogen«, sagte Ivy und sah auf ihre Hände, die sie vor sich auf der Tischplatte ausgebreitet hatte, als wollte sie herausfinden, ob sie tatsächlich zu ihrem Körper gehörten. Sie berührte das Pflaster an ihrem Finger. »Ich hätte diesen Kristall niemals anfassen sollen.«

›Was machen wir jetzt?‹, schrieb Adam.

»Googeln?«

Jetzt fing sie auch noch damit an. Fehlte nur noch, dass sie Keikos Außerirdischen-Theorie aufgriff. Adam barg das Gesicht in den Händen, aber die theatralische Geste schien Ivy wenig zu beeindrucken. Sie aktivierte das Display ihres Smartphones und zog kurz darauf eine Grimasse. Er sah es mit einem Auge.

»Die Arbeit ruft.« Sie klang enttäuscht.

Adam nickte, ohne den Kopf zu heben.

Ivy stand auf und packte ihre Sachen.

»Jetzt hab dich nicht so. Ich dachte, ihr Amis wärt draufgängerischer.«

Adam setzte sich aufrecht hin und zupfte mit schmalem Lächeln seinen Kragen zurecht.

Ivy tippte ihm im Gehen auf die Schulter. »Wir sehen uns heute Abend.«

Was sollte das jetzt heißen?

Sie hatte gerade den Tisch der Cavendish-Zwillinge erreicht, als sie plötzlich auf dem Absatz kehrtmachte. Ihre dunklen Augen funkelten, als sie zu ihm hinuntersah. Betont laut fragte sie: »Du hast es doch nicht vergessen, oder?«

Adam starrte sie fragend an. Sie stand nah genug, dass er ihren Pfirsichduft einatmen konnte.

»Das Konzert heute Abend? Enter Horizon? Colin hat uns Plätze in der ersten Reihe reserviert.«

Hatte er? Adam konnte sich nicht daran erinnern.

»Prima!« Ivy schenkte ihm ein strahlendes Lächeln und winkte ihm zum Abschied zu. »Ich freu mich auf unser Date!«

Mit offenem Mund starrte Adam ihr hinterher. Die Cavendish-Zwillinge und Anhang steckten tuschelnd die Köpfe zusammen.

Er verstand die Welt nicht mehr.

KAPITEL 16

SOLON

Der fette Gargoyle landet an der Stelle, wo eben noch Adam gestanden hatte. Ich verschwende keine Zeit, sondern verschmelze hinter einem Trümmerstück mit der Dunkelheit. Der Gargoyle mit den absurd langen Krallen faucht seinen Kumpan wegen dessen Ungeschicklichkeit an, der andere rumpelt in beleidigtem Tonfall zurück. Mein Glück, dass Gargoyles nicht die hellsten unter den Geschöpfen sind. Ich nutze ihren Zwist, um mich davonzustehlen. Wenn es mir gelingt, die Ausläufer der Stadt zu erreichen, kann ich in den Felsen Schutz suchen, bis mir ein guter Plan einfällt, wie ich diesem Schlamassel entkommen kann. Und aus dem Nirgendwann. Vorzugsweise bevor die Gargoyles mich zerfleischen.

Denn einen guten Plan werde ich brauchen. Dieser Adam ist nutzlos. Viel zu jung, um ein Meister des Arkanums zu sein – nur ein Bürschchen mit blassem Gesicht und schreckgeweiteten Augen, die mich mit einer Mischung aus Panik und Verwirrung angestarrt haben. Was habe ich da nur für einen Seelenwahrer erwischt? Er hat mit meinem früheren Reittier weit mehr gemein als nur den Namen. Wie hat der Junge überhaupt einen Weg ins

Nirgendwann finden können? Die Energie meines Lebens-kristalls in ihm ist verschwindend gering. Ebenso gut könnte ich darauf warten, dass eine Schildkröte einen Elefanten hinter sich herzieht.

Und das Mädchen bei ihm … Sie kann unmöglich auch ein Seelenwahrer sein. Wer ist sie und was hat sie mit meinem Kristall zu schaffen? Zu behaupten, ich sei von der Entwicklung verwirrt, wäre noch eine Untertreibung. Wenn ich nur wüsste, wie viel Zeit seit Williams letzter Tat vergangen ist. Es können zwei oder zweitausend Jahre sein. Die Welt, wie ich sie kannte, existiert vielleicht nicht mehr. Aber das ist egal, denn nichts wird mich davon abhalten, endlich meine Freiheit zurückzuerlangen. Diese eine Gewissheit konnte ich aus der Begegnung mit Adam gewinnen: Mein Kristall ist in ihm. Ich hatte befürchtet, dass er bei meiner gewaltsamen Verbannung vernichtet worden sei – und damit wäre eine Rückkehr für mich un-möglich geworden. Doch solange er in der Brust eines Seelenwahrers pulsiert, egal wie schwach, kann ich in der Welt der Menschen physische Form annehmen. Ohne ihn wäre ich nichts weiter als ein Echo, das im Wind der Zei-ten verweht.

Meine Hand kitzelt noch von der Berührung. Ein kaum wahrnehmbarer goldener Schein umspielt meine Finger, ein schwacher Abglanz meines einstigen Zír, aber es ist genug, um mir Hoffnung zu machen. Die Ruinenstadt scheint ein gigantischer Malstrom aus sich überlappenden Wirklichkeiten zu sein. Wenn ein schwacher Mensch wie Adam ins Nirgendwann übertreten kann, und sei es nur für einen Augenblick, warum sollte ich dann nicht in der Lage sein, in seine Welt zu wechseln?

Aus der Richtung meines letzten Standorts höre ich Vans Tröte, gefolgt von Goghs Ziegelstimme. Die beiden klingen gestresst, sofern man das von einem Gargoyle behaupten kann. Jedenfalls sind sie mir viel zu dicht auf den Fersen und die schützenden Felsen viel zu weit entfernt. Wenn die Biester einen Funken Verstand im Hirn haben, werden sie versuchen, mich einzukreisen.

Gerade will ich hinter einer Säule Deckung suchen, als der Schattenmar wie aus dem Nichts vor mir auftaucht. Ich reagiere einen Wimpernschlag zu spät. Gian-Sûl packt mich an der Kehle, drängt mich gegen die Wand und drückt mir die Luft ab.

»Wie unhöflich von dir, unsere Gastgeber warten zu lassen«, spottet er.

In Ermangelung einer Antwortmöglichkeit funkle ich ihn drohend an. Das Blut rauscht in meinen Ohren.

»Was ist, fehlen dir plötzlich die Worte?«, fragt er und beugt sich weiter zu mir herab. »Ah, wie nachlässig von mir!« Sein Klammergriff lockert sich.

Ich schnappe nach Luft. »Du mottenzerfressener Sohn einer …«

Er drückt wieder fester zu. Ich schlucke den Rest meiner Erwiderung notgedrungen hinunter.

»Geht doch!« Er entblößt seine spitzen Zahnreihen und lässt wieder locker. »War das dein Seelenwahrer, den ich da eben vernommen habe?«

Ich bin versucht, ihm eine Geschichte über halblebendige Echos aufzutischen, verwerfe den Gedanken jedoch rasch wieder. Anders als die Gargoyles weiß Gian-Sûl seinen Verstand zu benutzen. Ich muss mir etwas Besseres einfallen lassen, und zwar schnell. Daher versuche ich es mit der Wahrheit. Einem Stückchen zumindest. »Er kann zwischen den Welten wechseln. Für einen Seelenwahrer nicht schlecht, würde ich sagen.«

Der Schattenmar knurrt abfällig. »Ich hätte mehr erwartet.«

»Du warst schon immer ein Schattenmar mit Anspruch. Darum mag ich dich so.«

Gian-Sûl knurrt wieder, sein spitzer Daumennagel drückt gegen meine Halsschlagader. »Sprich weiter!«

»Er hat diesen Ort erschaffen, um mich aus dem Nirgendwann zu befreien. Die Grenzen sind hier fließend, das hast du selbst erlebt. Die Zeitlöcher, die Bewegung der Felsen und die Dunkelheit, die dir einen Teil deiner Kräfte zurückgegeben hat – all das ist sein Werk. Stell es dir ähnlich vor wie das Zwielicht: ein Übergang, der weder ganz Nirgendwann noch ganz Sphäre der Menschen ist.« Die Lüge geht mir leicht von den Lippen.

Der Zweifel in Gian-Sûls Augen ist nicht zu übersehen. Einst hatte er seiner Königin geschworen, mein Kerkermeister zu sein, um ihre Gunst zurückzuerlangen. Aber Loyalitäten können wanken und Schwüre gebrochen werden.

»Gib es zu, Gian-Sûl! Du hasst das Nirgendwann fast ebenso sehr wie ich. Deine Königin hat dir keine Wahl gelassen. Wenn du dich nicht bereit erklärt hättest, meinen Aufpasser zu spielen, hätte sie dir deinen Schatten entrissen und dein Bewusstsein ausgelöscht. An deiner Stelle hätte ich die gleiche Entscheidung getroffen und das Nirgendwann vorgezogen. Aber niemand kann diesen Ort auf ewig ertragen, auch kein Kind des Zwielichts. Die Welt wartet auf unsere Rückkehr. Mein Lebenskristall wurde nicht zerstört, genau wie du es bereits vermutet hattest. Willst du nicht wissen, warum? Oder was in der Welt inzwischen geschehen ist? Der neue Seelenwahrer kann die Grenzen noch weiter beugen, aber dafür braucht er meine Hilfe. Der erste Schritt ist bereits getan.« Ich halte meine Hand in die Höhe, sodass der Schattenmar das verblassende Leuchten meines Zír sehen kann. »Jetzt kann ich die Verbindung zwischen uns jederzeit herstellen.«

Gian-Sûl kennt die Kräfte des Kristalls so gut wie ich. Er lässt mich los und tritt einen Schritt zurück, um mich zu mustern. »Du kannst ihn zu dir rufen? Hier und jetzt?«

»So leicht ist es nicht«, wehre ich ab und blicke mich suchend um. Die Gargoyles sind nicht weit entfernt. Ich kann sie hören, aber abgesehen von einem einzelnen fernen Schatten am Himmel bleiben sie meinen Blicken verborgen. »Ich brauche einen physischen Kontakt. Diese Ruinen ... sie sind in gewisser Weise lebendig. Anders kann ich es nicht erklären. An manchen Stellen ist ihre Substanz so dünn, dass ich beinahe hindurchfassen und die andere Seite berühren kann.« Das ist nicht einmal gelogen.

Ich bemerke den Zweifel in Gian-Sûls Augen, daher fahre ich rasch fort: »Ich benötige einen geeigneten Platz, wo ich den Seelenwahrer physisch berühren kann. Wir müssen allerdings einen Weg finden, die Gargoyles abzulenken, während ich den Kontakt herstelle.«

Der Schattenmar versetzt mir einen Stoß gegen die Brust, der mich zu Boden geworfen hätte, wäre nicht die Säule in meinem Rücken gewesen. »Damit ich zusehen kann, wie du fliehst und mich hier zurücklässt? Lass dir etwas Besseres einfallen, Freund Solon.«

»Du kannst meinen Schatten benutzen.«

Es ist eine gewagte Bemerkung. Gian-Sûl verengt seine Augen zu Schlitzen. Ich kann sehen, wie es hinter seiner Stirn arbeitet. Könnte er die Hörner auf seinem Kopf bewegen, würden sie abstehen wie die Stacheln bei einem aufgeregten Igel.

»Du würdest mich einlassen?«

Eher würde ich mit einer Eisharpyie schlafen. Im Schatten eines Menschen, eines jeden Wesens, verbergen sich dunkle Energien, unterdrückte Begierden und unerfüllte Wünsche. Er ist das Gegenstück zur Aura. Zusammen ergeben sie die Lebenskraft. In seiner Schattenform ist Gian-Sûl in der Lage, andere Körper zu besetzen und sich in ihren Schatten einzunisten wie ein Parasit. Ich könnte ihm auf diese Weise als Wirt dienen und ihn mit mir auf die andere Seite nehmen. Dafür werde ich mich gewiss nicht hergeben, aber ich muss sein Vertrauen gewinnen.

Er berührt meine Schläfe. »Beweise es!«

Mir bleibt keine Wahl. Ich öffne meinen Geist gerade weit genug, um ihm ein Bild von Adam zu zeigen, jedoch eines, das ich nach meinen Vorstellungen forme: einen machtvollen Magier, der mit erhobenem Haupt vor dem Schattenthron steht und von der Energie des Kristalls in eine goldene Aura gehüllt wird. Nicht den blassen Jungen, der er in Wahrheit ist.

Ich spüre Gian-Sûls Präsenz in meinem Geist als leichten Druck hinter der Stirn. Rasch drehe ich meinen Kopf zur Seite und beende damit den geistigen Kontakt, bevor der Schattenmar tiefer in mich eindringen kann. »Einen Schritt nach dem anderen. Es wäre doch schade, unsere neue Beziehung zu überstürzen. Ich lasse dich ein, sobald wir uns einig sind, dass ich kein Gargoylefutter werde.«

Er entblößt seine spitzen Zähne. »Nichts läge mir ferner, als dich in Fetzen zu sehen.«

Schon will ich aufatmen, da schnellt seine Hand vor und packt mich am Kragen. Mit Donnerstimme ruft er: »Van, Gogh! Wir sind hier!«

Dreckskerl!

KAPITEL 17

ADAM

Eine Stunde nach Ivys Aufbruch erreichte ihn eine an Panik grenzende Nachricht der Veranstaltungstechniker – sein Software-Programm streikte ausgerechnet bei der Generalprobe. Adam hatte völlig verdrängt, dass man ihn zur Mittagszeit in der Kirche erwartete. Aber eine weitere verpasste Vorlesung, und Magnusson würde ihn kurzerhand exmatrikulieren lassen.

Als er eine halbe Stunde später atemlos St Bart's erreichte, hatten die Techniker das Problem bereits gelöst. Ein von ihnen versehentlich gelöschter Eingabewert hatte die Reihenfolge der Bildsequenzen verschoben, zwei Mausklicks hatten die korrekte Abfolge wiederhergestellt. Enter Horizon und die Ballerina hatten ihren Probeauftritt längst hinter sich.

Insgeheim war Adam erleichtert, die Inkarnation seines Hologramms verpasst zu haben. Er hatte für den Rest seines Lebens genug von Gargoyles. Die Atmosphäre in der Kirche jagte ihm jedes Mal einen Schauer über den Rücken, obwohl heute Dutzende von Leuten anwesend waren und eine geordnete Hektik herrschte. Im Mittelschiff hatte man den Laufsteg für die Models aufgebaut und in den umgebenden Arkadengängen stellten die Veranstalter bereits die Tische für das Catering auf. Adam wollte keine Minute länger als nötig verweilen, aber um ganz sicherzugehen, demonstrierte er den zwei Bühnentechnikern ein letztes Mal den Sequenzfluss und welche Buttons sie zu bedienen hatten. Die gleichen Informationen hatten sie bereits schriftlich und mit ergänzenden Schaubildern von ihm erhalten. Zugegebenermaßen war seine Software komplexer als die handelsüblichen Programme zum Synchronisieren von Musik und Lichteffekten, trotzdem wunderte Adam sich über ihre übertriebene Vorsicht. Aber vielleicht fühlten sie die gleiche instinktive Abneigung dem Gargoyle-Hologramm gegenüber wie er. Die beiden bedankten sich bei ihm, und er versprach, ihnen morgen Abend bei der Show zur Hand zu gehen, sollten sie ihn brauchen.

Vor dem Altar räumte die Band gerade ihre Instrumente ein. Adam wollte sich zum Ausgang schleichen, aber Colins scharfe Augen hatten ihn bereits entdeckt. Der Sänger winkte und brüllte seinen Namen (damit auch wirklich jeder auf ihn aufmerksam wurde), dann joggte er auf ihn zu. Adam seufzte lautlos und blieb stehen.

»Hey, Mann!«, begrüßte ihn Colin, nachdem er ihn eingeholt hatte. »Du hast das Beste verpasst. Dein Monster hat Alyssa beinahe aufgefressen. Wir haben alle einen mächtigen Schreck bekommen, so real sah das Ganze aus. Du kannst wirklich stolz auf dein Werk sein.«

Adam runzelte die Stirn. Es dauerte ein paar Sekunden, bis er begriff, dass Colin von der Primaballerina sprach. Er neigte leicht den Kopf, um zu zeigen, dass er verstanden hatte, und quittierte das Lob des Sängers mit einem Lächeln.

»Mein Brüderchen hat einen Narren an ihr gefressen«, fuhr Colin im Plauderton fort und deutete mit dem Daumen über seine Schulter zurück Richtung Altar, wo sich der sonst stets finster dreinblickende Bassist angeregt mit einer hübschen Brünetten unterhielt.

Adam erkannte sie erst, als sie sich plötzlich mit einer eleganten Pose auf die Zehenspitzen stellte und dabei lachte. Alyssa Dale war der aufgehende Stern am Royal Opera House und jüngster Liebling der britischen Medien. Sie war höchstens siebzehn oder achtzehn. Stella Fortune hatte die Primaballerina als Highlight für ihre Show engagiert, wahrscheinlich um eine zusätzliche Sendeminute zur Prime Time zu erhalten.

Alyssa erinnerte ihn schmerzhaft an seine Schwester – das gleiche gehässige Wesen, das gleiche überbordende Selbstvertrauen. Vor zwei Wochen hatte er die Tänzerin persönlich kennengelernt. Er hatte zusammen mit ihr und Colin vor dem Altar gesessen und ihr die ersten skizzenhaften Bewegungsabläufe seines Gargoyles gezeigt. Das Monster besaß noch nicht viel Kontur und bewegte sich als Strichzeichnung ungelenk über den Bildschirm, aber Flügelschläge und Drehbewegungen harmonierten bereits mit der Silhouette der Ballerina, die als animierter Avatar über den Bildschirm tänzelte.

»Das Vieh ist viel zu unscheinbar«, hatte sie pampig zu ihm gesagt. »Warum hängen wir stattdessen nicht ein Bild von dir morgens nach dem Aufwachen auf? Das ist wenigstens gruselig.«

Als Colin erklärte, dass Stella das Tempo des Tanzes verlangsamt haben wollte, schnaubte sie nur: »Kommt nicht in die Tüte! Mein Tanz hat das perfekte Tempo. Wenn Stella es anders will, dann soll der Typ das Vieh eben schneller machen.«

Adam winkte ab. Die Geschwindigkeit ließ sich problemlos konfigurieren.

Alyssa schmollte trotzdem. »Hoffentlich wird der Auftritt kein Desaster. Ich muss das nochmal mit meiner Managerin besprechen.«

Mit diesen Worten war sie abgedampft.

Das war Adams erste und letzte direkte Begegnung mit Alyssa Dale gewesen. Er wandte seinen Blick von der Primaballerina und dem balzenden Bassisten ab und richtete seine Aufmerksamkeit wieder auf Colin.

»Und wie läuft's mit Ivy?«, fragte der Sänger und beugte sich mit einem Grinsen im Gesicht nach vorn. Bei seinen knapp zwei Metern Körpergröße wirkte die Geste beinahe bedrohlich. »Du siehst aus, als hättest du in eine saure Zitrone gebissen. Falsche Frage?«

Adam schüttelte den Kopf.

»Hätte mich auch gewundert. Ihr beiden kommt doch nachher zu unserer Show, oder nicht? Ivy hat mir vorhin eine Erinnerung wegen der Karten geschickt.«

Sie hatte es tatsächlich ernst gemeint! Adam wurde mit einem Mal ganz warm im Magen. Er hielt nach Ivy Ausschau, konnte sie aber nirgends entdecken. Sie war von der Cafeteria direkt zur Arbeit aufgebrochen. Sollte sie daher nicht zur Generalprobe anwesend sein?

Colin deutete seinen suchenden Blick richtig und erklärte: »Sie kommt später wieder rein, wenn die Models proben. Im Augenblick steckt sie in einem Meeting mit der Veranstaltungsagentur fest.«

Adam schluckte seine Enttäuschung hinunter. Er zückte sein Smartphone und schrieb: ›Wie kommt es, dass du mich so leicht verstehst?‹

Außer Colin war er bisher niemandem begegnet, dem es gelang, seine Gesten und Mimik scheinbar mühelos zu deuten, Keiko ausgenommen, aber sie beide kannten sich immerhin schon seit Jahren.

Der Sänger fuhr sich über die Bartstoppeln. »Das macht die Übung. Hast du es denn nicht bemerkt? Pixie spricht auch nicht. Genau wie du. Obwohl sie es könnte, wenn sie wollte.«

Pixie war stumm? Das hatte er tatsächlich nicht bemerkt. Er dachte an ihre gelegentlichen Begegnungen während der vergangenen Wochen zurück. Mit Colins Bruder Steven hatte er ein paar Worte über das Design ihrer Konzertplakate gewechselt. Pixie war in der Nähe gewesen und hatte ihnen zugehört, genickt oder den Kopf geschüttelt, aber sie hatte nie ein Wort gesagt. Vielleicht war ihm ihre Zurückhaltung deswegen nicht aufgefallen, weil sie für ihn so selbstverständlich war.

Die blonde Drummerin saß auf der Lehne einer beiseite geräumten Kirchenbank, warf einen Drumstick in die Luft und fing ihn geschickt wieder auf. Sie wirkte gelangweilt, aber er bemerkte, wie aufmerksam sie Steven und die Ballerina beobachtete.

»Nimm es ihr nicht übel«, sagte Colin. »Sie vertraut nur wenigen Menschen. Kein Wunder, nach allem, was in St Myles passiert ist.« Als Adam fragend den Kopf neigte, winkte Colin ab. »Eine lange Geschichte aus unserer schottischen Heimat. Dort passieren unheimliche Dinge. Die Bevölkerung leidet seit Jahren unter den Vorkommnissen. Politik und Presse schweigen oder werten es als Aberglauben und Verschwörungstheorie ab. Aber lassen wir das. Ich wollte eigentlich mit dir über etwas anderes sprechen. Stella Fortune hat uns einen Manager besorgt, und der ist ziemlich begeistert von deinen Entwürfen für unser Tourneeplakat. Wir würden gern unser Albumcover von dir gestalten lassen.«

Adam zögerte, einerseits erleichtert, dass der Sänger nicht näher auf die »unheimlichen Dinge« einging, andererseits erstaunt über das Angebot. ›Seid ihr sicher?‹

»Klar sind wir das. Okay, das Album ist noch nicht fertig und wir können dir nicht viel zahlen. Aber es wäre eine gute Promotion für dich.« Colin hielt ihm sein Smartphone entgegen. »So etwas in der Art. Das war einer deiner ersten Entwürfe für das Plakat.«

Ein kalter Schauer durchfuhr Adam. Die Schwarzweiß-Skizze auf dem Display zeigte einen freischwebenden Kristall in einer mit Knochen übersäten Höhle. Einen glühenden schwarzen Kristall. Wie war das möglich? Er erinnerte sich nicht daran, die Skizze gezeichnet zu haben, doch sie entsprach genau seinem Stil. Hatte er sie verdrängt? War sie womöglich eine Vorahnung auf das gewesen, was mit ihm geschehen würde?

»Hey, alles okay?«, fragte Colin. »Du bist ganz blass.«

Adam befeuchtete seine trockenen Lippen und schrieb: ›Schlecht geschlafen. Ich lass mir was für euch einfallen, okay?‹ Das war unverbindlich – weder eine Zusage noch eine Absage. Im Zweifel konnte er der Band ein paar seiner älteren Designs schicken, die ihnen nicht gefallen würden. Vielleicht würden sie die Sache dann auf sich beruhen lassen.

Für Colin war das Antwort genug. »Klasse, Mann! Wir schulden dir was. Und lass dich von dem Trubel nicht einschüchtern. Wir alle haben Albträume, seit wir für Stella Fortune arbeiten.« Er lachte dröhnend. »Was glaubst du, wie die gute Madame herumgezickt hat, weil wir die Generalprobe wegen des Konzerts heute Abend auf den Nachmittag vorverlegen mussten.«

»Sie sind nicht der Einzige, der heute noch etwas anderes vorhat, Mr Rhodes«, erwiderte Stella Fortune in diesem Augenblick mit kühler Stimme von der Seite.

Adam bekam fast einen Herzinfarkt. Wie gelang es der Frau nur immer, sich so anzuschleichen?

Der Sänger dagegen zuckte nicht mal mit der Wimper. »Ah, wenn man vom Engel spricht. Sie sehen umwerfend aus, Stella.«

»Schmeicheln Sie Ihren Fans, aber nicht mir. Mich überzeugt erledigte Arbeit, kein Herumlungern in den Pausen.«

Stella Fortune trug ein maßgeschneidertes cremefarbenes Kostüm und hatte ihr glattes Haar zu einem schlichten Dutt zusammengesteckt. Ihren porzellanglatten Wangen war keine Gefühlsregung abzulesen. Wie immer fiel es Adam schwer, ihr in die Augen zu blicken. Aus der Ferne konnte er sie ansehen, so wie er eine griechische Statue im Museum bewundert hätte, aber aus der Nähe hatte er Angst, dass ihr Blick ihn in Stein verwandeln würde.

Die tätowierte Libelle auf Colins Hals bewegte sich, als er schluckte. »Sie haben die Proben gesehen – perfekter geht es nicht.«

»Bis auf die verschwendete halbe Stunde, die es gedauert hat, um das Hologramm zu starten.« Sie blickte zu Adam. »Mr Thorne, auf ein Wort bitte!«

Colin hob beide Augenbrauen und klopfte Adam aufmunternd auf die Schulter. Dann deutete er Richtung Altar. »Unsere Arbeit ist getan, aber wir sind noch eine Weile im Klostercafé, falls du Hilfe brauchst. Ansonsten sehen wir uns heute Abend.« Mit einem spöttischen »Eure Hoheit!« und einer gespielten Verbeugung vor Stella Fortune schlenderte er davon.

Sie richtete ihren kühlen Blick auf Adam. »Ich erwarte Ihre Anwesenheit morgen bei der Show. Pünktlich. Und halten Sie sich von Ivy fern. Ich mag es nicht, wenn sie unkonzentriert zur Arbeit erscheint.«

Eine Ader in seiner Schläfe begann unangenehm zu zucken. Die Frau mochte reich und berühmt sein, aber das machte Ivy noch längst nicht zu ihrer persönlichen Leibsklavin und ihn nicht zu einem Schuljungen.

Er wollte eine Erwiderung in sein Smartphone tippen, aber Stella hob die Hand.

»Glauben Sie an Ihr Talent?«

Die Frage überrumpelte ihn. Erwartete sie tatsächlich eine Antwort darauf? Unter ihrem Blick fühlte er sich wie eine Mikrobe unter dem Mikroskop.

Er löschte seinen angefangenen Satz und schrieb stattdessen: ›Hätten Sie mich sonst ausgewählt?‹

Falsche Antwort, dachte er, noch während er ihr das Smartphone entgegenhielt. »Beantworte niemals eine Frage mit einer Gegenfrage. Es ist respektlos und zeigt, dass du keine Ahnung hast«, hatte sein Vater ihm einmal gesagt. Ein Ratschlag, den Adam auch Jahre später noch nicht verinnerlicht hatte.

Stella Fortune sah zum Altar, wo die Bandmitglieder

ihre Aufräumarbeiten beendet hatten. Colin hatte seinem jüngeren Bruder den Arm um die Schultern gelegt und dirigierte ihn zu den Arkaden, von wo aus man zum angrenzenden Klostercafé gelangte. Pixie hatte sich bei dem Sänger untergehakt, und Alyssa bei Steven.

In einem fast nachdenklichen Tonfall sagte Stella Fortune: »Nicht Können, sondern Hingabe zeichnet einen Künstler aus. In der Welt da draußen gibt es Tausende von talentierten jungen Künstlern, die sich ein Bein ausreißen würden, um für Fortunes zu arbeiten, geschweige denn, von uns gesponsert zu werden. Doch ich habe Sie ausgewählt.« Sie legte eine bedeutungsvolle Pause ein. Adam spielte mit seinem Smartphone und wünschte, seine Hände würden aufhören zu zittern. »Und wissen Sie, warum? Weil Sie eine Geschichte zu erzählen haben. Eine düstere, traurige Geschichte, derer Sie sich selbst noch gar nicht bewusst sind. Das unterscheidet Sie von den anderen. Die Menschen lieben Drama. Und Sie können es ihnen geben, sofern Sie bereit dazu sind.«

Darauf wusste er nichts zu erwidern.

Stella sah ihn unverwandt an. Mit einer beiläufigen Bewegung strich sie eine imaginäre Fussel von ihrem Rock und fragte: »Warum haben Sie sich auf mein Angebot beworben? Sie hätten den Auftrag jederzeit ablehnen können.«

Adam dachte eine Weile darüber nach. Tatsächlich hatte er sich schon oft die gleiche Frage gestellt. Da er mit seiner Antwort nichts mehr zu verlieren hatte, schrieb er: ›Ich wollte meiner Schwester eins auswischen. Und meiner Mutter. Die beiden hätten es mir nie zugetraut, dass ich den Mut dazu aufbringe. Erst recht nicht, dass ich es schaffe.‹

Stellas Mundwinkel zuckte. »Das ist das erste Mal, seit ich Sie kenne, dass Sie vollkommen ehrlich zu mir sind. Und vielleicht auch zu sich selbst.« Sie umfasste das Kirchenschiff mit einer Handbewegung. »Die Menschen spüren, ob jemand authentisch ist oder nicht. Zeigen Sie ihnen Ihre Entschlossenheit, sich nicht unterkriegen zu lassen. Ihren Mut, nach einer Niederlage wieder aufzustehen. Ihren Stolz, der zu sein, der Sie sind. Nur so können Sie gewinnen. Ich spreche aus Erfahrung.« Sie sah auf ihre Uhr. »Sie haben noch viel zu lernen. Das war einer der Gründe, warum ich Sie ausgewählt habe. Die ungeschliffenen Diamanten sorgen für die besten Überraschungen. Perfektion langweilt mich.« Ihr Blick verfinsterte sich. »Und keine weiteren Ausflüge mehr in die Katakomben, haben wir uns verstanden?«

Er konnte nur nicken. Stella ließ ihn stehen, um weitere Anweisungen an das Catering-Personal zu geben.

Adam war wütend, weniger auf Stella Fortune als vielmehr auf sich selbst, weil er sich so leicht hatte abfertigen lassen. Wenn er doch nur sprechen könnte! Aber selbst dann hätten ihm die richtigen Worte gefehlt. Keiko hatte recht. Die Welt der Schönen, Reichen und Berühmten war nichts für ihn.

Auf dem Weg nach draußen zögerte er. Gab er wirklich so leicht auf, wie Stella Fortune angedeutet hatte? Das wollte er nicht glauben. Die Frau wusste doch gar nicht, gegen welche Widerstände er angekämpft hatte, um von seiner Familie wegzukommen. Welche Prüfungen und Herausforderungen er hatte bestehen müssen, um in London studieren zu können. Nein, er wollte nicht länger das brave Schoßhündchen spielen, das es allen anderen recht machte, nur nicht sich selbst.

Kurzentschlossen kehrte er um und folgte den Gängen jenseits der Arkaden in die tiefer gelegenen Bereiche der Kirche. Die Techniker sicherten gerade die Computer und nickten ihm zu, als er an ihnen vorbeiging. Das Personal vom Catering fuhr im Eiltempo auf Sackkarren schwere Getränkekisten durch den Seiteneingang herein. Er vermied im letzten Moment einen Zusammenstoß und erreichte zwei Biegungen weiter den Gang, der hinab zur

Knochenkammer führte. Anders als vor zwei Tagen war er hell erleuchtet. Die Geräusche aus dem Kirchenschiff drangen ungefiltert bis zu ihm durch. Schatten bewegten sich zwischen den Säulen und Vorsprüngen, doch nichts an ihnen wirkte unnatürlich. Zögerlich berührte er das Mauerwerk. Es fühlte sich kühl und fest unter seiner Hand an.

›Solon?‹, fragte er in Gedanken.

Nichts. Keine Felslandschaft tat sich vor ihm auf. Kein Monster sprang aus den Schatten, um ihn zu verschlingen. Dennoch drangen laute Geräusche aus dem Gang. Es hörte sich an, als würde jemand mit einem Hammer auf Felsen schlagen.

Mit einem mulmigen Gefühl im Bauch folgte er dem Gang und stieg die dreistufige Treppe nach unten. Die Geräusche wurden lauter. Als er um die Ecke bog, versperrte ihm ein aufgestelltes Warnschild den Weg. Ab hier wurde der Gang enger und dunkler. Stimmen drangen zu ihm hindurch. Sie hallten von den nackten Leitungsrohren an der Decke wider. Gerade als er beschloss, das Sperrschild zu ignorieren, glitt ein körperloses Licht auf ihn zu. Adam erschrak und wich geblendet zurück, doch schon im nächsten Moment entpuppte sich das Licht als Lampe am Helm eines Bauarbeiters.

»Hey, können Sie nicht lesen? Durchgang verboten!« Der Mann winkte mit seinem Walkie-Talkie. Er trug eine reflektierende Sicherheitsweste, die über seinem Bauch spannte. Mit seiner kompakten Gestalt füllte er den schmalen, niedrigen Gang fast vollständig aus.

Adam hob entschuldigend die Hände. In seiner Situation brachte Argumentieren nicht viel.

Der Mann schien ihn nach einem zweiten Blick als harmlos einzustufen, denn er sagte etwas weniger unfreundlich: »Tut mir sehr leid, aber dieser Bereich ist für Besucher gesperrt. Hier unten gibt es ungesicherte Kellergewölbe und loses Mauerwerk. Das kann gefährlich werden. Wir vom Denkmalschutz prüfen das regelmäßig.«

Er hielt Adam einen Ausweis unter die Nase. »Und jetzt gehen Sie bitte wieder nach oben und lassen uns unsere Arbeit machen. Vielen Dank.«

Adam nickte und trat den Rückzug an.

So viel zu seinem Mut und seiner Entschlossenheit. Was hatte er denn erwartet? Dass sich die Knochen letztlich doch als Filmrequisiten entpuppten? Oder dass Solon auftauchen und verkünden würde, es sei alles nur ein schlechter Scherz gewesen?

Bevor er sich um den Kristall kümmern konnte, wartete noch eine ganz andere Herausforderung auf ihn: sein Date mit Ivy.

KAPITEL 18

ADAM

›Hilfe!‹ Das Wort stand auf dem Zettel, den er Keiko mit flehender Miene entgegenhielt, nachdem er an ihrer Tür im Studentenwohnheim Sturm geklingelt hatte. Wie sie es schaffte, ihm Sekunden später zu öffnen, blieb ihm ein Rätsel, denn in der Rechten balancierte sie einen Kochlöffel, von dem Tomatensoße tropfte, und in der Linken ein aufgeschlagenes Buch über Bool'sche Algebra.

»Komm rein!« Sie schleckte unbekümmert die Soße vom Kochlöffel. »Du hast eine halbe Stunde, dann muss ich wieder an die Kasse.«

Ach ja, der Supermarkt, in dem sie jobbte.

Keikos Mitbewohnerin streckte zwei Sekunden lang ihren blonden Krauskopf aus dem Zimmer, aber als sie ihn erkannte, schlug sie die Tür kommentarlos wieder zu.

Er zwängte sich in der beengten Küche auf einen Stuhl in der Ecke.

»Lass mich raten«, sagte Keiko und schüttete eine Lawine fertig gekochter Spaghetti über der Spüle in ein Sieb. »Ivy.«

›Hast du meine Mail gelesen?‹, tippte er aufgeregt in sein Smartphone.

»Deine Mail und die zwei Dutzend Textnachrichten, die du mir geschickt hast.«

Adam hatte ihr nicht nur Solons Nachrichten weitergeleitet, sondern ihr auch die unheimliche Begegnung in der Cafeteria beschrieben – samt Hinweis, dass Ivy ihn anschließend zum Konzert eingeladen hatte.

»Wenigstens weiß ich jetzt, warum du mich heute Morgen versetzt hast«, ergänzte Keiko in beleidigtem Tonfall. »Aber egal. Kümmern wir uns erstmal um diesen Solon ... Gab's nicht einen alten Griechen, der so hieß? Ich bin nicht besonders fit in Geschichte. Jedenfalls scheint der Typ echt gestört zu sein. Bist du sicher, dass dir die Cavendish-Zwillinge keinen Streich spielen?«

›Haha. Die beiden Pappnasen sollen mein Smartphone hacken können?‹

»Auch wieder wahr.« Sie deutete auf sein Gerät und zog ihr eigenes aus der Hosentasche. »Darf ich? Wäre doch gelacht, wenn ich nicht herausfinden kann, von wo aus der Typ seine kranken Nachrichten schickt.«

›Ivy hat das Gleiche erlebt wie ich.‹

Keiko zuckte die Schultern und erwiderte pragmatisch: »Drogen. Verdorbener Kaffee. Oder ein Gasleck. Massenhalluzinationen sind durchaus möglich. Stell dir vor, das Universum wäre ein gigantisches Hologramm oder eine Computersimulation. In dem Fall erleben wir alle die gleiche Halluzination. Hast du in Professor Magnussons Vorlesung zur Quantentheorie wieder nicht aufgepasst?«

Sie verband die beiden Geräte via Bluetooth, öffnete eine App – zweifellos eine, die sie selbst geschrieben oder zumindest modifiziert hatte –, und kurz darauf huschten unzählige Codezeilen über das Display, zu schnell, um sie mit bloßem Auge zu erfassen. Adam verstand nicht, wie Professor Magnusson ihn als talentiert bezeichnen konnte, wenn er jemanden wie Keiko in seinen Kursen hatte.

Keiko trennte die beiden Geräte wieder. »Hm. Ich kann keinerlei Anzeichen dafür finden, dass jemand dein Gerät gehackt hat. Dem Programm zufolge hast du dir die Nachrichten selbst geschickt. Wäre das denn so abwegig? Vielleicht schlafwandelst du und dein Unterbewusstsein will dir eine Botschaft senden.«

Er sah sie schräg von der Seite an.

»Und wenn du einen Arzt aufsuchst? Nur zur Sicherheit ...« Sie hob eine Augenbraue und ergänzte: »Dein Kopf rollt gleich von den Schultern, wenn du ihn weiter so schüttelst.«

›Hörst du mir überhaupt zu?‹, schrieb er. ›Ivy hat das Gleiche erlebt ...‹

Keiko funkelte ihn über ihre Brillengläser hinweg an. »Vielleicht belügt Ivy dich. Schon mal daran gedacht?«

Ihre heftige Reaktion überraschte ihn. Verwirrt starrte er sie an.

Sie lehnte sich an die Spüle. »Tut mir leid. Ich traue den Leuten in der Szene einfach nicht. Die wittern nur eine Chance, deine Hologramme zu Geld zu machen. Kunst verkauft sich besser, wenn der Künstler verrückt ist. Siehe Van Gogh.«

›Van Gogh musste sich aber erst umbringen, bevor er berühmt wurde.‹

»Genau das meine ich.«

›Ich habe bisher auch nicht an das Übernatürliche geglaubt. Aber mir gehen die Erklärungen aus.‹

Keiko rührte versonnen mit dem Kochlöffel in der Spaghettisoße herum. »Als ich acht Jahre alt war, habe ich meine Eltern auf eine Reise ins Heimatland meines Vaters begleitet. Es war mein erster und bisher einziger Besuch in Japan. Wir besichtigten einen Shintō-Schrein, wo ein Cousin meines Vaters als Priester diente. Während die Erwachsenen sich unterhielten, bemerkte ich einen kleinen Fuchs, der auf einem Stein hinter dem Tor saß und mich beobachtete. Ich lief hin, um ihn zu streicheln. Ich erinnere mich noch genau daran, wie weich und seidig sein Fell unter meinen Fingern war. Der Fuchs hielt ganz still und sah mich an. Dann sagte er etwas zu mir. Glaub es oder nicht, aber ich hörte seine Stimme in meinem Kopf. Er sagte: ›Der Drache wird deine Seele verschlingen.‹ Was bin ich erschrocken! Ich lief zu meinen Eltern und erzählte ihnen, was ich gerade erlebt hatte. Sie lachten und meinten, ich hätte zu viel Fantasie. Ich deutete auf den Stein, wo der Fuchs immer noch saß, aber keiner der Erwachsenen konnte ihn sehen. Nur der Priester lachte nicht. Er war sehr ernst und sagte zu meinen Eltern, die Göttin Amaterasu hätte mich berührt. Füchse gelten als ihre Boten, aber das wusste ich damals nicht. Meine Mutter lachte ihn aus – sie hält nichts von derlei Dingen –, aber mein Vater wurde danach sehr still. Er war ein sehr gläubiger Mensch. Bis zu seinem Tod hat er mich behandelt, als wäre ich ein gebrandmarktes Kind. Überfürsorglich und überstreng. Meiner Mutter habe ich es zu verdanken, dass ich nicht mit der Angst aufwachsen musste, beim kleinsten Fehlverhalten von einem göttlichen Wesen verdammt zu werden.« Sie zuckte die Achseln. »Wie du siehst, bin ich immer noch hier. Mit all meinen Fehlern.«

›Das hast du mir nie erzählt‹, schrieb Adam. Diese nachdenkliche Seite an Keiko kannte er bisher gar nicht.

»Ich habe mit niemandem darüber gesprochen. Als Kind verdrängt man so etwas. Bis heute weiß ich nicht, was ich davon halten soll. Ist es wirklich so passiert oder hat meine Fantasie mir einen Streich gespielt? Als kleines Mädchen war ich sehr leicht zu beeindrucken. An meinen Geburtsort in Südkorea erinnere ich mich kaum, in England wohnten wir in einem hässlichen Industriegebiet. Japan hat mich damals regelrecht überwältigt. Dieser Gegensatz von städtischer Größe und stiller Natur ... er hat mich auf vielerlei Art und Weise geprägt.« Der ernste Ausdruck in ihren Augen wurde durch den erhobenen Kochlöffel zunichtegemacht. »Ich bin weder Ärztin noch Psychologin, aber vielleicht schickt dir dein Unterbewusstsein eine Botschaft. Eine ziemlich heftige. Du steckst in einem Konflikt.

Einerseits wünschst du dir Anerkennung als Künstler, andererseits möchtest du deine Sicherheiten nicht aufgeben. Als Künstler, insbesondere wenn du in der Öffentlichkeit stehst, hast du keine Sicherheiten. Mit einer Karriere in der Quanteninformatik jedoch schon. Und Ivy steht genau dazwischen. Sie ist die Muse für deine Kunst und gleichzeitig dein Vorbild für eine Karriere. Aber egal, wie du dich entscheidest: Solange du es nicht wagst, Risiken einzugehen, wirst du immer vor deinen eigenen Ängsten davonlaufen.«

›Ist das Psychologie für Anfänger?‹

Sie wedelte mit dem Kochlöffel, als wollte sie eine lästige Fliege verscheuchen, und verteilte Soßenspritzer über der Spüle. »Das ist Psychologie für Adam. Jetzt mach was draus.«

Er gähnte.

Keiko verdrehte die Augen. »Was war jetzt genau dein Notfall?«

›Ich hab nichts anzuziehen.‹

»Für das Konzert oder die Show?«

›Und Ohrstöpsel‹, schrieb er, ohne auf ihre Frage einzugehen. ›Brauche ich Ohrstöpsel? Ich bin aufgeschmissen.‹

»Man könnte meinen, du warst noch nie mit einem Mädchen aus.«

›Es ist mein erstes Rockkonzert.‹

Keiko rührte die Soße um und schmeckte noch eine Prise Salz und ein paar Kräuter ab, bevor sie den Topf vom Herd nahm. Adam sah ihr mit wachsender Ungeduld zu.

›Kannst du nicht mitkommen?‹

»Bist du verrückt?«

Adam verzog das Gesicht. Das war wirklich keine gute Idee.

›Ich weiß nicht, was ich tun soll.‹

»Tief durchatmen.«

Keiko stellte zwei Teller auf den Tisch und füllte ihm eine großzügige Portion Spaghetti ab.

Adams Magen knurrte beim Anblick der kunstvoll drapierten Nudeln in Tomatensoße, die Keiko extra für ihn mit einem Basilikumblatt garnierte.

›Du bist ein Engel‹, schrieb er.

»Ich koche immer auf Vorrat. Heutzutage kann man nie wissen, ob nicht ein hungriger Adam vorbeischaut.« Sie schöpfte sich eine kleinere Portion auf den Teller und langte genüsslich zu.

Keiko kochte gut, egal ob italienisch, japanisch oder koreanisch. Nach ein paar Bissen fühlte Adam sich bedeutend besser.

Mit neuer Energie tippte er: ›Ivy ist wie Pasta: Ich muss sie erst weichkochen, die Zutaten gut abschmecken und dann heiß servieren. Ein Kompliment hier, eine Aufmerksamkeit da, und nichts kann mehr schiefgehen.‹

Keikos Gabel verharrte auf dem Weg zum Mund. »Sei einfach du selbst.«

Adam lehnte sich zurück und rieb sich den Magen. Seine Nervosität hatte einem Gefühl der Vorfreude Platz gemacht. Er hatte ein Date!

»Du solltest in Zukunft besser auf deinen Blutzucker achten. Zu viel Aufregung ist schlecht für die Gesundheit.«

Er deutete mit der Gabel auf Keiko und malte einen Smiley in die Luft. *Dafür habe ich dich.*

»Verlass dich nicht zu sehr darauf, Mister.« Keiko schob ihren Teller von sich und sah auf die Uhr. »Noch irgendwelche Katastrophen, die ich richten muss?«

Adam stand auf und wusch ihre Teller ab. Das war das Mindeste, was er tun konnte. Dann zupfte er an seinem Pulli und sah Keiko fragend an.

»Deine Garderobe rettet niemand mehr«, antwortete sie mit einem Kopfschütteln.

Er bewarf sie mit dem Geschirrtuch, anschließend tippte er in sein Smartphone: ›Grünes Hemd oder graues?‹

»Ein Shirt reicht. In Grün oder Schwarz. Grün passt am besten zu deinen Augen.«

›Es ist aber ein Date …‹

»Und kein Candle-Light-Dinner. Shirt für Rockkonzert, Hemd für Restaurant oder Oper. Von Oper rate ich ab. Dafür fehlt dir die Stimme.«

Adam rollte mit den Augen. Er konnte sich nicht erklären, warum, aber er fühlte sich gut.

KAPITEL 19

SOLON

Fast könnte ich mich geschmeichelt fühlen angesichts der Hundertschaft an Gargoyles hinter, neben und über mir. Sie folgen mir dicht genug, dass ich nicht fliehen kann, halten aber gleichzeitig genügend Abstand, damit ihre Flügel und Klauen mich nicht berühren. Ich bin mir nicht sicher, ob dies aus einem gewissen Respekt mir gegenüber geschieht oder weil die Bestien sich selbst nicht über den Weg trauen. Einmal losgelassen, verlieren Gargoyles sehr leicht die Kontrolle. Die hasserfüllten Blicke und zurückgezogenen Lefzen lassen darauf schließen, dass sie das Buffet lieber früher als später eröffnen würden. Mit mir als Hauptspeise.

Wir halten vor einem gut acht Meter hohen Bruchstück dessen, was einst eine Palastwand gewesen sein mag. Verwitterte Reliefs schmücken das Gestein. Quer davor liegt eine umgestürzte Säule, die mich an einen zersplitterten Stalagmiten erinnert – erstarrtes Eis, durchsetzt mit korrodiertem Metall. Der Korpus steckt zur Hälfte im lockeren Erdreich, während das obere, abgebrochene Ende erhöht auf den Resten der Palastwand ruht. Tiefe Kerben haben das Material gezeichnet. Der Grund hierfür ist unschwer zu erkennen, denn die Säule dient als Thronsitz für einen wahrhaft gigantischen Gargoyle. Seine Schwingen ragen wie vom Wind geblähte Segel hinter seinem Haupt in die Höhe. Die muskelbepackten Arme ähneln denen eines Menschen, enden jedoch in mächtigen Pranken, die von daumendicken Krallen gekrönt werden. Sein Gesicht ist das eines Löwen mit spitzen, seitwärts gerichteten Ohren, doch spiegelt sich darin eine berechnende Schläue wider. Seine goldfarbenen Augen leuchten auf, als er mich erblickt.

Gogh dienert ehrerbietig, indem er den Kopf senkt, seine borstige Haarmähne schüttelt und die muskulösen Beine nach außen dreht, als geruhe er, sich auf einem Nachttopf niederzulassen.

»Erster Clanführer«, bröselt er mit seiner Ziegelsteinstimme. »Dein Wunsch unser Befehl. Hier ist Weltengänger!«

Der Gargoyle auf der Säule lacht das Lachen eines Hagelsturms, der über einen Urwald hinwegprasselt, bevor sein Kopf zu mir herumruckt. Das Prickeln in meinem Nacken wird zur eiskalten Gänsehaut. Ich unterdrücke ein angewidertes Schaudern, als sein heißer Atem über meinen Hals fährt.

»Weltengängerrrr«, grollt der Gargoyle zufrieden. »Deinen Geruch würde ich überall wiedererkennen. Wir, die zweimal Verfluchten, grüßen dich!«

Schuppige Haut, bläulich schimmernd und gemasert wie ein Opal, spannt sich über seinen mächtigen Körper, undurchdringlich für Pfeil oder Schwert. Aber sie ist nicht unverletzbar, wie die langen Narben beweisen, die sich über seine Arme, seine Brust und die Flanken ziehen. Es ist unschwer zu erkennen, wie er sich die Position als Erster Clanführer erobert hat. Ich hätte es wissen müssen. Kein junger, machthungriger Gargoyle, der sich als Führer eines kleinen Rudels behaupten muss, hätte es geschafft, die zerstrittenen Clans zu vereinen, sondern nur einer, der mit der Erfahrung von Jahrhunderten, wenn nicht gar

Jahrtausenden gesegnet ist. Es ist lange her, seit wir uns das letzte Mal begegnet sind. In meiner Erinnerung ist er nicht so groß gewesen.

»Freut mich für dich«, erwidere ich, tippe mir dabei nachlässig an die Stirn und bete, dass das leichte Zittern in meiner Stimme nichts von meiner Nervosität verrät. »Leider kann ich von dir nicht das Gleiche behaupten. Oder kennen wir uns? Ihr Gargoyles seht euch alle so ähnlich.«

Der Schattenmar neben mir stößt ein resigniertes Seufzen aus und verschmilzt mit der Dunkelheit.

Feigling!

Der Clanführer rückt mit einem Grollen, das ich von den Zehenspitzen bis unter die Schädeldecke spüre, von mir ab und richtet sich zu seiner vollen Größe auf. Die Säule knirscht unter seinem Gewicht. Gargoyles besitzen einen ausgeprägten Sinn für Theatralik – eine weitere Eigenschaft, die sie mit dem Schattenmar teilen. Dutzende von ihnen, in allen Farben, Formen und Größen, haben sich um uns herum auf den Trümmern verteilt und beobachten mich aus hungrigen Augen. Hunderte lauern in den Schatten. Ich fühle mich wie das kleine Appetithäppchen in einer Zirkusmanege kurz vor der Raubtierfütterung. Van und Gogh flankieren mich und den nahezu unsichtbaren Schattenmar wie zwei pflichtbewusste Leibwächter.

»Wie ich sehe, hat das Nirgendwann dir deine Arroganz nicht geraubt, Weltengänger«, sagt der Clanführer. Jedes einzelne Wort rumpelt tief in seiner Kehle. Seine mächtigen Krallen bohren sich in das Gestein, sodass Bröckchen auf mich herabregnen. »Glaubst du, wir haben vergessen, wie du unsere stolzen Brüder auf Geheiß der Sopherim des Tags in Stein verwandelt hast? Dies war unser Erster Fluch. Noch Jahrhunderte später hallten die Klagen unserer Vorväter ob dieses Verrats von den Mauern von Askalon wider. Selbst die Menschen besangen unser Schicksal in ihren Liedern. Meine Herzensgefährtin ...« Er berührt mit der Pranke seine Brust und hält kurz inne, als würde ihm die Stimme versagen. »Über den Burgzinnen von Eilean Donan hast du sie zu Staub zerschlagen, um dem König deine Macht zu beweisen und uns auf ewig zu verbannen. Ihr Todeslied klingt noch heute in meinen Ohren. Dies war unser Zweiter Fluch. Du hast keine Ahnung, wie sehr ich dir dein schlagendes Herz aus der Brust reißen möchte, um es vor deinen ersterbenden Augen zu verschlingen, Weltengänger, wäre es nicht vergebens in diesem unserem Gefängnis.«

Ich sehe sie noch deutlich vor meinen Augen: ein weiblicher Gargoyle, eine stolze Kreatur, an allen Vieren angekettet auf dem Turm einer schottischen Burg, umtost von Naturgewalten, während ein machtvoller Zauber seinen Lauf nimmt. In jener Nacht wurden die Gargoyles ins Nirgendwann verbannt, lange bevor mich das gleiche Schicksal ereilte.

Die Gargoyles um mich herum grollen, krächzen, brummen und wetzen ihre Krallen an den Steinen. Ich trete einen halben Schritt zurück, mehr geht nicht, sonst wäre ich über Gogh gestolpert, der wie ein rostiges Reibeisen in meinem Nacken hechelt.

»Ein schwarzer Tag für die Gargoyles«, stimme ich zu. »Jetzt erinnere ich mich wieder. ›Kralle der Verdammnis, der mit seinen Flügeln das Eis des Nordens zerbricht, Erster vom Großen Clan des Nordfeuers über den Stürmischen Hügeln‹ rief man dich damals. Dein Clan war einer der letzten, die unterworfen wurden.«

Die Bezeichnung eines Gargoyles konnte sich im Laufe der Jahrhunderte ändern, abhängig von seinem Alter und der Position, die er innerhalb seines Clans erreicht hatte. Je länger die Bezeichnung, desto größer das Ansehen. Dieser hier hatte damals gerade erst die Führung seines Clans übernommen, kurz bevor es mir gelungen war, seine Gefährtin gefangen zu nehmen und für den Zauber vorzubereiten, der ihnen allen zum Verhängnis werden sollte.

»Was soll ich sagen? Den Zweiten Fluch habt ihr euch selbst zuzuschreiben. Du weißt so gut wie ich, warum die Hexen …«

»Schweig!«, donnert der Clanführer. Das Wort hallt als dreifaches Echo von den Trümmern wider und wirbelt mit einem Windstoß mein Haar durcheinander.

Ich schweige.

»Wir haben uns nicht hier versammelt, um uns für den Schmerz der Vergangenheit zu rächen, sondern um ein neues Zeitalter einzuleiten. Das Zeitalter der Freiheit. Das Zeitalter, in dem wir zurückkehren, um uns ein neues Leben und neue Bezeichnungen zu erwählen. Unsere Namen sollen niemals wieder vergessen werden.« Der Clanführer wölbt seine mächtige Brust und legt eine Pranke auf seine Herzgegend. »Ich bin Rembrandt.«

Ich wechsle einen Blick mit Gian-Sûl. Der zuckt die Schultern. Genau genommen sehe ich nur einen Schatten, der sich neben mir etwas wölbt.

»*Der* Rembrandt?«, hake ich nach.

Die Pranke des Gargoyles zischt dicht über meinen Kopf hinweg. »Rembrandt war einer der größten und tapfersten Kriegsherren der Menschheitsgeschichte.«

Der Schattenmar unterdrückt ein Lachen.

Ich räuspere mich. »Deine Geschichtskenntnisse lassen zu wünschen übrig. Rembrandt lebte lange nach eurer Verbannung. Er war Künstler und malte Leute mit Knollnasen, rosigen Wangen und unförmigen Hüten auf dem Kopf. Aber am liebsten malte er sich selbst.«

»Schweiggg!«, tost Rembrandt erneut. Das Echo reißt mich beinahe von den Füßen. Der Schattenmar hält sich die Ohren zu.

»Die Tapfersten meines Clans sind nach ruhmreichen Helden benannt worden. Das ist eine große Ehre.« Er deutet mit der Klaue auf unsere beiden Leibwächter. »Der Seelenwahrer hat uns unsere neuen Namen geschenkt, so wie er uns die Freiheit schenken wird.«

»Van und Gogh? Nie gehört«, flüstert Gian-Sûl in mein Ohr. »Muss nach unserer Zeit gewesen sein.«

Gogh knurrt eine Warnung. Seine Ohren sind trotz seines Alters mindestens so scharf wie die meinen.

»Wie kann es sein, dass der Seelenwahrer zu euch spricht?«, frage ich. Meine Gedanken rasen, aber ich muss einen kühlen Kopf bewahren, wenn ich heil aus der Situation herauskommen will. »Wir sind gefangen im Nirgendwann. Hier gibt es keinen Eingang und keinen Ausgang, weder Anfang noch Ende. Ganz abgesehen davon, dass kein Magier jemals wieder ein Bündnis mit euch eingehen würde.«

Zu meinem Erstaunen höre ich links von mir ein zustimmendes Gemurmel. Es scheint, dass nicht alle Gargoyles Rembrandts Meinung teilen. Ich schaue mich um, ernte jedoch nur feindselige Blicke. Einzig Van tätschelt beruhigend mein Knie. »Sie mögen deinen Geruch«, trötet er in einer Tonlage, die vermutlich ein Flüstern sein soll. Der kleine, drahtige Kerl scheint der geselligste unter seinen Kumpanen zu sein. Fast könnte ich ihn sympathisch finden. Wahrscheinlich liegt es daran, dass er mit seinem breiten Maul und den nach oben ragenden Reißzähnen aussieht, als würde er ein Dauergrinsen im Gesicht tragen.

»Merkwürdige Art, das zu zeigen«, flüstere ich zurück.

»Sie sind schüchtern. Keiner von ihnen hat jemals einen lebenden Ishtâri gesehen.«

»Ruhe!«, grollt Rembrandt. Seine goldgelben Augen durchbohren mich. »Ein neuer Seelenwahrer ist erwacht. Und mit ihm bricht ein neues Zeitalter an. So haben es mir meine Träume offenbart.«

»Ist das so, Rembrandt?«, erklingt eine neue, weichere Stimme. »Oder sind es nur die verzweifelten Wunschvorstellungen eines alternden Kriegers, der sein müdes Haupt zur Ruhe betten möchte?« Ein Gargoyle schält sich aus den schattigen Wipfeln eines verdorrten Baumes hervor und lässt sich auf den Resten der eingestürzten Palastwand oberhalb von Rembrandts auserwähltem Thronsitz nieder. Ein Weibchen, sieh einer an! Eine blaue Haarmähne zieht sich über ihren gesamten Rücken bis zur Schwanzwurzel. Sie hält ihren schlanken, echsenähnlichen Körper aufrecht wie ein Mensch, und die Schuppen auf ihrer Haut sind hell gemasert wie Marmor. Anders als ihre männlichen Artgenossen trägt sie ihre Flügel nicht von sich gespreizt, sondern elegant auf ihrem Rücken gefaltet. Die Membran zwischen ihren Flügelknochen weist eine fast federartige Textur auf, die wie Perlmutt schimmert.

»Mami!«, ruft Van aufgeregt und hüpft auf und ab, woraufhin er einen Knuff von Gogh erntet. Ein Raunen gleitet durch die Reihen der versammelten Gargoyles.

Weibliche Gargoyles sind sehr selten. Einst war das der Hauptgrund für die häufigen Streitigkeiten unter den Clans, die ihre Nachfolge sichern mussten. Dass dieses Weibchen es zudem wagt, den Clanführer herauszufordern, zeugt von ihrer hohen Stellung in diesem ungewöhnlichen Zusammenschluss.

Rembrandt wendet ihr den Kopf zu, aber anstatt sie in ihre Schranken zu weisen, stößt er ein tiefes Grollen aus, das wie das Äquivalent eines Seufzens klingt. Es lässt den Boden unter meinen Füßen vibrieren. »Frida! Ich habe mich schon gefragt, wann du dich einmischst.«

Der weibliche Gargoyle macht eine ärgerliche Prankenbewegung. »Das hier betrifft uns alle. Wir haben den Weltengänger in unserer Gewalt. Er ist derjenige, der uns ins Unglück gestürzt hat. Soll er für seinen Frevel ungestraft davonkommen? Ich sage: Vernichten wir ihn!«

»Vernichten, vernichten!«, ertönt es krächzend und rumpelnd von mehreren Seiten.

Rembrandts Klaue durchschneidet die Luft. »Willst du deine Chance auf Freiheit aufgeben, nur um deine Rachegelüste zu stillen?«

»Du behauptest, die Stimme des Seelenwahrers zu hören, des mächtigsten aller Magier, doch keiner von uns kann sie hören. Sie flüstert dir verlockende Worte von Freiheit ins Ohr, so wie der Odem versucht, uns zu sich zu locken. Hast du vergessen, was mit Raffael geschehen ist? Dafür ist *er* verantwortlich. Er und sein lügenreicher Seelenwahrer!« Sie deutet auf mich.

»Was mit Raffael geschah, war ein bedauerliches Unglück. Ich habe ihn davor gewarnt, sich den magischen Wirbeln über den Tanzenden Bergen zu nähern. Auch in mir brennt die Flamme der Rache, Frida. Heller, als du es erahnen magst. Aber der Weltengänger ist der Schlüssel, den wir brauchen, um in die Freiheit zu gelangen. Seit alters her bilden er und der Seelenwahrer eine Einheit. Gemeinsam können sie uns das Tor zurück in die Welt der Lebendigen öffnen.«

Deshalb bin ich noch nicht zum Monsterfutter geworden. Der Ausweg aus dem Nirgendwann existiert. Ich bin ihm nah, aber ein Haufen Gargoyles ist näher.

»Und wenn er den Seelenwahrer herbeiruft, was dann? Was sollte ihn davon abhalten, uns erneut zu verraten?« Ihre Stimme grollt vor Zorn so stark, dass sich Risse in der Mauer bilden.

Zustimmende Rufe dringen aus den Reihen der Gargoyles. Es gefällt mir nicht, in welche Richtung sich dieses Gespräch entwickelt. Ich hebe die Hand, um etwas einzuwerfen, aber niemand beachtet mich.

»Tochter, ich verstehe deine Zweifel, aber dies ist unsere Chance. Diesmal haben wir die Kontrolle.«

Auch das noch – ein Generationenkonflikt!

Ich räuspere mich. Keine Reaktion.

»Es ist zu spät für Reue. Wir sind Krieger, keine Träumer.« Frida umfasst die Gargoyles mit einer ausholenden Geste. »Schau sie dir an, Vater. Sieh, was aus ihnen geworden ist. Ein Haufen glotzender Bestien, die ihrem Erzfeind huldigen, als wäre er ihr Erlöser. Habt ihr vergessen, was er uns angetan hat? Tausende sind seinetwegen zu Staub zerschlagen worden. Er ist schuld daran, dass wir Verbannte sind. Vernichten wir ihn! Lasst uns wieder wahre Krieger sein!«

Ein Aufheulen folgt ihren Worten. Die Gargoyles hüpfen aufgeregt auf und ab, einige erheben sich in die Luft und fliegen dicht über meinen Kopf hinweg.

Mir reicht's. Mit erhobener Stimme rufe ich: »Krieger kläffen nicht, sie kämpfen!«

Schlagartig wird es still.

»Du brauchst unbedingt ein Publikum, oder?«, spottet Gian-Sûl aus den Schatten.

Zugegeben, das war vielleicht nicht die klügste Bemerkung, die je aus meinem Mund gedrungen ist.

Frida gleitet mit einem raubtierhaften Sprung von der Mauer herab und neigt den Kopf zu mir hinunter, um meinen Geruch aufzunehmen, bevor sie sich zu ihrer vollen Größe aufrichtet. Sie überragt mich um gut zwei Haupteslängen. Ihre purpurroten Augen mustern mich hasserfüllt.

»Glaubst du, ich fürchte dich, weil du einer der Unvergänglichen bist? Selbst wenn die Hälfte der Geschichten wahr ist, die über dich erzählt werden, bist du hier nichts weiter als ein Wurm, ein Gefangener wie wir alle. Deine Magie ist wirkungslos im Nirgendwann.«

Mit einer jähen Bewegung stößt sie mich an, sodass ich rückwärts stolpere. Nur Goghs gedrungener Körper hinter mir verhindert, dass ich zu Boden stürze.

»Seht nur, wie mächtig er ist«, spottet Frida. »Die Knie schlottern ihm vor Angst. Wie soll er uns befreien können? Er ist hilflos. Und er hasst uns, genau wie die Menschen uns gehasst haben. Warum sollten wir in ihre Welt zurückkehren?«

»Damit wir den Mond wiedersehen, meine Tochter«, sagt Rembrandt mit erstaunlich sanfter Stimme zu ihr. »Möchtest du nie wieder in seinem silbrigen Schein dahingleiten und die Schönheit der Welt bestaunen, so wie einst? Was ist ein Krieger wert, der seine Freiheit verloren hat? Lass uns kämpfen, aber für ein gemeinsames Ziel. Für unsere Freiheit!«

Frida knirscht mit den Zähnen. Zwei weiße Fänge ragen aus ihrem Oberkiefer hervor, spitz und scharf. Ihre Klauen zucken, als ob sie sich nur mühsam beherrscht, mir die Kehle aufzuschlitzen.

»Ich mag ihn, Mami.« Van stupst mich an. »Vielleicht ist er gar nicht so böse, wie alle behaupten.«

»Idiot!«, rumpelt Gogh, aber so leise, dass die Ziegelsteine in seiner Stimme wie kleine Kiesel klingen, die in einen See plumpsen.

Frida fährt mit ihrer Kralle dicht unter meinem Auge entlang. Mein Atem stockt, ich spüre ein scharfes Brennen, dann rollt ein Blutstropfen an meiner Wange herab. Obwohl meine Nerven zum Zerreißen gespannt sind, zucke ich mit keiner Wimper. Frida wartet nur auf eine Reaktion. Gargoyles verabscheuen Feigheit.

»Warum?« Sie nähert ihre Kralle meiner Pupille. Ihr heißer Atem fährt über mein Gesicht. »Warum soll ich dich am Leben lassen, anstatt dir immer wieder jedes Glied einzeln herauszureißen, bis du mich anflehst, dich ins Vergessen zu schicken?«

»Weil nur ich euch befreien kann«, erwidere ich rau. Mein Herz schlägt wie wild.

»Lüge!«, zischt sie und schlägt mit ihren Krallen nach mir, als ob sie mir die Kehle zerfetzen will, aber im letzten Moment rückt sie von mir ab. »Beweise es!« Sie wendet sich zu den anderen Gargoyles um, jedoch ohne mich aus den Augen zu lassen. »Beweise uns, dass du so mächtig bist, wie man behauptet. Zeig uns den Seelenwahrer.«

Adam, bete ich im Stillen. *Jetzt wäre ein guter Zeitpunkt, dich zu offenbaren.*

»Gut gemacht«, spottet der Schattenmar mit vor Ironie triefender Stimme.

Fridas Arm schnellt vor. Mit einer kraftvollen Bewegung zieht sie Gian-Sûl aus den Schatten heraus, wodurch er feste Form annimmt. Sein Mantel weht wie die Schwingen eines Raben hinter ihm her.

Frida mustert Gian-Sûl mit einem verächtlichen Blick und sagt: »Wenn ich mir vorstelle, dass ich mich einst vor dir verneigt habe, Schattenmar! Ich konnte die Gerüchte nicht glauben, dass du dich mit unserem Erzfeind verbündet hast. Jetzt sehe ich es mit eigenen Augen. Eine Schande für die Große Schattenfamilie bist du.«

Sie holt zum Schlag aus, aber er packt ihren Arm mitten in der Bewegung.

»Fordere mich nicht heraus, Biest!«

Die Warnung in seiner Stimme ist unmissverständlich. Gian-Sûl ist beinahe so groß wie der weibliche Gargoyle. Und weitaus gerissener.

»Frida!«, grollt ihr Vater von seinem Thron. Er würde sich nicht einmischen, das verbietet ihm seine Ehre. Aber er kann an ihre Vernunft appellieren. Wenn Gargoyles sich duellieren, dann kämpfen sie bis zum Tod. Oder, im Fall des Schattenmars, bis er ein Ass aus dem Ärmel zieht und seinen Gegner austrickst, was meist ebenfalls dessen Tod zur Folge hat. Das sollte auch Frida klar sein. Wenn sie in diesem Zweikampf den Kürzeren zieht, dann ist ihr Leben das geringste, was sie zu verlieren hat. Das bekommt sie im Nirgendwann zurück. Ihre Stellung und die Achtung der Gargoyles möglicherweise nicht.

Mit einem ärgerlichen Fauchen entreißt sie dem Schattenmar ihren Arm.

Gian-Sûl verzieht die Lippen zu einem halben Lächeln. »Braves Kind. Glaub mir, ich kann den Weltengänger genauso wenig leiden wie du, aber manchmal hat er sich als nützlich erwiesen. Im Übrigen bin ich ganz deiner Meinung. Du solltest dich an ihm rächen für das, was er euch angetan hat.«

»Schweig!«, fährt Frida ihn an. »Ich werde deine Anwesenheit dulden, weil du einst einer der unseren warst, aber nur solange der Weltengänger beweist, dass er seinen

Seelenwahrer rufen kann. Wenn nicht, wirst du gemeinsam mit ihm untergehen.«

Sie packt mich am Kragen und zerrt mich vorwärts, bis ich unter der umgestürzten Säule stehe. Mit der anderen Hand reißt sie meinen Kopf an den Haaren zurück, sodass ich zu Rembrandt aufsehen muss. Ich schlucke meine Wut und meine Hilflosigkeit hinunter und halte still. Es wäre zwecklos, mich mit roher Gewalt gegen die Gargoyles zu wehren. Im Augenblick bin ich ihnen ausgeliefert. Rembrandt thront wie eine in Stein gemeißelte Statue über mir.

»Nun, Vater«, fordert Frida ihn heraus. »Beweise mir, dass du noch immer ein Kämpfer und kein Träumer bist. Der Weltengänger soll seinen Meister rufen. Wenn er versagt, dann werde ich ihm sein schlagendes Herz aus der Brust reißen. Und dich werde ich zum Kampf fordern, denn dann bist du es nicht mehr wert, Erster Clanführer genannt zu werden.«

Rembrandt stößt ein dumpfes Grollen aus, in das die anderen Gargoyles einstimmen.

Ich unterdrücke ein Seufzen. Meine Chancen haben schon schlechter gestanden.

KAPITEL 20

SOLON

Obwohl Frida gerade seine Führerschaft herausgefordert hat, lässt Rembrandt sich nicht aus der Ruhe bringen. Der mächtige Gargoyle trägt ein Lächeln in seinem Löwengesicht, das selbst Buddha mit Stolz erfüllt hätte, wäre nicht dieses bedrohliche Funkeln in seinen Augen gewesen.

»Heute ist der Tag unserer Befreiung«, grollt er. »Und du, Weltengänger, wirst uns das Tor öffnen.«

Frida stößt einen zischenden Laut aus, in dem all ihre Zweifel und ihre Verachtung für mich mitschwingen. Ich fühle mit ihr. Ich habe nämlich keine Ahnung, wie ich aus der Situation wieder herauskommen soll.

Gargoyles besitzen nur eine einzige Schwäche: Sie erstarren tagsüber zu Stein, ein Umstand, den sie dem Ersten Fluch zu verdanken haben. Und mir.

Um ihre massigen Körper in die Luft stemmen zu können, speichern sie die Energie des Mondlichts in ihren Flügeln. Mondlicht ist im Nirgendwann genauso spärlich wie die Sonne, aber die Ruinenstadt stellt diese Regeln mit ihrem täuschenden Abbild einer Abenddämmerung auf den Kopf. Dadurch sind die Gargoyles zwar immer noch schwerfälliger als in der Nacht, jedoch nicht weniger gefährlich. Schon gar nicht, wenn ihnen ihre Beute direkt vor die Füße fällt.

Daher tue ich, was ich immer tue, wenn ich nicht weiterweiß: Ich tue so, als wüsste ich alles.

Und so schreite ich mit erhobenem Haupt an der eingestürzten Palastmauer entlang, ein Gefolge an Gargoyles im Schlepptau. Hinter der nächsten Ecke aus zerborstenen Mauerresten und Marmorblöcken bietet sich mir ein erstaunliches Bild. Ein Felsen, dessen Spitze zuvor im Dunkel der tiefliegenden Wolken verborgen gewesen war, ragt in etwa Tausend Schritt Entfernung vor mir auf. Er ist schmal im Vergleich zu den Tanzenden Bergen, dafür ist seine Form umso beeindruckender. Es handelt sich um den gigantischen Schädel eines Drachen, den Künstlerhände einst aus dem massiven Gestein herausgemeißelt haben müssen. Sein riesiges Maul klafft weit auseinander, wobei die Zähne von hohen Marmorsäulen geformt werden. Der Rachen verliert sich in einem dunklen Loch, das tief in den Felsen hineinführt. In den Augenhöhlen haben möglicherweise einst Diamanten geleuchtet, doch jetzt stieren sie leblos auf die in Trümmern liegende Stadt. An den Schläfen des Steindrachen ragen jeweils drei gewundene Hörner aus dem Schädel, die ihn wie eine Krone umfassen. Eine breite, von Trümmern übersäte Straße führt auf den Schädel zu. Sie mündet in eine Treppe, die zum Maul hinaufführt und von gewaltigen Drachenpranken flankiert wird. Dieses beeindruckende Monument muss früher ein Tempel gewesen sein – oder aber ein Portal in eine andere Welt. Wer mögen die unbekannten Baumeister gewesen sein?

Eine Traurigkeit überkommt mich, wie ich sie bereits beim Anblick der versunkenen Stadt auf dem Plateau der Tanzenden Berge empfunden habe, doch ich kann sie nicht erklären. Vielleicht liegt es den Spuren der verschiedenen Kulturen, die ich in den Ruinen zu erkennen glaube. Sie sind vergangen und vergessen wie meine erste Heimat, lange bevor die Menschen und Kinder der Anderswelt ihre Reiche erschufen. Der Drache erinnert mich mit seinem langgezogenen Kopf und dem stilisierten Bart an die chinesischen Himmelsdrachen, die vor langer Zeit in der Ewigen Stadt Schabernack trieben. Seine gemeißelten Wangen und Hörner ähneln dagegen dem babylonischen Sirrush, mit dem ich in den Hängenden Gärten Verstecken gespielt habe. Die erhabene Pose mit den ausgestreckten Pranken würde sogar den großen Sphinx von Gizeh vor Neid erblassen lassen.

Mit jedem Schritt, mit dem ich mich diesem unbekannten Wesen aus Stein nähere, wächst mein Unbehagen. Etwas Unheimliches lauert in den Tiefen des weit aufgerissenen Schlundes, etwas, das mein Innerstes mit einer eisigen Kälte erfüllt.

»Der Odem ist allgegenwärtig«, sagt der Schattenmar neben mir und ich zucke erschrocken zusammen, denn ich habe seine Annäherung nicht bemerkt. Zu sehr war ich in den Anblick des steinernen Heiligtums versunken.

Eine derartige Nachlässigkeit kann mich Kopf und Kragen kosten.

Aber Gian-Sûl hat recht. Der Odem liegt wie ein feuchtkaltes Tuch über dem Drachenfelsen. Echos drängen sich auf der Straße zwischen den Pranken aneinander und erklimmen die breite, einst prachtvolle Treppe, die in den Schlund des Ungetüms führt. Eine müde Prozession aus Seelen, die ihren Weg in das Vergessen suchen.

Unwillkürlich überkommt mich ein Schaudern. Ihr Schicksal möchte ich nicht teilen.

Mehrmals drohen meine abgelaufenen Stiefel auf dem seltsam feuchten, wie von einem Regenschauer durchnässten Untergrund auszurutschen. Der Schattenmar weicht geschickt den Trümmerteilen aus, die unseren Weg blockieren, während meine eigenen Schritte immer langsamer werden. Die Gargoyles springen oder fliegen einfach über die Hindernisse hinweg.

Ein merkwürdiger, scharfer Geruch hängt in der Luft und reizt meine Atemwege.

»Habt ihr jemals das Innere des Berges betreten?«, frage ich Rembrandt, der wie ein Panther im Dickicht des Dschungels mal neben und mal hinter mir dahingleitet oder auf den Ruinen über mir lauert.

»Einige wenige von uns folgten dem Pfad der Echos ins Innere.« Seine Stimme grollt wie ferner Donner. »Sie kehrten nie wieder zurück.«

»Das wundert mich nicht«, erwidere ich und schüttle mich unwillkürlich.

»Vielleicht hat der Seelenwahrer sie zurück in die Welt der Lebendigen geholt«, trötet Van und hüpft vor mir von Trümmerteil zu Trümmerteil. Was für ein anhänglicher Geselle er doch ist.

Frida wirft einen Stein nach ihm. »Sprich nur, wenn du gefragt wirst.«

»Ja, Mami.«

Das sind ja reizende Erziehungsmethoden. Fast empfinde ich Mitleid für das grüne Kerlchen.

»Er ist adoptiert«, rumpelt Gogh hinter mir, als wollte er das Verhalten seines Kumpels damit entschuldigen.

»Nette Familie«, wirft der Schattenmar ein und schüttelt imaginären Staub vom Saum seines Mantels.

Am dunklen Himmel ziehen Dutzende von Gargoyles ihre Kreise, hungrige Wächter, die nicht zögern werden, mich auf ein Zeichen Rembrandts in Stücke zu reißen.

Ein gutes Stück vor den ausgestreckten Drachenpranken bleibe ich stehen, allerdings etwas zu abrupt, denn Gogh läuft mit seiner gesamten Körpermasse in mich hinein und schleudert mich beinahe in den Matsch.

»'Tschuldigung!«, rumpelt er.

Ich reibe mir einen Schlammspritzer von der Hose. »Nichts passiert.«

Der Grund für mein Innehalten ist nicht nur dem breiten Strom an Echos geschuldet, die von allen Seiten auf die

Straße drängen. Die zerlumpten Gestalten nehmen keine Notiz von den Gargoyles und werden von diesen ebenso wenig beachtet. Man gewöhnt sich an sie. Echos sind im Nirgendwann wie Regentropfen in der Welt der Menschen. Verlorene Seelen, die sich nach dem Vergessen sehnen und jeden Verstand und jede Erinnerung an ihr früheres Dasein abgelegt haben. Niemand wird sie in der anderen Welt vermissen. Niemand sich je an sie erinnern.

Ein Torbogen ragt wie ein gekrümmter Skelettfinger über uns auf und scheint uns spöttisch näher zu winken. Mehrere Mauersteine sind aus der oberen Rundung herausgebrochen und blockieren die Straße. Die Echos klettern einer Schar Ameisen gleich über sie hinweg, ohne auf die scharfkantigen Steine zu achten, die ihre Kleidung und blutleeren Gliedmaßen aufreißen.

»Was ist?«, fragt Frida und stößt mich ungeduldig mit der Klaue vorwärts.

»Seid still!«, sage ich. »Hört ihr das nicht?«

»Was hören?« Vans Trötenstimme hallt von den Trümmern wider.

»*Schscht!*« Gogh rupft ihn kurzerhand von einem Mauerstück und setzt ihn hinter sich ab.

»Was auch immer du tust, vermassle es nicht!«, zischt der Schattenmar in mein Ohr.

Ich schenke ihnen keine weitere Beachtung, sondern lausche mit geschlossenen Augen.

Ba-da-dum, ba-da-dum …

Ein Herzschlag, untermalt von einem noch tieferen, rhythmischen Pochen. Mein eigenes Herz klopft schneller, um sich dem vertrauten Takt anzupassen.

»Er ist nah!«, hallt Rembrandts Stimme schmerzhaft in meinem Kopf, aber ich blende seine Nähe aus, obwohl seine mächtigen Kiefer nur wenige Zentimeter hinter meinem Nacken baumeln.

Echos drängen an mir vorbei. Ein Schauer durchläuft meinen Körper, jedes Mal, wenn ihre kalten Leiber mich berühren. Ich versuche, sie zu ignorieren. Klumpen aus Staub und Dreck rieseln zu Boden, als ich mit der flachen Hand über das poröse Material des Torbogens streiche. Es fühlt sich an wie eine Mischung aus Stein und Metall und doch nichts von beidem. Moos wuchert in den von Wind und Wetter eingekerbten Ritzen, Zeichen einer nagenden Zeit, die im Nirgendwann nicht existieren sollte. Kleine Partikel funkeln dazwischen, als hätten die Erbauer ihrem Werk einst feinsten Goldstaub beigemischt.

Das Gestein unter meiner Hand vibriert, doch der Boden unter meinen Füßen bleibt still. Mit all meinen Sinnen konzentriere ich mich auf das rhythmische Pochen, als es urplötzlich von einem schrillen Geräusch übertönt wird. Ich zucke vor Schmerz zusammen und weiche zurück. Hätte Gogh nicht treu hinter mir gestanden, wäre ich zu Boden gestürzt. Mein Kopf fühlt sich an, als hätte jemand damit Cricket gespielt. Ich reibe mir über die Schläfen, um die Schmerzen zu lindern.

Rembrandt senkt seinen Löwenschädel zu mir herab, sodass seine Reißzähne bedrohlich nah in mein Gesichtsfeld schweben. »Es wird Zeit, deine Schuld zu begleichen, Weltengänger. Rufe deinen Herrn und Meister herbei und entlasse uns in die Freiheit!«

Frida stellt sich neben ihn und bekräftigt: »Ich stehe zu meinem Wort. Wenn du Erfolg hast, kehre ich mit meinem Clan in die Welt der Lebendigen zurück. Wenn du versagst, ist dein Herz das letzte deiner Organe, das ich dir herausreißen werde.« Ihr höhnischer Blick verrät mir, was sie von meinen Erfolgsaussichten hält.

»Er ist weder mein Herr noch mein Meister«, erwidere ich. Dass diese Biester aber auch immer die Tatsachen verdrehen müssen. Nie und nimmer werde ich eine Horde Monster auf die Menschheit loslassen – oder auf einen ahnungslosen Seelenwahrer. Ich atme tief durch und versuche, das Pochen in meinem Kopf zu ignorieren. Die Gargoyles wurden nicht ohne Grund verbannt. Wenn sie Adam in Stücke reißen, bevor wir unser Band festigen können, dann war's das. Ich habe keine Ahnung, was mich auf der anderen Seite erwartet. Wenn ich Pech habe, wechsle ich vom Regen in die Traufe. Aber ich kann auch nicht tatenlos herumstehen.

Es sollte mir diesmal leichter fallen, Adam zu kontaktieren, nachdem ich meinen Kristall in seiner Brust berührt hatte. Der Torbogen ist genauso geeignet wie jeder andere Ort, um die Verbindung herzustellen. Magische Portale können überall und in jede Zeit geöffnet werden, wenn man die Energien richtig zu lenken versteht, aber natürliche oder künstliche Formationen – wie eine bereits vorhandene Tür, eine Wasseroberfläche oder eben ein Torbogen – erleichtern es ungemein. Dummerweise ist Magie im Nirgendwann wirkungslos. Ohne Adams Hilfe bin ich aufgeschmissen.

Mit schmerzendem Schädel und einem bangen Gefühl im Magen lege ich meine Hände wieder auf den Stein. Sofort breitet sich das Vibrieren in meinem Körper aus und mein Herzschlag passt sich dem stetigen Pochen auf der anderen Seite an. Aus Angst, erneut von dem kreischenden Geräusch malträtiert zu werden, strecke ich meine Sinne nur zögerlich aus. Doch zu meiner Überraschung umspielen mich stattdessen die sanften Klänge einer Gitarre. Helligkeit berührt mich und eine weiche, kühle Flüssigkeit benetzt meine Hand.

»Schaut, es strahlt. Das Tor strahlt.« Die Worte dringen wie aus weiter Ferne an mein Ohr. Ich weiß nicht, wer sie spricht, vielleicht Van, aber selbst seine Stimme klingt sanft, als das Licht mich weiter einhüllt.

Dann wird es mit einem Schlag furchtbar laut.

KAPITEL 21

ADAM

E r hatte kein gemütliches Beisammensein erwartet, aber auf den Knoblauchatem der grobknochigen Frau hinter ihm und den piksenden Ellbogen des bärtigen Altrockers links neben ihm hätte er trotzdem gern verzichtet. Weil der Club so klein war, hatte man keine Wellenbrecher aufgestellt, lediglich zwei grimmig dreinblickende Security-Leute an den Seiten vermittelten einen Hauch von Sicherheit und Ordnung. Blaue, violette und gelbe Scheinwerfer tauchten den Saal in ein Spiel aus bunten Nebelschwaden und Blitzlichtern.

Bislang war der Abend erschreckend unspektakulär verlaufen. Da die Band gern ein Geheimnis um ihre Auftritte machte, war die genaue Location erst vor ein paar Stunden auf den einschlägigen Social-Media-Kanälen bekanntgegeben worden. Wer zu spät kam, hatte Pech. Karten gab es nur am Einlass. Letzteres hatte Adam allerdings erst erfahren, nachdem er in einem Panikanfall eine halbe Stunde vor Beginn Colin eine Textnachricht geschickt hatte. Gott sei Dank hatte der Sänger ihm sofort geantwortet.

Mit flattrigem Magen hatte sich Adam gemeinsam mit den anderen Besuchern in die lange Warteschlange vor dem Club eingereiht, bis ihn plötzlich zwei schmale Hände beiseite zerrten.

»Adam, da bist du!«, rief Ivy aufgeregt. »Ich habe auf dich gewartet. Colin hat uns VIP-Tickets hinterlegt.«

Ah ja. Das hatte nicht in Colins Nachricht gestanden.

»Hast du die drei schon mal live erlebt? Sie sind einfach fantastisch! Die pure Energie!«

Die Worte sprudelten begeistert aus ihr heraus, aber Adam hörte nur mit einem Ohr zu. Selbst im gedämpften Schein der Straßenlaterne strahlte Ivy wie das blühende Leben. In ihrem eng anliegenden Shirt, den Jeans und den Stiefeln wirkte sie jünger als in ihrem eleganten Büro-Outfit. Er zeichnete mit der Hand ihre Konturen in die Luft und hob anschließend den Daumen. Dabei spürte er, wie ihm die Röte ins Gesicht stieg. Hoffentlich war die Geste nicht zu anzüglich gewesen.

Ivy lachte, sodass ihre Locken tanzten, und akzeptierte das Kompliment mit einem schlichten »Danke!« Überschwänglich zog sie an seinem Arm. »Komm, lass uns reingehen. Mir ist kalt.«

Adam wischte verstohlen seine verschwitzten Handflächen an der Hose ab, während er ihr zu einem Seiteneingang folgte, wo nur wenige Gäste vor ihnen warteten. Bei Ivy schien der Vorfall in der Cafeteria keinerlei Spuren hinterlassen zu haben. Sie wirkte so energiegeladen wie immer und diskutierte eine Minute lang mit dem bedrohlich aussehenden Türsteher, bis er ihnen zwei Tickets in die Hand drückte und sie mit einem genervten Nicken passieren ließ.

Im Club war es so dunkel, dass Adam außer den Bühnenaufbauten so gut wie nichts erkennen konnte. Ivy zerrte ihn an Wänden vorbei, die blau oder violett gestrichen sein mochten – im Schatten wirkten sie einfach nur düster –, bis vor die Bühne, wo eine Mitarbeiterin vom Club sie in die erste Reihe lotste, nachdem Ivy ihre beiden Tickets präsentiert hatte.

»Ist das nicht großartig? Wir hätten auch Backstage zur Crew können, aber da geht das Konzertfeeling verloren, finde ich. Ich stehe gern mittendrin. Ich hoffe, das ist okay für dich.«

Als ob er eine Wahl gehabt hätte. Beim Anblick der Verstärker zu seiner Rechten bereute er es, keine Ohrstöpsel eingepackt zu haben. Jetzt stand er hier, eingezwängt zwischen Fans von vierzehn bis vierundsechzig, die ungeduldig nach der Band riefen, während ein Projektor in schneller Folge Bilder auf eine Leinwand auf der Bühne warf. Es war ein Countdown, der rückwärts zählte, ähnlich wie in den alten Stummfilmen. Bei null setzte ein brachiales Gitarrensolo ein, das Adams Trommelfell vibrieren ließ und sein Herz im Brustkorb zum Flattern brachte. Zum Glück verschwand das unangenehme Gefühl schon nach kurzer Zeit, so wie auch Solons Handabdruck auf seiner Brust nach einer Weile verblasst war. Vielleicht hatte Keiko recht. Er stand unter Stress und sein Körper hatte einfach überreagiert. Nun flatterte sein Herz nur noch, wenn er Ivys Bewegungen und ihre Körperwärme neben sich spürte. Ohne es zu wollen, wurde er von ihrer Begeisterung mitgerissen.

Colin hatte eine volle, raue Stimme, mit der er der Menge ordentlich einheizte. Wenn er nicht sang, forderte er sein Publikum auf zu hüpfen, zu springen, die Arme in die Luft zu werfen oder einfach laut zu schreien. Dazwischen wirbelte er wie ein Tornado über die Bühne. Mit seinem Bruder lieferte er sich wilde Geschwindigkeitsduelle an den Saiten. Pixie saß hinter den Drums. Sie trug ein enges Tanktop, und schon bald perlte der Schweiß von ihren nackten Oberarmen. Ihre brüllende Fangemeinde war nicht zu überhören. Zwischen zwei Songs lächelte sie Adam unerwartet kurz zu, was ihm einen neidvollen und zugleich bitterbösen Blick von seinem Nachbarn einbrachte. Adam rückte zwei Zentimeter zur Seite, um einen Kontakt mit den muskelbepackten, tätowierten Armen zu vermeiden, die aus einer mit Abzeichen übersäten Lederweste ragten. Doch als Ivy sich beim nächsten ruhigeren Song an ihn schmiegte, waren der Altrocker, die Meute mit ihrem Odeur nach kaltem Schweiß und Rauch, ja selbst die drei Musiker auf der Bühne aus seiner Wahrnehmung wie fortgewischt.

Ivys sanfter Duft entführte ihn in einen sonnigen Pfirsichhain, wo er in seiner Fantasie mit ihr über einen sattgrünen Rasen spazierte, während die Abendsonne am Horizont langsam tiefer sank. Die Gitarren und Trommeln verblassten zu einem gedämpften Hintergrundrauschen, das der sanfte Wind wie fernes Glockengeläut an sein Ohr trug. Darunter mischte sich der beständige Herzschlag von Ivy. Adam hatte selten eine solche Freiheit und gleichzeitig Geborgenheit empfunden. Die Sonnenstrahlen liebkosten sein Gesicht, während Ivy eine leise Melodie vor sich hin summte. Auf einer Anhöhe zwischen hohen Zypressen blieben sie stehen. Adam ließ seinen Blick über die weite Ebene schweifen.

»Das dauert zu lange«, sagte Ivy. Ihre Stimme hallte merkwürdig in seinen Ohren wider.

Adam griff nach ihrer Hand. Der goldene Ring an ihrem Finger war ihm bisher nie aufgefallen. »Der Sonnenuntergang beginnt gerade erst.«

Wieso konnte er sprechen?

»Wir hätten nicht hierherkommen sollen.« Ihr Bild schien für einen Augenblick zu schwanken.

»Aber es ist wunderschön hier«, entgegnete er und starrte sie an, doch aus irgendeinem Grund gelang es ihm nicht, sie klar und deutlich zu erkennen. »Bitte geh noch nicht!«

»Hörst du mich, Adam?«

Die Luft um sie herum flirrte in sengender Mittagshitze, obwohl die Sonne tief stand. Ivys Gestalt zerfloss wie ein Bild auf einer Leinwand, bei dem der Künstler zu viel Lösungsmittel in die Farben gemischt hatte. Einzig ihre

Hand blieb fest in seiner verankert. Ihr Herzschlag wurde immer lauter, bis er zu einem Trommelwirbel anschwoll.

»Sie kommen«, sagte sie, aber ihre Worte waren kaum mehr als ein Echo. »Lass los.«

»Wer kommt? Ivy, bleib bei mir!«

Ein gleißendes Licht blendete ihn, als ihre Gestalt verschwand, doch er spürte immer noch ihre Hand in der seinen.

»Stell die Musik ab!«, rief eine Männerstimme.

Adam blinzelte gegen das Licht und stöhnte. »Nicht du schon wieder ...«

»Hallo, Pferd!«, begrüßte ihn Solon.

KAPITEL 22

SOLON

Lichtblitze zucken um den Seelenwahrer auf, als würde seine Aura in Flammen stehen. Die Musik ist unerträglich laut. Ich rufe ihm zu, das Getöse abzustellen, aber er will nicht auf mich hören. Auch Beleidigungen helfen nicht. Genauso gut könnte ich mit einer Wand reden. Noch nie zuvor habe ich so etwas erlebt. Mit großer Willensanstrengung dränge ich die überwältigenden Sinneseindrücke zurück und sperre sie tief in einen abgeschotteten Winkel meines Geistes. Es gelingt mir nicht, sie vollständig auszublenden, aber wenigstens kann ich wieder einen klaren Gedanken fassen.

Adam ist so nah, dass ich die Wärme seines Körpers spüren kann. Sein schwach wahrnehmbarer Herzschlag vibriert in meinem Geist, genau wie es damals bei William der Fall war. Mein eigener Puls schnellt zur Antwort in die Höhe. Magier hin oder her, dieser Junge würde fähig sein, mich zu sich zu rufen. Ein schwacher Hauch meines Zír durchströmt ihn. Er stammt von meinem Lebenskristall. Was hindert Adam daran, seine Energie anzuzapfen? Sie müsste ihm ganz natürlich zufließen.

Ein heftiger Wind setzt ein. Ich kann nichts erkennen, da das Licht um mich herum zu grell ist, aber ich spüre, dass die Gargoyles sich in die Lüfte geschwungen haben und bereit sind, auf den Seelenwahrer und mich herabzustürzen. Ein Seelenwahrer, der niemals in der Lage sein wird, eine Horde Gargoyles aufzuhalten, wenn sie durch das Portal dringen, das ich im Begriff bin zu öffnen.

Die Freiheit liegt zum Greifen nah und zugleich so fern. Doch ich weigere mich aufzugeben.

»Erwecke den Kristall!«, rufe ich Adam in Gedanken zu. Ohne seine Hilfe kann ich nicht auf die andere Seite gelangen. Mein Lebenskristall ist das Einzige, was uns noch retten kann. Als William mich verbannte, spürte ich, wie er zersplitterte – und mit ihm ein Teil von mir selbst. Doch meine Erinnerung an jenen Moment ist bestenfalls vage. Vielleicht habe ich mich geirrt. Adam muss den Kristall in sich tragen, schließlich habe ich ihn bei unserer letzten Begegnung mit meinen eigenen Händen berührt. Das vertraute Prickeln auf meiner Haut ist unverwechselbar, aber etwas versperrt mir den Zugang zur Quelle meiner eigenen Magie. Solange ich im Nirgendwann feststecke, bin ich machtlos. Da ich Adam durch das helle Licht kaum erkennen kann, ziehe ich an seiner Hand.

»Nun mach schon!«

Der Idiot wehrt sich gegen meinen Griff. Er tritt sogar auf mich ein, um sich von mir zu befreien. Wie kann man nur so uneinsichtig sein?

»Halt still!«, ermahne ich ihn. »Du bringst uns noch beide um!«

›Lass mich in Ruhe!‹, giftet er zurück.

Hinter mir erhebt sich einer der Gargoyles. Ich kann seinen üblen Atem riechen. Im Gegensatz zu mir ist er nicht zwischen zwei Welten gefangen.

›Verschwinde! Verschwinde!‹, wiederholt Adam wie ein Mantra. Er starrt an mir vorbei auf die Kreatur in meinem Rücken.

Gleißendes Licht umhüllt uns. Die Masse und Energie zweier Welten verschieben die Grenzen des Zwielichts und dringen in den hungrigen Schlund des Nirgendwann ein. Mein ganzer Körper zittert. Ein Tor zwischen den Welten zu öffnen, ist selbst unter normalen Umständen riskant. Im Nirgendwann, abgeschnitten von allen magischen Quellen, ist es schier unmöglich. Wenn Adam mir nicht hilft, wird der Malstrom aus polarisierenden Kräften mich zermalmen.

»Kümmelgewürm und Eichentanz, verdammt nochmal, ihr ...« Ich schlucke den Rest meiner Flüche hinunter, als ein goldgelbes Auge unheilvoll auf mich herabfunkelt. Ein tiefes Knurren dringt aus Rembrandts Maul. Speichel tropft von seinen zurückgezogenen Lefzen.

»Weltengänger!« Er rollt das R so sehr, dass es das Licht um uns herum zum Schwanken bringt. »Befreie uns!«

Verschwommen erkenne ich, wie Frida von ihrem Mauerstein herabspringt. Die Gargoyles scheinen von den kollidierenden Kräften der beiden Welten nicht beeinflusst zu werden. Schließlich müssen sie keine Energieverbindung zu einem nutzlosen Magier aufrechterhalten. Ich bin mir nicht sicher, ob sie Adam überhaupt wahrnehmen können.

»Was hast du erwartet?«, höhnt sie. »Er ist ein Verräter! Es wird Zeit, das hier zu beenden!«

Ihr heißer Atem streicht über meinen Nacken und wirbelt mein Haar durcheinander. Sie hebt ihre Pranke, um mir den Kopf von den Schultern zu reißen ...

»Zurück, Tochter! Noch hat er seine Aufgabe nicht erfüllt!«

Rembrandt streckt seinen massigen Löwenschädel vor, um mich vor Fridas Angriff zu schützen. Ich drehe mich zur Seite, um die beiden Bestien besser im Blick zu haben, und packe den angstschlotternden Adam am Ellbogen. Frida starrt mich voller Hass mit ihren blutroten Augen an.

»So sei es!«, faucht sie. »Aber danach bist du mir Rechenschaft schuldig, Clanführer!« Drohend richtet sie ihre Klaue gegen ihren Vater.

Rembrandt erhebt sich zu seiner vollen Größe und stößt

dabei ein ohrenbetäubendes Brüllen aus, das von allen Seiten widerhallt. Hunderte Gargoyles stimmen ein. Dutzende von ihnen erheben sich in die Luft, darunter auch Frida, um wie hungrige Aasgeier über dem Portal zu kreisen.

Der Clanführer folgt ihnen. Seine Schwingen erzeugen ein Geräusch wie gigantische Mühlsteine, die gegeneinander reiben, während er an Höhe gewinnt. Der Wirbelwind seines Flügelschlags schleudert Staub und Steine in mein Gesicht. Ich senke den Kopf, um meine Augen zu schützen. Wenn die Gargoyles durch das Portal dringen, werden die Energien mich auseinanderreißen, und den Seelenwahrer ebenfalls.

›Lass mich los!‹, fleht Adam.

Ich habe keine andere Wahl, als nachzugeben. Mit einem wütenden Schrei stoße ich ihn von mir weg. Die Energie des Portals schlägt wie eine Welle über mir zusammen. Das Licht um uns herum gleißt so hell auf, dass ich geblendet die Augen schließe, dann reißt unsere Verbindung ab. Ich taumle und sinke erschöpft auf die Knie. Um mich herum wird es dunkel und totenstill.

Es ist die Grabesruhe vor dem Sturm.

Die Gargoyles, die sich ihrer Freiheit bereits sicher glaubten, stoßen wie auf ein geheimes Signal ein Gebrüll aus, das den Boden unter mir erzittern und Staub von den altersschwachen Ruinen rieseln lässt. Frida schießt mit ausgebreiteten Flügeln vom Torbogen auf mich herab. Meine einzige Waffe ist die Harpyienkralle, aber gegen ein Wesen, dessen Haut so hart ist wie Stein, kann ich damit wenig ausrichten. Ich ducke mich, als das Biest nach mir greift, und stoße die Kralle in einer schnellen Bewegung nach oben. Der Zusammenstoß reißt mich von den Füßen. Die Spitze der Kralle zieht eine Kerbe in die Schuppen an Fridas Vorderarm, doch sie dringt nicht tief genug ein, um das Gift der Eisharpyie in ihrem Körper freizusetzen.

Frida pendelt zur Seite und schlägt mit ihren Schwingen, um sich in der Luft zu halten. Eine ihrer Flügelspitzen pflügt durch den Boden und wirbelt Erdreich auf. Sie kämpft sich mühsam wieder in die Höhe, hat jedoch noch nicht genug Auftrieb gewonnen, um einen neuen Angriff zu starten.

Ich rolle mich auf dem Boden ab. Ein Prickeln im Nacken warnt mich vor der drohenden Gefahr, aber es ist zu spät. Rembrandt stürzt mit ausgestreckten Krallen auf mich herab, packt mich und reißt mich mit sich in die Höhe. Er ist stärker und schneller als Frida. Ein paar Flügelschläge und die Ruinenstadt unter mir verschmilzt zu einem Mosaik in der Landschaft. Hilflos pendle ich in seinem Griff.

Das war's. Ein weiterer Tod, der unausweichlich ist.

Rembrandt seziert mich mit seinen goldfarbenen Augen. Reißzähne blitzen aus seinem Löwenmaul hervor. Es scheint beinahe, als würde er grinsen.

»Weltengängerrr!«, dröhnt seine Stimme in meinen Ohren. Mir ist bereits schwindlig von der Schnelligkeit, mit der wir durch die Luft rasen. Ein eiskalter Wind zerrt an meiner Kleidung und meinen Haaren. »Ein altes Sprichwort der Gargoyles besagt: Ein Verräter bleibt ein Verräter, auch wenn er in Ketten liegt.«

Vergebens versuche ich mich aus seinem Griff zu winden. Rembrandts Krallen haben sich zwischen meine Schulter und mein Schlüsselbein gebohrt. Mein linker Arm hängt nutzlos zur Seite. Blut rinnt herab und sammelt sich zwischen meinen verkrampften Fingern, die verzweifelt die Kralle der Eisharpyie umklammern. Als wäre meine Situation nicht schon prekär genug, schneiden die scharfen Kanten in meine Handfläche. Das Gift breitet sich in meinem Blutkreislauf aus. Bald werde ich mich nicht mehr bewegen können. Mit meiner freien Hand taste ich an der schuppigen Haut des Gargoyles entlang, in der Hoffnung, eine Schwachstelle zu finden.

Rembrandt gibt ein rumpelndes Geräusch von sich, das fast wie ein Lachen klingt.

»Gib dir keine Mühe! Du kannst mir nicht entkommen. Ich war ein Narr, zu glauben, dass du uns helfen würdest. Du hast dich nicht geändert, Weltengänger. Dein Hochmut wird dein Untergang sein. Nach all den sinnlosen Fehden, die unsere Clans im Namen von Magiern und selbsternannten Herrschern gegeneinander ausfochten, ist die Zeit der Vergeltung endlich gekommen. Im Nirgendwann haben wir als Volk wieder zueinandergefunden. Gemeinsam werden wir auch den Weg in die Freiheit finden. Ich spüre es in meinen Knochen: Das Zwielicht ruft uns zu sich zurück. Deine Unterstützung brauchen wir dafür nicht mehr, denn Freiheit ist unsere Bestimmung. Die deine jedoch ist das Vergessen, und ich werde mit Freuden dein Richter sein. Niemand soll sich je an dich erinnern, Weltengänger!«

Der Odem! Er will mich in den Odem werfen. Alles, nur das nicht! Das sind keine Wolken, denen wir uns nähern.

Ich kann meinen rechten Arm kaum noch bewegen, der linke ist bereits taub. Trotzdem gelingt es mir, die Harpyienkralle aus meiner Handfläche zu ziehen. Rembrandts Kopf fährt zu mir herum. Mit letzter Kraft stemme ich meine Beine gegen die breite Brust des Monsters und drehe mich zur Seite. Die Knochen in meiner Schulter knacken und bersten. Der Schmerz raubt mir beinahe die Sinne, doch ich gebe nicht auf. Mit einem verzweifelten Aufschrei stoße ich die Harpyienkralle in Rembrandts funkelndes Auge.

Der Gargoyle brüllt auf – ein Laut, der wie der Donner nach einem Blitzeinschlag klingt – und gerät ins Trudeln. Sein Griff lockert sich und gibt mich frei.

Unter mir gähnt die Tiefe.

KAPITEL 23

SOLON

Der Erdboden rast unaufhaltsam auf mich zu, immer schneller und schneller. Verzweifelt schließe ich meine Augen, doch das macht es nur noch schlimmer. Götter der fünf Sphären, bleibt mir denn nichts erspart? Die Panik droht mich zu überwältigen, als sich plötzlich ein Schatten zwischen mich und den sich nähernden Erdboden schiebt. Bevor ich begreifen kann, was geschieht, pralle ich mit voller Wucht auf den harten Rücken eines Gargoyles. Instinktiv greife ich zu und erwische einen dornigen Höcker, der aus einer weißen Haarmähne ragt.

Gogh!

Der alte Gargoyle gerät bei meinem Aufprall ins Trudeln. Wild rudert er mit den Flügeln, während ich um Luft ringe und mich verzweifelt an seinem Hals festklammere. Mein Körper ist geschwächt vom Gift der Harpyienkralle. Bunte Zerrbilder einer bergigen Landschaft rasen an mir vorbei. Wir nähern uns dem Erdboden viel zu schnell. Mit meinem zusätzlichen Gewicht hat Gogh keine Chance, sich in der Luft zu halten. Er breitet seine Flügel wie ein Sonnensegel aus, um unseren Sturz durch einen größeren Luftwiderstand abzumildern. Als seine ausgestreckten Gliedmaßen auf festen Untergrund treffen, spüre ich den Ruck bis unter meine Schädeldecke. Goghs massiger Körper pflügt eine Schneise durch das Erdreich, doch ein Felsblock in seinem Weg bringt ihn abrupt zum Halt. Der Aufprall katapultiert mich hoch über seinen Kopf hinweg, und dann wird es schwarz um mich.

Meine Bewusstlosigkeit währt nur kurz. Kälte- und Hitzeschauer jagen abwechselnd durch meine Adern und reißen mich zurück ins Hier und Jetzt. Das Gift in meinem Körper verliert langsam seine Wirkung, während mein Blut wieder schneller zirkuliert. Ich bleibe auf dem Rücken liegen, bis die Fieberschübe abebben und die Schmerzen in meinen Gliedmaßen auf ein erträgliches Maß sinken. Ich möchte mich nicht beklagen. Goghs Eingreifen hat mich vor einem weitaus schlimmeren Schicksal bewahrt. Ein Sturz aus dieser Höhe hätte meinen Körper zerschmettert. Mit meinem Brummschädel, einem gebrochenen Schlüsselbein und dem Loch in meiner Schulter – Rembrandts Klaue sei Dank – bin ich noch einmal glimpflich davongekommen.

Ein Schaben und Knirschen dringt an meine Ohren und versetzt meine Sinne in höchste Alarmbereitschaft. Bevor ich reagieren kann, fällt ein Schatten über mich, gefolgt von Goghs breit grinsendem Maul.

»Weltengänger, du ok?«, rumpelt der Gargoyle.

»Au … oh … leiser bitte!« Meine Ohren klingeln, als ein halbes Dutzend Ziegelsteine zwischen Goghs Zähnen zermalmt werden. Wer hat den Gargoyles nur ihre Stimmen verliehen?

Nach ein paar Fehlversuchen gelingt es mir, mich auf meine Ellbogen zu stemmen. Das Glühen in meinen Adern ist einem unangenehmen Prickeln gewichen. Von dem tiefen Schnitt in meiner Handfläche ist nur noch eine dünne rote Linie zu sehen. Die Kralle der Eisharpyie steckt wohl noch immer in Rembrandts Auge.

Mein Blick schweift durch die Luft, aber ich kann den

mächtigen Gargoyle nirgends entdecken. Jetzt ist jedoch nicht der passende Zeitpunkt, dem Verlust meiner Waffe nachzutrauern.

»Wo sind wir gelandet?«, frage ich und rapple mich in eine sitzende Position auf.

Gogh leckt seine blutige Pranke und brummt wenig hilfreich, aber immerhin leise: »Nirgendwo. Irgendwo.«

Ich spüre ein dumpfes Ziehen, als sich mein gebrochenes Schlüsselbein wieder richtet. Die Verletzung an der Schulter hat bereits aufgehört zu bluten. Auch das Klingeln in meinen Ohren lässt nach.

»Danke. Für ... du weißt schon«, sage ich rau und tätschle zögerlich Goghs Knie – oder das, was ich dafür halte. Bei den vielen Schuppen, Wülsten und Dornen ist das nicht so einfach festzustellen. Sein Panzer hat beim Sturz ein paar Schrammen abbekommen, aber bis auf die blutende Pranke scheint er unverletzt zu sein.

Gogh beobachtet mich mit schräg gelegtem Kopf, während ich mich aufrichte und auf wackeligen Beinen unsere Umgebung erkunde. Ein paar Gargoylelängen weiter und wir wären einen Abhang hinuntergestürzt. Unter mir erstrecken sich die Ausläufer der Ruinenstadt, und am Horizont kreisen Schatten in der Luft, die Gargoyles sein mögen. Als ich mich umdrehe, um die andere Richtung zu untersuchen, bietet sich mir das gleiche Bild. Steine, Trümmer und Geröll, so weit das Auge reicht. Ich reibe mir über die Augen. Sind wir so weit geflogen? Ich kann den Drachenfelsen nirgends entdecken, obwohl er eine auffällige Landmarke darstellen sollte. Mein Kopf muss mehr abbekommen haben, als ich gedacht habe.

»Nicht alle Gargoyles so«, sagt Gogh unvermittelt und reißt mich aus meinen wirren Gedanken. Fragend blicke ich ihn an.

Er macht eine vage Bewegung mit seiner Klaue und ergänzt: »Voller Wut.«

Ich zucke die Schultern und bereue die Bewegung sofort, als mein Schlüsselbein hörbar knirscht. »Ihre Wut ist verständlich. Das geht uns allen gleich.«

»Nicht gut ist.« Gogh setzt sich auf die Hinterbeine. Seine weiße Mähne sträubt sich zwischen den Stacheln an seinem Nacken. Damit ähnelt er frappierend einer Bulldogge mit Halskrause. »Gargoyles sind traurig in Gefangenschaft. Macht sie wütend. Wut führt zu Kampf. Macht sie blind und uneins. In Kampf es nur gibt Gegner, niemals Freunde.«

Das Letzte, was mir vorschwebt, ist eine philosophische Diskussion über Gut und Böse mit einem Gargoyle, aber Gogh sieht so niedergeschlagen aus, dass ich antworte: »Menschen, Gargoyles, Magier – es ist immer das Gleiche, seit alters her. Wir alle sind unvollkommene Wesen. Wer gibt schon gern seine Fehler zu? Es lebt sich viel einfacher, wenn wir unsere Unzulänglichkeiten auf einen Feind projizieren können. Und wenn kein Feind existiert, dann erschaffen wir uns eben einen. Manche nennen das Politik.« Auch ich habe viele Fehler gemacht. Einer davon war, meinem letzten Seelenwahrer zu vertrauen. Oder überhaupt jemandem zu vertrauen. Darüber möchte ich nicht weiter nachdenken, daher lenke ich ab: »Apropos Feind – hast du den Schattenmar gesehen?«

Ich will nicht wissen, was Gian-Sûl anrichten mag, wenn niemand ihn im Auge behält. Besonders an diesem Ort, wo aus dem Nichts ein Portal auftauchen kann.

Gogh sträubt seine Mähne, was bei ihm einem Schulterzucken gleichzukommen scheint. »Schattenmar in Schatten geflohen. Schlecht. Rembrandt auch fort. Sehr wütend auf dich. Übel.«

Dem habe ich nichts hinzuzufügen. Ich muss schleunigst ein neues Portal finden, bevor die Gargoyles oder Gian-Sûl meine Spur aufnehmen. Wenn ich es nicht schaffe, eine stabile Verbindung zu Adam herzustellen, damit er mich befreien kann, werde ich früher oder später im Odem enden. Dafür werden Rembrandt und sein von Wut und

Misstrauen zerrütteter Clan sorgen. Im gesamten Nirgend-wann wird es keinen Ort geben, an dem ich noch sicher bin. Nicht, wenn die Gerüchte über das Geschehene die Runde machen. Die Fimbelwürmer werden es tanzen. Die Wyldfische werden den Tanz in ihrem Teich aus Unechtem Morgentau träumen, um ihn den Verrückten Findlingen zu deuten, die es wiederum den Blisterwargen im Nordmoor erzählen werden. Und so weiter und so fort. Der Welten-gänger hat seinen Seelenwahrer gefunden. Keine Kreatur im Nirgendwann wird ruhen, bis sie mich in ihre Klauen bekommt. Denn ich bin der Einzige, der einen Schlüssel in die Freiheit besitzt.

Ich massiere meine schmerzende Schulter und lasse meinen Blick missmutig über die Landschaft schweifen. Ich habe mich vorhin nicht getäuscht. Nirgendwo ist eine Landmarke zu sehen, ein Trümmerteil gleicht dem ande-ren. Aber wo ist der Drachenkopf, zu dem die Gargoyles mich geführt haben, um das Portal zu öffnen?

Ich schließe meine Augen und lausche mit meinen in-neren Sinnen.

Nichts. Kein Herzschlag, kein Vibrieren in der Luft. Nur jenes unbestimmte Ziehen, ein Gefühl von Sehnsucht und Verlust, das mich ins Vergessen locken will. Der Odem ist überall. Wie ein Echo sendet er meine Sinneseindrücke um ein Vielfaches verstärkt an mich zurück: Sand, der über Stein schabt, feiner Staub auf meiner Haut, der Ge-ruch von Moos und Farbe. Ich schüttle mich unbehaglich. Die sensiblen Energiebahnen in meinem Körper reagieren, als würde eine Schar Ameisen mit nadelspitzen Beinen über mich krabbeln. Es ist eine unangenehme Erfahrung, daher bin ich erleichtert, als ich wieder in die äußere Welt zurückkehre.

Gogh hat mich die ganze Zeit über nicht aus den Augen gelassen. Jetzt reckt er sein Maul in die Luft und schnup-pert, als wüsste er genau, was ich fühle. »Hinter Drachen ist vor dem Drachen. Kein Ende, keine Grenze.« Er klopft mit seiner Klaue auf den felsigen Untergrund. Der Boden unter uns vibriert. »Wir auf Drache.«

»Wir sind wo?«, frage ich nach.

Gogh sieht mich an, als wäre ich ein unverständiges Kind. »Drache ist überall. Irgendwo. Nirgendwann. Unter Bett. Im Schrank.«

Ich muss unwillkürlich lachen. Bisher bin ich noch keinem Gargoyle begegnet, der Humor besitzt. Gogh muss viel Zeit mit Menschen verbracht haben. Er hätte ein guter Kinderschreck sein können – oder ein treuer Beschützer.

»Es gibt keine Drachen mehr«, erwidere ich. »Nicht einmal im Nirgendwann, es sei denn als uraltes Monster aus Stein.«

Gogh hebt eine Augenwulst. »Drache erwacht.«

Meine Antwort geht in einem ohrenbetäubenden Krachen unter, als der Boden unter uns nachgibt.

KAPITEL 24

ADAM

Er wusste nicht, wie er ins Freie gelangt war. Das Atmen fiel ihm schwer. Seine Knie waren weich wie Butter, aber er zwang sich, die restlichen zehn Schritte bis zur Treppe zu gehen, die in den Hof führte, bevor er kraftlos auf die Stufen sank. Aus der geöffneten Tür des Clubs drang laute Musik. Leere Bierflaschen und Coladosen lagen auf dem Vorhof verstreut, durchmischt mit Zigarettenkippen und zerknülltem Papier. Müll, den die Konzertbesucher mitgebracht hatten, aber nicht wegräumen würden. Er fragte sich, ob die Band für die Aufräumarbeiten aufkommen musste und wie viel Verlust sie durch diese zusätzlichen Ausgaben in Kauf nahmen, nur um irgendwo auftreten zu dürfen. Seine nächste Frage lautete, wieso er sich ausgerechnet jetzt mit solchen Gedanken beschäftigte. Er hatte größere Sorgen als die Logistik von Enter Horizon.

Eine davon galt seinem Verstand.

Vielleicht wurde er wirklich verrückt. Mit dieser Erklärung konnte er eher leben als mit dem Gedanken, dass die Fantasiewelt aus seinen computergenerierten Bildern Realität geworden war. Verrücktheit ließ sich behandeln, daher sollte er endlich einen Psychiater aufsuchen. Dieser

würde nur eine weitere Nummer in der Reihe der Therapeuten sein, zu denen ihn seine Mutter in seiner Jugend
geschickt hatte.

Solon konnte unmöglich real sein. Und doch war Adam
ihm jetzt zum zweiten Mal begegnet – und das war zweimal zu viel. Was war nur geschehen? Eine unheimliche
Macht hatte versucht, ihn durch ein gleißendes Licht in
Solons Albtraumwelt zu zerren, aber er hatte sich mit aller
Kraft dagegen gewehrt. Er wollte kein Futter für Gargoyles
werden. Im nächsten Moment befand er sich wieder in der
Realität, doch dort wurde alles nur noch schlimmer.
Mehrere Menschen versuchten, ihn niederzudrücken, darunter die Frau mit dem Knoblauch- und Zigarettenatem
aus der hinteren Reihe. Sein Nachbar, der Altrocker, schaute ihnen nur dümmlich zu. Ivy redete mit Engelszungen
auf Adam ein, um ihn zu beruhigen, aber sie hätte in
diesem Augenblick auch prähistorisch sprechen können,
so wenig verstand er ihre Worte. Er schlug um sich, bis es
ihm schließlich gelang, sich loszureißen. Blind zwängte er
sich durch die Menschenmenge ins Freie, wo er schließlich
erschöpft auf der Treppe zusammenbrach.

Die kühle Abendluft tat gut. Langsam lichtete sich der
Nebel in seinem Gehirn. Adam rieb sich müde über das
Gesicht. Nach dieser Szene würde Ivy wahrscheinlich kein
Wort mehr mit ihm wechseln wollen. Mit seiner Panikattacke hatte er sich bis auf die Knochen vor ihr blamiert.
Andererseits – wenn ihn jemand davon überzeugen konnte, dass er nicht verrückt wurde, dann sie. Sie hatte Solon
mit eigenen Augen gesehen. Ohne ihre Unterstützung war
er aufgeschmissen.

Adam seufzte und stand auf. Die beiden langärmeligen
Shirts, die er übereinander trug, hielten die Herbstkälte
nur unzureichend ab. Ivy zuliebe sollte er sich zusammen-
reißen und wieder nach drinnen gehen.

Aus Richtung Tür erklangen leise Schritte. War Ivy ihm
gefolgt?

Gerade wollte er sich zu ihr umdrehen, als ihn jemand von hinten packte und ihm ein stinkendes Tuch über Mund und Nase drückte. Adam erstarrte vor Schreck. Im nächsten Moment begann er zu kämpfen, doch vergeblich. Eine bleierne Müdigkeit lähmte seine Gliedmaßen. Dunkle Flecken tanzten vor seinen Augen, während die Welt aus seinem Bewusstsein schwand. Sein letzter Gedanke galt Ivy. Und dem Geruch von Knoblauch und Zigaretten.

Als er unbestimmte Zeit später wieder zu sich kam, bewegte sich der Boden unter ihm. Er war zu schwach, um sich zu rühren oder die Augen zu öffnen. Sein Rachen brannte. Seine Zunge schien um das Dreifache angewachsen zu sein und erschwerte ihm das Atmen. Er lag halb auf der Seite, seine Arme und Beine waren angewinkelt, aber nicht gefesselt. Hatten die Gargoyles ihn erwischt? Der Gedanke zog flüchtig durch sein Hirn und verschwand wieder. Die Schaukelbewegung verursachte ihm Übelkeit, aber sie verriet ihm, dass er sich in einem Fahrzeug befinden musste. Das Dröhnen des Motors hallte wie ein konstanter Hammerschlag hinter seiner Stirn und beeinträchtigte sein Denkvermögen. Gab es Autos in Solons Welt?

»Ich halte das für keine gute Idee.«

Die Stimme – warm, dunkel, mit einem fremden Akzent – schien direkt neben ihm zu sein.

»Es ist der Wille der Hohepriesterin. Sie gibt die Befehle, und du stellst keine Fragen.«

Hohepriesterin? Die Stimmen drangen zu ihm durch wie durch eine Schicht Watte. Beide waren weiblich.

Die erste Frau gab ein kehliges Lachen von sich. »Dann hättet ihr besser jemand anderen beauftragen sollen.«

»Das werden wir beim nächsten Mal gern berücksichtigen.«

»Wie oft habe ich das schon gehört ...«

»Nicht oft genug. Es gibt noch andere Orte auf der Welt, die wir bewachen müssen. Unwirtliche Orte. Vielleicht bist du dort besser aufgehoben.«

»Solange der Preis stimmt, kein Problem. Hauptsache, ihr müsst euch nicht selbst die Hände schmutzig machen, nicht wahr?«

Knoblauchgeruch streifte Adam, als die zweite Frau zischte: »Du überschätzt deine Nützlichkeit.«

Die andere lachte nur.

Adams Erinnerungsvermögen kehrte schlagartig zurück. Das Konzert. Seine Panikattacke. Der anschließende Hinterhalt. Die beiden Frauen mussten ihn seit dem Konzert beschattet haben, aber warum? Wer waren sie und was wollten sie von ihm? Und wo war Ivy? Sein Pulsschlag beschleunigte sich. Er versuchte, die Augen zu öffnen, aber seine Lider klebten bleischwer aneinander. Noch immer hatte er keinerlei Kontrolle über seinen Körper.

»Fahr schneller!«, sagte die Frau mit dem Knoblauchatem. »Es ist fast Mitternacht. Samhain wartet nicht auf uns.«

Die beiden schwiegen wieder.

Nach einigen Minuten oder Stunden – Adam hatte jegliches Zeitgefühl verloren – kam der Wagen mit einem Ruck zum Stillstand. Eine Tür wurde geöffnet und wieder zugeschlagen. Ein süßlicher Duft von Zimt und Koriander umwehte ihn, dann packten ihn zwei schmale, aber kräftige Hände unter den Achseln und zerrten ihn vom Rücksitz des Wagens. Adam hing in ihrem Griff wie ein nasser Sack. Seine Beine schleiften über den Asphalt, während die Frau ihn scheinbar mühelos hinter sich herzog. Nach ein paar Metern ließ sie ihn fallen. Sein Hinterkopf prallte auf den Boden. Bunte Sterne tanzten vor seinen geschlossenen Augen, aber er spürte keinen Schmerz, nur einen dumpfen Druck. Ein Keuchen entwich seinem Mund und ein unangenehmes Kribbeln breitete sich in seinen Gliedmaßen aus. Langsam schien die Lähmung, die ihn gefangen gehalten hatte, zu weichen. Es gelang ihm, seine Finger zu bewegen und den Boden unter sich zu ertasten. Einen Spaltbreit öffnete er seine Augen, aber ein unruhig flackernder

Lichtschein zwang ihn, sie wieder zu schließen. Das Licht schmerzte. Ein Geruch nach Ruß, Kräutern und Meerwasser umgab ihn. Irgendwo plätscherten kleine Wellen gegen eine Umrandung.

»Es ist vollbracht, Hohepriesterin«, sprach die Frau mit dem Knoblauchatem. Kieselsteine knirschten unter ihren Absätzen, als sie an Adam vorbeiging. Der süßliche Duft der anderen hüllte ihn immer noch ein.

»Was hatte ich euch gesagt?«, erklang eine neue, harsche und fast schneidende Frauenstimme. »Keine Verzögerungen.«

Die Frau, die ihn hinter sich hergeschleift hatte, seufzte ungeduldig und murmelte etwas in einer Sprache, die wie Arabisch klang. Ihr Zimtduft hüllte ihn ein, als sie sich zu ihm herabbeugte und ihn ruckartig auf die Knie zog. Adam wusste nicht mehr, wo oben und wo unten war. Die Welt drehte sich um ihn. Ihm wurde schlagartig übel. Der Drang, sich zu übergeben, war übermächtig, doch er würgte nur beißenden Schleim hoch, der in seiner Kehle brannte. Adam keuchte und rang nach Luft. Seine Hände fanden wie durch ein Wunder auf kalten Pflastersteinen Halt, und er schaffte es, sich auf dem Boden abzustützen, ohne gleich wieder umzufallen. Die Übelkeit ließ nicht nach, aber dafür kehrte sein Orientierungssinn zurück. Stockend atmete er ein und wieder aus, dann wagte er einen weiteren Blick.

Ein Dutzend vermummter Gestalten stand in einem Halbkreis hinter ihm. Adam nahm sie wie durch einen grauen Schleier wahr. Ihre Konturen verzerrten sich, sobald er versuchte, sie mit seinem Blick zu fixieren. Er blinzelte, aber das verschlimmerte den Effekt nur. Als wäre der Anblick der Gestalten nicht schon furchteinflößend genug, waren mehrere brennende Fackeln in den Mauern der umgebenden Backsteinhäuser verankert worden, als hätte jemand versucht, eine gruselige Szenerie für einen Horrorfilm zu schaffen. Ihr Flackern spiegelte sich in blinden, zersprungenen Fensterscheiben und auf den Metallringen eines demontierten Flaschenzugs. Die Häuser umstanden einen schmalen Innenhof, der auf der gegenüberliegenden Seite von einem Anleger abgeschlossen wurde. Flusswasser schwappte gegen die Hauswände und erzeugte das Plätschern, das er zuvor vernommen hatte. Drei kleinere Frachtboote lagen vor Anker. Ein schwacher Wind wehte und ließ sie träge auf den Wellen schaukeln, aber Adam kam es so vor, als würden sie von einem Sturm gebeutelt.

Die Gestalten in ihren Roben führten einen makabren Tanz auf, obwohl der wache Teil von Adams Verstand ihm zuflüsterte, dass sie absolut stillstanden und lediglich der Fackelschein ihre grotesken Bewegungen hervorrief. Er selbst kniete vor einem hölzernen Altar, auf dem mehrere Stumpenkerzen brannten. Deren Schein vermischte sich mit dem Glühen von drei Kristallen, die auf einem Samttuch auf dem Altar platziert waren.

Adam schüttelte sich, um das Gefühl von Watte in seinem Kopf zu vertreiben. *Ausgerechnet Kristalle.*

Hoffentlich hatte Ivy seine Entführung bemerkt und die Polizei alarmiert. Allerdings hatte Adam schon lange aufgehört, an sein Glück zu glauben. Wenigstens schien sie in Sicherheit zu sein. Er hätte es sich niemals verzeihen können, wenn sie seinetwegen in Gefahr geraten wäre.

»Kopf hoch, Kleiner!«, sagte seine nach Zimt duftende Entführerin und klopfte ihm aufmunternd auf die Schulter, als wollte sie ihn verspotten. Dann ließ sie ihn los und ging davon. Er hörte das Klappern ihrer Absätze auf dem Asphalt, wagte aber nicht, sich zu ihr umzudrehen.

Kurz darauf wurde eine Autotür zugeschlagen, der Wagen sprang röhrend an und entfernte sich mit knirschenden Reifen. Adams andere Entführerin, die mit dem üblen Knoblauchatem, musste sich unter die vermummten Gestalten gemischt haben, denn er konnte sie nirgends mehr entdecken.

Die Frau, die offenbar das Sagen hatte, ging vor Adam in die Hocke. Eine Hand mit langen Nägeln zwang sein

Kinn in die Höhe. Er blinzelte, konnte aber nur ein Spiel aus Licht und Schatten anstelle ihres Gesichts ausmachen. Die Frau trug einen dunklen Umhang, dessen Kapuze ihr tief in die Stirn fiel. Der Stoff war im Gegensatz zu den schlichten Gewändern der anderen mit archaisch anmutenden, silbrig schimmernden Symbolen bestickt.

»Die Wirkung des Mohns lässt nach«, sagte sie. »Wir müssen beginnen.«

Ihre Stimme klang hohl und verzerrt in seinen Ohren.

»Heute ist die Nacht der Seelen«, erwiderte eine der Gestalten, ebenfalls eine Frau. Trotz ihres weiten Umhangs wirkte sie zierlich. »Was, wenn der neue Seelenwahrer zu stark ist, Hohepriesterin?«

»Dann endet sein Amt noch in dieser Nacht«, sagte die Frau vor ihm und wandte sich an die versammelte Schar. »Fürchtet euch nicht, Schwestern. Mit der Macht der Seelensteine werden wir sein Herz kontrollieren und daraus eine Waffe gegen unsere Feinde erschaffen, so wie es uns prophezeit wurde.«

Langsam klärte sich Adams Blick. Seine Umgebung hörte auf, groteske Formen zu tanzen, aber noch immer hatte er das Gefühl, als sei er nicht Teil des Geschehens, sondern nur ein ferner Beobachter.

»Du meinst, wie wir die Prophezeiung interpretiert haben, Hohepriesterin«, schnarrte eine Frau in der Mitte. Sie war etwas kleiner als die anderen. Graue Haarspitzen ragten aus ihrer Kapuze hervor.»Wie konnte es einem Jungen ohne Magie gelingen, in einen geweihten Raum einzudringen, der mit den stärksten Schutzrunen unseres Zirkels versiegelt war? Wie konnte er das Schattenherz stehlen? Der Aura Noctis ist das mächtigste Artefakt, das je erschaffen wurde! Das geht doch nicht mit rechten Dingen zu.«

»Dies war der Test, den er bestehen musste. Und zugleich der Beweis, dass er würdig ist, das Artefakt in sich zu tragen.«

»Oder es ist ein Trick unserer Feinde. Und wir spielen ihnen direkt in die Hände.« Die Grauhaarige machte einen Schritt nach vorn.

Die Hohepriesterin ließ Adam abrupt los und erhob sich, sodass er beinahe doch noch umgefallen wäre. Er sank auf die Fersen zurück. Seine Knie schmerzten, und seine Arme zitterten bei dem Versuch, sich aufrecht zu halten. Wenn er doch nur einen klaren Gedanken fassen könnte! Wovon sprachen diese Verrückten? Er hatte nichts gestohlen. Ganz sicher kein Herz. Nur diesen blöden Kristall. Und das schon gar nicht freiwillig.

Und hatte die alte Frau gerade »mächtiges Artefakt« gesagt?

»Genug, Silbergeist!«, rief die Hohepriesterin gebieterisch und schritt auf die Frau zu. »Jetzt ist nicht der rechte Zeitpunkt für deine Anschuldigungen. Wir müssen den Schattenkristall unter Kontrolle bringen, solange die Grenze zwischen den Welten geschwächt ist. Eine zweite Chance gibt es nicht.«

Die ältere Frau reihte sich wieder in den Halbkreis ein und erwiderte mit brüchiger Stimme: »Das letzte Wort dazu ist noch nicht gesprochen, Hohepriesterin! Mögen die Götter uns beistehen. In einer Nacht wie dieser die Macht der Seelensteine zu beschwören, ist Irrsinn. Selbst die mächtigsten unserer Vorfahren konnten sie nicht kontrollieren. Du kennst die Überlieferungen so gut wie wir.«

Ein Raunen glitt durch die Reihen der vermummten Gestalten. Adam vermutete, dass es sich bei ihnen allen um Frauen handelte. Hexen ... war das möglich? Die Frau mit der dunklen Stimme, die soeben davongefahren war, schien nicht zu ihnen zu gehören, sondern eher eine Handlangerin zu sein. In jedem Fall war die Gruppe gut organisiert und nicht bloß ein Haufen verrückter Weiber, die einen archaischen Kult zelebrierten. Wenn Adam nicht vor Angst geschlottert hätte, wäre er in hysterisches Gelächter ausgebrochen.

»Darum müssen wir unsere Kräfte vereinen, Schwestern«, sagte die Hohepriesterin mit lauter Stimme. »Wir sind die Dreizehn von Avalon, die Hüterinnen des Paktes. Der letzte Seelenwahrer ist erwacht, wie es vorhergesagt wurde. Nun müssen wir sein Herz zu unserer Waffe machen. Es ist die einzige Möglichkeit, unsere Welt zu beschützen.«

Sie ging zu Adam zurück und zog einen gekrümmten Dolch aus ihrem Gürtel. *O Gott, sollte er etwa geopfert werden?* Er versuchte sich aufzurichten, erreichte jedoch nur, dass er auf die Seite fiel und sich den Ellbogen an den Pflastersteinen stieß. Seine Beine waren wie Gummi. Die Hohepriesterin packte seine Hand und zog die Klinge ohne zu zögern quer über seine Handfläche. Adam zuckte zusammen, doch eher vor Überraschung. Der Schnitt öffnete nur die oberen Hautschichten, er fühlte den Schmerz kaum. Benommen sah er zu, wie die Frau sein Blut in einer bronzenen Schale auffing.

»Fürchte dich nicht, stummer Seelenwahrer«, sagte sie, jedoch so leise, dass die anderen Frauen sie nicht hören konnten. »Alles geschieht genau so, wie es bestimmt ist.«

KAPITEL 25

SOLON

Der Aufprall ist im Gegensatz zu meinen früheren Erfahrungen geradezu sanft. Ich lande auf meinen Füßen, ohne mir einen einzigen Knochen zu verstauchen – jedenfalls bis Gogh mit seinem massigen Körper neben mir niederkracht und mich aus Versehen mit der Flügelspitze gegen eine Felswand schleudert. Der alte Gargoyle rumpelt einen Fluch oder eine Entschuldigung, dann schüttelt er sich, was eine Staubfontäne auf mich niederregnen lässt. Ich halte den Atem an, doch weitere Katastrophen bleiben aus. Nachdem der Moment der Desorientierung vorüber ist, schlägt mich die ungewohnte Umgebung in ihren Bann.

Dunkelheit umgibt uns, aber es ist weder die unnatürliche Düsternis der Ruinenstadt noch die Schwärze einer mondlosen Nacht. Es ist die Dunkelheit eines lauen Sommerabends im Reich der Menschen. Der Geruch von frisch gefallenem Regen liegt in der Luft. Das Erdreich ist weich und teilweise von Geröll bedeckt, aber nicht matschig. Dazwischen entdecke ich Büschel von Grün. Grün wie das Gras der Erde. Ich streiche mit der Handfläche über den Boden. Seine weiche, kitzlige Textur weckt in mir die Erinnerung an reife Trauben, Gelächter und frohe Stunden.

Tief atme ich den Duft ein. Ich kann es spüren: Die Freiheit ist zum Greifen nah. Aber noch habe ich es nicht geschafft.

Über mir, wo die Felsdecke sein sollte, durch die wir gestürzt sind, erstreckt sich stattdessen ein gigantisches Gewölbe aus schimmerndem Gestein. Es scheint fast so, als ob das Nirgendwann das Loch wie eine Verletzung geheilt und durch die Illusion eines Sternenhimmels ersetzt hätte. Mit jedem Wimpernschlag funkeln in der Höhe kleine Lichter auf, die im nächsten Moment verglühen, um an anderer Stelle wieder aufzuflackern. Schlanke Säulen streben nach oben, aber sie enden spitz und gezackt auf halber Höhe zur Sternenkuppel, als hätte eine riesige Hand den Kopf eines Streichholzes abgebrochen. Ihre Oberfläche ist glatt, sie erinnert mich an poliertes Elfenbein, fast wie ...

»Zähne«, sagt Gogh neben mir so leise, dass es für ihn beinahe sanft klingt. »Wir im Innern von Drache.«

Meine erste Reaktion ist Ablehnung. Das hier ist ein natürliches Höhlensystem, entstanden über Jahrtausende, mit wunderschönen, aber geologisch erklärbaren Phänomenen. Wir sind so nah an der echten Welt. Die Illusion ist nahezu perfekt. Ich möchte mich an ihr festklammern, denn sie ist verlockender als die Alternative, die nichts anderes sein kann als ein letzter grausamer Wächter des Nirgendwann.

Aber der alte Gargoyle hat recht, so ungern ich es zugebe. Je länger ich mich umsehe, desto mehr erinnert mich die Umgebung an ein gigantisches Maul, das ahnungslose Besucher mit seinem Glanz anlockt, um sie anschließend zu verschlingen. Die Säulen um uns gleichen einem Käfig aus Stein und Knochen, in dem ein Stück Natur Zuflucht gefunden hat und Irrlichter an einem täuschend echten Firmament tanzen.

Soll ich lachen oder weinen?

»Was ist das für ein Ort?«, frage ich, mehr an mich selbst als an Gogh gewandt. Ich wage nur ein Flüstern, da ich lieber nicht herausfinden will, was für Geschöpfe in den Schatten dieser Monstrosität lauern.

»Legende erzählt von Urahn der Gargoyles, dem Ersten Drachen«, antwortet Gogh in fast ehrfürchtigem Tonfall. Es rumpelt leise, wenn er spricht. »Sein Feuer soll erschaffen haben das Nirgendwann.«

Abwesend streiche ich mit meiner Hand über die polierte Oberfläche der Säulen und erwidere mit einiger Verspätung: »Gargoyles sind Geschöpfe des Zwielichts. Das Reich der Schatten zwischen den Sphären ist euer Ursprung, kein mythisches Wesen.«

»Drache kam vor Zwielicht«, beharrt Gogh und hebt den Kopf, als wollte er die schützende Dunkelheit in sich einsaugen. »Drache der Ort, wo vergessene Erinnerungen zu Hause sind.«

Ein Schaudern durchfährt meinen Körper bei seinen Worten. Tief in mir höre ich einen Widerhall geflüsterter Versprechungen, von einem Ort, der ewigen Trost und ewige Ruhe verspricht. Ein Ort, der so nah ist, so nah. Und doch unerreicht. In einer Mischung aus Wut und Verzweiflung kralle ich meine Finger tief in das schimmernde Gebein der Säulen, bis meine Nägel splittern. Der Schmerz bringt mich wieder zur Besinnung. Das Nirgendwann ist ein Ort voller Tücken, das darf ich niemals vergessen. Sein Odem schwebt in feinen Partikeln um uns herum, streicht über meine Haut und versucht, meine Sinne zu vernebeln.

Ist das der Atem des Drachen? Ist er der Ursprung des Odems?

Wenn ja, dann muss ich doppelt vorsichtig sein. Das Nirgendwann wird alles tun, um meine Flucht zu verhindern, besonders jetzt, da ich so nah an der Schwelle bin. Hinter jeder Ecke kann das Vergessen lauern. Aber ich will nicht vergessen werden. Alles, wonach ich strebe, ist meine Freiheit. Und danach Vergeltung.

Koste es, was es wolle.

»Dann hast du ja, was du willst«, sage ich in harschem

Tonfall zu Gogh. Meine Gefühle sind noch immer in Aufruhr. »Von mir aus bleib hier und schwelge in den Erinnerungen an längst vergangene Zeiten, als Gargoyles noch wahre Krieger der Nacht waren. Ich habe andere Pläne.«

Mit diesen Worten lasse ich ihn stehen und folge einem ausgetretenen Pfad, der wie eine steinige, von Moos und Gras bewachsene Zunge tiefer in den Schlund des falschen Drachen führt.

Gogh zögert nur kurz, bevor er mir folgt. Seine schweren Schritte schicken Stoßwellen durch meinen Körper. »Zuhause da, wo mein Clan ist.« Mehr sagt er nicht, und ich gebe ihm keine Antwort.

Schweigend wandern wir weiter. Die Kuppel bietet mit ihren funkelnden Irrlichtern keinerlei Orientierung, lediglich der Pfad vor uns wird allmählich breiter. Steine, Trümmer und vereinzelte Felsformationen bedecken den Boden entlang der Wände, während wir weiter in die Eingeweide des Monstrums vordringen. Hier und da wächst ein Baum in die Höhe, an dem einzelne grüne Blätter sprießen, eine höhnische Imitation von Leben. Aber nirgends zeichnet sich ein Ende des Wegs ab. Die Wände verlieren sich in einer schier endlosen Ferne, fast so, als würde der steinerne Drache seine Grenzen immer weiter ausdehnen.

Irgendwann, eine lange Ewigkeit oder Sekunden später, als ich mich der Unachtsamkeit hingebe, nicht mehr auf meinen Weg zu achten, höre ich es. Zuerst halte ich es für den Widerhall meiner eigenen Schritte, aber dafür ist es zu regelmäßig. Alarmiert bleibe ich stehen. Da – ein leises Klopfen! Ein Herzschlag!

Mein eigener Puls schnellt zur Antwort in die Höhe. Das Klopfen kann nur eins bedeuten: Ich nähere mich einem weiteren Portal oder einer durchlässigen Stelle. Der Seelenwahrer muss ganz in meiner Nähe sein.

»Spürst du das auch?«, frage ich.

Gogh bleibt neben mir stehen und schwenkt erwartungsvoll seinen Kopf von einer Seite zur anderen. Doch an seinen rollenden Augen und flatternden Nüstern erkenne ich, dass er die leichte Veränderung in der Struktur unserer Umgebung nicht wahrnehmen kann.

Vor mir ragt ein quadratischer, mannshoher Felsblock auf. Aus einer Spalte im Gestein wächst ein dünnes Bäumchen in die Höhe. Es ähnelt einem windschiefen Schornstein auf einem verfallenen Haus. Der Felsblock verströmt einen Geruch nach Farbe und Lösungsmitteln, und als ich ihn berühre, bleibt eine bräunliche Substanz an meinen Fingern kleben. Alle meine Sinne vibrieren.

»Meine Brüder ganz nah«, rumpelt Gogh. »Sie Witterung aufgenommen haben.«

Seine Stimme dringt wie aus weiter Ferne an mein Ohr. Ich achte nicht weiter auf ihn, denn der Fels vor mir zerfließt wie flüssige Ölfarbe und gibt den Blick auf Adam frei, der keine Armeslänge von mir entfernt in einem Halbkreis vermummter Gestalten kniet.

Hexen – auch das noch!

Gogh spricht erneut zu mir, aber ich höre nicht hin. Seine Warnungen sind mir in diesem Moment egal.

Adam ist so nah. Ich berühre seine Schulter, aber es fühlt sich an, als würde ich durch eine Schicht Teer greifen. Mein Arm kribbelt und beginnt zu schmerzen, sodass ich ihn zurückziehen muss. Ein instabiles Portal könnte mich auseinanderreißen, und das würde mein Ende bedeuten. Selbst das Nirgendwann kann mich nicht heilen, wenn meine Atome über alle Dimensionen verteilt sind. Verärgert rufe ich Adam beim Namen. Im Gegensatz zu den Hexen kann er mich wahrnehmen, aber er reagiert nicht auf mich. Irgendetwas blockiert unsere Kommunikation. Auch scheint er nicht im Vollbesitz seiner Kräfte zu sein (die schon unter normalen Umständen bedauerlich gering sind), und sein Herzschlag ist deutlich verlangsamt. Das ist kein gutes Zeichen.

Trotz des Risikos versuche ich erneut, das Portal zu durchdringen und neben ihn zu treten. Ein kleiner, verdammter Schritt nur, und ich könnte frei sein. Doch immer wieder stoße ich gegen ein unsichtbares Hindernis. Es wirkt fast so, als würde eine transparente Membran unsere Welten voneinander trennen. Je stärker ich dagegen drücke, desto größer wird der Widerstand. Das Kribbeln breitet sich in meinem Körper aus, sodass ich rasch wieder zurückweiche, bevor ich riskiere, mich zwischen den Welten aufzulösen.

Ist das eine weitere Teufelei des Nirgendwann? Aber die Magie fühlt sich seltsam vertraut an, beinahe lebendig, nicht künstlich und unnatürlich wie in diesem verfluchten Gefängnis. Dann fällt es mir wie Schuppen von den Augen. Die Hexen! Natürlich! Sie haben einen Bannkreis aus Schutzrunen um Adam errichtet. Wieso habe ich das nicht gleich bemerkt?

Oh, ich hasse Hexen!

Adam hat nur eine Chance. Er muss fliehen, und zwar schnell. Solange die Hexen ihn in ihrer Gewalt haben, werde ich niemals entkommen. Mit der letzten schwachen Kraft meines Zír stoße ich meinen Arm durch das Portal und durch den Bannkreis der Hexen hindurch. Ich berühre Adams Herz, meinen Lebenskristall, und sofort beginnt die Energie aus meinem Körper zu ihm zu fließen. Ich schicke ihm so viel Zír, wie ich kann. Im nächsten Moment trifft mich ein elektrischer Impuls und schleudert mich zurück. Der Schmerz durchzuckt mich wie ein glühendes Eisen, ebbt aber rasch wieder ab. Ich ahnte, dass die Hexenmagie auf mich reagieren würde – egal, lieber das, als auseinandergerissen zu werden. Das Portal beginnt sich bereits zu schließen. Die Farbe fließt wie von Geisterhand wieder zusammen, und zurück bleibt nur nackter Fels.

Wütend und enttäuscht will ich mich aufrappeln, als plötzlich ein geflügelter Schatten wie aus dem Nichts auf mich herabstürzt. Bevor ich reagieren kann, springt Gogh mit einem Warnschrei über mich hinweg auf den Angreifer zu. Der andere Gargoyle wird mitten im Sturzflug zurückgeschleudert und reißt Gogh mit sich. Beide rollen ineinander verkeilt über den Boden.

Ich richte mich auf und weiche vor den kämpfenden Gargoyles zurück, bevor sie mich mit ihrem Gewicht erdrücken können.

»Gogh, du dummer, hilfreicher alter Narr«, sage ich leise. Adam rufe ich in Gedanken ein flehentliches »Lauf!« zu, dann drehe ich mich um und beherzige meinen eigenen Rat: Ich renne, so schnell mich meine Beine tragen.

KAPITEL 26

ADAM

Als er einen Blick nach oben warf, sah er Wolkenfetzen vorbeiziehen, die von den Lichtern der Großstadt in einen violetten Schein getaucht wurden. Fahles Mondlicht fing sich in den drei farbigen Kristallen auf dem Altar und ließ sie erglühen. Bunte Nebelschwaden tanzten in ihrem Innern. Der Geruch nach Kräutern war erdrückend.

Adam fühlte sich unwirklich, als wäre er nicht mehr Teil seines Körpers, doch zugleich durch eine unsichtbare Macht an ihn gekettet. Er wollte fliehen, sich wie ein Vogel in die Luft erheben, aber eine unbarmherzige Faust krallte sich in seine Brust und erschwerte ihm das Atmen. Jeder Schlag seines Herzens schien doppelt so angestrengt und doppelt so langsam um seine Existenz zu kämpfen wie der davor.

Die Hohepriesterin tauchte ihre Hand in die Schale mit Adams Blut. Anschließend hielt sie ihre Hand über die Kristalle und ließ das Blut an ihren Fingern herabrinnen, bis jeder einzelne Kristall von einigen Tropfen benetzt war. Adam glaubte ein leises Zischen zu hören, als der erste Tropfen auf den Kristall traf. Das Glühen verstärkte sich. Er versuchte aufzustehen, aber seine Beine waren zu schwer. Die Hexen zogen ihren Halbkreis um ihn enger und murmelten einen leisen Singsang in einer Sprache, die er nicht verstand. Dennoch kam sie ihm seltsam vertraut vor, wie eine längst vergessene Erinnerung.

Die Hohepriesterin streckte ihre Hand über dem hellsten Kristall in der Mitte aus, der in einem eisblauen inneren Feuer glühte. Die andere richtete sie mit der Handfläche nach vorn auf Adam. An einer nahezu unsichtbaren Kette um ihren Hals funkelte ein Anhänger, ein ungeschliffenes Bruchstück eines Kristalls, der alles sichtbare Licht zu verschlucken schien und dennoch in mehreren Farben gleichzeitig aufglühte. Es war ein physikalischer Widerspruch, den Adams logischer Verstand nicht recht begreifen konnte.

Die Hohepriesterin sprach Worte in der gleichen für ihn unverständlichen Sprache wie ihre Hexenschwestern. Was sie sagte, klang wie ein Befehl.

Die Kerzen auf dem Altar flackerten, als ob ein heftiger Luftzug über sie hinwegfegte. Mit einem Mal wurde es so kalt, dass Adams Atem in weißen Dampfwolken entwich. Einige Hexen flüsterten miteinander, und die Hohepriesterin wies sie mit scharfer Stimme zurecht, doch Adams Aufmerksamkeit war auf sein pochendes Herz gerichtet. Jeder einzelne Schlag dröhnte in seinen Ohren und es schien ihm, als würden die Kristalle auf dem Altar mit einem Aufleuchten antworten.

›Solon?‹, fragte er stumm.

Er spürte eine Berührung an der Schulter. Solon stand hinter ihm, kaum mehr als ein Schatten in einem dämmrigen Zwielicht. Felsen ragten um ihn auf, in denen Myriaden Sterne funkelten. Adam nahm all das wahr, ohne den Kopf zu wenden. Es war, als könnte er mit unsichtbaren Augen in mehrere Realitätsebenen gleichzeitig blicken. Seine physische Umgebung verwischte zu einem Scherenschnitt. Er spürte die Anwesenheit der Hexen, aber sie schienen mit einem Mal weit fort zu sein.

›Hilf mir!‹, bat er. Wie bei ihren vorherigen Kontakten wusste er nicht, ob er die Worte laut aussprach. Solon bewegte die Lippen, aber er hörte keinen Ton hervordringen. Jeder Atemzug fiel ihm schwerer. ›Sie haben mich ... Ich kann nicht ...‹

Solons Schatten schien zu erstarren. Aber dann schnellte sein Arm auf Adam zu, und etwas Kaltes berührte seine Brust. Sein Herz flatterte schmerzhaft, doch im nächsten Augenblick brach der Kontakt ab. Ein plötzlicher Windstoß traf Adam in den Rücken und mit einem Mal kniete er wieder vor dem Altar. Die Felsen waren verschwunden. Der Wind bauschte die Umhänge der Hexen auf, während er sich in einem wirbelnden schwarzen Wolkengebilde über den Kristallen zusammenballte. Die Kerzen erloschen, lediglich die Fackeln an den Wänden trotzten seiner Kraft. Die Eiseskälte ließ Adams Zähne klappern, doch gleichzeitig spürte er neue Energie durch seine Adern fließen, als hätte Solons Berührung ungeahnte Kraftreserven in ihm geweckt.

»Vereint euch«, rief die Hohepriesterin ihren Schwestern zu. »Die Welten berühren sich.«

Die Hexen fassten sich an den Händen. Anscheinend wollten sie dadurch ihre Kräfte bündeln, doch der schwarze Wirbel drehte sich schneller und schneller. Urplötzlich schoss aus seinem Zentrum ein Blitz hervor, zu schnell, als dass die Hohepriesterin reagieren konnte. Eine der Hexen schrie auf, fiel auf die Knie und umklammerte ihre Schulter. Eine dünne Rauchschwade stieg zwischen ihren Fingern auf, wo der Blitz sie getroffen hatte.

»Bei den Göttern!«, rief eine andere Hexe und wich ängstlich zurück. Der Kreis geriet ins Wanken.

»Silbergeist!« Auf den Ruf der Hohepriesterin löste sich die ältere Hexe aus dem Kreis und zog mit Kreide eine Linie, die auf ein geflüstertes Wort von ihr kurz aufglühte. Zwei andere zogen ihre verletzte Schwester hinter den provisorischen Schutzwall zurück.

Adam kam taumelnd auf die Füße.

Er hörte Solons Herzschlag wie ein Echo seines eigenen. Unsichtbare Energiefäden griffen nach ihm, tasteten nach seinem Körper und Geist und versuchten, ihn auf den Wirbel zuzuziehen.

Die Hohepriesterin formte ihre Hände über dem eisblauen Kristall zu einem Trichter, den sie auf den Wirbel richtete. Das Leuchten des Kristalls verstärkte sich. Als spürten sie die Anstrengung ihres blauen Gefährten, glühten die beiden anderen Kristalle ebenfalls auf. Leuchtende Nebelfäden begannen von ihnen aufzusteigen, die einen in blassrosa, die anderen in sanftem Gold, und verbanden sich mit dem blau glühenden Kristall in der Mitte. Von dort flossen sie zu dem Anhänger auf der Brust der Hohepriesterin, der wie ein gieriger Mund alle Farben verschluckte und in einem schillernden Kranz wieder ausspuckte.

Der Wirbel wurde langsamer, bis er sich beinahe in Zeitlupe drehte, wie eine Gewitterfront über einem endlosen Nichts. Doch mit einem Mal glomm ein purpurner Schein zwischen den dunklen Schwaden auf. Der Wirbel beschleunigte seine Drehbewegung wieder und wuchs an. Das Glühen in seinem Inneren verstärkte sich mit jeder Umdrehung, pulsierte wie der Herzschlag eines sterbenden Sterns, zog sich in der Mitte zusammen und brach schließlich mit einem blendenden Strahl aus dem Auge des Wirbels hervor.

Ein sengender Schmerz durchstieß Adams Brust. Er taumelte zurück. Nur mit Mühe gelang es ihm, sich auf den Beinen zu halten. Zeitgleich riss die Hohepriesterin ihre Hände mit einem Schmerzensschrei zurück und krümmte sich über dem Altar zusammen. Wie durch einen Nebel sah Adam, dass der Strahl den blauen Kristall traf. Im selben Moment fegte eine gewaltige Energiewelle über ihn und die versammelten Hexen hinweg und riss sie alle zu Boden. Ein gleißendes Licht strahlte von den Kristallen auf, brach sich an unsichtbaren Barrieren an den Wänden, traf zurück auf die Kristalle und schoss von dort nach oben in den Himmel.

Der Wirbel kollabierte und löste sich auf.

Adam kämpfte sich schwankend auf die Beine.

›Lauf!‹, hörte er Solons Stimme in seinem Kopf.

Adam machte zwei stolpernde Schritte nach vorne, als eine ohrenbetäubende Explosion den Boden unter seinen Füßen erschütterte. Mauerwerk ächzte und stöhnte, Glasscheiben zersplitterten und schickten einen Scherbenregen auf ihn herab. Er kauerte sich zusammen. In der gleichen Sekunde strahlte der Nachthimmel in tausenden Farben auf, als ob eine unsichtbare Hand ein Feuerwerk über der Stadt entzündet hätte. Dann wurde es schlagartig still.

Adam zögerte nicht länger und rannte.

KAPITEL 27

SOLON

Adams Herzschlag begleitet mich, während ich durch den Drachen eile. Fast ist es, als ob er mich führt, denn meine Schritte tragen mich ohne mein Zutun hin zu einem Ziel, das mir unbekannt ist. Ein Ziel, das die Freiheit bedeutet. An etwas anderes wage ich nicht zu denken. Ich habe nur noch diese eine Chance, meiner Hölle zu entkommen.

Tief in mir, zu tief, als dass ich ihn hervorzerren und analysieren möchte, nagt der Zweifel an mir. Dieser Seelenwahrer, der keiner ist, was kann er schon bewirken? Was erwartet mich in der Welt der Lebenden, aus der ich vor so langer Zeit verbannt wurde? Ich erinnere mich an das klamme Gefühl, als ich meine Hand in Adams Brust vergraben und sein Herz gespürt habe. Ein pulsierendes und ach so menschliches Herz, das ebenso leer war wie das jedes anderen Menschen. Dort, wo mich die beruhigende und vertraute Kraft meines Kristalls hätte durchfluten müssen, wo mein Zír hätte aufstrahlen müssen, war nichts. Nur ein schwacher Abglanz jener uralten und mächtigen Energie, die mich zu dem gemacht hatte, der ich war. Der ich bin. Der Weltengänger. Unvergänglich. Im Wandel der Zeiten habe ich viele Namen getragen. Lichtbringer. Schattenflüsterer. Retter. Erlöser. Zerstörer. Was ist davon übrig geblieben?

Die zerklüfteten Felswände verengen sich im fahlen Lichtschein des falschen Sternenhimmels zu einer Passage. Goghs Ächzen und das beständige Schaben seiner Schuppen am Gestein zehren an meinen Nerven. Er hat ein paar Schrammen abbekommen, als er den anderen Gargoyle in die Flucht geschlagen hat. Fast habe ich Mitleid mit ihm. Er folgt mir wie ein Schoßhund, obwohl er weiß, dass sein eigener Clan über ihn herfallen wird, wenn er mir weiterhin hilft. Doch da, wo ich hingehe, kann ich ihn nicht mitnehmen. Es ist kein Platz mehr für Gargoyles in der Welt der Menschen.

Das Ende der Passage kommt schnell und unerwartet. Das Funkeln über mir erlischt. Die schwache Vegetation verschwindet, das Gestein wird poröser und formt sich zu einer Art Tunnel. Ich muss die Hände zu Hilfe nehmen, um über einen Haufen losen Gerölls zu klettern.

Dann habe ich den Drachen durchquert.

Vor mir erstreckt sich eine weite, hügelige Ebene. Gras, noch feucht von einem Regenschauer, sprießt in saftiger Fülle aus dem Boden. Gänseblümchen und Löwenzahn strecken ihre Köpfchen in die Höhe. Hinter mir erhebt sich der felsige Rücken des Drachen wie ein Bollwerk in den Nachthimmel.

Ein Nachthimmel, an dem echte Sterne funkeln.

Der Atem stockt mir in der Kehle. Das ist kein Trugbild. Dort oben, hoch am nördlichen Pol des Himmels, leuchtet der Polarstern, Kompass und Hoffnungsschimmer für Seefahrer und verlorene Wanderer wie mich. Kassiopeia und der Große Bär flankieren ihn, als wollten sie mich nach Äonen zurück in der Welt willkommen heißen. Ein schmaler Sichelmond, umgedreht wie ein gekentertes Boot, steht über dem Horizont.

Meine Augen tränen. Doch nicht der heftige Wind, der über die Ebene peitscht, ist schuld daran.

Nach einigen Minuten, sie wollen mir wie eine Ewigkeit erscheinen, löse ich meinen Blick von der Schönheit des Firmaments. Dicke Sturmwolken ziehen herauf und verschleiern die Diamanten hoch über mir.

Auf einer Anhöhe, vielleicht dreihundert Meter von meinem Standpunkt entfernt, erhebt sich ein unregelmäßiges Halbrund aus Obelisken, das sich zu der mir zugewandten Seite hin öffnet. Ich kann nicht erkennen, was sich dahinter verbirgt. Ein feiner Nebel wabert um die Konstruktion. Tonnenschwere Monolithen, drei an der Zahl, recken sich gen Himmel, jeder von ihnen gut zwanzig bis dreißig Meter hoch. Tief in das Erdreich eingesunken und von Wind und Wetter gezeichnet, gleichen sie den Stangen eines Käfigs. Mindestens zwei weitere liegen in Bruchstücken über den Abhang verteilt. Dazwischen befinden sich niedrigere Felsstelen, von denen manche spitz zulaufen, während andere in ihrer Form an Grabsteine erinnern.

Eine vage Erinnerung regt sich in mir, an einen hohen Turm, dessen Herzstück eine Kammer aus Toren bildete. Das erste Portal, das ich je durchschritten habe, in einer längst vergessenen Zeit. Ein Portal, das seine Kopie in unzähligen Steinkreisen und Kultstätten fand, die sich über die Kontinente erstreckten, errichtet zu einer Zeit, als die Welt der Menschen noch jung war.

Mein Puls beschleunigt sich. Sein Echo, der Herzschlag des Seelenwahrers, hallt in meinen Ohren wider. Ich setze mich in Bewegung.

Gogh schnauft angestrengt. Er hat kein Wort gesagt, seit er hinter mir aus der Passage aufgetaucht ist, verständnisvoll genug, um mich den Anblick in aller Ruhe genießen zu lassen.

Jetzt macht er zwei große Sprünge, um an meine Seite zu gelangen.

»Sie hier«, knurrt er mit einer Stimme, die wie ein Mörser über zerberstende Ziegel gleitet.

»Ich weiß.« Ich habe das Kratzen ihrer Krallen und das Reiben ihrer Schuppen am Felsgestein gehört, als sie sich ihren Weg durch die Passage bahnten.

Der Weg auf die Anhöhe ist anstrengend. Das Erdreich ist aufgeweicht und gibt unter meinen Schritten nach. Der Wind weht so stark, dass selbst Gogh Mühe hat, gegen ihn anzukämpfen. Mein Haar peitscht mir ins Gesicht, durchnässt von der Feuchtigkeit, die sich in der Luft gesammelt hat. Einzelne Regentropfen klatschen auf uns herab, ein untrügliches Zeichen, dass das Nirgendwann an seine Grenzen stößt. Ich bezweifle, dass es uns so einfach aus seinem Griff entkommen lässt.

Ein Blick über meine Schulter zeigt mir Frida und zehn weitere Gargoyles, die sich gegen den Wind stemmen und langsam zu uns aufholen. Der Gegenwind ist zu heftig für ihre massigen Körper, als dass sie mich aus der Luft angreifen könnten, aber sie sind zähe Geschöpfe. Ein Sprung, ein Prankenhieb, und das war's mit meiner Freiheit. Rembrandts mächtige Silhouette ist nicht zu erkennen, aber der Clanführer kann nicht weit weg sein.

Ich beschleunige meine Schritte. Immer wieder muss ich die Hände zu Hilfe nehmen und mich auf dem Abhang vorwärtskrallen, um nicht durch eine starke Böe umgeworfen zu werden oder auf dem weichen Untergrund den Halt zu verlieren. Als ich die ersten Bruchstücke des Steinkreises erreiche, bleibe ich stehen. Ab hier wird die Sicht schlechter. Eine Feuchtigkeit klebt auf meiner Haut, die nicht von den Regentropfen herrührt. Nebelschwaden steigen von der dampfenden Erde auf, der Boden unter meinen Füßen ist zäh und warm, aber die Luftschichten darüber sind von einer Kälte erfüllt, die mir durch Mark und Bein dringt.

Ich stehe an der Grenze des Nirgendwann.

»Weiter!«, drängt Gogh.

Ich rühre mich nicht von der Stelle. Eine Ruhe kommt über mich, die ich lange nicht gefühlt habe.

Eine Ruhe, die Frieden verspricht.

»Spürst du es nicht?«, frage ich.

Gogh dreht irritiert den Kopf. »Kalt, nass, windig. Mein Clan dicht hinter uns. Wütend.«

Ein triumphierender Schrei dringt an mein Ohr. Es ist Frida, die sich ihrer Beute sicher glaubt.

Der Nebel umhüllt mich wie ein feuchter Kokon. Meine Worte sind kaum mehr als ein Flüstern. »Es ist der Odem. Siehst du es nicht, Gogh? Das Portal vor uns, es führt direkt in ihn hinein.«

Gogh versetzt mir einen Stoß, der mich beinahe zu Boden wirft. »Nirgendwann trügt dich, Weltengänger. Atem des Drachen ist überall, aber nicht dort.«

Mein Blick folgt der Richtung seiner ausgestreckten Pranke. Jetzt erst sehe ich es. Der Nebel zwischen den Obelisken ist dicht, aber er wird zurückgedrängt von einem Spiel aus Licht und Schatten und wabert unruhig umher, als würde er sich nicht näher herantrauen. Der Odem hat dort keine Macht. Die Magie des Portals hält ihn in Schach. Mit einer Willensanstrengung schüttle ich das klebrige Geflecht in meinem Geist ab und schärfe meinen Blick. Den mittleren Obelisken durchzieht ein Riss von der Spitze bis zum Boden. Ich kann beinahe zusehen, wie der Spalt größer wird, eine schimmernde dunkle Masse, durchsetzt mit Flecken aus Gold, als ob ein Schleier aus Zwielicht sich durch das Gestein Bahn bricht.

Zwielicht ...

Der Stoff, der zwischen den Sphären fließt. In dem, so heißt es, Zeit ihren Ursprung hat.

Der Nebel greift wieder mit feinen, weißen Fingern nach mir. Ich fühle die Berührung an meiner Stirn, als er versucht, in mich einzudringen. Er lockt, er ruft.

Ewige Ruhe.

Der nächste Stoß schleudert mich zu Boden – und bringt mich wieder zur Besinnung. Das war Goghs Version einer Ohrfeige. Der Odem versucht alle Tricks, um mich einzulullen. Mein Kopf schmerzt vor Anstrengung, ihn aus meinem Geist fernzuhalten. Ich reiße mich zusammen, murmle ein »Danke« und stehe auf.

Gogh knurrt mich an, dann wendet er sich ab und duckt sich in Angriffsstellung dicht über den Boden. Mit seinen mächtigen Hinterbeinen steht er auf der Anhöhe, die vorderen Gliedmaßen hat er in den feuchten Abhang gekrallt, bereit, jeden anzuspringen, der sich uns nähert. Die weiße Mähne ist aufgerichtet, selbst die Dornen an seinem Hals wirken größer. Es ist eine Drohgebärde. Ich bezweifle, dass er ernsthaft bereit ist, sich gegen seine Artgenossen, seine eigenen Brüder, zu stellen. Aber es reicht, um die Horde zum Halten zu bringen.

Frida bleibt mit halb ausgebreiteten Schwingen vor uns stehen. An ihren federgleichen Schuppen, so untypisch für einen Gargoyle, glitzern bunte Regentropfen. Ihre Augen funkeln mich an. Die anderen Gargoyles haben sich dicht hinter sie geschart, um dem Wind so wenig Angriffsfläche wie möglich zu bieten.

»Denkst du, wir lassen dich einfach so entkommen, Weltengänger? Dich und den Verräter?« Sie weist mit einer verächtlichen Geste auf Gogh, ohne ihn anzublicken. Die anderen Gargoyles mustern mich feindselig. Einer von ihnen, der mit dem dicken Horn im Gesicht, trägt eine blutige Furche auf der Stirn, die von Goghs Attacke zwischen den Felsen herrührt. Das Nirgendwann hat die Wunde noch nicht geheilt. Es ist ein weiteres Zeichen dafür, dass sein Einfluss an diesem Ort abnimmt.

Van steht neben Frida, klein und unscheinbar zwischen seinen Artgenossen. Sein Blick ist hin- und hergerissen zwischen seiner Ziehmutter und seinem alten Freund und Mentor.

»Gogh, wieso hilfst du ihm?«, trötet er und zappelt mit seinen kleinen, unbrauchbaren Flügeln.

Ich werfe einen Blick über die Schulter zurück. Bis zum Portal sind es vielleicht noch dreißig Meter. Zu weit, um es bei diesem Wind vor den Gargoyles zu erreichen. Sie werden mich zerfetzen.

Gogh schüttelt seine Mähne. »Ich nicht gegen euch. Ich mit euch. Wir wollen Freiheit, nicht Kampf. Das immer in Rembrandts Sinne.«

»Rembrandt ist in den Odem gestürzt. Dank diesem da!« Frida deutet mit einem Fauchen auf mich. »Ich bin jetzt Clanführerin – und du, Gogh, gehörst nicht mehr zu uns.«

Van macht einen erschrockenen Hüpfer bei ihren Worten, aber Gogh schüttelt nur traurig den Kopf.

»Ich habe gesehen Rembrandts Flug. Zu klug, zu stark. Meine Erinnerung an ihn stabil. Er nicht in den Odem gestürzt. Nicht ohne dein Zutun.«

Ich pflichte Gogh im Stillen bei. Selbst wenn der Odem hier weniger Kraft hätte, müsste unsere Erinnerung an den Clanführer schwinden. Und so leicht lässt sich ein Gargoyle vom Format eines Rembrandts nicht unterkriegen. Auch nicht mit einer Harpyienkralle im Auge.

Fridas Blick wird eiskalt. »Du wagst es, mich eine Mörderin zu schimpfen?«

Van hüpft unsicher auf und ab. »Mami?«

»Sei still, Tröte! Rembrandt ist Opfer seines eigenen Zauderns geworden. Eine Nachlässigkeit, zu der ihn der Weltengänger verleitet hat.«

Die Gargoyles knurren und richten ihre Schwingen drohend auf, doch die Geste verliert an Wirkung durch eine Böe, die sie nach hinten zerrt.

»Wir alle durch das Portal können«, sagt Gogh und hebt begütigend eine Klaue. »Weltengänger es öffnet für uns. Nicht Zwietracht unser Ziel. Freiheit so nah.«

Ein paar Gargoyles tauschen unsichere Blicke aus.

Gogh ist ihr Gefährte und Bruder, aber mir ist klar, dass sie sich Frida nicht widersetzen werden. Hier, in diesem Moment, ist sie die Clanführerin. Zur gleichen Zeit erregt eine Bewegung am Ausgang des steinernen Drachens meine Aufmerksamkeit. Die Gargoyles bemerken sie nicht, da sie ihm den Rücken zugewandt haben. Ich aber sehe den Schatten, der sich aus der Dunkelheit schält und sich dem starken Wind zum Trotz mit kraftvollen Bewegungen in die Lüfte stemmt.

Es ist Rembrandt.

Also hat Frida gelogen. Ihr Vater ist kein Opfer des Odems geworden, höchstens ein Spielball der Kräfte des Nirgendwann. Wie wir alle. Was hat sie sich von der Lüge erhofft? Einen schnellen Erfolg gegen mich, um sich dauerhaft als Clanführerin gegen ihren Vater zu behaupten? Diese Biester haben während ihrer Gefangenschaft wahrlich nichts dazugelernt.

Rembrandt nähert sich trotz des Gegenwinds erschreckend schnell. Er scheint verdammt wütend zu sein – auf mich, auf seine Tochter, auf alles und jeden. Ich treffe meine Entscheidung im Bruchteil einer Sekunde.

»Ihr Gargoyles werdet niemals frei sein«, rufe ich ihnen mit fester Stimme entgegen. »Schon, als ihr noch in der Welt der Menschen lebtet, haben eure Zwistigkeiten euch immer wieder an den Rand der Vernichtung gebracht. Wo war eure Größe, als sich die beiden mächtigen Clans der Windstürmer und der Nachttänzer gegenseitig ausrotteten? Oder die Donnerkrieger ihre eigene Brut verschlangen, weil ihr Clanführer die Konkurrenz der Jungen fürchtete? Als ihr eine ganze Stadt in Schutt und Asche legtet, nur um die Menschen den Terror und die Grausamkeit der Nacht zu lehren?«

Gogh wirft mir einen irritierten Blick zu. Der alte Gargoyle ist vielleicht der Einzige, der sich noch an die guten Zeiten seiner Artgenossen erinnert, als die Clans vereint waren und dem Schutz der Menschen dienten, anstatt ihrem Schrecken. Soll er die Erinnerung in Ehren halten. Es ist das Einzige, was ihm bleibt, denn ich lasse keinen Gargoyle mehr zurück in die Welt.

»Ihr selbst wart euer Verderben«, fahre ich fort. »Jemand musste euch endlich Einhalt gebieten. Ich war derjenige, der den Bann über euch sprach. Nicht die Menschen, nicht die Hexen oder die Arkanisten. Ich allein!«

Fridas wütender Aufschrei entlockt mir ein Lächeln. Meine Stimme wird hart wie Stahl. »Ich danke dir, Frida, dass du mich wieder daran erinnert hast, wer ich bin. Ich bin der Weltengänger. Ich entscheide, wer lebt und wer stirbt.«

Mit diesen Worten versetze ich Gogh einen Tritt in die Seite. Der alte Gargoyle wiegt Tonnen, aber er steht mit seinen Vorderpranken auf dem nassen Abhang und es braucht nur ein wenig Schwerkraft, um ihn ins Rutschen zu bringen. Er brummt erschrocken, ein Geräusch, das mir in den Ohren und im Herzen wehtut, aber ich habe keine andere Wahl. Seine Krallen reißen tiefe Furchen ins Erdreich, als er versucht, sein Gleichgewicht zu halten, aber vergeblich. Er strauchelt, seine Pranken knicken ein, sein mächtiger Körper dreht und überschlägt sich. Wie ein Geschoss rollt er auf die Horde Gargoyles zu, die zu schwerfällig sind, um ihm auf dem nassen Abhang und mit dem Wind in ihren Flügeln auszuweichen.

Ich drehe mich um und stürme auf das Portal zu, ohne mich weiter um die Gargoyles zu kümmern. Allein Rembrandt bleibt mir auf den Fersen, doch auch er muss gegen die heftigen Böen ankämpfen. Der Nebel zerrt an mir, mehr noch als der Wind, aber diesmal widerstehe ich seinen Verlockungen. Zu nah ist das Ziel. Zu nah meine Freiheit.

Der Herzschlag des Seelenwahrers pocht in meinen Ohren. Mit jedem Schlag, mit jedem Schritt nähere ich mich dem Portal und strecke meine Sinne der wabernden Dunkelheit entgegen. Der Riss im Obelisken wird größer und größer.

Enttäusche mich nicht, Adam!

Ich spüre einen Hauch des alten Zír durch meine Adern pulsieren, ein Fünkchen Magie, wie ich sie seit meiner Verbannung nicht mehr gefühlt habe.

Genug, um das Zwielicht vor mir zu teilen und in die Schatten einzutauchen.

Rembrandts wütender Donnerschrei erreicht mich nur noch als fernes Echo.

KAPITEL 28

SOLON

Der Übertritt ist geradezu unspektakulär, ganz anders als das qualvolle Auseinanderreißen meines Seins bei meiner gewaltsamen Verbannung. Nur ein Kribbeln begleitet mich, als würden Ameisen durch meine Energiebahnen wandern. Meine anderen Sinne sind wie ausgeschaltet. Alles um mich ist dunkel und still. Es ist ein Tor zwischen den Sphären, wie ich schon viele zuvor durchschritten habe. Ein paar Herzschläge, vielleicht ein paar mehr als üblich, dann ist es vorbei.

Halb erwarte ich, Adam vor mir zu sehen, als das Zwielicht mich ausspuckt, aber wie immer sind Erwartungen trügerisch. Kein Studierzimmer oder Laboratorium eines Magiers empfängt mich. Keine alten Zauberbücher stapeln sich hier, keine magischen Artefakte und stinkenden Tinkturen fragwürdiger Zusammensetzung begrüßen die Rückkehr des Weltengängers.

Stattdessen finde ich mich auf zerklüfteten Klippen wieder, die eine sturmgepeitschte Meeresbucht umgeben. Meterhohe Wellen türmen sich unter mir auf. Gischt spritzt an den Felsen empor und benetzt mein Gesicht. Sturmwolken verdunkeln den Himmel, wo der blasse Schein der Mondsichel geisterhaft um Anerkennung ringt. Zwei schmale

Felsnadeln ragen fern am Eingang der Bucht in die Höhe. Darin sind die Züge der einstigen Herrscher dieses Landstrichs eingemeißelt, ihre Gesichter längst verwittert vom unablässigen Sturm der Gezeiten. Hinter mir versinkt das Portal in einem dichten, doch harmlosen Nebel.

Was meinen Standort angeht, habe ich mich nur wenig von meinem Ausgangspunkt wegbewegt. Ich stehe noch immer auf der Anhöhe. Aber das Reich, in dem sie sich befindet, ist ein gänzlich anderes. Das Zwielicht trägt den Reisenden nicht unbedingt an weit entfernte Orte, sondern in die tieferen oder höheren Schichten einer Sphäre. In meinem Fall hat es mich aus dem verfluchten Nirgendwann geführt.

Gelächter breitet sich in meiner Brust aus und bricht sich Bahn. Impulsiv breite ich die Arme aus und lasse mich vom Wind erfassen. Ich habe es tatsächlich geschafft.

Ich bin frei.

»Was für ein trostloser Ort«, knurrt der Schattenmar hinter mir.

Das Gelächter bleibt mir im Hals stecken.

»Dachtest du, ich lasse dich aus deinem Gefängnis entkommen, während ich zusehe und Däumchen drehe? Ich bin in deinen Schatten eingetreten, als sich diese stumpfsinnigen Gargoyles gegenseitig an die Gurgel sind.« Der Schattenmar tritt neben mich und lässt seinen Blick über die weite Bucht schweifen. Sein Haar und der Zwielichtseidenmantel peitschen hinter ihm im Wind wie Rabenschwingen. »Obwohl ich mir nicht sicher bin, ob du einen guten Tausch gemacht hast.«

Die Bucht der Tausend Tränen ist ein Grenzland am Rande der Anderswelt, am Übergang zur fünften Sphäre. Einst bewohnten es die Túatha Dé Danann, ein Volk der Feen. Es ist das erste Mal, dass ich hier stehe, doch habe ich viel darüber gehört. Vor langer Zeit, als diese Lande noch von wogenden Gräsern, sanften Hügeln, Pfirsichhainen und azurblauen Wassern gesäumt wurden, soll ein heute vergessener Fomorenkönig die Nachkommen von Truach, dem Seligen, abgeschlachtet und seinen Hofstaat in der Bucht ertränkt haben. Der Erzählung nach färbte sich das Meer nach dieser grausamen Tat schwarz, und unheimliche Kreaturen stiegen aus seinen Tiefen auf, um über die Toten zu wachen und jene zu verschlingen, die es wagen, ihre Ruhe zu stören. Bald darauf verschwanden die letzten Túatha Dé Danann aus der Gegend, ebenso wie die siegreichen Fomoren. Niemand mehr bevölkert dieses Reich, abgesehen von den Kreaturen der Tiefe.

Unglücklicherweise ist die Bucht unser einziger Ausweg. Hinter uns liegt die Grenze zum Nirgendwann, und jenseits der Felsnadeln erstreckt sich das Meer aus Nacht, das – so finster sein Name sein mag –, in die lichten Lande der Feenvölker führt.

Mein anfängliches Hochgefühl ist einem dumpfen Zorn gewichen. Unwillkürlich schotte ich meine Sinne gegen den Schattenmar ab, auch wenn ich dadurch die Eindrücke meiner Umgebung abmildern muss, die mich eben noch mit so viel neuer Energie versorgt haben. Es war ein Fehler, ihm in der Ruinenstadt einen Blick in meinen Geist zu gewähren. Offenbar habe ich die Tür danach nicht fest genug zugeschlagen. Das wird mir nicht noch einmal passieren.

»Ich habe dich nicht gebeten, mir zu folgen«, fahre ich ihn an. »Ich bin sicher, Frida hätte dir liebend gern das Fliegen beigebracht. Und wenn es von der nächsten Klippe ist.«

»Flügel sind genau das, was wir jetzt bräuchten«, zischt Gian-Sûl in mein Ohr. »Nur war der Weltengänger zu stolz, sie mit auf die Reise zu nehmen.«

»In der Welt der Menschen ist kein Platz für Gargoyles«, rechtfertige ich mich unnötigerweise.

Ich muss mich beherrschen, um nicht mehrere Schritte vor ihm zurückzuweichen. Der Schattenmar ist nicht mehr den Regeln des Nirgendwann unterworfen. Dort mochten unsere Auseinandersetzungen ein Spiel zwischen uns gewesen sein, ein tödliches zwar, aber am Ende ohne Konsequenz, denn das Nirgendwann gibt seine Spieler nicht her. Hier jedoch, an den Grenzen der Anderswelt, ist er als Geschöpf des Zwielichts im Vollbesitz seiner Kräfte, während ich nur einen Hauch des vertrauten Zír in mir spüre. Ich weiß nicht, über welche Kräfte ich momentan verfüge, und an diesem verfluchten Ort will ich es ungern herausfinden. Zwingt man dem Zír seinen Willen auf, anstatt sich von ihm führen zu lassen, hat das immer seinen Preis.

Gian-Sûl muss mein Zögern gespürt haben, denn er wirft den Kopf in den Nacken und lacht.

»Du konntest noch nie eingestehen, wenn du einen Fehler gemacht hast. ›Ich bin der Weltengänger. Ich entscheide, wer lebt und wer stirbt‹«, äfft er mich nach. »Gogh wird sich über deine göttlichen Ambitionen sicher gefreut haben.«

Als der Name des alten Gargoyles fällt, regt sich kurz mein schlechtes Gewissen, doch ich schüttle das unwillkommene Gefühl rasch ab. Ich tat, was ich tun musste.

Statt den Schattenmar einer Antwort zu würdigen, suche ich die Klippen nach einem Abstieg hin ab. In den Zeiten Truachs, des Seligen, ankerten in der Bucht die Windboote und Sternenschiffe der Túatha Dé Danann. Vielleicht liegt auf einem vergessenen Strand oder in einer Höhle noch eine alte Schaluppe, die mich über das Meer aus Nacht tragen kann.

Ich werfe einen kurzen Blick zurück auf das Portal. Die Monolithen sind im Nebel kaum auszumachen. Beinahe unwirklich ragen sie hinter uns auf und ich frage mich, wie lange es wohl dauern wird, bis sie nichts weiter als eine ferne Erinnerung sind. Vielleicht ist es ihr Schicksal, eines Tages vom Odem verschlungen zu werden, der auf der anderen Seite des Zwielichts beständig an ihnen nagt. Dort, wo selbst die Macht eines Seelenwahrers bedeutungslos ist. Ich lausche, aber alles, was ich höre, ist das Brausen des

Windes. Adams Herzschlag klingt nur noch wie ein fernes Echo in mir nach.

Gian-Sûl schreitet neben mir her, die Hände hält er beiläufig hinter dem Rücken verschränkt, sein Zwielichtmantel flattert im Wind. »Ich könnte dich ins Nirgendwann zurückschicken.«

»Was hindert dich daran?«

»Es wäre langweilig ohne dich. Die Gargoyles würden dich zerreißen und anschließend in den Odem werfen. Und mich hinterher. Ich habe andere Pläne mit dir.«

»Die können warten.« Erst muss ich diese vermaledeite Felsenbucht hinter mir lassen. Ich habe genug Felsen gesehen, dass es für den Rest meiner Existenz reicht.

Als wollte er mich für meine blasphemischen Gedanken bestrafen, beginnt der Boden unter mir zu zittern. Faustgroße Steinbrocken lösen sich aus den Klippen und stürzen mit Getöse hinab in die Gischt. Hastig weiche ich ein paar Meter zurück. Dem Beben folgt ein Brummen, das die gesamte Bucht durchdringt. Es steigt so tief und laut aus der Erde auf, als würde sie ihren Schmerz hinausschreien wollen. So laut, dass ich mir die Ohren zuhalten muss. Dann wird es schlagartig still, und selbst der Wind scheint für einen Moment innezuhalten. Drei Herzschläge später reißt die Wolkendecke an mehreren Stellen auf und ein gleißendes Leuchten dringt hindurch, in Eisblau und Türkis, Gold und Violett – die Farben einer Aurora borealis. Die Farben der urmächtigen Zírlanu, reines ...

»Seelenfeuer.« Der Schattenmar ballt zornig die Faust. In seinen sonst farblosen Augen spiegelt sich das Spiel der Lichter am Himmel. »Wer kann es wagen ...?«

Der Wind kehrt mit Macht zurück und reißt an meinen Kleidern. Ich starre auf das Farbspiel, diese urtümliche Energie, die sich in blutigen Fäden durchs Zwielicht frisst. Das Zwielicht schreit vor Schmerzen. Es ist ein lebendiges, atmendes Gewebe und irgendjemand oder irgendetwas schneidet mit tausend winzigen Klingen gleichzeitig in es hinein. Die Schreie klingen wie das Kratzen von Kreide auf einer Tafel, millionenfach verstärkt. Ich presse verzweifelt meine Handflächen gegen die Schläfen, in dem vergeblichen Versuch, das Geräusch zu bannen. Inmitten dieses Klagens spüre ich wieder seinen Herzschlag, der Trommelwirbel wird zu einem Totentanz.

Adam!

Ich weiß nicht, ob er mich hören kann.

»Dein Seelenwahrer wagt es, das Zwielicht zu verletzen?«

Der Schattenmar knurrt wie ein waidwundes Tier. Drohend wankt er auf mich zu. Er muss die Schmerzen des Zwielichts um ein Vielfaches stärker spüren als ich. Wie er sich auf den Beinen halten kann, ist mir ein Rätsel.

»Das ist nicht sein Werk.« Ich dränge die Schmerzen zurück und stelle mich Gian-Sûl in den Weg. Adam ist nicht einmal ein richtiger Seelenwahrer. Um Seelensteine wie die Zírlanu zu kontrollieren, sind weitaus größere Kräfte notwendig. Ein einzelner Magier ist dazu kaum in der Lage. Ein machtvoller Hexenorden allerdings ...

Wieder rufe ich in Gedanken nach Adam, und für einen kurzen Moment glaube ich zu hören, wie er meinen Namen flüstert, doch dann packt mich der Schattenmar vor der Brust und funkelt mich an.

»Kein anderer Mensch ist so mächtig. Und nur ein Mensch wäre so dumm.«

Ich versuche, mich aus seinem Griff zu befreien. Seine scharfen Nägel kratzen über meine Haut. Eine eisige Kälte breitet sich in mir aus, als er versucht, in meinen Schatten einzutauchen. Wie Furchen aus blauem und goldenem Blut glüht das Feuer der Zírlanu über uns durch die Wolken.

»Kannst du den Schmerz des Zwielichts fühlen wie ich, Weltengänger? Spürst du ihn? Wenn dein Seelenwahrer so verzweifelt versucht, dich zurückzuholen, dass er dafür das Gewebe zwischen den Welten auseinanderreißt, dann kann er dir auch Flügel wachsen lassen.«

Mit einer fast beiläufigen Geste stößt er mich von der Klippe. Ich verliere den Halt, greife ins Leere. Die Welt wirbelt an mir vorbei. Schatten tanzen in den Wogen unter mir, die nicht vom Sturm geboren werden. Der Schattenmar lacht, sein bleiches Gesicht mit den Hörnern verschwimmt vor meinen Augen in einem Meer aus Violett und Gold und Mitternacht.

»Flieg, Rapunzel, flieg.«

KAPITEL 29

ADAM

Er hatte noch nie in seinem Leben eine Aurora borealis gesehen. Noch hätte er je damit gerechnet, Zeuge eines solchen Naturschauspiels zu werden. Schon gar nicht in der Londoner City, in deren abgasverseuchter Atmosphäre sonst nur Smogpartikel herumwaberten. Nordlichter gehörten in den hohen Norden, nach Grönland, Skandinavien, Kanada oder Alaska, vielleicht noch in die ländlichen Gegenden Schottlands. In Mittelengland hatten sie nichts zu suchen. Eigentlich. Es sei denn, ein paar Hexen praktizierten ein makabres Ritual, das offensichtlich misslungen war.

Und doch: Der Nachthimmel glühte. Lichter aus Smaragdgrün, Kobaltblau und königlichem Purpur, durchsetzt mit Gold, tanzten in breiten Bändern über die Stadt, als würde Frau Holle anstelle von Schnee funkelnde Diamanten aus ihren Betten ausschütten. Die blasse Sichel des Mondes wurde vom Lichterspiel vollständig verschluckt.

Unter anderen Umständen hätte er das Schauspiel in vollen Zügen genossen, doch stattdessen stolperte er wie ein Betrunkener durch enge Gassen zwischen steilen Hauswänden. Die Angst saß ihm im Nacken. Nach seiner geglückten Flucht aus dem Innenhof hatte sich seine

Hoffnung, eine belebte Straße und Hilfe zu finden, rasch zerschlagen. Vor ihm erstreckte sich ein Gewirr aus Gassen, Hinterhöfen und unüberbrückbaren Kanälen, dazwischen Frachtcontainer, Garagen und leere Lagerhallen. Er musste sich irgendwo in den Docklands befinden. Nachdem er eine Weile orientierungslos umhergeirrt war, wichen die Lagerhallen modernen Wohnblöcken und die Gassen wurden breiter, dennoch schien die Gegend wie ausgestorben. Er schätzte, dass es inzwischen weit nach Mitternacht sein musste, und in dieser abgelegenen Gegend verirrte sich selbst in London selten ein Mensch so spät noch auf die Straße. In weiter Ferne hörte er Autos hupen und Sirenen heulen, mehr als sonst in dieser verzauberten Nacht. Halloween. Samhain. Ms Mercer hatte ihn davor gewarnt. Aber mit so einem Ereignis hatte sie bestimmt nicht gerechnet. Adam hatte keine Ahnung, warum er ausgerechnet jetzt an die rothaarige Apothekerin denken musste. Vielleicht war sie eine der vermummten Gestalten gewesen. Schrie nicht alles an ihr »Hexe«?

Adam lenkte seine Schritte in Richtung des Straßenlärms. Irgendwann musste er doch auf Menschen treffen. Er wusste nicht, ob die Hexen ihn verfolgten oder seine Entführerin an einer Straßenkreuzung auf ihn lauerte. Wenn es nur nicht so kalt wäre! Das Adrenalin trieb ihn vorwärts, doch die Erschöpfung kroch unerbittlich in seine Gliedmaßen. Lange würde er das Tempo nicht mehr durchhalten.

Einmal glaubte er zu hören, wie jemand seinen Namen rief. Aber das konnte auch ein fernes Echo der Geräuschkulisse sein. Der Himmel zog langsam zu und die Wolken trübten das Farbenspiel. Adam bog zwischen zwei Bürogebäuden in eine weitere Straße ein, aber schon nach wenigen Schritten versanken seine Füße plötzlich im Wasser.

Überrascht blieb er stehen.

Vor ihm erstreckte sich ein kleiner Pier, an dem mehrere Motorboote vertäut waren. Das Wasser war über die Ufer getreten und überflutete den Hof zwischen den Gebäuden. Es leckte bis an seine Knöchel. Als er sich umdrehte, um wieder zurückzulaufen, bot sich ihm das gleiche Bild. Überall Wasser, mit einem einzigen Unterschied: Die Häuser waren verschwunden. An ihrer Stelle breitete sich eine wellengepeitschte Wasseroberfläche aus, die von einer undurchdringlichen Nebelwand überschattet wurde und ihm den Weg zurück abschnitt. Adam stockte der Atem. Er wollte seinen Augen nicht trauen. Jenseits des Piers ragte noch ein moderner Gebäudekomplex auf, aber die glatten Fassaden zerflossen vor seinen Augen zu zerklüfteten Felsen. Wie auf ein geheimes Zeichen begann es zu regnen. Einzig die Boote, die an den Anlegern schaukelten, verblieben als Zuflucht. Erschöpfung und Resignation griffen mit eisigen Klauen nach ihm, gepaart mit einer neuen Welle der Furcht. Ihm blieb keine Wahl. Er watete über den überfluteten Steg zum nächstgelegenen Boot und kletterte über die niedrige Reling. Das Ruderhaus bestand aus einer überdachten Kabine. Sein Vater besaß ein ganz ähnliches Boot, ein reines Luxusobjekt.

Adam rüttelte vergeblich an der Kabinentür. In seiner Wut trat er dagegen, aber auch das brachte ihm nur einen schmerzenden Fuß ein. Als er wieder aufblickte, war das letzte bisschen seiner Realität verschwunden. Anstelle des Piers erstreckte sich eine wogende See, die in eine Bucht mit steil aufragenden Klippen mündete. Gischt spritzte an ihnen empor. Am Himmel brauten sich Sturmwolken zusammen. Er erschauerte. Das konnte einfach nicht sein!

Vor Jahren, kurz nach Aufnahme seines Studiums in London, hatte er genau diese Bucht am Computer entworfen. »Meer aus Nacht« hatte er das Werk getauft, das einzige, das je seinen Weg in eine Galerie gefunden hatte und seither dort Staub fing. Bis Stella Fortune es entdeckt und ihm daraufhin den Auftrag in St Bart's angeboten hatte, weswegen er überhaupt erst in diesen wahnwitzigen Albtraum geraten war.

Adam hielt sich mit beiden Händen und dem letzten Rest seines Verstands an der Reling fest. Das Boot war sein einziger verbliebener Anker zur Realität. Wenn es verschwand, würde er jämmerlich ertrinken. In seinem eigenen Hologramm. Er hätte gelacht, wenn die Panik ihm nicht die Kehle zugeschnürt hätte. Die Welt hinter ihm verblasste im Nebel eines endlosen Nichts, das noch erschreckender war als die tobende Meeresbucht vor ihm. Eine Windböe griff nach seinen Haaren und versuchte, ihn in das kalte Nass zu zerren. Er packte die Reling noch fester. Auf den Klippen, Welten entfernt, rangen zwei Gestalten miteinander. Die eine war wesentlich größer als ein Mensch und trug Hörner auf dem Kopf. Sie hielt den schlankeren Mann an der Kehle gepackt und drängte ihn zurück. Die beiden waren zu weit entfernt, als dass Adam ihre Gesichter hätte erkennen können. Der Riese trug einen dunklen Mantel, der im Wind flatterte. Langes, silbrig schimmerndes Haar peitschte um seinen Kopf. Er gab dem anderen einen Stoß. Der Mann rutschte auf den nassen Klippen aus, verlor den Halt und stürzte in die Tiefe, wo die wogende See ihn mit gierig schäumenden Lippen verschlang. Die gehörnte Gestalt beugte sich suchend über den Rand. Für einen kurzen Moment glaubte Adam, den Kopf des Gefallenen zwischen den Wellen auftauchen zu sehen.

Solon! Er musste es sein! Adam spürte es mit der gleichen Gewissheit wie das Echo eines zweiten Herzschlags in seiner Brust.

Er lehnte sich vor und krallte die Finger dabei so fest um die niedrige Reling, dass es schmerzte. Als hätte er die Bewegung gespürt, sah der Gehörnte auf der Klippe zu ihm hinüber. Adam erstarrte. Aber der Blickkontakt währte nur kurz. Die Wellen tosten näher, warfen das Boot wie wild hin und her und hätten ihn beinahe über Bord geschleudert. Ein paar Meter vor ihm tauchte ein Arm kurz zwischen den Fluten auf und verschwand. Adam rang mit sich. Konnte er tatenlos zusehen, wie der andere – wie Solon – ertrank? Aber es war doch nur eine Halluzination! Ein Traum! Nicht weit entfernt bewegte sich noch etwas anderes zwischen den Wellen. Er zuckte zurück, als sich die Spitze eines Tentakels aus der Gischt emporreckte. Vor Schreck hätte er fast die Reling losgelassen. Das Tentakel ignorierte ihn. Es tastete blind suchend umher, so als spürte es ein hilfloses Opfer ganz in seiner Nähe, doch der Mann hatte die Gefahr erkannt und seine hektischen Bewegungen eingestellt. Oder er hatte schlicht keine Kraft mehr. Das Tentakel griff mehrmals ins Leere, bevor es unverrichteter Dinge wieder in den Wellen versank. Die ferne Gestalt auf den Klippen war ebenfalls verschwunden. Zitternd beugte sich Adam nach vorn. Gischt spritzte in sein Gesicht. Das Boot schwankte immer heftiger auf der stürmischen See. Der Mann kämpfte jetzt wieder gegen die Fluten an, aber seine Bewegungen waren schwächer geworden.

Adam nahm all seinen Mut zusammen, beugte sich halb unter den Stangen der Reling hindurch, griff nach dem Arm des Mannes und verfehlte ihn knapp. Gleichzeitig schlug eine meterhohe Welle über ihm zusammen und schleuderte ihn nach hinten gegen die Kabine. Eisige Kälte umfing ihn, er konnte nicht mehr atmen. Dann war die Welle vorbei. Gierig schnappte er nach Luft. Die Reling tauchte wie die rettende Spitze eines Eisbergs aus den Fluten auf. Er klammerte sich daran fest und zog sich wieder näher an den Bootsrand. Dicht vor ihm blitzte etwas Weißes zwischen den Wellen auf. Mit einer Hand griff er zu und erwischte ein Stück Stoff. Im selben Moment tauchte das Tentakel nur wenige Zentimeter von seinem Kopf entfernt aus dem Wasser auf. Blasse, wabbelige Saugnäpfe schnellten auf ihn zu.

Der Schreck verlieh ihm zusätzliche Kräfte. Jetzt oder nie! Er stemmte die Füße gegen eine der senkrechten Stützen, ließ die Reling los und packte den Mann mit beiden Händen. Dann warf er sich zurück und zog und zerrte den anderen mit aller Kraft zu sich an Bord. Das Tentakel verfehlte sein Gesicht um Haaresbreite. Seine Füße glitten ab. Mit dem Hinterkopf prallte Adam gegen die Kabine. Sterne zerplatzten vor seinen Augen. Keuchend und mit vor Anstrengung schmerzenden Armen blieb er liegen.

Nachdem sein Atem sich beruhigt und keine Welle ihn ertränkt hatte, hob er vorsichtig den Kopf und spähte über die Reling. Bürogebäude anstelle von Felsen ragten um ihn auf, Straße und Innenhof waren staubtrocken. Nicht eine Spur zeugte davon, dass eben noch ein stürmischer Ozean über dem Pier getobt hatte.

Adam breitete erschöpft die Arme aus und starrte den Himmel über sich an. Die Polarlichter waren erloschen. Dichte Wolken zogen an ihrer Stelle über ihn hinweg. Eine Sirene heulte in weiter Ferne. Sein Schädel pochte an der Stelle, wo er sich gestoßen hatte, außerdem verspürte er einen vertrauten Schmerz in der Brust. Noch immer schien das Echo eines zweiten Herzschlags darin nachzuhallen.

Bestimmt war es nur ein Traum gewesen. Bald schon würde er aufwachen.

KAPITEL 30

SOLON

Ich kann es kaum glauben. Ich bin frei. Wirklich und wahrhaftig frei. So frei wie jemand sein kann, dessen Lebensenergie an einen Kristall gekoppelt ist. Bis zum Moment meines Übertritts war ich mir nicht sicher, ob ich in der dritten Sphäre überhaupt noch über einen festen Körper verfügen würde.

Aber hier bin ich, an einem Stück, zurück in der Welt der Lebenden.

Es riecht nach Seetang, frischer Farbe und Kaffee. Keine besonders angenehme Kombination, aber mein Magen knurrt. Ich weiß nicht, wann ich das letzte Mal hungrig gewesen bin. Essen war für mich immer nur eine Option, kein Muss, und im Nirgendwann unmöglich. Aber allein der Gedanke an frisches Brot ...

Leider weiß ich nicht, was mein Magen von fester Nahrung halten würde, nach der Menge an Salzwasser, die ich geschluckt habe. Meine Kleidung hängt wie ein nasser Sack an mir. Ein kalter Wind fährt durch sie hindurch und erinnert mich daran, dass ich nicht ewig hier liegen bleiben kann.

Wenigstens können mir die Tentakel der Vampyromorphe nichts mehr anhaben. Es hätte gerade noch gefehlt, dass ich meinem Gefängnis, einer Schar Gargoyles und dem Schattenmar entkomme, nur um am Ende von einem Tintenfisch verschluckt zu werden. Kein sehr rühmliches Ende für den legendären Weltengänger.

Nachdem ich meine Gliedmaßen einem vorsorglichen Check-up unterzogen habe, richte ich mich auf, um meine Umgebung in Augenschein zu nehmen. Das Boot unter mir dümpelt auf einem Gewässer, das nichts mehr mit einem tobenden Ozean gemein hat. Daneben liegen weitere Boote von ähnlicher Bauart vor Anker. Wir müssen an einer Art Pier gelandet sein. Für einen Hafen ist es zu klein.

Noch liegt Dunkelheit über der Stadt, aber die Dämmerung bricht an und schenkt mir genug Licht, um die Häuser und Straßen meiner unmittelbaren Umgebung erkennen zu können. Mir gegenüber erheben sich zwei kompakte Gebäude mit großen Fenstern. Die Kaimauer und die Straße zwischen den Häusern sind glatt und schmucklos, als hätte jemand eine graue Decke über die alten Pflaster ausgebreitet.

Jede Stadt hat ihre eigene Aura. Selbst ein Mensch ohne magische Fähigkeiten kann sie spüren. Für mich ist es ein buntes Spiel der Sinne: ein Duft nach Wärme, ein Geräusch wie alte Steine und Farben, die wie Shakespeares Sonette über meine Haut gleiten. London fühlt sich an wie Heimkehr. Und gleichzeitig wie die Begegnung mit einer unbekannten Welt. Vieles hat sich verändert. Das Licht zum Beispiel. Wo früher schmiedeeiserne Gaslaternen einen warmen Schein verbreitet haben, reizen ungesunde, weißliche Lichter meine Augen. Die Laternenpfähle neigen sich wie gekrümmte Hexenfinger über die Straße. Selbst über dem Horizont hängt ein unnatürlicher, blass violetter Schein, so trüb wie die Brühe in den Waschschüsseln der Dienstmägde.

Und der Geruch erst! Das Aroma von frisch geröstetem Kaffee ist wie weggeweht. Ich muss es mir eingebildet haben. Die Luft riecht übel, auch ohne den Seetangduft, der aus meinen Kleidern aufsteigt. Eine Mischung aus Öl, Petroleum oder Ruß und Abfällen. Ich kann sie nicht einordnen. Und obwohl der Tag noch in der Wiege liegt, ist es laut. Ein unterschwelliges Dröhnen, Brummen, Summen und Wimmern dringt aus allen Richtungen auf mich ein, aus Gassen, Straßen und Hinterhöfen, sogar aus der Luft, als wäre der Stadt selbst in den Stunden der Schatten keine Ruhe vergönnt.

Ich schotte meine Sinne gegen diese unbekannten Eindrücke ab, so gut es geht. Diese neue alte Stadt kann ich später noch für mich entdecken. Erst muss ich herausfinden, was aus dem Kristall geworden ist.

Mein Seelenwahrer liegt mit ausgebreiteten Armen auf dem Rücken und schläft den Schlaf der Gerechten. Ein Bürschchen noch, nicht viel älter als zwanzig. Was für ein nichtsnutziger Magier. Beinahe hätte er uns beide ertränkt. Kurz spiele ich mit dem Gedanken, in seinen Geist einzudringen, um ihn auszuforschen, aber solange ich nicht sicher weiß, was seine Gabe ist, bin ich vorsichtig. Mein Zír fühlt sich unvollständig an. Zersplittert, schwach, als hätte ich den Kontakt zu meinem eigenen Wesenskern verloren. Ob das die Schuld des alten oder des neuen Seelenwahrers ist, vermag ich nicht zu sagen, aber es macht mich verdammt wütend. Ohne mein Zír bin ich nichts. Kein Weltengänger, kein Magier, kein gar nichts. Ach verdammt, Selbstmitleid bringt mich nicht weiter. Vor Wut die Wände hochgehen ebenfalls nicht.

Jene, die meine Vernichtung herbeigesehnt haben, werden noch früh genug dafür bezahlen.

Aber erst einmal muss ich diesen Nichtsnutz wachbekommen.

KAPITEL 31

ADAM

Das Erste, was in sein Bewusstsein drang, war ein lautes Knautschen, gefolgt von einem gelegentlichen Knistern. Widerwillig tastete Adam nach dem Wecker, fand aber nur sein Smartphone. Hatte er das Ding gestern nicht stumm geschaltet?

Mit einem Grunzen rollte er sich vom Sofa und plumpste zu Boden. Seine Kleidung fühlte sich klamm an, seine Handfläche schmerzte. Tageslicht drang durch das Fenster der Dachterrasse, viel zu grell, um angenehm zu sein. Fetzen eines wirren Traums geisterten in seinem Kopf umher. Ein sturmgepeitschter Ozean, ein schwankendes Schiff, Seemonster ...

Außerdem roch es in seiner Wohnung nach Seetang. Und schon wieder ertönte dieses Knistern, das sich wie Nadelstiche in seinen Gehörgang bohrte.

Mit zusammengekniffenen Augen starrte er auf das Display. Das Gerät sah aus, als hätte es einen Schleudergang in der Waschmaschine hinter sich, aber sonst knautschte da nichts. Es war eingeschaltet, der Akku beinahe leer. Er hatte einen verpassten Anruf und ... *was zur Hölle? Zwanzig ausgehende Anrufe?*

Kerzengerade schnellte er in die Höhe.

Das Knautschen stoppte.

»Die liebliche Leilani aus Tonga hat versprochen, mir ihre Bananen-Mango-Torte mit fluffiger Kokosnusscreme zu backen, wenn ich sie besuchen komme. Sie war eine reizende Gesprächspartnerin. Ganz anders als Mr Hank ›Ich-hetz-dir-die-Bullen-auf-den-Hals-wenn-du-mich-nochmal-nachts-um-drei-anrufst‹ Miller. Was, bitteschön, soll ich mit einer männlichen Viehherde aus Springfield, Kentucky?«

Adam sank zurück auf das Sofa.

»Im Ernst, wer soll sich die ganzen Nummern merken? Ich hatte gehofft, wenn ich ›liebliche Leilani aus Tonga‹ sage, verbindet mich dein akustischer Telegraf wieder mit ihr, aber Fehlanzeige.«

Adam verschluckte sich an einem Atemzug voll Luft.

»Genauso klang es, als ich mit Giovanna aus Palermo gesprochen habe. Die Verbindung war nicht sonderlich gut. Sie sagte etwas von ›mobil unterwegs‹. Mir war nicht klar, dass man auch anders unterwegs sein kann, aber sei's drum. Vielleicht ist mein Italienisch zwischenzeitlich eingerostet. Oh, und eine Keiko hat dir ein paar Nachrichten hinterlassen, irgendwas mit Polarlichtern und Außerirdischen. Ist sie auch eine Freundin von dir? Sie ist niedlich, dem Bild nach zu urteilen. Erinnert mich an ein Mädchen, das ich beim Kirschblütenfest am Hof von Kaiser Go-Kashiwabara kennengelernt habe.«

Solon saß mit untergeschlagenen Beinen auf Adams Sessel und kramte die letzten Chipsreste aus einer Tüte. Es knisterte, wenn er die Hand hineinsteckte. »Diese Zwiebelringe sind gar nicht so schlecht. Auch wenn sie nicht echt sind. Ich habe noch nie zuvor ...«, er studierte die Zutatenliste auf der Rückseite der Tüte, »... in Öl gerösteten Maisgrieß mit Salz und Zwiebelpulver gegessen.«

Adam klappte den Mund auf und zu und wusste nicht, was er tun sollte. Sein Gehirn schien in den Keller gewandert zu sein. Wäre er zu einer Bewegung fähig gewesen, dann wäre er Hals über Kopf aus seiner Wohnung geflohen, aber nicht einmal sein kleiner Zeh wollte ihm gehorchen. Die Erinnerung an die Ereignisse der letzten Nacht kehrte schlagartig zurück. Hexen. Blut. Ein Ritual. Der Pier, der sich plötzlich in eine stürmische See verwandelt hatte. Der Schnitt in seiner Handfläche brannte, verblasst zu einer dünnen roten Linie. Das war kein Traum gewesen, oder? Und wie zur Hölle war er zurück in seine Wohnung gekommen?

»Ich musste eine Million Liter Salzwasser aus dir rauspressen, bevor du wach geworden bist. Und was ist der Dank? Rennst davon wie ein verschrecktes Huhn und lässt mich im Regen stehen. Oder in der Traufe. Wie man's nimmt. Zum Glück bin ich ein guter Fährtenleser. Es war wahrlich keine Kunst, dir nach Hause zu folgen.«

Vage Bildfetzen stiegen in Adam auf, wie er nach der schrecklichen Episode auf dem stürmischen Meer orientierungslos und klatschnass durch die Dunkelheit und Kälte getaumelt war. Solon musste er dabei ausgeblendet haben. Oder verdrängt. Er rieb sich über das Gesicht und starrte ihn an.

Solon trug dieselbe Kleidung, die er in Adams Wachtraum getragen hatte. Gehrock und Weste waren ausgebleicht und an mehreren Stellen zerrissen, aber sauber. Das gerüschte Hemd wies Löcher und alte Flecken auf, die auch das Bad im Ozean nicht hatte auswaschen können, aber Solon trug es mit der gleichen Eleganz, wie ein König einen Bettelsack getragen hätte.

Bei ihrer ersten Begegnung hatte Adam sein Gesicht kaum erkennen können, weil es vor Staub und Schmutz gestarrt hatte. Selbst jetzt wusste er nicht zu sagen, ob er einen Menschen, einen Geist oder ein Wesen aus seiner Einbildung vor sich hatte. Hohe Wangenknochen, dichte Wimpern, energisches Kinn – seine ebenmäßigen Züge waren fast zu perfekt für einen Menschen aus Fleisch und Blut. Die zerschlissene, altertümliche Gewandung verstärkte nur den Eindruck von etwas Fremdartigem, fast als wäre er einem zeitlosen Gemälde oder einem Jane-Austen-Roman entstiegen. Gleichzeitig strahlte Solon eine Lebendigkeit aus, die anziehend und bedrohlich zugleich wirkte. Seine Schwester hätte Luftsprünge vor Entzücken gemacht. Was Adam anfangs für ein Spiel des hereinfallenden Sonnenlichts gehalten hatte, entpuppte sich auf den zweiten Blick als hellblonde, fast weiße Haarspitzen in dem ansonsten dunklen Haar, das ihm locker bis in den Nacken fiel. Noch immer steckte die blaue Feder darin, die Adam zuvor schon aufgefallen war. Selbst die sturmgepeitschte See hatte dem seltsamen Kopfschmuck nichts anhaben können. Am auffälligsten jedoch waren Solons Augen. Violett wie Amethyste. Adam hatte so eine Augenfarbe noch nie bei einem Menschen gesehen.

Das musste ein Traum sein. Er zwickte sich in den Oberarm. Es tat weh. Hatte er etwas Verdorbenes gegessen und halluzinierte? Solon war unmöglich real und unmöglich hier in seiner Wohnung. Unmöglich!

Selbiger kaute auf einem Zwiebelring. »Nicht real? Wie unhöflich von dir. Da könnte ich genauso gut von dir behaupten, dass du tot bist.«

Tot? Adam tastete panisch seinen Körper ab.

Solon stand auf und drehte einen weitläufigen Kreis durch Adams Wohnzimmer, wobei er einem Stapel Bücher, Malutensilien, drei zur Hälfte bemalten Leinwänden und einem Gummibaum ausweichen musste. »Anders gelangt man nicht ins Nirgendwann. Wir träumen, wenn wir sterben. Und manchmal bleibt ein Teil unseres Traums zurück, wenn wir ins Leben zurückkehren. Ein Echo, mehr nicht.«

Solon blieb vor dem Schreibtisch stehen, wo Adam in einer offenen Faltschachtel seine Post aufbewahrte. Rechnungen, Briefe, Postkarten und alte Geburtstagskarten lagen unsortiert darin herum. Solon wühlte in der Schachtel und überflog die Schreiben flüchtig.

Unvermittelt tauchte ein Bild vor Adams geistigem

Auge auf, wie er an ein Beatmungsgerät angeschlossen in einem Krankenhausbett lag. Was, wenn er bei den Arbeiten am Hologramm vom Gerüst gestürzt war und seither im Koma lag? Und dabei in irgendeiner Art Zwischenwelt schwebte? Das würde eine Menge erklären.

Sein ungebetener Gast schob die Schachtel wieder zurück und fegte eine Wollmaus vom Schreibtisch, die er anschließend mit der Stiefelspitze außer Sichtweite hinter den Papierkorb schob. Besagte Stiefelspitze war mit einem Paketklebeband umwickelt, das aus Adams Vorrat an Büromaterialien stammen musste.

»Dein Herz schlägt jedenfalls. Ich kann es hören. Und gleichzeitig schweigt es. Das erklärt nicht, wie du mich zurückgeholt hast. Ganz im Gegenteil.«

Adam atmete tief durch die Nase ein und wieder aus. Er schaffte das. Er musste nur die Nerven bewahren. ›Wer bist du?‹

»Ich dachte, diesen Part hätten wir hinter uns gebracht. Mehrmals. Kaum zu glauben, dass ich so schnell in Vergessenheit geraten bin.«

›Du bildest dir ziemlich viel ein.‹

»1825. Oder war es 1827? 26? Mein letztes Jahr in dieser Welt, William sei Dank. Er war Maler wie du. Hm, lass mal sehen.« Er stellte sich vor Adam hin, beugte sich vor und musterte ihn eingehend. »Dürr wie ein Besenstiel, große Nase, kleiner Wortschatz, wenig Hirn – definitiv keine Verwandtschaft.«

›Besten Dank auch!‹ Adam lehnte sich so weit wie möglich auf dem Sofa zurück. 1826? Solon sah kein Jahr älter aus als er selbst, wäre da nicht diese Aura der Andersartigkeit, die ihn umgab. Außerdem führte er ein ganz normales Gespräch mit ihm. *Sprach* mit ihm. Und umgekehrt. Ihm wurde schwindelig. ›Liest du etwa meine Gedanken?‹

»Das merkst du erst jetzt? Du denkst furchtbar laut. Wahrscheinlich, weil du stumm bist wie ein Fisch. Mein

Kristall hätte sich nie freiwillig mit einem Schwächling wie dir verbunden.«

Der Kristall. Natürlich war es der Kristall. Adams Gedanken schweiften unwillkürlich zurück in die Knochenkammer unter der Kirche. Vor seinem geistigen Auge sah er Ivy, die in ihrer ausgestreckten Hand den glühenden Kristall hielt. Sie schnitt sich daran, ließ ihn fallen, er fing ihn auf. Seither war alles anders.

»Das erklärt einiges«, sagte Solon, als hätte er das Bild direkt aus Adams Gedanken gepflückt. Er ließ sich wieder in den Sessel fallen und starrte einen alten Wasserfleck an der Dachschräge an, wo im letzten Jahr ein paar Ziegel undicht geworden waren. Er schien Adams Anwesenheit vergessen zu haben. »Der Kristall ist zerbrochen. Gesplittert. Kaputt.« Seine Stimme wurde mit jedem Wort leiser.

Als wäre der plötzliche Stimmungswechsel nicht schon irritierend genug, nahmen seine Augen die Farbe des schlammgrünen Bezugs an.

Adam hatte genug.

›Ich muss zur Uni‹, log er in Gedanken und steckte sein Smartphone in die Hosentasche. An die Telefonrechnung wollte er lieber nicht denken. Und überhaupt musste er schnellstens seinen Verstand wiederfinden, den er irgendwo zwischen Vektorgrafiken, Polarlichtern und Seemonstern verloren hatte. Ivy war die Einzige, die ihm dabei helfen konnte.

Solons Kopf ruckte herum. Ein Funkeln kehrte in seine Augen zurück, die nunmehr in einem dunklen Smaragdgrün erstrahlten. »Du bist Student?«

›Informatik.‹

Adam stand auf und wanderte unter Solons wachsamen Blicken Richtung Tür. Seine Schuhe standen fein säuberlich aufgereiht an der Wand. Er zog das Paar ausgelatschter Turnschuhe an, das er immer beim Golfen mit seinem Patenonkel trug. Im Geiste spulte er dabei Codezeilen auf einem Computerbildschirm ab. Das war die eine Sprache, die Solon nicht sprechen konnte. Sie würde ihn hoffentlich lange genug ablenken, um Adam einen Vorsprung zu verschaffen.

»Ich lerne schnell.«

Adam riss vor Schreck beinahe den Garderobenständer um. Solon stand so dicht hinter ihm, dass er seinen Atem im Nacken spüren konnte. Wie hatte er sich so schnell bewegen können? Adam machte eine abwehrende Handbewegung und rückte von ihm ab. Der Kerl gehörte nicht in diese Welt.

Solon stieß ihm den Zeigefinger gegen die Brust. »Das hättest du dir überlegen sollen, bevor du mich gerufen hast, Seelenwahrerlein.«

Adam wagte nicht zu atmen. Solons Lächeln war so freundlich wie das eines Klingonen auf Brautschau.

»Wir sind aneinander gebunden, ob es dir passt oder nicht. Du trägst meinen Lebenskristall in dir – den Aura Noctis. Das ist der mächtigste der Seelensteine. ›Schattenherz‹ hat Empedokles ihn einst genannt. Er war der größte Arkanist, der je gelebt hat. Na ja, jedenfalls hielt er sich dafür. Aber was weißt du schon davon? Das Schattenherz ist kein Spielzeug. Du strengst dich besser an, seine Kräfte zu wecken«, er klopfte Adam wieder an die Brust, »oder es hört bald ganz auf zu schlagen. Zusammen mit deinem eigenen.«

Solon schlenderte ins Wohnzimmer zurück. Ohne sich weiter um Adam zu kümmern, öffnete er die Terrassentür und trat in die kühle Herbstluft hinaus. Ein frischer Wind zerrte an seiner zerrissenen Kleidung, aber die Kälte schien ihm nichts auszumachen.

»Riechst du das auch?«, rief er von draußen rein. »Der gleiche Geruch wie heute Morgen. Entschuldige, ich vergaß: Du warst ja weggetreten. Sei's drum. Wenn die …«

Adam hörte nicht länger zu. Er schnappte seine Jacke vom Haken, riss die Tür auf und stürmte nach draußen.

KAPITEL 32

ADAM

Solon holte ihn ein, kaum dass er den Vorgarten hinter sich gelassen hatte. »O holde Maid, hinaus zur Tür, was flieht dein zierlich Fuß vor mir?«, rief er hinter ihm her.

Mr Woolcomb von nebenan, der gerade einen Armvoll halb verfaulter Karotten auf seinen Komposthaufen warf, als Adam an ihm vorbeieilte, zog verwundert die spärlichen Augenbrauen in die Höhe, bis sie mit seiner Halbglatze eine glatte Linie bildeten. Adam beschleunigte seine Schritte.

Solon tanzte um ihn herum und versperrte ihm mit ausgebreiteten Armen den Weg. Da Adam nicht stehen blieb, war er gezwungen, rückwärts vor ihm herzulaufen. Die Feder hüpfte aufmüpfig über seinem rechten Ohr auf und ab.

»Du reizend Kind, bleib stehen, dein lieblich' Antlitz will ich sehen«, fügte er inbrünstig hinzu. Im Vorbeigehen wischte er ein loses Ahornblatt von einem Zaunpfahl und hielt es Adam unter die Nase.

Adam schnaufte und lief schneller. Solon hielt problemlos mit ihm Schritt, obwohl er den Weg hinter sich nicht sehen konnte.

»In deiner Eile stirbt die Weile. Deine Stimme lass mich hören, sie allein kann mich betören.« Er steckte sich das Ahornblatt hinter das linke Ohr. Es wippte jetzt parallel zur Feder im Takt seiner Schritte auf und nieder.

Adam vergrub die Hände in den Taschen seiner Jacke. Die Passanten, denen sie begegneten – ein grauhaariger Mann mit einem Pudel an der Leine und eine junge Mutter mit Kinderwagen, die ihr älteres Kind an der Hand hielt –, warfen ihnen irritierte Blicke zu. Einen Wahnsinnigen, der in einem zerschlissenen Theaterkostüm daherkam, einen fragwürdigen Haarschmuck trug und sich wie ein Pfau auf der Balz benahm, sahen selbst die an Seltsamkeiten ge-wöhnten Londoner nicht alle Tage. Adam wäre vor Scham am liebsten im Boden versunken.

›Lass mich in Ruhe‹, dachte er und versah dabei jedes Wort mit einem Hammerschlag. Vielleicht konnte dieser Dreckskerl seine Gedanken ja nicht nur hören, sondern auch spüren.

»O Herz, mein Herz, zutiefst getroffen«, rief Solon in gespielter Enttäuschung. »Weh wird mein Entzücken. Die Holde, stößt den gift'gen Dolch mir in den Rücken.« Ge-schickt wich er einem verbeulten Fahrradgestell aus, das seit Wochen im Schatten eines Laternenpfahls verrostete. Wie er das Hindernis hinter sich bemerkt hatte, entzog sich Adams Vorstellungskraft.

Solon drehte eine Pirouette, bevor er Adam mit dem Finger vor die Brust stieß. »Und gerade als ich dachte, wir beide kommen uns näher.«

Adam wischte seine Hand beiseite. ›Höchstens in dei-nen Träumen.‹

»Das lässt sich arrangieren. Aber bevor wir uns daran wagen, sollten wir ... O warte, was ist das?« Solon blieb so abrupt stehen, dass Adam prompt in ihn hineinstolperte.

Was zur Hölle war an Ms Mercers Apotheke auf der ge-genüberliegenden Straßenseite so ungemein faszinierend? Von außen war es ein kleines, unscheinbares Fachwerkhaus, das zwischen einer Autowerkstatt in einem flachen Betonbau und einem genauso hässlichen, mehrstöckigen Verwaltungsgebäude eingezwängt war. Efeu rankte sich an der mausbraunen Fassade empor. Kleine Rauchwolken pufften aus dem Kamin auf dem Spitzdach, dessen Ziegel so locker auflagen, dass Adam manchmal befürchtete, der nächste Windhauch könnte sie in alle Himmelsrichtungen verteilen. Seltsamerweise war ihm die Ähnlichkeit mit einem Grimm'schen Hexenhäuschen zuvor noch nie aufgefallen. Fehlten nur noch Lebkuchenfenster und Schokoladentüren.

Mit einem Laut des Entzückens auf den Lippen lief Solon auf die Straße.

Adam hörte den Wagen, bevor er ihn sah. Instinktiv packte er Solon am Kragen und riss ihn zurück auf die Bordsteinkante. Im selben Augenblick schoss das Auto mit einem ärgerlichen Hupen an ihnen vorbei. Der Fahrer im Innern des blauen Fords schüttelte drohend die Faust, während er mit weit überhöhter Geschwindigkeit davonbrauste.

»Oh«, machte Solon. Seine Augen waren so groß wie Untertassen und blauer als zuvor. Sein Blick verharrte auf den Autos, die am Straßenrand parkten, den Mülltonnen und Fahrrädern, die in den Lücken dazwischen abgestellt worden waren, und schweifte dann über die grauen Wohnblöcke hinauf in den mit dunklen Wolken betupften Himmel, wo Flugzeuge ihre Kondensstreifen hinterließen.

Konnte es sein, dass Solon all das zum ersten Mal sah?

Adam brachte seine zitternden Gliedmaßen wieder unter Kontrolle. Sein Herz hämmerte immer noch bis zum Hals. Er hätte wetten können, dass bereits vor zweihundert Jahren Eltern ihren Kindern beigebracht hatten, nicht auf die Straße zu rennen, selbst wenn damals nur Kutschen unterwegs gewesen waren.

Solon sah ihn an und sagte, als hätte er einmal mehr das Bild aus seinen Gedanken gepflückt: »Bei meiner Erziehung ist einiges schiefgelaufen.« Er tat einen tiefen Atemzug und zauberte ein Lächeln zurück auf seine Züge, das sich nicht in seinen Augen widerspiegelte. Deren Iris verblasste zu einem gedämpften Taubenblau. Adam hätte gerne geglaubt, dass es sich dabei nur um ein Spiel der von Wolken reflektierten Sonnenstrahlen handelte.

Ein Lastwagen rumpelte vorbei. Solon sah ihm gedankenversunken hinterher, bis er hinter der nächsten Biegung verschwunden war. Kurz darauf klaubte er sich das Ahornblatt aus dem Haar, zwinkerte Adam zu, augenscheinlich ganz der Alte, dann schaute er übertrieben sorgfältig in beide Richtungen, bevor er die Straße überquerte. Kopfschüttelnd folgte ihm Adam.

Glocken bimmelten leise, als Solon die Eingangstür öffnete.

»Wir haben heute geschlossen«, tönte ihnen Ms Mercers unwirsche Stimme aus dem schummrigen Halbdunkel entgegen. »Steht groß und breit an der Tür. Können Sie nicht lesen?«

Adam hatte kein Schild gesehen. Dafür fiel ihm auf, dass Solon so lautlos durch den Raum glitt, als wäre er ein Geist, wogegen die Dielen unter seinen eigenen Schritten hörbar knarrten. Er versuchte leiser aufzutreten, allerdings ohne Erfolg.

Solon beugte sich über den Tisch in der Mitte und stocherte an dem Totenschädel herum, der ihn zwischen Kerzen, Reagenzgläsern und Schatullen angrinste. Adam betete, dass das Teil aus Wachs war und nicht plötzlich hämisch zu lachen anfing wie damals der Schädel bei seinem Besuch im London Dungeon. Gott, hatte er sich dabei zu Tode erschrocken.

»Ah, Adam, Sie sind es«, rief Ms Mercer aus, als sie ihren roten Schopf hinter dem Tresen in die Höhe schob, um über die Tischplatte zu linsen. Ihre schwarze Katze saß gut versteckt hinter einer Messingwaage und patschte aus dem Hinterhalt mit der Pfote nach einer abstehenden

Haarlocke. Ms Mercer warf einen Korken nach dem Tier, das diesen unbeeindruckt mit einer lockeren Pfotenbewegung vom Tresen wischte, dann richtete sie sich aus ihrer kauernden Haltung auf.

»Schon wieder ein Alptraum?«

Adam deutete mit dem Daumen über seine Schulter. *Einen leibhaftigen.*

»Hm«, brummte die Apothekerin und zog die Augenbrauen zusammen, als Solon den Totenschädel mit erhobener Hand in das schwach einfallende Licht des Fensters hielt und mit brüchiger Stimme Shakespeare rezitierte: »Ach, armer Yorick! – Ich kannte ihn, Horatio.«

»Und ich ziehe Ihnen gleich den Hamlet lang, wenn Sie weiter meine Knochen begrapschen«, sagte Ms Mercer und trommelte mit den Fingernägeln ein Stakkato auf die Holzplatte.

Solon fuhr herum wie ein kleines Kind, das man beim Naschen ertappt hatte, und legte den Schädel mit einem entschuldigenden Lächeln zurück auf einen Stapel ledergebundener Bücher. »Madame, bitte verzeihen Sie mein unziemliches Gebaren. Ich habe eine lange, einsame Reise hinter mir und war auf so entzückende Gesellschaft nicht vorbereitet.«

Er deutete eine vollendete Verbeugung an, die einer Königin bei Hofe geziemt hätte – vor ein paar Hundert Jahren. Adam rollte mit den Augen. Ms Mercer brummte erneut. Er rechnete mit einer geharnischten Antwort seiner scharfzüngigen Apothekerin, aber deren Miene hellte sich nach ein paar Sekunden merklich auf. Sie ließ ihren Blick kritisch über Solons Gestalt wandern. Adam wurde das Gefühl nicht los, dass ihr Interesse dabei mehr dem wohlgeformten Körper galt, der unter den Löchern und Rissen zu erahnen war, als Solons zerlumpter Erscheinung.

Als sie sich näher zu ihm neigte und an ihm schnupperte, hatte Adam genug.

Er klopfte auf den Tresen.

»Sie riechen so gut«, sagte Ms Mercer, ohne Adam zu beachten.

»Sie sind eine Freifliegende, habe ich recht?«, erwiderte Solon mit einem Lächeln in der Stimme. Seine Augen schimmerten so blassgrün wie der Ring an Angela Mercers Finger.

Die Apothekerin schien sich wieder zu besinnen. Mit einer verlegenen Geste schob sie ihre roten Locken unter dem Kopftuch zurecht, dann scheuchte sie ihre Katze vom Tresen.

»Was kann ich für Sie tun?«, fragte sie ruppig.

»Haben Sie Ingwer?«

»Pulver oder Knolle?«

»Knolle«, sagte Solon.

Ms Mercer öffnete einen Wandschrank an der Schmalseite zwischen Regal und Theke. Ein Duft nach Kräutern und Gewürzen, der Adam an den indischen Markt im Nachbarviertel erinnerte, schlug ihnen entgegen. Die rothaarige Apothekerin packte eine faustgroße Ingwerwurzel in ihre Papiertüte mit der »Midnight Magic«-Aufschrift und reichte sie Solon.

»Vier Pfund sechzig.«

Solon streckte Adam die offene Handfläche entgegen.

Ernsthaft? Mit einem Schnauben griff Adam in seine Jacke und kramte sein restliches Kleingeld heraus. Das war sein hart Erspartes für den täglichen Kaffee mit Keiko. Ohne ihn eines Blickes zu würdigen, geschweige denn ein Wort des Dankes zu verlieren, reichte Solon der Apothekerin die Münzen.

Als Angela Mercer seine ausgestreckte Hand berührte, wich sie mit einem überraschten Aufschrei zurück. Die Geldstücke klapperten auf den Tresen.

»Ach herrje!« Sie atmete tief durch und ordnete ihre Haare neu, bevor sie begann, die Münzen aufzusammeln. »Ich bin so ungeschickt. Zu wenig geschlafen – kein Wunder bei der Festbeleuchtung heute Nacht.«

»Was haben Sie gesehen?«, fragte Solon. Seine Stimme hatte ihre Leichtigkeit verloren.

Ms Mercer winkte ab. »Was alle gesehen haben. Polarlichter.«

»Als Sie meine Hand berührten.«

Sie zuckte fast unmerklich zusammen und musterte ihn abschätzend, während sie mit den Ringen an ihren Fingern spielte.

»Nun?«, hakte Solon nach, als sie nicht antwortete.

Ms Mercer schien zu einem Entschluss zu gelangen. Mit festerer Stimme als zuvor erwiderte sie: »Für einen Augenblick dachte ich, ich hätte Zwielicht in Ihnen gespürt.«

»Zwielicht«, wiederholte Solon.

Zwielicht?, echote Adam stumm.

»Die Grenze zwischen den Welten ist dünn geworden. Selbst die Schatten kriechen aus ihren Verstecken hervor.« Die Apothekerin sah Adam scharf an. »Ich hatte Sie doch gewarnt.«

Er musste raus hier, und zwar schnell! Die Enge und das schummerige Licht in dem Laden erdrückten ihn. Rückwärts bewegte er sich Richtung Ausgang und stieß dabei gegen den Tisch. Teller, Töpfe und Karaffen klirrten, doch glücklicherweise ging nichts zu Bruch. Andererseits wäre ihm das mittlerweile egal gewesen. Sollten die beiden sich seinetwegen gerne weiter über zwielichtige Gestalten unterhalten, er hatte für den Rest seines Lebens genug davon. Mit dem letzten Rest Würde, den er aufbieten konnte, flüchtete er durch die Tür ins Freie. Er brauchte dringend Menschen mit Sinn und Verstand um sich.

Ivy. Er brauchte Ivy.

KAPITEL 33

SOLON

Adam sieht ziemlich grün im Gesicht aus, als er nach draußen stürzt. Ich lasse ihn ziehen. Für den Moment. Er kann mir nicht entkommen.

Die Hexe – Angela Mercer, wie ich auf einem Briefbogen neben ihrer Rechnungskasse lesen kann –, hat Angst vor mir, auch wenn sie es hinter einer Maske aus ruppiger Gleichgültigkeit verbirgt. Ihre Aura riecht nach Schneeflocken und Zimtrose. Ihrem Duft und ihrer Profession nach zu urteilen, ist sie eine Kräuterkundige, mit einem ausgeprägten Hang zur Empathie, wobei ich ihre magischen Kräfte als eher gering einschätze. Ihr Wissen dagegen nicht. Die Aura kann einem viel über das Wesen des Menschen verraten.

Die Apothekerin lässt Adams Münzen in die Kasse fallen und sagt, ohne mich dabei anzusehen: »Sie sind kein Magier.«

»Wohl kaum.«

»Was sind Sie dann?«

»Was denken Sie, wer ich bin?«

»Ich weiß es nicht. Kein Magier, kein Mensch. Auch keiner vom Schönen Volk, obwohl Sie mich ein wenig an die Feen erinnern.«

Sie krault ihre schwarze Katze, die sich wieder auf den Tresen gesetzt hat und mich aus grünen Augen misstrauisch mustert. Ihr Krafttier, wie ich vermute. Die Katze hat zwei Schwänze und trägt auf dem Rücken eine Schwinge aus Horn, geformt wie die Fingerkuppen einer Hand. Eine echte Sphygo.

Ich bezweifle, dass Adam, dieser Nichtsnutz, das bemerkt hat.

»Vielleicht gehöre ich tatsächlich zu den Feen.«

»Die Kinder der Túatha Dé Dannan besitzen goldenes Haar.«

»Nicht alle.«

Ihre hellblauen Augen fixieren mich. Wahrscheinlich kommuniziert sie in Gedanken gerade mit ihrer Sphygo.

»In der Anderswelt leben viele Völker. Aber die wenigsten von ihnen verirren sich zu uns Menschen.«

Ich schenke ihr ein nachsichtiges Lächeln. »Was bleibt dann noch?«

»Ein Schatten.«

»Nicht ungewöhnlich an Samhain.«

»Schatten reden nicht. Sie infiltrieren.«

»Schatten sind allgegenwärtig. Die meisten sind um uns, manche in uns. Aber keine Sorge, ich bin keiner von ihnen. Wie ich eingangs sagte: Ich habe eine lange Reise hinter mir. Sie hat mich an viele finstere und unwirtliche Orte geführt. Auch durch das Zwielicht. Die Dunkelheit haftet noch an mir.«

Die Neugier gewinnt die Oberhand über ihre Furcht. Ihre Augen blitzen unternehmungslustig auf, wenngleich die Vorsicht sie nicht verlässt. Was immer sie da in ihrer Hand unter dem Tresen versteckt, ist vermutlich irgendein Hexentrunk, der mich bei einer falschen Bewegung in eine phr'o'xische Waldschnecke verwandeln soll. In meinem momentanen Zustand könnte ihr das sogar gelingen.

»Nein, Sie sind kein Schatten. Ein Schatten könnte niemals Ihre Augen imitieren. Ihr Licht erinnert mich an etwas, das ich vor langer Zeit im Grimoire meiner Urgroßmutter gelesen habe.«

Ich habe sie unterschätzt. Schlaue Hexe. Oder soll ich sagen: schlaue Sphygo?

»Ein Schattenkristall, so schwarz und gleichzeitig so rein, dass selbst ein Diamant stumpf dagegen wirkt«, zitiert sie aus dem Gedächtnis. »Ein Zírlanu, ein lebendiges Seelenlicht, strahlender und mächtiger als jene, die im Rat von Babylon verwahrt werden. In seinem Inneren ruht der Wanderer zwischen den Welten, ein Wesen aus der Welt vor der Welt, der Letzte seiner Art. Nur ein Magier mit einer besonderen Gabe vermag ihn zu erwecken.«

Wenn das im Zauberbuch einer Freifliegenden zu finden ist, wüsste ich zu gern, was in den Grimoires der großen Zirkel über mich geschrieben steht. »Ich habe davon gehört. Sein Licht soll jedoch vor langer Zeit erloschen sein.« Ich beobachte die Sphygo bei meinen Worten. Ihre grünen Katzenaugen verengen sich unmerklich.

Ms Mercer zuckt mit den Schultern. »Wenn ich eines gelernt habe, dann, dass es keine Endgültigkeit gibt.«

»Wie könnte ich da widersprechen.« Ich beuge mich verschwörerisch zu ihr hin. »Rein hypothetisch – wer würde ein so wertvolles Kleinod heutzutage verwahren?«

»Rein hypothetisch – sollte die Frage nicht lauten: Wer würde sich trauen, ein so wertvolles Kleinod zu verwahren?«

Wo sie recht hat, hat sie recht. Ich kann mir selbst die Antwort darauf geben. »Jemand, der entweder sehr mächtig ist … oder sehr verzweifelt.«

»Bist du jetzt still?« Die Hexe zwickt ihre Katze ins Ohr, bevor sie das Tier mit einer Handbewegung vom Tisch scheucht. Die Sphygo verschwindet mit einem beleidigten Fauchen zwischen den Regalen.

Ms Mercer schiebt ihre roten Locken zurecht. Henna, vermute ich. »Es sind harte Zeiten. Zu viel Lärm in der Welt. Zu viel verdorbene Energien.«

»Wo Lärm ist, da ist auch Leben«, entgegne ich.

Schließlich fange ich gerade erst an, dieses neue Zeitalter zu entdecken.

Sie schnaubt. »Und wo Abfall ist, da sind die Ratten nicht weit.«

Ich kommentiere ihre Worte mit einem unverbindlichen Lächeln. Sie weiß mehr, als sie mir verraten will. Ihr Misstrauen mir gegenüber ist verständlich. Die Versuchung, ihrem Geist weitere Informationen zu entlocken, ist groß, dennoch verzichte ich für den Moment darauf. Manchmal haben die Schatten Ohren.

Ich packe die Tüte mit der Ingwerknolle in meine zerschlissene Jacke.

»Ich hoffe, Sie finden, wonach Sie suchen«, sagt die Apothekerin, als ich mich zum Gehen wende. »Und geben Sie gut auf den Jungen acht. Es ist etwas Besonderes an ihm, eine Gabe ...«

Diesmal ist es an mir zu schnauben. »Ich konnte nichts Ungewöhnliches an ihm feststellen.«

»Dann schauen Sie genauer hin.«

»Ich werde mir Mühe geben.« Mit einer knappen Verbeugung verabschiede ich mich.

Die Sphygo sitzt mit peitschenden Schwänzen neben Hamlets Totenschädel auf dem Tisch und beobachtet mich aus verengten Augen. Sie faucht, als ich auf dem Weg zum Ausgang an ihr vorbeikomme. Ich fauche zurück, indem ich meine Sinne auf ihre Schwingungsfrequenz anhebe und die Stimme eines sarydischen Tigers imitiere. Sie sträubt erschrocken ihr Fell, dann sitzt sie still. Mit einem Lächeln der Genugtuung auf den Lippen trete ich durch die Tür.

»Das nächste Mal zahlen Sie selbst für Ihren Einkauf!«, brüllt Angela Mercer hinter mir her.

KAPITEL 34

ADAM

Adam erinnerte sich noch gut an sein erstes Vorstellungsgespräch bei Stella Fortune. Damals hatte er ohne vorherige Bewerbung eine Termineinladung erhalten mitsamt einer unverbindlichen E-Mail-Anfrage, ob er bereit wäre, für ein Kunstprojekt ein Hologramm zu erstellen. Aus Neugier – und wegen der Aussicht auf eine satte Bezahlung – hatte er zugesagt.

Die erste Frage, die Stella Fortune ihm gestellt hatte, lautete: »Glauben Sie an Vorsehung?«

Er wusste nicht, was er darauf antworten sollte. Wenn man stumm war, gestaltete sich ein Bewerbungsgespräch kompliziert genug, auch ohne dass man dabei einen Monolog über den Sinn des Lebens halten musste. Darum schüttelte er den Kopf.

»Wie können Sie an nichts glauben und gleichzeitig eine so bildgewaltige innere Welt in einer Glasscheibe erschaffen?« Ms Fortune hielt ihm ein Foto seines Hologramms aus der Galerie entgegen. Das »Meer aus Nacht«.

Mit simplen Kopfbewegungen kam er nicht weiter.

›In jedem von uns herrschen Abgründe‹, schrieb er zur Antwort auf seinen Notizblock. ›Die einen verleugnen sie vor sich selbst, ich gebe ihnen eine Form. Das ist weniger furchteinflößend.‹ Zugegeben, etwas in der Art hatte er vor ein paar Jahren in einem schlauen Buch über die Psychologie der Kunst gelesen. Aber das musste er ja nicht verraten.

Stella Fortune, in ihrem makellosen hellen Kostüm, das ebenso makellose Gesicht ohne jede Regung, sah ihn ununterbrochen an. Heimlich rieb er seine schwitzenden Hände an seiner Hose ab. Was für eine Art Vorstellungsgespräch sollte das werden?

»Dann glauben Sie an das Böse im Menschen?«

Er überlegte eine Weile, bevor er seine Antwort niederschrieb. Zitate würden nicht reichen. Aber Professor Magnusson neigte in seinen Vorlesungen gern zum Philosophieren und Moralisieren. Das zahlte sich jetzt aus. Wenn Ms Fortune wegen seiner langen Schreiberei ungeduldig wurde, dann ließ sie es sich nicht anmerken.

›Gut oder Böse sind am Ende nur Definitionen ein und derselben Sache. Ich glaube an Information. Die Schlichtheit eines Binärcodes. Das gesamte Universum besteht aus nichts anderem als Information. Einsen und Nullen. Aus Information lässt sich alles erschaffen. Ein Gott, ein Tempel oder ein Hologramm. Ein hell strahlender Stern oder ein Schwarzes Loch. Was davon ist gut und was böse? Ist ein Gott gut, wenn Menschen in seinem Namen ihresgleichen meucheln, nur weil diese nicht an ihn glauben? Und ist ein Mensch böse, wenn er einem anderen etwas wegnimmt?‹

»Es kommt auf den Kontext an, finden Sie nicht?«

›Also auf die Information.‹

»Ist jemandem das Leben zu nehmen, keine böse Tat?«

›Was, wenn es das einzige Mittel ist, um sein eigenes Leben zu retten oder ein anderes zu schützen?‹, fragte er ein wenig trotzig zurück. Was hätte Professor Magnusson an seiner Stelle erwidert? Adam hatte seine Reden zwar rational erfasst, aber der tieferen Bedeutung seiner Worte keine Aufmerksamkeit geschenkt. Das bereute er jetzt.

Wie sollte er etwas erklären, das er selbst nie verinner-licht hatte?

Stella Fortune lächelte zur Antwort. Es war das erste und das letzte Mal, dass er sie lächeln sah. Er hatte den Job bekommen. Warum, das wusste er nicht. Ebenso wenig, wieso er ausgerechnet jetzt daran denken musste. Viel-leicht, weil es zugleich seine erste Begegnung mit Ivy ge-wesen war. Sie hatte bei dem Gespräch still im Hinter-grund gesessen. Doch während dieser halben Stunde war sie zu seinem heimlichen Anker geworden. Wann immer Stella Fortunes Blick unerträglich geworden war, hatte er sie angesehen. Ihre Chefin hatte nur ein einziges Mal ge-lächelt. Ivy dagegen hatte ihm in jeder Minute mit ihren Blicken und ihrem Lächeln Mut zugesprochen. Ihn still ermuntert, Vertrauen in sich zu haben. Nicht aufzugeben. Sie war für ihn das Sinnbild purer Lebensfreude geworden. Seither erinnerte Adam sich an jeden einzelnen Moment, in dem sie nicht gelächelt hatte. Ihr Lächeln war wie die Sonne nach einem Regenschauer. Fehlte es, dann fühlte er sich schuldig. So wie jetzt.

Ivy lächelte nicht, als sie sich zu ihm herabbeugte und ihn umarmte. »Ich hatte solche Angst um dich, Adam. Du zitterst ja. Was um Himmels willen ist passiert?«

Er hatte auf den Stufen des steinernen Standbilds, das den Vorplatz der St Clement Danes Church zierte, auf sie gewartet. Vor lauter Versunkenheit hatte er ihre Annähe-rung nicht bemerkt. Sein Hintern war von der Kälte be-reits taub und in seinem Hals kratzte es unangenehm. Es würde ihn nicht wundern, wenn er sich im Meer aus Nacht nicht nur Solon, sondern auch eine Lungenentzündung eingefangen hatte. Aus seinen Kleidern stieg noch immer ein dezenter Geruch nach Salzwasser und Algen auf.

Nachdem er aus Ms Mercers Laden geflohen war, hatte er sich in die nächste U-Bahn gesetzt, Ivy eine Nachricht geschickt und sie gebeten, ihn umgehend zu treffen. Die kleine, schlicht gebaute Kirche St Clement Danes mit der verspielten Turmspitze war auf einer Verkehrsinsel zwischen der stark befahrenen Strand und der Arundel Street eingezwängt, aber die Nähe zum Strand Campus machte sie zum idealen Treffpunkt, solange man sich am Lärm und Gestank der Autos nicht störte. Heute bemerkte Adam ihn kaum. Trotzdem hatte er nicht das Gefühl, genügend Abstand zwischen sich und Solon gebracht zu haben.

Ivy ließ ihn los und sah prüfend auf ihn hinab. Er vermisste ihre Berührung beinahe sofort.

»Ich besorge uns erstmal einen Kaffee. Mir scheint, du kannst einen brauchen. Und ich auch.«

Adam drehte kläglich seine Jackentaschen nach außen. Er war blank bis auf den letzten Penny.

»Schmarotzer«, sagte Ivy gutmütig. »Du rührst dich nicht vom Fleck. Ich bin gleich zurück.«

Er sah ihr nach, wie sie in einem Strom aus Touristen die Kreuzung überquerte und in dem Café gegenüber verschwand, wo er für gewöhnlich seinen Coffee to go holte, wenn er keine Lust auf bitteren Campus-Kaffee hatte.

Niemand schenkte ihm Beachtung, während er frierend auf den Stufen hockte. Zwei Tauben liefen Krümel pickend an ihm vorbei, gefolgt von einer Mutter mit einem pausbäckigen Jungen an der Hand. Als Nächstes kam eine japanische Reisegruppe vorbei, kurz darauf ein Mann im Anzug und mit karierter Krawatte. Er hatte sich eine Zeitung unter den Arm geklemmt, auf deren Titelseite das großformatige Bild eines Polarlichts abgebildet war, darüber der Titel »Londons Lichter der Ver...« Der Rest verschwand auf der anderen Seite des zusammengefalteten Blattes.

Adam fühlte sich mit einem Mal furchtbar allein. Wie konnte es sein, dass für alle anderen das Leben einfach weiterlief, während er in einer Realität erwachte, die seine schlimmsten Alpträume übertraf? Nicht einmal die Tiere verhielten sich ungewöhnlich, dabei sagte man ihnen doch nach, sie seien sensibler als Menschen. Die beiden

Tauben kehrten zurück, nachdem die Reisegruppe in der Kirche verschwunden war, und das Männchen fing an, um das Weibchen zu balzen. Adam warf einen Blick zurück auf das Kirchenportal, das im Schatten kahler Bäume versteckt lag. Er fragte sich, ob die düstere Tür für die wenigen Gläubigen, die hier sonntäglich ein und aus gingen, Hoffnung versprach. Genauso gut konnte es sich um den Eingang zur Unterwelt handeln.

Was, wenn Solon ihn heimlich aus einem der schmucklosen Fenster heraus beobachtete?

»Dein Kaffee wird kalt.«

Adam zuckte erschrocken herum und schlug Ivy beinahe den Pappbecher aus der Hand, den sie ihm hinhielt. Er lächelte entschuldigend.

»Cappuccino, laktosefrei – stimmt doch, oder?«, fragte sie und setzte sich neben ihn. Ihre Hände zitterten, als sie ihm den Becher erneut reichte.

Eine Weile saßen sie still nebeneinander.

Während Adam noch überlegte, wie er das unangenehme Schweigen brechen konnte, sprudelte es plötzlich aus Ivy heraus: »Ich wusste nicht, was ich tun sollte nach dem Konzert. Adam, es tut mir so leid! Ich weiß nicht, wie ich es erklären soll. Das mag jetzt verrückt klingen, aber ich habe gesehen, wie du in einen Abgrund gezogen wurdest. Ich habe in deine Augen gesehen – und darin lag eine unsichtbare Kraft, die dich von mir wegziehen wollte, an einen tiefen und finsteren Ort. Es war, als würde ich in ein schwarzes Loch blicken. Ich habe versucht, dich festzuhalten, aber die Schwärze hat auch nach mir gegriffen. Alles, was ich in diesem Moment gefühlt habe, war maßloses Entsetzen. Nicht Angst. Angst ist etwas, das ich begreifen kann. Aber das ...« Sie umklammerte ihren Becher.

Adam wollte nach ihrer Hand greifen, aber sie schüttelte abwehrend den Kopf.

»Dann hat mich diese Kraft plötzlich zurückgestoßen und ich stand wieder mitten im Konzert. Die Musik war so laut. Du hast angefangen, um dich zu treten. Eine Frau hinter uns hat versucht, dich festzuhalten, aber du bist aufgesprungen und weggerannt und ich konnte dich nicht mehr finden. Du hast auf keine meiner Nachrichten geantwortet. Ich dachte ... ich dachte schon, dass du für immer in dieser anderen Welt verschwunden wärst. Die halbe Nacht habe ich versucht, dich ausfindig zu machen. Die nächste Polizeidienststelle hat mich wieder weggeschickt, weil es ihrer Meinung nach keine Hinweise auf eine Gefährdung gab. ›Sie würden die Augen offenhalten‹, haben sie gesagt. Also bin ich auf gut Glück alleine losgezogen. Dabei musste ich unentwegt an diese alles verzehrende Schwärze denken, an das Entsetzen und wie ...«

Sie unterbrach sich. »Entschuldige, ich fasele wirres Zeug. Ich bin einfach nur froh, dich zu sehen.« Sie atmete tief durch. »Geht es dir gut?«

Adam trank einen Schluck von seinem Cappuccino. Das Getränk floss warm durch seine Adern und für einen Augenblick fühlte er sich besser. Er spielte mit dem Gedanken, Ivy in den Arm zu nehmen, um sie zu trösten, aber sie rückte ein Stück von ihm ab.

Mit einem innerlichen Seufzen reichte er ihr sein Smartphone. Noch in der U-Bahn hatte er versucht, die gestrige Nacht in Worte zu fassen. Aber was er auch eintippte, es klang nach einem schlechten Drehbuch. Er hatte sich nicht die Mühe gemacht, seine Tippfehler zu korrigieren.

›Bin entführt worden. Von Hexen. Klingt verrückt, ist aber waahr. Sie haben eine Art Hokuspokus gemacht, irgendein Ritual ... das hat die Polarlichter verursacht. Konnte fliehen und habe Solon auss einem Themsekanal gezogen. Jetzt ist er hier in der Stadt. Real. Nein, ich brauch keinen Psychiater. Es ist wirklich passiert.‹

Ivy starrte die Nachricht an. Sie verzog keine Miene. Sekunden wurden zu Minuten. Adam rutschte unruhig auf dem kalten Steinsockel herum.

»Ich glaube ...«, begann Ivy und räusperte sich. »Ich glaube, wir haben ein ernstes Problem.«

Adam konnte nicht anders, er brach in ein stummes Gelächter aus. Ivy stieß ihn mit dem Ellbogen an.

»Damit ich das richtig verstehe: Du bist von Hexen entführt worden, die ein Ritual praktiziert haben – um was zu tun? Dich zu opfern?«

Er bewegte den Kopf hin und her.

»Und daraufhin sind die Nordlichter erschienen? Die Nachrichten sind voll davon. Aber ich war gestern viel zu sehr durch den Wind, um darauf zu achten.«

Er nahm ihr das Smartphone aus der Hand und begann zu tippen. ›Sie hatten Kristalle. Die haben das verursacht, frag mich nicht wie.‹

»Aber wie konntest du entkommen? Den Teil mit dem Wasser habe ich nicht ganz verstanden. Solon ist hier? Er ist echt?«

Adam nickte. Er versuchte, die Geschehnisse von heute Morgen möglichst knapp, aber präzise zusammenzufassen. Ivy saß geduldig neben ihm, während er tippte. Er beendete seinen Text mit einem ›Er ist bestimmt schon in der Nähe‹.

Ivy sah sich unbehaglich um, nachdem sie sein Gestotter zu Ende gelesen hatte, und rieb sich über die Arme. Eine schwache Brise spielte mit einer Haarlocke, die sich aus ihrem Zopf gelöst hatte. »Das will ich nicht hoffen. Adam, wir haben keine Wahl. In St Bart's hat alles angefangen. Dort können wir es auch wieder beenden. Wir müssen den Kristall so schnell wie möglich aus dir rausbekommen.«

Er deutete auf das Pflaster um ihren Finger.

»Heilt langsam, tut aber immer noch weh«, antwortete Ivy. »Der Schnitt glitzert ganz komisch. Ich glaube, das ist der Grund, warum ich dir in der Cafeteria in diese andere Welt folgen konnte. Vielleicht habe ich auch ein bisschen Kristallstaub abbekommen.« Sie boxte ihn leicht gegen die

Schulter. »Jetzt sieh mich nicht so an. Das ist schließlich nicht deine Schuld. Höchstens die von diesem Solon.«

Dieser Einschätzung stimmte er uneingeschränkt zu.

»In spätestens zwei Stunden muss ich in St Bart's sein, um beim Einkleiden der Models zu helfen und das Catering zu koordinieren. Da lässt sich nichts machen. Stella würde ausflippen, wenn ich nicht pünktlich erscheine. Am besten bleiben wir ab sofort zusammen. Die Band wird für den Soundcheck ebenfalls früher kommen. Du solltest dort sicher sein. Vor ihm, meine ich.«

Und dann?, fragte er stumm.

Ivy verstand ihn auch ohne Worte. »Stella kann uns helfen.«

Er hob abwehrend die Hand, aber sie unterbrach ihn.

»Lass mich aussprechen. Sie wird uns wahrscheinlich kein Wort glauben, aber sie kennt eine Menge Leute, die wiederum Leute kennen, die Leute kennen. Wenn sie eine gute Story wittert, wird sie anbeißen. Allein schon wegen der Publicity. Und abergläubisch ist sie auch. Für die letzte Kollektion hat sie einen Astrologen konsultiert. Ich gehe nicht davon aus, dass du einen Geisterbeschwörer kennst, oder?«

Adam hob die Schultern. Er hatte keine Ahnung, was sie brauchten. Geisterbeschwörer, Vampirjäger, Knoblauch oder Silber … Es war zum Verrücktwerden.

»Gut, dann hätten wir das geklärt. Hast du einen Smoking?«

Auch das noch.

»In deine Wohnung kannst du vorerst nicht zurück. Trotzdem müssen wir dir etwas zum Anziehen besorgen. Oder willst du in ausgelatschten Turnschuhen zur Show kommen?«

›Ist das nicht stylish?‹, tippte er.

»Adam …!« Sie sah ihn tadelnd an.

›Ich besitze eine Krawatte.‹

Ivy schüttelte seufzend den Kopf. »Du bist ein seltsamer

Mann, Adam Thorne. Je näher ich dich kennenlerne, desto mehr fange ich an, dich zu mögen. Und je mehr ich von dir erfahre, desto weniger verstehe ich dich.«

Sie stand auf und ordnete ihre Kleider. Adam erhob sich ebenfalls. Aus irgendeinem Grund war ihm leichter ums Herz. Er tippte in sein Smartphone: ›Nun, Mrs Greenwood, das Kompliment gebe ich gerne zurück. Ich bin verwirrter denn je.‹

»Und so entdecken wir unsere ersten Gemeinsamkeiten.« Sie lachte leise und strich sich die Locke aus der Stirn, die der strenge Zopf nicht bändigen konnte. »Ich habe recherchiert. Heute ist ein besonderer Tag. Die Kelten glaubten, an Samhain wandeln die Geister der Verstorbenen über die Erde und die Tore zur Anderswelt stehen offen. Erinnerst du dich an dein Vorstellungsgespräch bei Fortunes, Adam?«

Seltsam, dass sie das jetzt erwähnte. Sie musste den gleichen Gedankengang gehabt haben wie er vor einer Weile.

»Du hast gesagt, du glaubst nur an Information, nicht an Gott oder Vorsehung. Weißt du, woran ich glaube?«

Er wagte nicht nachzufragen.

»An ein Abenteuer.«

Adam schickte einen Stoßseufzer gen Himmel. In der Ferne heulte ein Rettungshorn.

KAPITEL 35

ADAM

»M ein Gott, Adam, wo hast du die ganze Zeit gesteckt?«, fragte Keiko, als sie die Tür öffnete. Dann sprach sie ohne Luftholen weiter: »Hast du das Polarlicht heute Nacht gesehen? Ganz wie damals über St Bart's. Ich habe dir doch davon erzählt! Du musst zugeben, das macht meine Raumschifftheorie gleich wieder wahrscheinlicher. Entweder wirst du von einem Relikt der Außerirdischen heimgesucht oder du bist über ein unentdecktes Gesetz der Physik gestolpert. Oh, und Ivy. Was macht sie hier?«

Adam erschrak über den aggressiven Tonfall bei ihren letzten Worten. Keiko starrte Ivy mit zusammengezogenen Brauen an.

Diese rückte den Schulterriemen ihrer Tasche zurecht und streckte ihre Hand aus. »Hi Keiko, freut mich, dich kennenzulernen. Adam hat mir viel von dir erzählt.«

Hatte er nicht. Würde ihm jemand verraten, was hier los war?

Auf dem Weg zu St Bart's war ihm siedend heiß eingefallen, dass er Keiko seit dem Konzert nicht mehr kontaktiert hatte. Sie hatte sich Sorgen gemacht, den Dutzend Nachrichten nach zu urteilen, die sie ihm hinterlassen hatte. Daher hatte er Ivy überredet, einen Umweg zu ihr ins Wohnheim zu machen. Außerdem wollte er eine zweite Meinung hören. Ivy war von der Idee weniger erbaut gewesen, hatte aber zugestimmt, nachdem er Keikos Genialität und ihre technische Expertise gelobt hatte. Schließlich konnten sie jede Hilfe brauchen, die sie kriegen konnten. Und wenn Keiko eines war, dann einfallsreich. Jetzt war er sich nicht mehr so sicher, ob es eine gute Idee gewesen war, die beiden miteinander bekannt zu machen.

Keikos Miene erhellte sich nur minimal, aber sie schüttelte Ivys ausgestreckte Hand. »Wirklich. Was erzählt er denn so?«

»Dass du immer zu ihm hältst, egal was für Dummheiten er anstellt.«

Keiko schnaubte. »Eine schlechte Angewohnheit von mir. Also gut, kommt erst mal rein.«

Sie schloss die Tür hinter ihnen und ließ sie am Küchentisch Platz nehmen. Dann stellte sie die Kaffeemaschine an. Adam seufzte erleichtert.

»Du siehst schrecklich aus«, sagte Keiko zu ihm. Seine Erleichterung schwand. Und zu Ivy gewandt: »Du allerdings nicht. Wie aus dem Ei gepellt. Das Konzert scheint dir nicht geschadet zu haben. Schicke Tasche übrigens. Ihr bekommt doch Angestelltenrabatt bei Fortunes, oder? Wie wäre es mit einem neuen Outfit für Adam? Sieh ihn dir doch an: Poloshirts und V-Pullover. So laufen höchstens reiche College-Studenten in Harvard herum.«

Ivy lachte unbehaglich, ihr Blick huschte kurz zu Adam. »Ich gebe dir recht, seine Garderobe ist ausbaufähig.«

Adam wedelte mit den Armen. *Können wir uns bitte auf das Wesentliche konzentrieren?*

Natürlich beachtete ihn niemand. Nur die in die Jahre gekommene Kaffeemaschine begann aus Protest lautstark zu gluckern und spuckte Dampf, wenig später war der Kaffee fertig. Keiko schenkte ihnen ein und stellte Milch und Zucker bereit, bevor sie sich zu ihnen an den Tisch setzte.

Ihr Blick wurde ernst. Sie sah Adam nicht an, sondern wandte sich an Ivy.

»Du glaubst nicht an Außerirdische, vermute ich. Also, was ist gestern passiert? Adam sieht bestimmt nicht wie ein Zombie-Mensch-Hybrid auf Droge aus, weil er die Nacht mit dir durchgetanzt hat.«

Ivy warf ihm einen kurzen Blick zu. Er griff nach der dampfenden Tasse und nickte. Daraufhin erzählte sie Keiko in knappen Worten, was sie von ihm über die Ereignisse der letzten Nacht erfahren hatte. Adam zupfte währenddessen nervös an der Tischdecke.

»Wow«, sagte Keiko nach einem Moment des Schweigens. »Ich gebe zu, mit so einer Story habe ich nicht gerechnet.« Sie musterte Adam mit besorgtem Blick. »Der Zombie-Vergleich tut mir leid. Ich bin froh, dass es dir gut geht. Das tut es doch, oder?«

Er nickte.

»Mit dir hat man nur Sorgen.« Keiko kippte drei gehäufte Löffel Zucker in ihren Kaffee und rührte nachdenklich darin herum. »Hast du diesen Solon mal gesehen?«, fragte sie Ivy.

Diese schüttelte den Kopf. »Nicht direkt. Nur kurz in Adams ... Vision.«

›Du glaubst mir?‹, tippte Adam in sein Smartphone und hielt es Keiko entgegen.

»Genug, um zu wissen, dass die Textnachrichten von heute Nacht nicht von dir stammen können. Was glaubst du, warum ich mir solche Sorgen gemacht habe?«

›Solon hat mit dir gechattet?‹ Adam wurde flau im Magen. Solon hatte Keiko heute Morgen erwähnt, allerdings nicht, dass er mit ihr Kontakt gehabt hatte. Er scrollte durch seinen Chatverlauf und machte ein langes Gesicht. Ivy neigte sich zu ihm hinüber, um mitlesen zu können.

»Ist das Japanisch?«, fragte sie.

»Japanisch, Koreanisch und Chinesisch. Das Chinesische habe ich nicht verstanden. Egal. Er schreibt etwas von einem Aura Dingsda. Damit meint er wohl den Kristall. Und er nennt mich eine Hexe – in allen drei Sprachen. Dann schreibt er irgendetwas von Kraken, Fischmonstern und Schatten und droht mir, mich auf dem Scheiterhaufen zu verbrennen, wenn ich mich mit ihnen verbünde. Er selbst nennt sich großspurig den Wanderer zwischen den Welten.«

»Weltengänger«, sagte Ivy. Adam sah sie überrascht an. Sie kratzte verlegen über das Pflaster an ihrem Finger. »So hat er sich genannt, als wir ihm in der fremden Welt begegnet sind. In der Cafeteria.«

Hatte er? Adam konnte sich nicht daran erinnern.

»Weißt du irgendetwas, das Adam weiterhelfen kann?«, fragte Keiko.

Ivy schüttelte den Kopf. »Unsere beste Chance ist die Kammer unter St Bart's. Wir müssen den Kristall wieder zurückbringen.«

»Und wie?«, fragte Keiko. »Schwingst du einen Zauberstab und – Plopp! – der Kristall verschwindet und alle leben glücklich und zufrieden bis an ihr Ende?«

»Solon ist der Schlüssel. Er ist mit dem Kristall und mit Adam verbunden. Wir locken Solon in die Kammer und zwingen ihn, den Kristall aus Adam herauszuholen.«

›Das ist kein Plan, das ist Selbstmord‹, tippte Adam.

»Ist er immer so pessimistisch?«, fragte Ivy.

»Heute ist einer seiner guten Tage«, antwortete Keiko.

Adam war kurz davor, sich die Haare zu raufen. Er wedelte mit seinem Smartphone, bevor er schrieb: ›Ihr unterschätzt den Kerl. Solon ist anders. Ich weiß nicht, was er ist, aber jedenfalls kein Mensch.‹

Keiko zwickte ihn in den Arm. »Egal ob Geist oder Außerirdischer – du kannst dir nicht dein Leben von ihm diktieren lassen.«

Adam schob seinen Kaffee von sich. ›Und wie werde ich ihn wieder los?‹

»Wir bringen ihn um.«

Er starrte Keiko entgeistert an.

»Ich betreibe nur Brainstorming. Wir müssen unsere Optionen ausloten. Umbringen ist Plan Z. Wir brauchen einen Plan A. Bislang hat Solon dir nichts getan. Vielleicht ist er harmlos. Oder er will dich vor schlimmerem Übel bewahren. Den Hexen, die dich entführt haben, zum Beispiel. Hast du dich nicht gefragt, was die von dir wollen? Das sollte unsere größte Sorge sein. Wir könnten Solon als Verbündeten gebrauchen. Und um ehrlich zu sein, bin ich ziemlich neugierig auf den Typen. Du etwa nicht?« Sie sah Ivy bei der Frage an.

Adam bemerkte mit Unbehagen, wie Ivy eine leichte Röte in die Wangen stieg.

»Wir sollten aufbrechen«, sagte sie zu ihm. »Wenn Solon dich finden will, dann findet er dich, egal wo du steckst. In St Bart's können wir wenigstens etwas unternehmen. Und die Show gibt uns Deckung.«

Keiko schlug ihren Löffel gegen die Tasse, dass es klirrte. »Habt ihr mir nicht zugehört?«

›Ivy hat recht. Ich muss den Kristall loswerden. Das löst das Problem Solon *und* das Problem Hexen.‹

»Wir sollten dich als Erstes in einen Computertomographen stecken. Der Kristall könnte inzwischen untrennbar mit deinem Körper verbunden sein. Ihn zu entfernen, könnte dich umbringen. Warum redet ihr nicht erst mit Solon und handelt dann?«

»Eben noch wolltest du ihn umbringen«, warf Ivy ein.

»Das ist die Option für den Notfall«, rief Keiko aufgebracht. »Ganz ehrlich, zuallererst sollten wir Adam untersuchen lassen, damit wir wissen, was da wirklich in ihm drinsteckt.«

»Und wie stellst du dir das vor? Den Notarzt im Krankenhaus höflich um ein CT bitten?«

»Zum Beispiel. Adam ist metertief in eine unterirdische Kammer gestürzt und wurde nicht ordentlich durchgecheckt. Kein Arzt kann ihm die Hilfe verweigern, wenn er über Beschwerden klagt. Wendet doch mal ein wenig Fantasie an.«

»Wir haben es aber nicht mit einem medizinischen Problem zu tun, sondern mit etwas Unerklärlichem. Was, wenn die Ärzte tatsächlich etwas finden? Willst du, dass sie Adam in ein Labor sperren und als Versuchskaninchen missbrauchen?«

»Willst du, dass die Hexen ihn umbringen?«

Adam stand so abrupt auf, dass sein Stuhl über den Boden quietschte. Keiko wollte noch etwas sagen, aber er unterbrach sie mit einer ärgerlichen Handbewegung. Sie lehnte sich mit einem verblüfften Gesichtsausdruck in ihrem Stuhl zurück.

›Es ist mein Herz, mein Leben. Ich entscheide.‹ Er sah sie beide an. ›Der Kristall muss weg. Und Solon auch.‹

Keiko verschränkte die Arme. »Wie du meinst. Aber komm nicht angekrochen, wenn es schiefgeht. Ich habe dich gewarnt.«

Ivy stand auf und schob ihren Stuhl zurück an den Tisch. »Es ist schade, dass du so denkst. Ich will nur das Beste für Adam, genau wie du. Aber wenn wir jetzt nicht handeln, ist es vielleicht zu spät.« Sie schulterte ihre Handtasche und stieß Adam an. »Lass uns gehen. Danke für den Kaffee, Keiko.«

Keiko antwortete nicht. Adam sah sie an, aber sie drehte demonstrativ den Kopf zur Seite. Mit einem stummen Seufzen folgte er Ivy nach draußen und schloss die Tür hinter sich. So hatte er sich das Treffen nicht vorgestellt. Keiko hatte stets zu ihm gehalten, auch wenn sie nicht immer einer Meinung gewesen waren. Dass sie derart ablehnend auf ihre Pläne reagierte, hinterließ ein ungutes Gefühl in seiner Magengegend. Und es machte ihn traurig. Er brauchte ihre Unterstützung, nicht ihren Trotz, nur weil sie ihren Willen nicht bekam.

»Sie mag dich wirklich sehr«, sagte Ivy, als sie neben ihm zur Straße schritt. »Ich denke, sie ist eifersüchtig.«

Adam riss die Augen auf und starrte sie an. Eine Windböe wirbelte Laub auf. Ein Blatt verfing sich an seinem Schuh und blieb daran kleben, aber er machte sich nicht die Mühe, es abzustreifen.

»Die Art, wie sie dich ansieht. Oder mich. Als wäre ich eine Bedrohung. Wie sie jeden deiner Schritte verteidigt, dir aber gleichzeitig Vorhaltungen macht.« Ivy bedachte ihn mit einem schrägen Blick. »Das ist nicht nur Freundschaft, Adam.«

Er schüttelte den Kopf. Ivy interpretierte zu viel in die Sache hinein. Was wusste sie schon? Keiko hatte mit ihrer damaligen Freundin Schluss gemacht, kurz nachdem er sie kennengelernt hatte. Seither hatte sie ihm gegenüber nie auch nur irgendwelche Andeutungen gemacht. Im Gegenteil, sie flirtete seit einigen Wochen mit der Bibliothekarin der Fakultät und gelegentlich mit einem der männlichen Tutoren aus ihrem Studienkreis. Er und Keiko waren beste Freunde, mehr nicht. Und selbst wenn Ivy recht hätte – der Gedanke ließ ihn innerlich zusammenzucken –, wollte er jetzt nicht darüber nachdenken. Nicht heute, nicht nach allem, was passiert war.

Ivy hakte sich bei ihm unter und lehnte sich an ihn. »Mach dir keinen Kopf, du kannst später noch mit ihr reden. Jetzt kümmern wir uns erst einmal um dein eigentliches Problem: Solon.«

KAPITEL 36

SOLON

Nachdem ich Angela Mercers kleinen Hexenladen verlassen habe, irre ich ziellos durch die Straßen. Alles ist so neu für mich. Die Gebäude und Gerüche, die Menschen, ihre Kleidung ... Ich sollte sie untersuchen, studieren, um diese neue Zeit zu verstehen, aber mein Herz ist nicht bei der Sache. Oder sagen wir Adams Herz. Das Schattenherz eines Seelenwahrers. Mein Lebenskristall.

Warum schlägt es so schwach?

Als ich ins Nirgendwann verbannt wurde, machte ich mir nur Gedanken um meine Freiheit. Aber was, wenn Williams Ziel nicht meine Verbannung war, sondern meine endgültige Vernichtung? Töte das Herz, dann tötest du auch die Seele. Ich kann und ich will das nicht glauben. Es ist eines von vielen Rätseln, die ich lösen muss, doch zunächst muss ich mich auf ein anderes Problem konzentrieren. Was mir in Anbetracht meiner derzeitigen Gemütslage nicht leicht fällt.

Vierrädrige Blechungetüme rollen an mir vorbei, die mehr Lärm und Gestank verbreiten, als gut für die Stadt ist. Manche von ihnen sind riesig, mit Anhängern so groß und schwer wie eine Blockhütte. Andere sind zweistöckig und befördern Passagiere. Busse, wie ich einem beiläufigen Gespräch zweier Damen an einer Straßenecke entnehme. An der Vorderseite steht in großen Lettern der Zielort und eine Liniennummer. Über die Stadt verteilt gibt es Haltestellen, in denen die Fahrgäste zusteigen können. Ich bewahre mir diese Option für später auf.

London verbreitete schon immer einen gewissen Gestank. Früher war es das Abwasser, das ungehindert durch die Rinnen und über die Pflastersteine bis in die Themse lief. Inzwischen fließt es in unterirdischen Kanälen, doch dafür türmen sich überall Berge von Müll – zwischen den Häusern, auf den Straßen, den Gehwegen. Für jemanden mit meinen empfindlichen Sinnen ist das eine Zumutung. »Verunreinigte Energien«, hat Madame Mercer gesagt. Ich bezweifle, dass sie damit nur auf den Schmutz in den Straßen anspielte, auch wenn er sich bis in die kleinsten Sphärenpartikel eingenistet hat.

Trotzdem sollte irgendwo in dem Durcheinander ein passender Ort für mein Vorhaben zu finden sein.

Nach einer Weile weht ein frischerer, salziger Wind um meine Nase, der den Geruch nach Abfall und Ruß vertreibt. Die Themse kann nicht mehr weit sein. Ich muss durch den westlichen Teil der Docklands gewandert sein, denn hier und da steht noch ein altes Fabrikgebäude für die Waren aus Übersee. Aber die riesigen Schiffswerften und Anleger aus meiner Zeit sind verschwunden. In der Ferne ragen turmartige Bauwerke auf, die fast bis an die Wolkendecke stoßen und aus Glas und Metall bestehen.

Gelegentlich ernte ich irritierte Blicke von Passanten, was zum einen dem Stil und Zustand meiner Kleidung geschuldet sein dürfte, zum anderen meiner Trophäe, der blauen Feder. Der Haarschmuck wäre auch zu Williams Zeit gewöhnungsbedürftig gewesen, zumindest in den konservativen Londoner Kreisen, in denen mein alter Seelenwahrer verkehrte. Doch dann begegne ich zwei Gestalten mit stachelbesetzten Halsbändern, fetten Nasenringen,

stellenweise kahl rasiertem Schädel und giftgrün und gra-
natrot gefärbten Haaren. Dagegen wirkt meine Feder
geradezu zahm. Also liegt es wohl an meiner Garderobe.
Die Mode ist wieder freizügiger geworden, so wie in den
Jahrhunderten, bevor die Kirche ihre knechtende Hand
über die Gesellschaft ausstreckte. Die Frauen tragen fast
ausnahmslos Hosen. Überhaupt scheint die Kleidung mehr
auf Funktionalität ausgerichtet zu sein, weniger auf Ästhe-
tik. Standesunterschiede treten nicht mehr ganz so stark
hervor, auch wenn die zerlumpten Gestalten an den Stra-
ßenecken mir zeigen, dass die Kluft zwischen Arm und
Reich weiterhin besteht. Nicht, dass ich es anders erwartet
habe. In all meiner Zeit unter den Menschen hat sich eines
nicht verändert: der Mensch selbst.

Mein linker Stiefel quietscht beim Laufen, weil ich ihn
mit Klebeband umwickelt habe. Das ist immer noch besser
als eine auseinanderklaffende Sohle, aber lange wird das
Provisorium nicht halten. Im Augenblick kann ich nichts
daran ändern. Ein Schild an einer Backsteinwand teilt mir
mit, dass ich mich dem St Katharine Pier nähere. Ich
erinnere mich noch gut an die einstige Großbaustelle, die
eine kostenintensive Investition in neue Ankerplätze für
den Warenhandel war. Doch anstelle von Segelschiffen,
die von ihren Gütern entladen werden, begrüßen mich
schnittige Boote, von denen ich nicht weiß, ob sie dem ek-
lektischen Amüsement reicher Anwohner oder der Beför-
derung von Touristen über die Themse dienen sollen.

Egal, Wasser ist ideal für mein Vorhaben. Der Lärm der
Blechwagen ist hier gedämpft, und weniger Menschen
stören mich mit ihrer Aura. Bäume und Sträucher um die
Anlegestelle lockern das Graubraun der Gebäude auf. Eine
Schar Tauben zankt mit zwei Spatzen um Brotkrumen. Die
meisten Passanten flanieren entspannt über die Prome-
nade am Wasser entlang. Eine langgestreckte ehemalige
Lagerhalle beherbergt inzwischen Cafés und Geschäfte.
Innen wuseln Menschen herum oder sitzen gesellig bei-

sammen. Wenigstens das hat sich nicht geändert – bis auf die irritierende Tatsache, dass keiner von ihnen ohne das Kommunikationsgerät auszukommen scheint, mit dem man bis ans andere Ende der Welt sprechen kann. Nette Erfindung. Aber solange die Menschen nicht lernen, telepathisch miteinander zu kommunizieren oder in die vierte Sphäre zu blicken, können sie mich nicht beeindrucken. Die Welt ist so viel größer, als die meisten auch nur ahnen.

Natürlich falle ich hier auf, aber die Menschen sind gut darin wegzusehen. Auch das hat sich nicht geändert. Solange ich niemanden belästige, wird mich keiner von ihnen auf mein zerlumptes Erscheinungsbild ansprechen.

Ein hölzerner Anleger führt um den Pier herum. Mehrere Boote liegen vor Anker, aber niemand nutzt den Steg als Aussichtsplattform, obwohl er sich dafür anbietet. Den meisten Leuten dürfte die Novemberluft zu kühl für eine längere Pause im Freien sein. Der Anleger ist von einer niedrigen Gitterabsperrung umgeben, die mich nicht daran hindert, über sie hinwegzuspringen. Ein Mann in einem zweiteiligen Anzug misst mich mit einem abwertenden Blick. Ich winke ihm freundlich zu. Er starrt rasch wieder auf sein Kommunikationsgerät.

Mir gegenüber, jenseits des Piers, erhebt sich ein hoher, hässlicher Klotz von einem Gebäude, der mein ästhetisches Empfinden beleidigt. In der Ferne ragen die verspielten Spitzen eines Brückenturms mit blauem Geländer in die Höhe. Zu meiner Rechten liegt die frequentierte Promenade mit den Cafés und hinter mir ein etwas größerer Platz mit Bäumen, umstanden von mehreren charmanten alten Häusern aus Holz und Ziegeln. Darin müssen sich ebenfalls Restaurants und Cafés befinden, wenn ich die verzierten Schilder und Schriftzüge über den Eingängen richtig deute.

Im Schneidersitz setze ich mich auf den schmalen Steg und platziere Madame Mercers Ingwerknolle vor mir auf dem Boden.

Bevor ich mit dem Ritual beginne, lehne ich mich vor, um mein Spiegelbild im Wasser zu betrachten. Sanfte Wellen verzerren meine Züge. Ich lächle mir zu und sage: »Du kannst rauskommen.«

KAPITEL 37

SOLON

Kaum habe ich meine Worte geäußert, spüre ich ein unangenehmes Ziehen und Zerren in mir, als ob mein Innerstes nach außen gestülpt würde. Meine Haut prickelt und mein Spiegelbild zerfließt in alle Richtungen, bevor es sich wieder neu formiert. Über mir erscheint ein zweites Gesicht im Wasser.

»Ich habe mich schon gefragt, wann du mich bemerkst.« Gian-Sûl fächert seinen Mantel mit einer eleganten Bewegung zur Seite, bevor er sich neben mich setzt. Sein Spiegelbild verschwindet, nachdem sich seine Gestalt vollständig materialisiert hat. Ohne das gelbe Halblicht des Nirgendwann wirkt die Haut des Schattenmars leichenblass, beinahe weiß. Die Hörner auf seinem Kopf schimmern. Ein flüchtiger Beobachter würde ihn nicht sehen können, sondern höchstens einen verzerrten Schatten an meiner Seite wahrnehmen. »Traurig, dass du dafür die Intuition einer Hexe gebraucht hast. Mir scheint, deine besten Zeiten sind vorbei, Weltengänger.«

»Ich habe dich nicht eingeladen, blinder Passagier zu spielen.« Keine Ahnung, wie er es geschafft hat, unbemerkt in meinen Schatten einzudringen. Es muss bei meinem Sturz von den Klippen passiert sein. Selbst wenn ich zur fraglichen Zeit damit beschäftigt war, im Meer aus Nacht zu ertrinken, ist das keine Entschuldigung für meine Fahrlässigkeit.

»Ärgere dich nicht, alter Freund, das hätte jedem von uns passieren können.« Der Bastard lacht. Natürlich weiß er genau, wie ich mich fühle. Schließlich hat er die ganze Zeit Energie aus mir abgezapft, um sich zu stärken. Kein Wunder, dass ich nicht auf der Höhe bin. »Gib es zu, du hättest die Gelegenheit an meiner Stelle auch nicht ungenutzt gelassen.«

Das dumpfe Ziehen in meinem Schädel hielt ich anfangs für die Nachwirkungen meiner halsbrecherischen Flucht. Hätte Madame Mercer mich nicht unabsichtlich auf die Dunkelheit in mir hingewiesen, dann hätte der Schattenmar mein Bewusstsein immer tiefer infiltrieren können; so tief, dass ich nicht bemerkt hätte, wie mein Wesenskern immer weiter schwindet – bis ich zu einem verlorenen Echo im Nirgendwann geworden wäre, ohne Kenntnis meiner selbst.

Ich erschaudere unwillkürlich. Der Vorfall führt mir ein weiteres Mal vor Augen, wie ausgeliefert ich dieser Welt ohne die stabilisierende Kraft meines Lebenskristalls bin.

»Warum spielst du dann noch Verstecken mit mir?«, frage ich ungehalten. »Du hättest längst in dein finsteres Reich zurückkehren und der Königin meine Flucht beichten können.«

»Erst wollte ich deinen neuen Seelenwahrer kennenlernen.«

»Das hast du. Und jetzt verschwinde!«

Er breitet die Arme aus und saugt die Luft mit ihrer Mischung aus Ruß, Salz- und Brackwasserduft ein. »Und all das hier verpassen? Ah, wie ich die dritte Sphäre und ihre fleischlichen Genüsse vermisst habe, fast mehr als meine Schatten. Sieh dich um – hier pulsiert das wahre Leben!«

Ach ja? Eine pulsierende Metropole sieht anders aus.

Der Pier ist kaum frequentiert. Die Passanten auf der Promenade ignorieren uns instinktiv, denn Gian-Sûls Schatten flackert um ihn wie ein unsichtbares Warnfeuer. Nur eine einsame Möwe auf dem Brückengeländer mustert uns mit schief gelegtem Kopf.

»Was willst du wirklich noch hier?«

Meine Geduld ist zu Ende. Im Zwielicht hat die Not uns zusammengeschweißt. Hier sind wir nichts außer Feinde.

»Das fragst du noch?« Die Stimme des Schattenmars hat ihre gespielte Heiterkeit verloren. Sie zittert vor unterdrücktem Zorn. »Das Zwielicht blutet noch immer.«

Ich antworte ihm nicht, sondern lasse ein Quäntchen meiner Energie in die Ingwerknolle fließen, bevor ich sie in das Hafenbecken tauche, um sie zu reinigen. Energetisch geladenes Weihwasser wäre besser dafür geeignet, aber heute ist Allerheiligen, und da sind die Kirchen überfüllt. Zu einer anderen Zeit hätte es mir Spaß gemacht, ein paar Kirchgänger zu erschrecken, aber Scherze und grober Unfug stehen derzeit nicht auf meiner Prioritätenliste.

Der Schattenmar verfolgt meine Bewegungen mit gerunzelter Stirn. »Brauchst du dafür jetzt auch schon einen Hexenfirlefanz?«

Ich kann meine eigene Magie nicht nutzen, ohne die halbe Anderswelt samt Zwielicht auf meine Rückkehr aufmerksam zu machen. Natürlich weiß der Bastard das ganz genau. Seine Augen sind dunkel, fast schwarz, weil er sich so lange an meinem Schatten gelabt hat.

Ich hätte nicht übel Lust, sie ihm herauszureißen.

Mit den Fingernägeln löse ich die harte Rinde von der Wurzel, werfe letztere zurück ins Wasser, dann stehe ich auf und streiche mit der Unterseite der Rinde sanft über die Aura der Luft. Der Wind trägt meine Berührungen weiter nach oben. Ingwer ist eine hochschwingende Pflanze. Ihr Energiemuster ist so kraftvoll, dass sie von vielen Bewohnern der Anderswelt als Heilmittel bei Verletzungen ihres physischen Körpers wie auch ihres feinstofflicheren Energiekörpers genutzt wird. Das Zwielicht ist auf seine Art ebenfalls lebendig.

Ich erkenne die Verletzungen beinahe sofort.

Dort, wo der Wind die Aura der Luft mit dem öligen Film der Ingwerwurzel berührt hat, zeichnen sich schwärzliche Risse ab. An einigen Stellen tritt eine dunkle Substanz hervor: reines Zwielicht. Es sind keine klaffenden Wunden, dafür sind die Risse zu fein, aber die gesamte Struktur ist beschädigt. Ein paar der kleineren Risse beginnen sich zu schließen, als ich ein weiteres Mal mit der Ingwerrinde darüber streiche – ein winziges Pflaster auf einer großflächigen Wunde.

»Die Schatten leiden Schmerzen.«

Gian-Sûls Stimme ist dunkel, als er neben mich tritt und einen der Risse berührt. Ein Tropfen Zwielicht bleibt an seiner Fingerkuppe kleben.

Ich nage an meiner Unterlippe. So etwas habe ich in all meiner Zeit noch nicht gesehen. Dass jemand ein Loch ins Zwielicht reißt, um sich gewaltsam Zutritt zu den tieferen Schichten zu verschaffen, kommt vor. Ich selbst habe es schon getan. Aber das hier gleicht einem Brand, der gelegt wurde ... ja, um was zu tun? Zu zerstören, zu verletzen? Ich weiß es nicht. Das Zwielicht ist die Grenzregion zwischen den Sphären. Hier regieren die Schatten. Weder die Bewohner der Anderswelt noch die Zauberkundigen unter den Menschen dringen leichtfertig in diese finsteren Regionen vor.

»Hat dein Seelenwahrer so wenig Respekt vor der Dunkelheit?«

»Ich habe es dir schon auf den Klippen der Bucht der Tausend Tränen gesagt, und ich sage es wieder: Das ist nicht Adams Werk.«

»Es fühlt sich aber so an.«

Der Schattenmar packt mich am Arm und zerrt mich mit sich ins Zwielicht, zu schnell, als dass ich meinen Körper auf den Strukturwechsel vorbereiten kann. Es ist, als würde ich unter eine zähflüssige Schicht aus Teer gedrückt. Mein Atem stockt, meine Orientierung ist dahin. Ich schwanke wie ein Matrose auf hoher See, nur Gian-Sûls eiserner Griff hält mich aufrecht. Zähe Sekunden vergehen, bis sich die Schwingungen meines Körpers an die neue Strukturdichte anpassen und das Schwindelgefühl verfliegt. Keuchend ringe ich nach Luft. Mein Herz rast wie nach einem Dauerlauf.

»Lass die Spielchen!«, zische ich wütend und reiße mich von dem Schattenmar los. Dieser antwortet mit einem gehässigen Lachen. Wir stehen jetzt auf dem freien Platz hinter dem Anleger, obwohl wir uns nicht von der Stelle bewegt haben. Das Zwielicht ist immer im Fluss. Es strömt beständig zwischen den dicht gewebten Materiepartikeln der dritten Sphäre. Taucht man ein, erscheint man dort, wohin man seinen Fokus lenkt. Ein Ungeübter, der die notwendige Schwingungsfrequenz seines Körpers falsch einschätzt, kann beim Übergang seine gesamte stoffliche Existenz auseinanderreißen.

Die Gebäude hinter uns sind in Dunkelheit gehüllt. Ihre Formen schwanken und verzerren sich wie die tanzenden Schatten eines Feuers. Zwei Männer in dunklen Anzügen spazieren über den Platz. Vom Zwielicht aus gesehen erscheinen sie schwärzer als die Nacht. Sie unterhalten sich, doch als sie an uns vorbeikommen, machen sie zu beiden Seiten einen weiten Bogen um uns herum, obwohl sie uns nicht wahrnehmen können. Menschen und andere Wesen des Lichts, egal ob sie sterblich sind oder nicht, meiden die Schatten instinktiv.

Nachzehrer wabern um mich herum. Sie huschen Eisfingern gleich über meine Haut. Kälte. Schmerz. Verwirrung. Es sind ihre Empfindungen, die ich wahrnehme, nicht meine. Gierig lecken sie an meiner Aura, von der sie angezogen werden wie Motten von einem lodernden Feuer. Diese formlosen Schatten der oberen Schichten sind relativ ungefährlich. Nachzehrer besitzen kein eigenes Bewusstsein, aber als Kollektiv führen sie sich auf wie ein Schwarm Heuschrecken, der alles in seinem Weg kahl frisst. Sie sind eng mit den Lebewesen der dritten Sphäre verbunden. Wie Parasiten nähren sie sich von deren negativen Emotionen, wodurch sie sich vermehren. Normalerweise meiden sie Wesen mit einer starken Aura. Aber die Verletzungen des Zwielichts haben sie orientierungslos gemacht, und so stürzen sie sich auf das nächstbeste, das ihnen den Weg weist, und das bin in diesem Fall ich. Wenn man Pech hat, lässt ein ganzer Schwarm nicht viel von einem übrig.

Es fällt mir schwer, meinen Geist gegen sie abzuschirmen, ohne mein Zír zu aktivieren – was ich tunlichst vermeiden werde, solange die Verbindung zu meinem Lebenskristall geschwächt ist.

Auf einen stummen Befehl Gian-Sûls weichen die Nachzehrer zurück und verharren als Pulk in einiger Entfernung von uns.

»Was hat dein Seelenwahrer vor?« Gian-Sûls Form zerfließt, seine Stimme dringt als zorniges Flüstern von allen Richtungen auf mich ein und hallt in der Dunkelheit wider. Als Wesen des Zwielichts ist er in seinem Element. Schatten, unterdrückte Gefühle, dunkle Begierden – sie verleihen ihm seine Kraft.

»Du hast ihn doch gesehen. Er ist ein Dummkopf, kein Magier.«

»Ein Dummkopf, der mit Magie spielt, die er nicht versteht, richtet den größten Schaden an.« Gian-Sûls Stimme flüstert jetzt dicht an meinem Ohr. »Niemand kann so ahnungslos sein und gleichzeitig ein Portal ins Nirgendwann öffnen. Und dass das sein Werk war, kannst du nicht leugnen. Du bist mit ihm verbunden.«

Allerdings. Ein Band, das so schwach ist wie das Haar an Damokles' Schwert.

Eine feinstoffliche Hand stößt in mich hinein, versucht, meinen Schatten aus mir herauszuziehen. Ich wehre sie ab, indem ich meine eigene Energiedichte verringere. Die Hand wischt haltlos durch mich hindurch.

Der Schattenmar spielt nur mit mir. Aber ohne aktives Zír bin ich ihm ausgeliefert.

»Ich weiß genauso wenig wie du, was vor sich geht«, mache ich meinem Ärger Luft. Meine Stimme hallt in der Dunkelheit. »Wir beide waren lange genug im Nirgendwann gefangen, um zu wissen, dass sich die Machtverhältnisse seit meiner Verbannung verschoben haben können. Williams Tat hat nicht nur die dritte Sphäre getroffen. Der Pakt von Babylon kann längst verraten worden sein.«

Über Jahrhunderte hatte der Pakt einen fragilen Frieden zwischen den magischen Fraktionen der Menschen, den Fürsten der Anderswelt und der Königin der Schatten gesichert. William, wie auch die Seelenwahrer vor ihm, hatte als neutrale Kraft dafür gesorgt, dass sich alle Parteien an die damals zugesicherten Regelungen hielten. Die Feenvölker mischten sich nicht in die Belange der Sterblichen ein, Hexen und Magier hörten auf, sich gegenseitig zu bekriegen und die Kreaturen des Zwielichts fielen nicht mehr maßlos über wehrlose Menschen her, um sie ihrer Lebensenergie oder ihrer Seelen zu berauben. Aber William war Vergangenheit – wie jeder sterbliche Mensch. Und mit seiner letzten Tat hatte er alle Bündnispartner gegen mich vereint.

Im Laufe der Jahrhunderte und Jahrtausende hatte ich mir viele Feinde auf allen Seiten gemacht. Nicht nur durch meine Taten, sondern durch meine bloße Existenz. Ich war der letzte der Unvergänglichen, jener Völker, die einst über diese Welt und ihre Sphären geherrscht hatten. Solange ich existierte, würde es immer jemanden geben, der mächtiger war als alle Magier der Erde, mächtiger als die Dunkelwesen aus den Schatten, mächtiger noch als jeder einzelne Fürst der Anderswelt, obwohl diese mit ihrer Magie sogar den Lauf der Natur kontrollieren konnten. Mächtig genug, um selbst die wahrhaft Unsterblichen unter ihnen zu vernichten, wenn es nötig werden sollte. Und darum fürchteten sie mich so sehr. Ich war das Gleichgewicht zwischen den Kräften und zugleich die Kraft, die das Gleichgewicht zerstören konnte.

Während meiner letzten Jahrzehnte auf dieser Welt nahmen die Unruhen zwischen den Bündnispartnern wieder zu. Düstere Prophezeiungen über das Ende aller Magie und die Zerstörung der Ordnung der Sphären durch den Weltengänger machten die Runde. Ich hatte einen Verdacht, wer die Gerüchte in die Welt gesetzt hatte, konnte meine Vermutungen aber nicht beweisen. Daher blieb ich auf der Hut, denn ich ahnte, dass sich Teile der magischen Gemeinschaft gegen mich verbünden würden. Aber dass mich ausgerechnet mein eigener Seelenwahrer an sie verriet – und nicht nur das, er stellte sich sogar an ihre Spitze –, hätte ich in meinen kühnsten Träumen nicht erwartet. William war nicht nur mein Seelenwahrer, sondern auch mein Freund gewesen. Doch selbst er fürchtete mich am Ende mehr als jede andere magische Kraft auf dieser Welt. Aber das erkannte ich viel zu spät.

Wenn ich mit meiner Vermutung recht habe und das Bündnis um den Pakt von Babylon aufgelöst wurde, dann drohen mir noch viel größere Probleme als nur ein gesplittertes Zír.

Aber mir bleibt keine Zeit, länger über die Konsequenzen zu sinnieren. Gian-Sûl stößt mich von hinten zu Boden. Ich kann den Sturz nicht mehr abfangen und schürfe mir die Arme auf. Oh, dieser verfluchte ...! Hastig greife ich nach den Eisenstangen des Absperrgitters vor dem Anleger, um den Kontakt zur Welt der Materie nicht zu verlieren. Ein faustgroßer Stein gerät in mein Blickfeld. Er kommt mir gerade recht. Mit aller Kraft schleudere ich ihn in die Richtung, wo ich die dunkle Aura des Schattenmars spüre. Ein dumpfes *Klong* verrät mir, dass ich getroffen habe. Er ist dabei, sich wieder zu rematerialisieren. Ich springe auf die Füße, gerade noch rechtzeitig, bevor die

Nachzehrer auf mich zustürzen – eine schwarze Welle aus krabbelndem, verzerrtem Ungeziefer.

In letzter Sekunde stolpere ich aus dem Zwielicht heraus und prompt in einen Passanten hinein, eine füllige Dame, die sich bei unserer Kollision mit einem entsetzten Aufschrei auf ihren Allerwertesten setzt. Ich taumle wie ein Betrunkener, da mein Körper den ungeschützten Übergang in die dichtere Sphäre erneut kompensieren muss. Der gleichfalls füllige Begleiter der Dame starrt mich mit offenem Mund an, bevor er lauthals anfängt, um Hilfe zu schreien. Fast bin ich versucht, wieder zurück ins Zwielicht zu flüchten. Stattdessen haste ich auf das Backsteingebäude mit den halbrunden Fensterfronten zu, hinter denen ich eine Vielzahl von bunten Auren wahrnehme.

Kaum bin ich durch die Tür hindurch, empfangen mich ockerfarbene Wände und runde, kunstvoll marmorierte Tische, eine dezente Beleuchtung und die irritierten Blicke der Gäste. Das Café ist perfekt geeignet, um einen gemütlichen Nachmittag zu verbringen, sofern man nicht in Lumpen aus dem vorletzten Jahrhundert gekleidet daherkommt und auf der Flucht vor Schattenwesen ist. Der Duft von Brötchen und frisch gerösteten Bohnen dringt in meine Nase und erinnert mich daran, wie hungrig ich bin. Leider habe ich keine Zeit für Gaumenfreuden. Der Kellner in seiner schwarz-weißen Livree verliert beinahe sein Tablett, als ich an ihm vorbei die Treppe hinauf ins obere Stockwerk eile.

Oben sitzen weniger Menschen, aber auch hier ziehe ich sofort alle Blicke auf mich. (Beinahe könnte ich mich geschmeichelt fühlen.) Ein vielleicht vierzigjähriger Mann mit Jackett und Krawatte schiebt seinen Stuhl zurück und tritt mit ausgestreckten Armen auf mich zu.

»Sir, kann ich Ihnen helfen?«

Seine Stimme klingt besänftigend, als würde er mit einem kleinen Kind sprechen. Wahrscheinlich ist er einer von den Typen, die gerne den Helden spielen. Seine Begleiterin, eine attraktive Blonde in einem Kleid, das jedes Detail ihres Körpers betont – bei den fünf Sphären, ich wünschte, ich hätte mehr Zeit –, zieht an seinem Ärmel. Ihre Aura riecht nach frischer Minze.

»Thomas, lass den Mann in Ruhe. Ich bin sicher, das Personal wird sich gleich um ihn kümmern.«

Aber der gute Thomas hört nicht auf sie. Er nähert sich mir weiter. »Kommen Sie. Ich bringe Sie nach unten. Da kann man Ihnen helfen.«

Seine Aura gefällt mir. Sie ist stark und hell, mit einem orangen Schimmer, und riecht nach Walnuss und Koriander. Geltungsdrang, Durchsetzungsstärke, gepaart mit unterdrückten Versagensängsten.

Gian-Sûl taucht mit einem Lächeln hinter dem Mann auf. Er hat jegliches Zwielicht von sich abgestreift und ist damit für alle anderen im Raum genauso sichtbar wie für mich.

Die attraktive Blonde fährt schockiert von ihrem Stuhl auf. Ein Kind fängt an zu schreien. Rufe werden laut, Stühle quietschen über Marmorfliesen. Thomas stolpert mit einem Laut des Entsetzens zur Seite. Gefangen zwischen Ungläubigkeit und Panik starren die Gäste die überlebensgroße Gestalt mit den Hörnern an. Ja, Leute, so sieht der Leibhaftige aus!

Gian-Sûl greift zu, um Thomas' Schatten und mit ihm seine dunkle Lebenskraft zu stehlen. Wut, Neid, Angst können gewaltige Kräfte freisetzen. Ich bin schneller und stoße den Mann beiseite. Gleichzeitig reiße ich ein Stück seiner kraftvollen Aura heraus. Er sinkt mit einem gurgelnden Laut zu Boden. Sein Energiekörper ist stark, er wird sich erholen. In einigen Wochen vielleicht. In der gleichen Bewegung ramme ich dem Schattenmar mit all der Kraft der fremden Energie meine Faust in die Brust und katapultiere uns beide zurück ins Zwielicht. Das Dunkel um uns flammt für einen Augenblick auf, erleuchtet von der hellen Aura, die ich entwendet habe.

Wir sind zurück auf dem Pier. Die Gäste aus dem Café stürzen durch die Tür hinaus ins Freie, ohne uns zu bemerken. Im Zwielicht sehen sie für mich aus wie Fackeln mit einer dunklen Flamme.

Der Schattenmar krümmt sich. Die helle Energie muss sich wie ein glühendes Eisen in seinen Eingeweiden anfühlen.

»Lichtmagie.« Er spuckt das Wort aus, als wäre ihm übel davon. »Leugnest du es noch immer? Es war ein Seelenfeuer, was das Zwielicht verletzt hat.«

»Ein Seelenwahrer ist nicht der Einzige, der Lichtmagie nutzen kann.« Ich stütze mich mit einer Hand an einem Laternenpfahl ab. Das ständige Wechseln zwischen Licht und Schatten erschöpft mich. Selbst unter Einsatz meines Zír ist es nicht leicht, die Schwingungen meines Körpers in so schneller Folge zu verändern. Ohne kommt es mir vor, als würde ich pausenlos einen Turm rauf und runter rennen.

»Er oder seine Verbündeten, das ist mir gleich. Jemand wird für diesen Frevel bezahlen.«

Als ob ich nicht selbst meine Zweifel an Adam hätte. Ich kann nicht erklären, wie er die Verbindung zu mir hergestellt hat. Oder warum ich die Energie des Kristalls in ihm spüre, während gleichzeitig sein Herz so leer wie das eines gewöhnlichen Menschen ist. Vielleicht ist er ein Spielball der Arkanisten, die ihre Kräfte vereint haben, um einen schwachen Seelenwahrer zu ihrer Marionette zu machen und mich durch ihn zu kontrollieren. Es wäre nicht das erste Mal, dass so etwas passiert.

»Niemand weiß, wie viele Seelensteine noch existieren. Warum belästigst du mich mit haltlosen Anschuldigungen, anstatt dich an deine Herrin zu wenden? Es ist *ihr* Reich, das blutet. Oder kann es sein, dass du ihren Zorn fürchtest? Immerhin hast du als mein Wachhund versagt.«

Gian-Sûl fährt mit einem Knurren zu mir herum und packt mich an der Kehle. »Sei vorsichtig, Weltengänger!

Wenn ich ihr deinen Kopf auf einem Silbertablett serviere, zählt die Vergangenheit nicht mehr. Wir sind nicht im Nirgendwann. Hier kehrst du nicht so leicht von den Toten zurück. Sag, Freund Solon: Wenn ich dir jetzt die Kehle herausreiße, was bleibt dann ohne deinen Kristall von dir übrig? Ohne das Schattenherz?«

Der Laternenpfahl, gegen den er mich presst, ist beruhigend stabil. Ich zucke nicht mit der Wimper, obwohl mir mein Herz bis zum Hals pocht; mein eigenes, echtes Herz, das sich beinahe so schwach und menschlich anfühlt wie das von Adam. Ich habe diesen Umstand verdrängt, habe auf Zeit gespielt, die ich nicht mehr besitze, aber der Schattenmar hat sich von meinen Ängsten genährt. Er kennt mich und meine Gedanken zu gut.

Ohne meinen pulsierenden Lebenskristall in der Brust eines Seelenwahrers bin ich nichts weiter als eine stoffliche Hülle. Ein Körper, der nicht länger von den regenerativen Kräften des Kristalls versorgt wird. Seine Energie allein ist es, die mich über die Zeiten hinweg am Leben erhalten hat und mich zu dem macht, der ich bin: der Letzte der Unvergänglichen.

Der Schattenmar lässt mich los, wirft den Kopf in den Nacken und lacht. »Du bist sterblich, Weltengänger.«

KAPITEL 38

ADAM

»Entspann dich!« Colin klopfte ihm belustigt auf die Schulter. »Außer den reichen Ladys über achtzig will dich keiner hier fressen.«

Adam lächelte gequält und lockerte seinen steifen Kragen. Die Luft war trotz des zugigen Gemäuers stickig. St Bartholomew-the-Great glich heute einem Rummelplatz mit integrierter Sauna statt einer jahrhundertealten Kirche. Ein bunt gemischtes Publikum aller Altersklassen aus der Mode-, Film- und Musikszene scharte sich um die Champagner-Bar und Buffet-Tische. Er war der einzige Anwesende unter Dreißig in einem Smoking. Mit einem verstohlenen Seitenblick musterte er Colin. Der Sänger trug eine dunkle Hose, ein bis zur Brust aufgeknöpftes weißes Hemd, dessen Ärmel aufgerollt waren, sodass man die Tattoos an seinen Unterarmen sehen konnte, und darüber eine graue Samtweste. Damit wirkte er halb so steif wie Adam, aber doppelt so cool.

Er deutete fragend auf Colins Kleidung, anschließend auf Stella Fortune, die von einer Gruppe wichtig aussehender Leute umlagert wurde.

Colin befingerte seine Weste. »So eine Promotionkampagne hat ihren Preis. Stella sponsert ein Jahr lang unsere

Konzerte, die Presseauftritte und unser erstes professionelles Musikvideo, dafür tragen wir ihre Marke. Kein schlechter Deal, wenn du mich fragst.«

Ah! Als Softwareentwickler war er dafür wohl nicht hip genug. Er sah an sich herunter.

Colin tippte lachend gegen Adams Fliege. »Nimm's nicht so schwer. In klassischer Abendgarderobe kannst du nichts falsch machen. Sieh nur zu, dass du keinen Kaviar darauf verkleckerst, sonst bringt Stella dich um.«

Das wollte er lieber nicht riskieren. Der Tag war bisher schon unglücklich genug verlaufen.

Weder Ivy noch er hatten Gelegenheit gehabt, mit ihrer Chefin zu sprechen. Nachdem sie in einer für Fortunes tätigen Reinigung einen Smoking für ihn organisiert und sich auf dem Weg einen Happen zu essen vom Chinesen mitgenommen hatten, waren sie beide nach ihrer Ankunft in St Bart's sofort in Beschlag genommen worden.

Die Bühnentechniker hatten Probleme gehabt, eine Verbindung zwischen dem Computer und den Servern aufzubauen, die im Rundgang hinter dem Altar untergebracht waren und von einer mobilen Klimaanlage gekühlt wurden. Nachdem Adam einige Software-Komponenten und die Firewall aktualisiert hatte, lief alles wieder wie geschmiert. Zur Sicherheit überprüfte er ein letztes Mal sein Programm. Es war perfekt mit den beiden Musikstücken von Enter Horizon synchronisiert. Die Band spielte nachher live, aber die Tracks liefen zusätzlich im Playback und gaben das Tempo vor. Ein paar Mausklicks würden reichen, um die Anwendung zu starten. Das Zusammenspiel der eingesetzten Technologien nötigte den Technikern noch immer Respekt ab, daher versicherte er ihnen, während der Show für Notfälle bereitzustehen.

Ivy half derweil den Models beim Sortieren der Kleider, ging mit ihnen ein letztes Mal den Ablauf durch, koordinierte das Catering-Personal, leitete die Make-up-Artists an, checkte die Gästeliste, beantwortete die Fragen der eintreffenden Reporter und so weiter und so fort. Adam hatte schon bald den Überblick verloren und gönnte sich nach seinem erfolgreichen Austausch mit den Technikern einen dringend benötigten Cappuccino im Café des angelagerten Klosters. Dort schmiedete er sinnlose Pläne, wie er Solon in die Kammer locken würde. Anschließend sah er Enter Horizon beim Soundcheck zu.

Irgendwann tauchte Ivy wie ein Geist hinter ihm auf und zog ihn in das Seitenschiff.

»Jetzt oder nie«, flüsterte sie.

Er trabte hinter ihr her, nicht ohne sich mehrmals zu vergewissern, dass niemand ihnen folgte. Wie erwartet führte Ivy ihn in den Gang, der vier Tage zuvor mit ihrem Sturz in die Knochenkammer geendet hatte. Diesmal begleitete kein schabendes Geräusch oder unheimliches Funkeln ihren Weg. Das Warnschild und die Absperrungen vom Denkmalschutz waren ebenfalls verschwunden. Doch wo zuvor nur ein paar morsche Bretter das Loch in der Mauer versperrt hatten, empfing sie nun massiver Beton. Die künstliche Masse klebte wie ein hässliches Pflaster auf den alten Steinen. Die umliegenden Mauern sahen aus, als wären sie geschrubbt und poliert worden. Kein Staubkörnchen verunzierte den Boden des Ganges. Selbst die Spinnweben oben in den Ecken neben dem gelben Fenster hatte man entfernt.

Ivy ließ sich mit einem frustrierten Laut zu Boden sinken. »Wenn dies das Werk von Archäologen sein soll, dann haben sie sich selbst übertroffen. Bewahrt für die Ewigkeit, würde ich sagen. Ich hätte nie gedacht, dass Stella so gründlich vorgeht.«

Adam setzte sich neben sie. Ohne Schlagbohrmaschine oder noch schwereres Gerät war an der Stelle kein Durchkommen mehr. Wenigstens wusste er jetzt, was die Leute vom Denkmalschutz tatsächlich hier unten getrieben hatten. Um den Erhalt von Kulturgut war es ihnen dabei kaum gegangen. Stattdessen hatten sie ganze Arbeit geleistet, um zu verhindern, dass jemand in die Kammer zurückkehren konnte – oder von dort wieder herauskam.

Seltsamerweise verspürte er Erleichterung darüber. Vielleicht war es besser so. Sie konnten schließlich nicht wissen, ob in der Kammer nicht noch schlimmere Gefahren als ein magischer Kristall lauerten. Lebende Gargoyles zum Beispiel.

Der Boden war eiskalt. Ivy schien das nicht zu stören. Sie zog die hochhackigen Schuhe aus und massierte mit einem erleichterten Seufzen ihre Füße. Sie hatte sehr hübsche kleine Füße. Überhaupt sah sie in ihrem goldfarbenen Paillettenkleid umwerfend aus. Es betonte Rundungen, die er bisher nur erahnt hatte.

»Wir brauchen einen Plan C.«

Adam malte einen Buchstaben und ein Fragezeichen in die Luft.

»Plan B? Frisch machen natürlich. So kann ich unmöglich unter die Leute.« Sie wedelte sich mit der Hand Luft zu.

Er wartete geduldig, bis ihr seine fragende Miene auffiel.

»Plan C, richtig. Uns bleibt nur noch übrig, mit Stella zu sprechen. Das wird kein Vergnügen. Sie ist wegen der Show schon angespannt genug.« Sie musterte Adam eindringlich. »Geht es dir gut?«

Der Themenwechsel verwirrte ihn.

»Du siehst blass aus. Und das liegt nicht am Kirchenlicht.«

Er berührte unwillkürlich seine Brust. Seit er vor Solon geflohen war, spürte er immer wieder ein Stechen in der Herzgegend. Manchmal stolperte sein Herz oder schien doppelt zu schlagen, als würde es ein Echo hinter sich herziehen. Das unregelmäßige Pochen war nicht besonders schmerzhaft, aber es beunruhigte ihn. Zugleich war es eine konstante Erinnerung daran, dass er nicht vor seinen Problemen davonlaufen konnte.

»Der Kristall ... du fühlst ihn, nicht wahr?«

Adam nickte zögernd. In diesem Augenblick wünschte er sich nichts sehnlicher, als sprechen zu können.

Ivy fasste seine Hand. »Wir finden eine Lösung, ich verspreche es. Du bist nicht allein, vergiss das nicht. Und jetzt lächle mal. Noch geht die Welt nicht unter.« Sie beugte sich vor und gab ihm einen flüchtigen Kuss auf die Lippen.

Adam saß noch wie erstarrt da, als Ivy bereits wieder aufsprang. »Und jetzt komm, wir haben nicht den ganzen Tag Zeit.«

Sprachlos sein hatte auch sein Gutes. In Momenten wie diesen fiel es nicht weiter auf.

Die Stunde nach ihrer erfolglosen Exkursion in die Niederungen von St Bart's verbrachte Adam wie in Trance. Ivy war wieder zur Arbeit verschwunden, und so blieb für ihn nicht viel zu tun, außer dem Catering im Weg zu stehen und einem Interview mit der Band zu lauschen. Aber auch dieses ging vorüber und nachdem die drei Musiker für Pressefotos posiert hatten, überließ man sie sich selbst. Da der Abend bereits fortgeschritten war, entschieden sie, in der Nähe der Apsis zu bleiben. Von dort aus konnten sie zusehen, wie sich die Kirche mit den geladenen Gästen füllte.

Colin spähte in alle Richtungen. »Ich habe heute noch kein persönliches Wort mit unserer hübschen Assistentin gesprochen. Dabei schulde ich Ivy noch einen Drink. Und einen Tanz. Das geht doch in Ordnung für dich?«

Adam nickte müde. Der Sänger klopfte ihm auf die Schulter, bevor er sich unter die Gäste mischte. Schon bald darauf flirtete er mit der blonden Reporterin, die ihm beim Interview Fragen zu seinen Groupies gestellt hatte. Keiner der Pressevertreter hatte Adam zu seinem Hologramm befragt. Dabei hatte man es als *die* Überraschung der Show angekündigt. Einerseits wurmte ihn das, andererseits war er froh darüber. Schließlich wollte er nicht als Künstler im

Rampenlicht stehen, sondern hatte gegen Bezahlung eine Auftragsarbeit abgeliefert. Also Schwamm drüber. Er hatte dank dieses Jobs bereits mehr bekommen, als ihm lieb war.

Adam lehnte sich gegen einen der massiven Pfeiler. Die Kälte der uralten Steine kroch durch seinen Smoking und ließ seine Schulter taub werden. Doch die eisige Berührung half auch, die aufkommende Erschöpfung zu vertreiben.

Vor ihm war der Laufsteg aufgebaut worden und hinter ihm öffnete sich der Arkadengang. Da man das Catering dort untergebracht hatte, blieb ihm ein Rückzug in die zweite Reihe für eine Erholungspause verwehrt. Er würde dort nur wieder im Weg stehen. Außerdem wusste er nicht, ob er allein sein wollte. Schon gar nicht in den unbekannten Tiefen dieses Gemäuers. Dezente Lounge-Musik drang aus versteckten Lautsprechern an sein Ohr.

Er beobachtete, wie Colins Bruder Steven in seine Richtung schlenderte und sich einen Pfeiler weiter rechts anlehnte. Ob Steven ihn überhaupt bemerkt hatte? Der Bassist hielt ein Glas in der Hand, dessen Inhalt verräterisch nach Whisky roch, vermengt mit einer Note von kaltem Rauch. Es war ein Geruch, der ihm permanent anzuhaften schien. Steven war ein hagerer Typ mit einem hungrigen, dunklen Adlerblick und sorgsam rasierten Ziegenbärtchen, vom Wesen das genaue Gegenteil seines Bruders. Zurückhaltend, unauffällig – eigentlich fast so stumm wie Adam. Und genau wie er selbst beobachtete er gerne andere Menschen. Objekt seiner Begierde waren seine Bandkollegin und deren Begleiterin. Die platinblonde Drummerin war von allen Anwesenden der größte Blickfang, Models eingeschlossen. Ihr nahezu durchsichtiges silbernes Chiffonkleid enthüllte mehr als es verbarg. Wahrscheinlich hatte Stella es eigens für sie anfertigen lassen. Ein Totenkopftattoo zierte ihren Rücken zwischen den Schulterblättern. Neben ihr stand Alyssa Dale, die Primaballerina. Sie hatte die Haare zu einem Dutt zusammengesteckt. In dem Trainingskostüm, das sie trug, um sich für ihren Auftritt warm zu machen, wirkte sie fast knabenhaft zart. Die beiden hatten die Köpfe über einem Smartphone zusammengesteckt und schienen sich gut zu unterhalten, wobei Pixie Hände und Mimik zu Hilfe nahm. Einmal sahen beide zu ihm hinüber und grinsten, Alyssa winkte ihm sogar zu. Er winkte halbherzig zurück; wahrscheinlich machten sich die beiden gerade über ihn lustig. Pixie stieß die Ballerina an und malte mit ihrer Hand Kringel und Striche in die Luft. Adam fragte sich, ob er auch so lebhaft aussah, wenn er sich mit anderen unterhielt. Schade, dass die Drummerin so offensichtlich nichts mit ihm zu tun haben wollte. Er hätte sich gern mit einer Leidensgefährtin ausgetauscht, besonders nachdem Colin angedeutet hatte, dass in ihrem Leben auch nicht alles mit rechten Dingen zuging.

Die Stuhlreihen, sonst den Kirchgängern vorbehalten, waren für die geladenen Gäste und Pressevertreter geräumt worden. Im Mittelschiff erstreckte sich bis zum Altar der Laufsteg, auf dem in Kürze Stella Fortunes Models ihre neueste Kollektion präsentieren würden. Zwischen den Säulen der Apsis waren hauchdünne, kaum sichtbare Folien gespannt – sie würden zum Höhepunkt der Show sein Hologramm reflektieren. Die Projektoren waren vom Boden aus nur zu erkennen, wenn man wusste, wonach man Ausschau zu halten hatte.

Das Smartphone in seiner Brusttasche summte. Stella hatte bei Todesstrafe verboten, dass sie die Geräte heute Abend bei sich trugen. In seiner Aufregung hatte er jedoch vergessen, es an der Garderobe abzugeben.

›Sei vorsichtig, Adam. Die Schatten …‹

Er las nicht weiter, sondern schaltete das Smartphone vollständig aus und steckte es zurück. Beinahe hatte er es geschafft, Solon zu vergessen. Beinahe.

Der Großteil der Gäste drängte sich um die Buffettische in den Arkadengängen. Andere standen in Grüppchen beisammen und gönnten sich ein Glas Champagner nach dem nächsten. Adam sah ältere Damen in Abendkleidern, deren Ausschnitt zu tief war, um noch attraktiv zu sein, und Herren mit schütterem Haar in Smokings, die sich über ihren Bäuchen spannten. Darunter mischten sich hip gekleidete Männer und Frauen unterschiedlichen Alters: Mäzenen, alter Adel, Unternehmer, Filmemacher, Designer, Fotografen, Models, Start-ups, Agenten – Adam versuchte sich an die lange Liste zu erinnern, die Ivy ihm vorgelesen hatte, aber vergeblich.

Er überlegte, ob er sich etwas zu trinken holen sollte, bevor die Show begann, als ihm auffiel, wie Steven anstelle der Ballerina das Publikum ins Visier genommen hatte. Seine Brauen waren zusammengezogen, was seinem schmalen Gesicht einen finsteren Zug verlieh. Adam folgte seinem Blick. Vor den Pfeilern rund um den Laufsteg bis hin zum Altar standen Frauen in mitternachtsblauen Kleidern, aufgereiht wie Perlen an einer Schnur. Auf den ersten Blick sahen sie aus wie Gäste. Sie trugen Abendgarderobe, nippten Champagner und unterhielten sich miteinander. Adam entdeckte eine ältere Grauhaarige mit zu viel Puder im Gesicht, zwei jüngere Blondinen, die sich wie Schwestern ähnelten, eine verhärmt aussehende Frau mittleren Alters, deren samtenes Abendkleid wie ein Sack an ihrer schmalen Gestalt hing, eine Frau mit auffälliger Armschlinge und weitere, die abgesehen von der Farbe ihrer Kleider eines gemeinsam hatten: Sie beobachteten ihn.

Adam wich erschrocken in den Schatten des Pfeilers zurück. Eine bunte Gruppe von Gästen drängte sich im selben Moment nach vorne, um kurz vor Beginn der Show noch einen Snack zu ergattern. Das erschwerte es ihm, die gegenüberliegende Seite im Auge zu behalten. Als er wieder ein freies Blickfeld hatte, war die Grauhaarige verschwunden, ebenso die Frau mit der Armschlinge. Von den beiden Blondinen sah er nur noch die Hinterköpfe. Die

Dünne stellte ihr Glas Champagner zurück auf den Tisch. Eine weitere – jung, mollig, aber recht hübsch – drehte rasch den Kopf zur Seite, als sie seinen Blick bemerkte.

In Gedanken verpasste er den Frauen lange Umhänge mit Kapuze anstelle ihrer blauen Kleider. Seine Knie wurden so weich, dass er sich an den Pfeiler lehnen musste. Er hätte auf Keikos Rat hören sollen. Sie hatte ihn vor den Hexen gewarnt.

Steven warf ihm einen dunklen Blick zu. Adams Reaktion war ihm nicht entgangen, denn er rückte näher. »Keine Fans«, sagte er und formte die Worte dabei überdeutlich mit seinen Lippen. Adam hätte gern erwidert, dass er stumm war, nicht taub. Aber immerhin schien der Bassist die gleiche Beobachtung gemacht zu haben wie er. Doch welche Schlussfolgerung zog er daraus? Bevor Adam nachhaken konnte, summte sein Smartphone. Das Display leuchtete, obwohl er das Gerät gerade erst ausgeschaltet hatte. Ruckartig richtete er sich auf.

›Wo steckst du?‹

Er starrte die Nachricht an. *Lass mich in Ruhe!*, rief er in Gedanken zurück. Ob Solon das telepathisch empfangen konnte? Nicht mal den kleinen Finger würde er dem Kerl mehr reichen.

Ivy rettete ihn aus seinem inneren Aufruhr.

»Adam! Ich habe dich überall gesucht. Warum versteckst du dich hier?« Sie lächelte Steven und ihm zu, als sie mit einem Glas Champagner in der Hand auf sie zusteuerte. Sanft legte sie ihm eine Hand auf den Arm. »Ist alles okay mit dir? Du siehst aus, als hättest du einen Geist gesehen.«

Nicht nur einen, dachte er und zwang sich zu einem Lächeln.

»Colin sucht dich«, warf Steven knapp ein. Er sah fragend zwischen ihnen beiden hin und her, sagte aber nichts weiter. In seinem Gesicht spiegelte sich eine Mischung aus Ratlosigkeit und Misstrauen.

»Wirklich?« Ivys Blick schweifte über die Menge. »Dann muss er weitersuchen. Wir haben nicht mehr viel Zeit, bevor Stella ihre Eröffnungsrede hält. Wollen wir draußen noch kurz frische Luft schnappen, Adam?«

Sie sah ihn auffordernd an. Er nickte heftiger als nötig und hielt ihr seinen Arm entgegen, damit sie sich bei ihm unterhaken konnte. Mit einem entschuldigenden Schulterzucken in Richtung Steven führte er sie nach draußen.

Warum konnten sie nicht gemeinsam diesem Irrsinn entfliehen? Am besten gleich bis zum Mars.

KAPITEL 39

SOLON

Gian-Sûl steht inmitten seiner wuselnden Schar aus Nachzehrern und trägt ein Grinsen im Gesicht. Diabolisch grinsen, das kann er ziemlich gut.

Ich rücke die Fetzen meiner Kleidung und meiner Würde zurecht und sage: »Ab hier trennen sich unsere Wege.«

Auf seinen stummen Befehl hin rücken die Nachzehrer näher. Trotzig bleibe ich stehen. Ich bin nicht der Einzige, der etwas zu verlieren hat. Das Zír fließt zwar nicht so beständig wie früher durch meine Adern, aber es reicht aus, um Magie zu wirken und mich damit zu wehren. Auch das wird der Schattenmar wissen, immerhin hat er genug davon gekostet. Wahrscheinlich ist das sogar sein Plan. Mein Zír zu wecken, damit jeder erfährt, dass ich zurück bin. Die halbe Anderswelt wäre mir auf den Fersen. Keine besonders angenehme Vorstellung.

Das Heulen einer Sirene nähert sich, aber der durchdringende Ton wird durch das Zwielicht gedämpft.

»Weltengänger, warum denkst du, dass sich alles immer nur um dich dreht?«, fragt Gian-Sûl. Seine Augen glitzern unheilvoll. »Wenn das Zwielicht verletzt ist, sind die Grenzen zwischen den Sphären geschwächt. Was glaubst du, wie die Fürsten der Anderswelt reagieren, wenn sie feststellen, dass die Dunkelheit in ihre Reiche eindringt? Selbst ein Schattenmar wie ich kennt nicht alle Kreaturen, die in den Tiefen des Zwielichts hausen. Bald wird jeder wissen, was dein Seelenwahrer getan hat. Und er ist eine so leichte Beute.« Er fährt mit dem Daumen über die spitzen Nägel seiner Finger, wie um ihre Schärfe zu erproben. »Ich freue mich schon darauf, seinen Schatten zu kosten.«

Das Bürschchen habe ich in der Gleichung noch gar nicht berücksichtigt. Ich kann mich wehren, doch er? Adam ist mein einziges Bindeglied zu meinem zerbrochenen Kristall. Wenn sein sterbliches Herz aufhört zu schlagen, was geschieht dann mit mir?

Ich habe keine Zeit mehr, Spielchen mit dem Schattenmar zu spielen. Das Hafenbecken liegt nur wenige Meter entfernt, im Zwielicht kaum mehr als ein Tümpel aus Tinte. In meinen Fingerspitzen kribbelt noch die Energie, die ich der Aura des Mannes im Café entrissen habe – ein Funken nur, doch er muss genügen. Mit einer gezielten Bewegung meines Handgelenks schleudere ich die Energiepartikel auf das Wasser und ... Volltreffer! Millionen Wassertropfen gleißen im Zwielicht auf wie eine Supernova, als die Energie sie durchdringt.

Der Schattenmar krümmt sich und bedeckt geblendet die Augen. Seine Nachzehrer kreischen – ein hoher, schriller Ton, unhörbar für Menschen – und stürzen panisch durcheinander, blind vor Schmerz.

Ich nutze die Ablenkung, wechsle in die Welt der Materie über ... und entgehe nur knapp dem Zusammenstoß mit einem Blechwagen. Bremsen quietschen, das Sirenengeheul bricht ab, blaues Licht pulst wie eine Warnung über der Aufschrift »Polizei«. Gäste, die unsere Auseinandersetzung im Café beobachtet haben, zeigen auf mich, rufen aufgeregt durcheinander. Zwei Uniformierte springen aus dem Wagen. Hastig stolpere ich zurück, mein Körper kämpft noch mit den Nachwirkungen des Strukturwechsels. Trotz meines verschwommenen Blicks gelingt mir der Sprung über das Gitter auf den Anleger. Taumelnd renne ich über den hölzernen Steg auf die andere Seite des Piers Richtung Promenade. Einer der beiden Polizisten folgt mir.

Noch ein Gitter, ein weiterer Sprung, dann mische ich mich unter die Leute. In meiner Aufmachung ist es kaum möglich, unbemerkt zu bleiben, außer wenn ich erneut ins Zwielicht wechsle. Aber noch einen Übergang verkraftet mein Körper nicht. Ich wäre leichte Beute für die Schatten. Daher stoße ich die Menschen in meinem Weg beiseite und zapfe dabei kleine Mengen ihrer Aura ab. Sie bemerken nur die Püffe und Stöße, nicht den Energieverlust. Zu viele Fremdenergien ungefiltert in mich aufzunehmen, schadet mir mehr, als dass es mir nutzt, aber für den Augenblick hilft es meinem Körper, sich zu regenerieren. Mit dem Schock, der mich danach erwartet, werde ich schon irgendwie fertig werden.

Mein Verfolger versucht zu mir aufzuschließen, aber das Gedränge ist zu dicht. Am Ende des Piers biege ich in eine schmale Seitenstraße ein und warte. Fünf Sekunden, zehn, fünfzehn ... der Polizist späht vorsichtig um die Ecke. Blitzschnell packe ich ihn und ziehe ihn zu mir herum. Bevor er auch nur einen Laut von sich geben kann, schlage ich seinen Kopf mit der Stirn voran gegen die Hauswand. Der Mann sackt besinnungslos zu Boden. Seine Aura riecht erdig und stark. Er wäre eine leichte Beute, doch noch mehr fremde Energie vertrage ich nicht.

Eine Frau nähert sich aus der entgegengesetzten Richtung. Als sie den reglosen Polizisten entdeckt, stockt sie, blickt panisch zwischen ihm und mir hin und her. Dann flüchtet sie in den Eingang eines Geschäfts, die Glastür knallt hinter ihr zu. Ich achte nicht weiter auf sie und folge der Seitenstraße bis zu einer größeren Kreuzung, wo ich wieder in der Menge untertauche.

Niemand folgt mir.

Die Auren umhüllen mich wie dichte Nebelschwaden,

ein trügerischer Schutzschild gegen den Schattenmar und seine Schergen. In diesem Kokon aus Farben und Düften wird es mir unmöglich sein, Adam zu finden. Die fremden Gefühle toben in mir, vermischen sich mit meinen eigenen, bis ich nicht mehr unterscheiden kann, welche von mir stammen und welche ich aus den Auren der Menschen in mich aufgesogen habe. An einem Bogendurchgang zwischen zwei Häusern biege ich ab und stolpere in einen kahlen, grauen Hinterhof. Keine Menschenseele weit und breit. Ein Metallgefährt mit zwei Rädern, einige Holzlatten und altes Mobiliar sind achtlos auf einen Haufen geworfen. Mit den Fäusten trommle ich darauf ein, bis das Metall verbogen ist und die Latten splittern, schreie all meine Wut dabei heraus. Eine schwärzliche Substanz quillt aus meinem Energiekörper und verflüchtigt sich in der Luft – Schattenpartikel aus dem Zwielicht und Rückstände negativer Emotionen aus den menschlichen Auren. Irgendwann sinke ich erschöpft an der Hauswand zu Boden. Tränen, schwarz und zäh wie Teer, rinnen über mein Gesicht, die letzten manifestierten Überreste der dunklen Energie. Ich wische sie mit dem Ärmel ab. An meiner zerrissenen Kleidung fallen die dunklen Spuren ohnehin nicht auf.

Nach einer Weile geht es mir etwas besser. Eine echte energetische Reinigung benötigt Zeit und Vorbereitung – beides ein Luxus, den ich mir jetzt nicht leisten kann. Ein Wutausbruch muss genügen. Langsam stemme ich mich an der Hauswand in die Höhe. Mein Körper fühlt sich schwer wie Blei an. Mein Blick fällt auf rote Spuren an der Mauer. Verständnislos starre ich sie an. Dann sehe ich meine Hände. Sie sind voller Blut; die Knöchel aufgeplatzt, tiefe Schnitte bedecken meine Finger, Handrücken und selbst die Handgelenke. Knochen und Sehnen sind wie durch ein Wunder unversehrt. Ein Zittern erfasst mich, als die Bedeutung dessen, was der Schattenmar zu mir gesagt hat, wahrhaft in mein Bewusstsein sickert.

Ich bin sterblich.

Die Erkenntnis trifft mich mit solcher Wucht, dass ich mich erneut an der Wand abstützen muss. Wäre ich vollständig mit meinem Kristall und einem würdigen Seelenwahrer verbunden – nicht mit einem Waschlappen wie Adam –, dann wären die Verletzungen zügig wieder verheilt, ohne eine Spur zu hinterlassen.

Doch jetzt … jetzt bin ich beinahe so hilflos und schwach wie ein Mensch.

Vergänglich. Ausgerechnet ich, den man den Letzten der Unvergänglichen nennt. Was für eine bittere Ironie.

Ich muss Adam finden. Dringender denn je.

Mit einem Gefühl der Übelkeit im Magen mache ich mich auf den Weg und tauche wieder in die Menge ein. Meine Gedanken treiben orientierungslos umher. Immer wieder bleibe ich mitten auf dem Weg stehen, nehme die fluchenden und schimpfenden Menschen um mich herum erst wahr, wenn sie sich an mir vorbeizwängen.

Einmal kommt eine Gruppe von fünf Japanern an mir vorbei. Ihre Auren sind rein und klar wie Bergwasser. Ich sauge ein wenig von ihrer Energie in mich auf und folge ihnen unauffällig. Sie führen mich nach einigen Hundert Metern zu einer großen Straßenkreuzung. Dort aber sind Lärm und Gestank derart überwältigend, dass ich meine Konzentration verliere und aus ihrer schützenden Aura stolpere. Bis ich mich wieder gesammelt und meine Sinne einigermaßen abgeschottet habe, sind die fünf im Getümmel verschwunden. Notgedrungen widme ich mich meiner Umgebung.

Blechwagen in allen Größen und Formen rasen auf mehreren Spuren so dicht aneinander vorbei, dass ich mich wundere, warum sie nicht zusammenstoßen. Anscheinend beherrschen die Fahrer ihr Handwerk. Lichtschalter an der Kreuzung regeln, wer fährt und wer steht. Ein Wagen mit gelbgrüner Musterung und der Aufschrift »Ambulanz« rast heran, auf dem Dach heult ein Signalhorn. Die anderen Gefährte weichen schwerfällig aus. Menschen bleiben stehen und warten ab, bis der Wagen vorbeigezogen ist, dann kommt der Verkehrsstrom wieder in Gang. Inzwischen ist die abendliche Dunkelheit hereingebrochen, aber die grellen modernen Lichter blenden mich umso mehr.

Ich suche die Straße nach einer Erhöhung ab, nach irgendeinem Fixpunkt, um meine Sinne aus diesem Chaos zu befreien und auf Adam zu konzentrieren. Die ganze Zeit versuche ich schon, ihn in Gedanken zu warnen – mit dem gleichen Erfolg, als würde ich einer verrosteten Zugbrücke ein Liebeslied säuseln. Ein gutes Stück unterhalb der Kreuzung entdecke ich ein Monument, ein Steindenkmal irgendeines Politikers oder reichen Gönners aus Londons jüngerer Geschichte. Das Denkmal ragt einige Meter hoch auf und steht frei genug, um als Pol zur Justierung meiner Sinne zu dienen. Nur liegt es ausgerechnet auf der gegenüberliegenden Straßenseite.

Ungeduldig suche ich nach einer Lücke im Verkehr. Die stark befahrene Straße zu überqueren erscheint unmöglich. An der Kreuzung wäre es einfacher gewesen, aber zurückzugehen kostet mich zu viel Zeit und Energie. Stattdessen stelle ich mich auf einen dunkelgrauen Kasten am Straßenrand, der offenbar der Entsorgung von Müll dient. Er ist immerhin hoch genug, um das Wirrwarr aus Blechwagen zu überblicken.

»Wenn ich es mir recht überlege«, sagt der Schattenmar und schält sich hinter mir aus dem Zwielicht, »existiert eine viel einfachere Methode, um dich aus dem Weg zu räumen.«

Ich schnelle herum, aber es ist bereits zu spät.

Sein Stoß schleudert mich rückwärts auf die Fahrbahn. Das Letzte, was ich sehe, ist ein Bus der Linie 205 in Richtung Paddington.

KAPITEL 40

ADAM

»Ich hatte mich gegen deine Bewerbung entschieden«, sagte Ivy übergangslos, kaum dass sie den kleinen Park vor der Kirche betreten hatten.

Adam hielt mitten in der Bewegung inne. Der Text, den er begonnen hatte in sein Smartphone zu tippen, war für den Augenblick vergessen. Seine Sorgen, Solon und die Hexen verblassten zu einem Hintergrundrauschen.

»Es gab viel Diskussion bei der Auswahl der Finalisten. Die Skizzen in deiner Bewerbermappe und die Modelle auf dem Computer waren so düster, dass sie mir Angst gemacht haben. Du warst nicht der Einzige auf Stellas Liste, auch wenn sie dir das erzählt haben mag. Es gab andere Künstler, deren Werke von innen heraus gestrahlt haben, bunt und lebendig. Einige haben lebensechte Skulpturen aus Eis angefertigt, andere mit Sand gemalt, Galaxien aus Seifenblasen erschaffen oder fantastische Illusionen durch Licht erzeugt – und das live.«

Warum sagte Ivy das? Und warum ausgerechnet jetzt, wo sie einander nähergekommen waren? Adams Magen verkrampfte sich. Er holte tief Luft und zwang sich weiterzugehen, obwohl sich jeder Schritt anfühlte, als würde er durch Treibsand waten. Er wollte sich seine Enttäuschung nicht anmerken lassen, aber sein Herz hämmerte so laut, dass er sicher war, Ivy müsste es hören können. Natürlich hatte er geahnt, dass es noch andere Kandidaten für den Job gegeben hatte. Aber bisher war er davon ausgegangen, dass Stella Fortune gezielt jemanden mit seinen Fähigkeiten gesucht hatte. Jemanden, der in der Lage war, die neuesten technologischen Entwicklungen in Kunst umzusetzen und ein absolut realistisches Erleben zu schaffen. Eine virtuelle Realität, die mit der Wirklichkeit verschmolz. Der Gedanke traf ihn wie ein Schlag: War Ivys Lächeln, das ihm bei seinem Bewerbungsgespräch damals Mut gemacht hatte, nur gespielt gewesen? Hatte sie Mitleid mit einem durchschnittlich talentierten, schlussendlich bedeutungslosen Studenten gehabt? *Halt!*, ermahnte er sich selbst und grub die Fingernägel so fest in seine Handflächen, dass es schmerzte. *Lass Ivy ausreden.* Er durfte sich nicht wieder zu vorschnellen Annahmen hinreißen lassen. Wäre Keiko hier gewesen, hätte sie ihm wegen seiner Selbstzweifel eine heftige Kopfnuss verpasst.

Der Geruch von regennassem Gras, alten Steinen und Ivys Pfirsich-Parfum erfüllte die Luft. Der Abend war kühl, doch wie gewöhnlich hing eine Dunstglocke über der Stadt. Sie wurde von entfernten Straßenlampen in ein fahles und dennoch tröstliches Schimmern getaucht. Aus dem Innern der Kirche drang gedämpft Musik, untermalt vom Straßenlärm, den der Wind zu ihnen herüberwehte. Ein paar wenige Besucher spazierten über den begrünten Vorhof und studierten Adams Hologramme. Stellas Promotion-Team hatte rings um die Kirche die zugehörigen Projektoren auf Granitblöcke montiert und die Hologramme mit Halogenstrahlern ausgeleuchtet. Niemand hatte ihm verraten, dass man seine anderen Projekte ebenfalls ausstellen wollte. Er hatte sie ursprünglich nur als Studien für den großen Gargoyle angefertigt und Stellas Team zur Anschauung überlassen.

Ivy schien seinen inneren Aufruhr nicht zu bemerken.

»Bei deinem Vorstellungsgespräch hast du von den Abgründen gesprochen, die in uns herrschen.« Ihre Stimme wurde leiser, fast verträumt. »Erinnerst du dich? Dass Gut und Böse nur zwei Seiten derselben Medaille sind. Eine Aneinanderreihung von Informationen aus Einsen und Nullen. Ich habe das nicht vergessen. In deinen Werken habe ich immer nur den Abgrund gesehen und mich gefragt, wo denn die Anhöhe ist, von der aus wir nach den Sternen greifen. Das eine kann doch nicht ohne das andere sein.« Sie sah ihn bei ihren Worten nicht an, ihre Finger spielten nervös mit den Pailletten ihres Kleides. »Stella und die anderen im Auswahlgremium haben mich überstimmt. Sie sagten, deine Werke repräsentierten genau das, was den Stil der kommenden Saisons dominieren wird: Ein schauererregender und zugleich faszinierender Blick in die technologische Zukunft, mit einem Hauch des Unbegreiflichen verbunden. Ich sehe das anders.«

Sie blieb vor dem kleinsten Hologramm stehen. Es war auf einem besonders hohen Granitblock befestigt worden, damit man es nicht übersah. Das bläuliche Licht der Projektion spiegelte sich in ihren Augen.

»Ich glaube, die Zukunft gehört wieder der analogen Kunst. Zurück zum Handwerk und zum Greifbaren. Weg von einer übertechnologisierten, künstlichen und unmenschlichen Welt.« Sie berührte den Granitblock. »Versteh mich bitte nicht falsch. Deine Hologramm-Werke sind großartig. Unglaublich geradezu. Ich weiß nur nicht, was ich von den Motiven halten soll. Schon gar nicht nach allem, was inzwischen geschehen ist. Ich vermisse das Licht in ihnen.« Ihr nachdenklicher Blick wanderte zu ihm, eine Mischung aus Furcht und Hoffnung lag darin. »Was glaubst du? Hat das, was dir in der Kammer zugestoßen ist, einen tieferen Sinn? Werden wir durch eine unbekannte Kraft in eine bestimmte Richtung gezwungen oder ist es nur Zufall gewesen?«

Adam hätte zu gern verstanden, woher ihre Gedankengänge rührten. Sie verwirrten ihn. Ivy wirkte sonst stets so selbstbewusst. Sie war Sonne und Lachen, er war Schatten und Zweifel. Wann hatte sie angefangen, sich und das Leben zu hinterfragen? Oder interpretierte er zu viel in ihre Worte hinein?

Ein kalter Windstoß fuhr durch die Bäume. Ivy zitterte in ihrem dünnen Kleid. Er schalt sich einen Narren, weil ihm das bisher nicht aufgefallen war, schälte sich aus seinem Jackett und legte es ihr um die Schultern. Sie akzeptierte die Geste mit einem dankbaren Lächeln.

Nach einigem Zögern schrieb er eine Antwort in sein Smartphone. ›Ich weiß nicht mehr, woran ich glaube. Vielleicht ist Glaube lediglich eine Information, die man nicht besitzt.‹

»Und eine Information, die man nicht besitzt, ist wertlos.« Sie sah ihn an, diesmal mit einem Lächeln. Erst wirkte es ein wenig traurig, aber dann brach sich ihre übliche Begeisterung Bahn. »Oder ein Raum für unendlich viele Möglichkeiten.«

Plötzlich war sie wieder die Ivy, die er kannte. Freudig und voller Tatendrang. Sie beugte sich vor, um das Hologramm genauer zu mustern. »Den hier mag ich. Er sieht lustig aus.«

Sie zeigte auf den kleinen, grünen Kerl, den er Van getauft hatte.

Zum Glück konnte sie im Dunkeln seine brennenden Wangen nicht sehen. Sie musste ja nicht unbedingt wissen, dass er den Gargoyles Namen gegeben hatte. Die Hologramme waren Übungsstücke gewesen. Er hatte sich vorgestellt, wie sie aussehen würden, wenn die klassischen und modernen Maler sie in ihrem jeweils eigenen Stil kreiert hätten. In jeden Gargoyle war ein bisschen von der Seele der großen Meister hineingeflossen. Hätte er damals geahnt, dass seine Träume nicht nur eine Ausgeburt seiner Fantasie waren, hätte er seine Experimente an den Nagel gehängt und sich stattdessen auf sein Studium konzentriert. Dann wäre das alles nie passiert. Und er hätte Ivy nie kennengelernt ...

Ivy ahnte nichts von seinen Gedanken und lief bereits zum nächsten Hologramm, um es genauer zu untersuchen. Sie wirkte wie ausgewechselt, so als hätte ihr Gespräch nie stattgefunden. Kopfschüttelnd starrte er ihr hinterher und wünschte, er könnte sich von ihrer Energie mitreißen lassen. Gott sei Dank hatte sie ihr inneres Gleichgewicht wiedergefunden. Wenn selbst sie an der Realität zu zweifeln begann, wie sollte er dann erst in ihr bestehen?

Noch während er sich diese Frage stellte, durchfuhr ihn die Erkenntnis wie ein Schlag. Er war es leid, sich treiben zu lassen, auf andere zu warten oder darauf zu hoffen, dass sich die Dinge von selbst regelten. Er fasste einen Entschluss: Er würde kämpfen! Colin hatte einmal zu ihm gesagt: »Kein Horizont ist unerreichbar, wir müssen nur aufhören, an Grenzen zu glauben.« Adam hatte die Worte nicht vergessen, auch wenn sie ihn damals nicht überzeugt hatten. Doch für Ivy war er bereit, über sich hinauszuwachsen und das Unmögliche zu tun – ganz gleich, was jenseits des Horizonts auf ihn wartete.

Sein Smartphone summte. Er ignorierte es. Auf keinen Fall wollte er sich diese kostbaren Minuten mit Ivy verderben lassen.

›Adam!‹

Die Stimme klang so laut in seinem Kopf, dass er erschrocken zusammenzuckte. Er überwand seinen inneren Widerstand und warf zögernd einen Blick auf das Display.

›Ich kann sie nicht aufhalten‹, stand da.

»Was ist?«, rief Ivy, während sie das Porträt von Leonardo studierte.

Im selben Moment bohrte sich ein scharfer Schmerz in Adams Brust. Haltsuchend klammerte er sich an den Granitblock unter Vans Projektor. Ivys Lippen formten seinen Namen, aber er hörte nichts. Solons Bild flackerte für den Bruchteil einer Sekunde vor seinem inneren Auge auf, begleitet von einem grellen Leuchten. Er wusste nicht wie oder warum, doch er spürte, dass etwas mit ihm geschehen sein musste.

Der Schmerz verschwand so plötzlich, wie er gekommen war, dafür bemerkte Adam ein seltsames Zittern im Boden. Es floss in Wellen durch ihn hindurch, ähnlich wie bei einem Erdbeben. Einen Augenblick lang hatte er das Gefühl, außerhalb seines Körpers zu stehen und nur ein entfernter, unbeteiligter Beobachter zu sein. Die Lichter im Innern der Kirche flackerten durch die Scheiben. Wie zur Antwort erloschen die Lampen im Innenhof zwei Sekunden lang, bevor sie wieder aufleuchteten. Die Elektrik knisterte. Die Besucher sahen sich irritiert um, aber schon im nächsten Moment war der Spuk vorbei. Mit einem Ruck kehrte Adam in die Wirklichkeit zurück. Sein Herz hämmerte in der Brust.

»Adam?« Ivy berührte ihn am Arm.

Er zuckte erschrocken zusammen. Seine Hand zitterte leicht, als er den Daumen hob, um ihr zu signalisieren, dass alles okay war. Die Sorge in ihren Augen machte es nicht leichter. Er straffte sich und nahm seinen Gang wieder auf, als wäre nichts passiert. Schließlich hatte er sich gerade erst vorgenommen, stark zu sein. Auch wenn die plötzliche Verbindung zu Solon ihn mehr erschüttert hatte, als er zugeben wollte.

Aber Ivy ließ sich nicht so leicht beschwichtigen. »Das war Solon, oder?«

Er antwortete mit einem vagen Nicken, jedoch ohne weiter darauf einzugehen. Der Gedanke, dass Solon womöglich seine Hilfe brauchte, nagte an ihm – aber er durfte sich jetzt nicht ablenken lassen. Nicht hier, nicht jetzt.

Der nächste Gargoyle, den sie passierten, hing verkehrt herum von einem dürren Ast. Haarbüschel wuchsen aus seinen spitzen Ohren. Seine grünlichen Augen waren zu Schlitzen verengt, die schräg bis über den Rand beider

Schläfen hinabliefen. Adam hatte ihn Dalí genannt, nach Salvador Dalí, dem bekanntesten Künstler des Surrealismus. Der Gargoyle beobachtete sie träge aus seinen unnatürlich verlängerten Augen. Seine Lichtwellen flackerten, was ihm den Anschein gab, als würde er an seinem Ast sanft hin und her schwingen.

Adam öffnete die Notiz, die er auf dem Weg nach draußen getippt hatte, bevor Ivy ihn mit ihrem Geständnis überrumpelt hatte. Er schrieb den Text zu Ende und hielt ihr das Gerät entgegen.

›Die Hexen sind hier. Sie tragen Kleider in Blau.‹

Ivy geriet kurz ins Stolpern, fing sich aber rasch wieder. Sie sah ihn schräg von der Seite an. »Bist du dir absolut sicher? Ich habe die Gästeliste selbst geschrieben. Ohne Einladung kommt niemand in die Kirche.«

Er hob die Schultern.

»Und ich dachte, es könnte nicht schlimmer werden. Okay. Ich schätze, die Polizei zu rufen, fällt flach. So ungern ich es zugebe, aber in einem Punkt hatte Keiko recht: Was ist mit Solon? Er könnte uns helfen.«

Entgeistert starrte Adam sie an. Nach allem, was passiert war, schlug sie ausgerechnet das vor?

»Wenn er dich rücklings meucheln wollte, hätte er das längst getan.«

Sie hatte gut reden. Solon spukte schließlich nicht in ihrem Kopf herum. Und dieses Gefühl von eben ... Das Wissen, dass etwas geschehen war, diese ungewollte Verbindung, die er nicht kontrollieren konnte ... Er konnte nicht einmal sagen, ob sein Herz aus Angst oder Sorge geflattert hatte. Seine Hand wanderte unwillkürlich zu seiner Brust, wo der Kristall wie ein dumpfes Echo seines Herzschlags lauerte. Jedenfalls schauderte er nicht nur wegen der Kälte, die unangenehm durch sein Hemd fuhr.

Sie überquerten einen schmalen Weg, der von einer Steinmauer mit dichtem Gebüsch gesäumt wurde. Rechts dahinter lag der Klostergarten. Normalerweise war der

Zugang für Besucher versperrt. Doch heute stand das niedrige Gittertor offen. Obwohl der eisige Wind Adam langsam erfrieren ließ, folgte er Ivy hindurch. Weitere Hologramme säumten die Längsseite des angrenzenden Klosters. Hier hingen die wirklich finsteren Gesellen, wie Adam mit leisem Bauchgrummeln feststellte. Hatte er tatsächlich so viele von ihnen erschaffen? Erst rückblickend wurde ihm bewusst, wie vertieft er die letzten Wochen in seine Arbeit gewesen war. Kein Wunder, dass sein Studium darunter gelitten hatte.

Ivy schwieg, während sie die einzelnen Monster betrachtete, anscheinend tief in ihre eigenen Gedanken versunken. Sie zog sein Jackett enger um ihre Schultern. Adam wagte nicht, sie zu stören, aber das flaue Gefühl in seinem Magen nahm zu.

Als sie sich der Schmalseite des Klosters näherten, hörten sie eine Frau sagen: »Sie hätten die Gala absagen sollen.«

Adam blieb stehen und wechselte einen Blick mit Ivy.

»Wir brauchen die Publicity. Wenn wir uns jetzt zurückhalten, werden wir angreifbar.« Das war Stella Fortunes Stimme.

»Das sind Sie ohnehin. Der Tag ist noch nicht vorbei. Ich bin sicher, die anderen planen etwas.«

»Darauf spekuliere ich.«

Ivy bewegte sich unruhig. Bestimmt war es ihr unangenehm, ihre Chefin zu belauschen.

»Diese Heimlichtuerei ist nicht gut. Sie müssen Big J über das Risiko aufklären, bevor wir die Unterstützung seiner Abteilung verlieren.«

Ivy stieß ihn an und sagte laut: »Adam, los, beeilen wir uns, es ist schon spät.«

Sie hakte sich bei ihm unter und zog ihn energisch um die Ecke. »Stella, wir haben dich gesucht. Ich weiß, der Zeitpunkt ist ungünstig gewählt, aber wir müssen mit dir sprechen. Es ist wichtig.«

Stella Fortune bedachte sie beide mit einem forschenden Blick. »Die Models warten schon hinter der Bühne. Du warst für ihre Einweisung zugeteilt, Ivy. Ich bin nicht dazu da, deinen Job zu machen.«

Ivy machte sich von Adam los und zupfte unbehaglich an ihrem Kleid. »Ich weiß. Das tut mir auch leid, aber …«

»Noch so ein Patzer und du kannst im Vorzimmer meine Post sortieren.«

Adam hob die Hand und deutete auf sich. Das Letzte, was er wollte, war, dass Ivy seinetwegen Schwierigkeiten bekam.

Stella maß ihn von oben bis unten. Selbst im Dunkeln konnte er das Glitzern ihrer Augen wahrnehmen. »Ich dachte, ich hätte mich klar genug ausgedrückt, Mr Thorne: keine Pannen heute Abend.«

Es war kein gutes Zeichen, wenn Stella Fortune seinen Nachnamen gebrauchte. So viel hatte er inzwischen gelernt. Colins Nachnamen hatte sie nur zwei Mal benutzt, einmal als er einen nicht ganz jugendfreien Scherz über ihre frühere Modelkarriere gemacht hatte, und dann nochmal bei der Generalprobe.

»Lassen Sie es gut sein, Ms Fortune«, sagte ihre Begleiterin. Adam konnte ihr Gesicht nicht erkennen, da sie im Schatten stand. Sie war recht klein, aber ihre Stilettos hoch genug, um als Mordwaffe durchgehen zu können. Ihr tief ausgeschnittenes rotes Kleid schmiegte sich um kurvige Hüften und feste Schenkel. Die Frau kam ihm vage bekannt vor, aber er konnte sie nicht einordnen. Vermutlich war sie eine von Stellas zahlreichen Angestellten, die bei den Vorbereitungen der Show geholfen hatten. »Mr Thorne hat jeden Grund zum Feiern. Es ist seine erste öffentliche Ausstellung. Und die liebreizende Ms Greenwood macht ihren Job so gründlich wie immer.« Sie neigte leicht den Kopf vor Ivy.

»Nachlässigkeit hat noch keine Karriere gefördert«, erwiderte Stella.

Adam wurde das Gefühl nicht los, dass es bei ihrer Schelte um mehr ging als ihren Spaziergang im Garten. Stets schien sie irgendetwas von ihm zu erwarten. Als wäre jedes Wort, das er mit ihr wechselte, ja selbst jede Codezeile, die er in ihrem Auftrag schrieb, ein Test, bei dem er sich fragte, warum er nicht längst durchgefallen war.

Stella wartete nicht auf eine Antwort, sondern wedelte ungeduldig mit der Hand. »Nun steht nicht da wie zwei ertappte Schulmädchen« – Adam zuckte bei dem Wort »Mädchen« beschämt zusammen –, »sondern geht rein und nehmt eure Plätze ein. Die Show wartet nicht extra auf euch. Und ich schon zweimal nicht.«

»Können wir nicht erst ...«, begann Ivy.

Ihre Chefin ließ sie kurzerhand stehen. Deren Begleiterin folgte ihr mit einem dunklen Lachen. Die Schatten von St Bart's verschluckten sie wenig später.

Ivy sah aus, als hätte sie sich am liebsten die Haare gerauft. »Manchmal hasse ich diese Frau.«

Adam wurde das Gefühl nicht los, dass er irgendetwas übersah.

KAPITEL 41

SOLON

Ich reagiere instinktiv. Mit ausgestreckten Armen fange ich meinen Sturz ab, während mein Zír einem glühenden Lavastrom gleich durch meine Adern pulsiert, um mich vor dem Aufprall zu schützen. Es passiert so schnell, dass ich keinen klaren Gedanken fassen kann. Der Bus ist plötzlich heran und rammt in mich hinein. Helles, gleißendes Licht blendet mich, als mein Zír unkontrolliert aus meinem Körper herausschießt und mit der Materie kollidiert.

Der Stoß schleudert mich durch die Luft.

Bremsen kreischen, gefolgt von einem scheppernden Krachen, dann noch einem, und noch einem. Eine Erschütterung durchläuft meinen Körper und die Materie um mich herum, als ob die Erde Wellen schlüge. Ich pralle zu Boden, gefangen in einem Kokon aus Licht. Irgendjemand schreit entsetzt auf. Hupen tröten, Blech schabt über Blech.

Es ist ein Geräusch, bei dem ich mir die Ohren zuhalten möchte, würde ich nicht gerade hilflos über den Boden rollen und versuchen, meine Knochen zu schützen. Das Zír hat das Blechungetüm zum Halten gebracht und mich vor einer direkten Kollision abgeschirmt, aber die Energiewelle hat mich dennoch in hohem Bogen mehrere Meter weit über den Asphalt katapultiert. Atemlos komme ich zum Halt.

Meine Ohren klingeln. Stimmen schwirren um mich herum, aber ich bin nicht in der Lage, einzelne Worte auseinanderzuhalten. Unscharfe Gestalten bewegen sich in meiner Nähe und reden auf mich ein.

Langsam beginnen meine Sinne wieder normal zu arbeiten. Lautes Hupen ertönt ringsum, aber der Verkehr ist nahezu zum Stillstand gelangt. Ich liege neben den Rädern eines parkenden Gefährts auf der gegenüberliegenden Straßenseite. Die Bordsteinkante ist zum Greifen nah. Verschwommen sehe ich in der Entfernung den Bus, der mich gerammt hat. Das Vorderteil ist eingedrückt, die Scheibe gesplittert. Blut klebt daran, was mich befürchten lässt, dass der Fahrer und vielleicht auch einige Fahrgäste den Zusammenprall weniger gut überstanden haben als ich. Der hintere Teil des Busses muss in die Luft gehoben worden sein, denn er hat mehrere am Straßenrand parkende Wagen unter sich begraben. Dampf quillt zischend hervor. Vier weitere Wagen sind auf der Straße ineinander verkeilt. Menschen laufen in Panik umher.

Zitternd richte ich mich in eine sitzende Position auf und lehne mich gegen das Wagenrad. Meine Rippen schmerzen. Eine Hand greift nach meiner Schulter, während eine kratzige Stimme über mir sagt: »Langsam, langsam, junger Mann. Sie sind verletzt.«

Mühsam hebe ich den Blick. Ein älterer Mann mit eisgrauen Haaren und buschigen Brauen kniet neben mir. Der Ausdruck seiner von Falten umrandeten Augen ist besorgt.

»Es geht mir gut«, nuschele ich. Meine Stimme hört sich fremd an in meinen Ohren. Eine Frau in der Nähe tuschelt: »Haben Sie das gesehen? Seine Adern haben geglüht. Geglüht, sage ich.« Eine Männerstimme antwortet: »Blödsinn. Das waren die Scheinwerfer. Bestimmt die Scheinwerfer.«

Ich werfe einen Blick auf meine Hände. Zu den bereits vorhandenen Schnitten haben sich rote, übel aussehende Abschürfungen gesellt. Die Ärmel meiner Jacke und meines Hemdes sind völlig zerfetzt. Ein schwacher Glanz zieht sich an meinen Armen hinauf, der zusehends verblasst. Als das Zír austrat, muss mein ganzer Körper geleuchtet haben. Ohne die regulierende Kraft des Kristalls gleicht es einem unkontrollierbaren Gewittersturm, der mehr Schaden als Nutzen anrichten kann. »Ich habe es auch gesehen.« – »Ich glaub das nicht.« – »Hat jemand den Notarzt gerufen?«

Ich weiß nicht, wie viele Stimmen durcheinander sprechen. Die Passanten sind in heller Aufregung, was sich in einem Gefühlschaos widerspiegelt, das an meiner ohnehin geschwächten Energie zerrt. Ich muss hier weg. Ein stechender Schmerz fährt durch meine Hüfte, als ich aufstehe, aber ich ignoriere ihn ebenso wie die Hand des älteren Herren, der versucht, mich am Boden zu halten. In der Ferne heulen Sirenen. Sie nähern sich rasch.

Humpelnd bahne ich mir einen Weg durch die Schaulustigen. Mit teils ungläubigen, teils ängstlichen Blicken machen sie mir Platz. Keiner von ihnen versucht mich aufzuhalten. Je weiter ich mich von der Unfallszene und ihren chaotisch tanzenden Auren entferne, desto klarer wird mein Geist. Ich kann den Nachhall der reinen Lebensenergie in der Luft schmecken: ein Duft von frisch gefallenem Regen auf einer Waldlichtung. Kein Schatten folgt mir. Doch ich gebe mich keiner Illusion hin. Der Widerhall meiner Magie muss weit durch das Zwielicht bis in die Anderswelt zu spüren gewesen sein. Nicht so kraftvoll und mächtig wie das Feuer der Seelensteine, aber stark genug, um die Membran zwischen den Sphären erzittern zu lassen. Die Signatur meiner Zírenergie ist unverkennbar. Genauso gut hätte ich mich mit Tusch und Fanfare zurückmelden können. Der Schattenmar hat sein Ziel erreicht.

Ein Gutes hat der Einsatz meines Zír bewirkt (abgesehen davon, dass es meine Knochen heil gelassen hat): Ich kann Adams Lebensenergie spüren. Nicht sehr stark, dafür schlägt das Schattenherz zu schwach, aber das leise Echo ist genug, um mir den Weg zu weisen.

Und in diesem Echo schwingt eine Musik, so kraftvoll, wie ich sie selten vernommen habe. Eine Musik, die auf ihre Weise beinahe so betörend ist wie mein Zír. Musik bewegt Herzen und führt verlorene Seelen aus der Dunkelheit. Aber auch Schatten tanzen mit ihr.

Mir bleibt nicht mehr viel Zeit.

KAPITEL 42

ADAM

Die Show hatte begonnen. Statt dezenter Lounge-musik hallten die Klänge der Kirchenorgel durch das Bauwerk, als würde der unsichtbare Organist ein düsteres Requiem für die heiligen Hallen anstimmen. Männliche und weibliche Models stolzierten abwechselnd über den Laufsteg. Die knappen Stofffetzen auf ihren makellosen Körpern sollten den Stil der Regency-Epoche in Erinnerung rufen. Im frühen 19. Jahrhundert, als ro-mantische Schauerromane in die Literaturclubs Einzug hielten, waren Rüschen und Spitze groß in Mode gewesen. Nur hatte man damals, wie Stella Fortune Adam bei seiner Einweisung in das Projekt erklärt hatte, die zwanzigfache Menge an Stoff verwendet. Eine Mischung aus ästhe-tischem Gothic Horror und zugeknöpfter Extravaganz, die es aufzulockern galt – darum auch das Motto der Show: Licht und Schatten.

Fotografen begleiteten das Auf und Ab aus Chiffon und nackter Haut, ein stummes Blitzlichtgewitter unter dem ehrwürdigen Kirchengewölbe. Auf Stangen montierte Ka-meras filmten im Hintergrund. Die geladene High Society säumte den Laufsteg in kleinen Grüppchen. Einige der Gäste verfolgten die Show mit gekünsteltem Interesse, andere tuschelten aufgeregt. Manche schienen vor allem darauf bedacht, selbst im richtigen Moment von den Kameras abgelichtet zu werden – schließlich versprach ein Foto in der Klatschpresse jede Menge Publicity.

Adam wurde von Minute zu Minute nervöser. Immer wieder sah er sich um, aber er konnte die blaugekleideten Frauen nicht mehr unter den Gästen entdecken. Hatte er sich ihre Anwesenheit nur eingebildet? Nein, unmöglich. Schließlich hatte Steven sie ebenfalls bemerkt.

Im abgedunkelten Bereich hinter dem Altar machte sich die Band für ihren Auftritt bereit. Pixie jonglierte mit ihren Drumsticks und Steven hantierte mit seinem Bass. Toningenieure und Beleuchter schwirrten geduckt umher. Alyssa Dale stand als schmaler Schatten unter einem Säulenbogen. Sie hielt die Augen geschlossen, ihre Lippen bewegten sich, als würde sie beten. Adams Hologramm blieb den Zuschauern noch verborgen. Die transparente Folie, auf der es in Kürze zum Leben erwachen würde, bewegte sich leicht in einem Luftzug.

Ivy war Stella Fortune nach hinten in die Räumlichkeiten gefolgt, um ihren Auftritt vorzubereiten. Was immer das heißen mochte. Adam hatte sein Jackett zurück, aber er hätte es ohne zu zögern wieder gegen die Kälte draußen eingetauscht, wenn er dafür in Ivys Nähe hätte bleiben können. Stattdessen verharrte er in Sichtweite der Techniker, um im Notfall eingreifen zu können. Trotz der vertrauten Umgebung kam er sich deplatziert und verloren vor. Beide Welten erschienen ihm surreal – sowohl die der juwelenbesetzten Damen, Unternehmer, Philanthropen und Journalisten, als auch die der Monster, von denen er nur einen Albtraum und einen Mausklick weit entfernt war.

In welche Welt gehörten die Hexen?

Ohne Vorwarnung verstummte die Orgelmusik, das letzte Model verschwand von der Bühne und die Lichter im Mittelschiff gingen aus. Adam zuckte zusammen, obwohl er darauf vorbereitet gewesen war. Ein kurzes Raunen geisterte durch die Menge, dann strahlten mehrere Scheinwerfer auf und erhellten die von mächtigen Arkaden gesäumte Apsis. Gleichzeitig setzte Colins Gitarre mit warmen Akkorden ein, gefolgt von Pixies Drums und Stevens Bass. Die Band umrahmte den Altar, Colin in der Mitte. Der Song begann ruhig, aber nahm rasch an Fahrt auf. Adam hatte ihn bei den Proben gehört. Er war wild und doch sanft, urtümlich und kraftvoll zugleich und erzählte von einer langen Suche, die einen einsamen Wanderer an ein windbewegtes Meer führte. Dort flüsterten die Wellen ihm zu, sich auszuruhen. Der Wanderer begann, ihnen seine Geschichte zu erzählen. Darin lagen all die Hoffnungen, Wünsche und Träume verborgen, die ihn zu seiner Reise bewegt hatten. Doch während er erzählte, erkannte er, wonach er in Wahrheit gesucht hatte: Freiheit. Am Meer hatte er sie gefunden. Daher schenkte er seine Geschichte den Wellen, damit aus ihnen neue Hoffnungen, Wünsche und Träume geboren werden konnten. Der lyrische Text fesselte Adam ebenso sehr wie die Musik. Für eine Weile vergaß er seine Sorgen und versank in dem Lied.

Colins Stimme trug laut und klar durch das Kirchenschiff. Er verzichtete auf seine üblichen Showeinlagen, um sich ganz auf seinen Gesang zu konzentrieren. Noch während die Band spielte, wechselten die Musiker nacheinander ihre Instrumente. Colin griff zur akustischen Gitarre; Steven tauschte seinen Bass gegen ein Xylophon; Pixie verließ ihre Drums für vier aufgestellte Handtrommeln. Der Wechsel der Instrumente geschah so subtil, dass der Übergang kaum auffiel. Die Musik wurde ruhiger, der Gesang verstummte. Die Band wurde in ein Halbdunkel gehüllt, während die Scheinwerfer Stellung und Farbe änderten. In einem Schimmer aus goldenem Licht erschien Alyssa Dale, als wäre sie direkt von den Sternen herabgestiegen. Tausende Glassplitter waren in ihr zartes

Chiffonkleid gewebt worden. Sie strahlte wie ein zerbrechlicher Schmetterling.

Dann begann sie zu tanzen.

Adam stockte beinahe der Atem. Bisher hatte er nur Aufnahmen von ihr gesehen, aber erst jetzt verstand er, warum man sie als neuen Star am Balletthimmel feierte. Wie konnte sich dieses Mädchen nur so anmutig bewegen? Fragil und kraftvoll zugleich schien sie sich die Schwerkraft untertan zu machen, als ob Licht und Schatten zu einer Einheit verschmolzen, um ein Wesen zu gebären, das selbst die Engel vor Neid erblassen ließ. Ein Blick ins Publikum verriet ihm, dass sich einige der älteren Damen vor Rührung verstohlen mit einem Taschentuch die Augenwinkel tupften.

Das Lied nahm an Kraft zu, als Colin wieder mit seinem Gesang einfiel. Die Klänge hallten wie eine Symphonie von den Mauern wider, während Alyssa aus den Träumen des Wanderers mit ihrem Tanz eine neue Geschichte erschuf. Sie erzählte von Hoffnung, Mut, Aufopferung und dem Versprechen, sich selbst in der höchsten Gefahr treu zu bleiben.

Mit der letzten Strophe erwachten die Projektoren zum Leben und enthüllten das Hologramm. Adam hatte diesem Moment mehr entgegengefiebert, als er sich eingestehen wollte. Ein kurzer Blickwechsel mit den Technikern reichte, um ihm zu versichern, dass sie alles im Griff hatten. Das Publikum hielt kollektiv den Atem an, als sich aus dem Nichts heraus eine beeindruckende Gestalt materialisierte. »Ahhs« und »Ooohs«, aber auch erschreckte Rufe hallten durch die ehrwürdigen Hallen, während der Gargoyle seine mächtigen Schwingen ausbreitete, sich von einer umgestürzten Säule erhob und mit kraftvollen Flügelschlägen unter das Kirchengewölbe schraubte. Die Deckenbalken wichen einem wolkenverhangenen Himmel, an dem geflügelte Schatten kreisten, viel höher noch als der mächtige Gargoyle über dem Altar. Das dunkle Blau seiner

Schuppen reflektierte die Splitter in Alyssas Kleid. Seine flüssigen Bewegungen, das Spiel der mächtigen Muskeln und der goldene Blick seines Auges waren so realistisch, dass sich die Menschen duckten, als das Monster mit ausgebreiteten Schwingen durch das Kirchenschiff kreiste. Die Tänzerin wirbelte im Gleichklang zu seinem Flug auf dem Laufsteg um ihre eigene Achse und schien nur noch aus funkelnden Lichtreflexen zu bestehen. Urplötzlich stürzte sich der Gargoyle hinab, direkt auf Alyssa zu. Immer schneller wurde die Musik ... und endete abrupt. Das Monster erstarrte mitten im Flug. Seine ausgestreckten Krallen stoppten eine Handbreit über Alyssas Kopf. Die Schwingen berührten die Wände zu beiden Seiten des Kirchenschiffs. Die Ballerina blieb auf Zehenspitzen nach hinten geneigt stehen, in der gleichen Pose, mit der sie ihren Tanz begonnen hatte. Furchterregend thronte das Monster über der jungen Heldin. Gemeinsam verharrten sie eingefroren in einem Moment der Zeit.

Es verblieb dem Publikum zu entscheiden, wer von beiden aus dieser unmöglichen Konfrontation als Sieger hervorgehen würde.

Dunkelheit senkte sich über Laufsteg und Altar. Adam spürte seinen Herzschlag bis in die Fingerspitzen. Eine, zwei, drei Sekunden verstrichen in absoluter Stille. Das Publikum hielt kollektiv den Atem an. Dann toste frenetischer Beifall durch das Kirchenschiff. Die Anspannung fiel von Adam ab und machte einer schwindelerregenden Erleichterung Platz. Er hatte es geschafft! Sein Werk begeisterte. Und alles war gutgegangen. Zum ersten Mal in seinem Leben fühlte er echten Stolz in sich aufkeimen. Aber ihm blieben nur Sekunden, um in dem ungewohnten Gefühl zu schwelgen. Als der Applaus schließlich verklang, strahlten die Scheinwerfer erneut auf und enthüllten ... eine Göttin.

Eine Göttin namens Stella Fortune.

Sie stand auf einem länglichen Podest vor dem Altar.

Wie bei Alyssa funkelten unzählige Glaskristalle in ihrem eng anliegenden weißen Kleid. Blau, rosa, golden – als hätten sich die Polarlichter von letzter Nacht erneut herabgesenkt. Adam musste unwillkürlich schlucken. Das dunkle Haar fiel lang und seidig über Stellas Schultern. Sie wirkte entrückt von der Welt und gleichzeitig so urtümlich wie das Sinnbild aller Weiblichkeit. Selbst das goldene Auge des in Zwielicht getauchten Monsters in ihrem Rücken richtete den Blick auf sie.

»Ich danke Ihnen allen für Ihr Kommen.« Das Mikrofon ließ Stella Fortunes Stimme dunkel und geheimnisvoll von den alten Kirchenmauern widerhallen. »Der heutige Abend steht ganz im Zeichen der Kunst. Kunst ist so alt wie die Menschheit selbst. Sie ist Ausdruck unserer Individualität, und darin liegt die Quelle unserer Vielfalt. Sie macht unsere Welt lebenswert. Dinge, die wir mit Selbstverständlichkeit betrachten – Kleider, Autos, Gebrauchsgegenstände oder unser Zuhause –, wären ohne diese Vielfalt wertlos. Aus diesem Grund wurden vor vier Jahren die Fortune Awards ins Leben gerufen: um uns an unsere Wurzeln zu erinnern und das zu feiern, was uns menschlich macht.« Sie legte eine kurze Pause ein, um die Spannung im Publikum zu steigern. »Viele talentierte junge Künstler haben sich beworben. Jeder einzelne von ihnen hätte es verdient, heute Abend hier zu stehen. Doch gehört es auch zur Vielfalt des Lebens, eine Wahl zu treffen. Eine kleine Auswahl der Besten, die in den Fokus unserer gemeinsamen Wahrnehmung rücken.«

Noch eine kurze Pause. Stellas Augen glitzerten im Scheinwerferlicht.

»Sehr geehrte Damen und Herren, verehrtes Publikum: Es ist mir eine Ehre, Ihnen die Preisträger der diesjährigen Fortune Awards vorzustellen.«

Applaus folgte auf ihre Worte. Die Blitzlichter der Fotoapparate zuckten auf.

Preisträger? Adam hatte angenommen, dass die Künstler durch ihre Auftritte bei der Show Anerkennung bekamen. Von einer öffentlichen Preisverleihung hatte ihm niemand etwas gesagt. Ein vertrautes Gefühl beschlich ihn. Einmal mehr gehörte er nicht dazu, war ausgeschlossen vom Kreis der anderen. Allerdings war er auch nicht als Künstler eingeladen worden, sondern als Dienstleister.

Stella Fortune hob ihre feingliedrige Hand. »Colin Rhodes, Steven Rhodes und Kristen ›Pixie‹ McNally von der Band Enter Horizon für die Kategorie Musik.« Der Applaus nahm zu. Aus den Lautsprechern erklangen die ersten Takte ihres Songs, während die drei zu Stella auf das Podest stiegen.

»Alyssa Dale für die Kategorie Tanz.« Federleichte Gitarrenklänge schwebten durch den Raum, kaum hörbar über dem Applaus. Alyssa tänzelte elfengleich auf das Podest und lächelte so natürlich und anmutig in die Menge, dass weiterer Beifall folgte.

Adam rieb sich die schweißfeuchten Hände. Kein Grund zur Beunruhigung. Die Ehrung galt nicht für ihn. Er hatte nur eine Auftragsarbeit ausgeführt. Oder nicht?

»Und Adam Thorne für den Bereich Virtuelle Kunst.« Ein Tusch dröhnte aus den Lautsprechern.

Sein Magen rutschte in die Kniekehlen. Das konnte unmöglich wahr sein. Er starrte in die Menge, ohne sie zu sehen. Scheinwerfer geisterten über den Gargoyle und ließen einen Reißzahn glitzern. Das Maul des Monsters war zu einem diabolischen Grinsen verzerrt. Aber das bildete er sich bestimmt nur ein. Oder hatte er das absichtlich so programmiert? Damit er sich selbst auslachen konnte, wenn er erneut einen Narren aus sich machte? *Ich bin geliefert,* dachte er und stolperte benommen in Richtung des Altars. Eine Schweißperle rollte von seiner Schläfe, als er das Podest erklomm und sich neben Alyssa Dale stellte. Stella Fortune begrüßte ihn mit einem verhaltenen Lächeln. Ihm erschien es wie sein Todesurteil.

Ivy näherte sich dem Podest. In ihren ausgestreckten

Armen hielt sie ein purpurnes Samtkissen, auf dem drei versiegelte Umschläge lagen. Stella öffnete die Umschläge, ohne die Karten aus dem Inneren herauszunehmen, während Ivy mit dem Kissen wieder verschwand, jedoch nicht ohne Adam verschwörerisch zuzuzwinkern.

Was hatte Ivy sich dabei gedacht? Warum hatte sie nichts gesagt? Wollte sie ihn ins offene Messer laufen lassen? Er würde sich bis auf die Knochen blamieren. Was, wenn eine Dankesrede von ihm erwartet wurde? Ivy hätte ihm doch verraten können, was Stella plante. Dann wäre er wenigstens vorbereitet gewesen. So wie die anderen. Ihren strahlenden Gesichtern nach zu urteilen, hatten die vier nur auf diesen Augenblick gewartet.

Die Lichter der Scheinwerfer wirkten auf einmal unnatürlich grell. Adam nahm Farben und Formen im Raum so detailliert wahr, als hätte er sie selbst mit seinem Pinsel auf Leinwand gezeichnet, während gleichzeitig die Gesichter im Publikum zu einer einförmigen grauen Masse verschmolzen. Die Mauern der Kirche sahen aus, als wären sie eben erst von den Steinmetzen geschliffen, aber noch nicht poliert worden. Die Säulen und Bögen der Empore über ihm schienen sich zu ihm zu neigen, sodass er jede einzelne Fuge, jede Unregelmäßigkeit im Mauerwerk erkennen konnte. Er wandte rasch den Kopf ab, bevor ihm schwindelig wurde. Stimmen geisterten durch das Kirchenschiff. Die gesichtslose Masse bewegte sich unruhig hin und her. Ein Blick nach oben zu seinem Gargoyle verriet ihm, dass dieser seinen Kopf immer weiter zu ihm herabneigte, als könnte er es kaum erwarten, ihn zwischen seinen mächtigen Kiefern zu zermalmen.

Wie aus dem Nichts bewegten sich blaue Schemen zu beiden Seiten des Podests. Adam blinzelte, aber seine Sicht blieb merkwürdig verschwommen. Was geschah gerade? Befand er sich inmitten eines Panikanfalls oder überlagerten sich einmal mehr die Welten?

Er sah zu Stella, die nah bei ihm stand. Als einzige Person im Raum konnte er sie klar und deutlich erkennen. Ihr Schwanenhals wirkte blass und durchscheinend. Eine bläuliche Ader an ihrer Kehle bewegte sich, als sie schluckte. Um ihren Nacken lag eine feingliedrige, nahezu unsichtbare Kette, kaum mehr als ein Schatten, der im Feuerschein mal hierhin und mal dorthin geisterte. Dagegen funkelte der Anhänger auf ihrer Brust hell wie ein Stern, obgleich er schwarz wie die Nacht war.

Wie hatte Adam ihn zuvor übersehen können? Es war ein Kristall, nicht größer als sein kleiner Finger. In seinem dunklen Kern loderte ein Feuer aus unzähligen Farben. Das gleiche Feuer, das in Solons Augen brannte.

Nur am Rande bekam Adam mit, wie Stella die Karten aus dem Umschlag holte und einen langen Blick darauf warf, als wüsste sie nicht längst, welche Namen darauf standen. Ihre Stimme erklang wie aus weiter Ferne.

»Hiermit überreiche ich ...«

Weiter kam sie nicht, denn in diesem Moment hallte ein derart urtümliches Gebrüll von den Mauern wider, dass der Boden erzitterte, die Wände schwankten und Säulen ächzten und knirschten. Staub rieselte von der Decke. Die Gäste schrien auf, aber ihr Geschrei ging in dem Gebrüll unter. Eine Schrecksekunde lang schien die Welt stillzustehen, dann brach Panik aus. Die Menschen stürzten durcheinander und behinderten sich gegenseitig in dem verzweifelten Versuch, den Ausgang zu erreichen. Diamanten und Perlen, von Hälsen und Ohrläppchen gerissen, rollten klimpernd über den Boden. Selbst ein Schuh segelte durch die Luft.

Adam nahm all das wie in Zeitlupe wahr. Er fühlte sich zu keiner Bewegung fähig. Sein Denken war wie ausgeschaltet, sein Blick unscharf und präzise zugleich.

Alyssas Augen wurden größer und größer, als sie auf das Hologramm über dem Altar starrte. Unendlich langsam wich sie zurück und wäre vom Podest gestürzt, wenn Steven sie nicht genauso langsam gepackt und mit schlep-

penden Bewegungen mit sich die Stufen nach unten ge-
zerrt hätte. Pixie und Colin folgten ihnen im Schnecken-
tempo.

Stella Fortune trat in unendlicher Langsamkeit einen
Schritt zurück. Sie musterte Adam mit einem merkwürdigen Funkeln in den Augen. Er konnte die Regung nur mit
einem Wort beschreiben: Triumph. Stella Fortune verspürte Triumph.

Die verzerrten blauen Schemen tauchten plötzlich dicht
um ihn herum auf und mit einem Mal konnte er sie klar
erkennen – Frauen in gleichfarbigen Abendkleidern. Alles
in ihm schrie wegzulaufen, aber Adam konnte sich immer
noch nicht rühren. Die Frauen ignorierten ihn und drängten stattdessen Stella vom Podest. Sie ließ es widerwillig
geschehen, so als tangierte sie das Chaos um sie herum
nicht, aber ihr Blick blieb starr auf Adam gerichtet.

Warum lächelte sie so?

Er wusste es. Ein Teil von ihm wusste, was geschah,
aber er wollte es nicht wahrhaben. Er spürte den Luftzug
über seinem Kopf, doch es war zu spät.

Die Zeit nahm wieder Geschwindigkeit auf und plötzlich schien alles doppelt so schnell zu geschehen. Adam
wurde von einem kraftvollen Stoß vom Podest gerissen.
Die steinernen Säulen der Empore wirbelten wie die Kegel
eines Gauklers an seinen Augen vorbei, als er durch die
Luft flog. Der Aufprall trieb ihm die Luft aus den Lungen,
ein heftiger Schmerz durchzuckte seinen Arm. Sein Blick
verschwamm. Alles, was er sah, war ein gigantischer Schatten, der in einer fließenden Bewegung über ihn hinweg-
glitt. Majestätisch. Beeindruckend.

Rembrandt.

Eine Gestalt beugte sich über ihn.

»Rühr dich nicht«, sagte Ivy. Ihre Lippen schwebten
dicht über den seinen.

Durch den Schmerz und die Desorientierung hindurch
hörte er das Klirren von berstendem Glas. Es wurde in das

Kirchenschiff hineinkatapultiert, traf Mauerwerk, Aufbauten und flüchtende Gäste gleichermaßen.

Eine Windböe folgte, begleitet vom ohrenbetäubenden Rauschen dutzender Flügel, als die Gargoyles wie ein urgewaltiger Sturm über sie hinwegtobten.

KAPITEL 43

ADAM

Ivy kauerte neben ihm im Schatten des Podests und bedeckte ihren Kopf mit beiden Armen zum Schutz gegen splitterndes Holz, Glas und herabfallendes Mauerwerk. Adam hatte sich mühsam auf die Knie aufgerichtet und konnte nicht glauben, was er sah.

Mehr als ein Dutzend Gargoyles kreisten einem verirrten Fledermausschwarm gleich im Kirchenschiff von St Bartholomew-the-Great umher. Große, muskelbepackte Gargoyles mit Hörnern und breiten Mäulern, kleinere mit borstigen Haaren und Schnäbeln, filigrane mit bunten Schuppen, einige mit riesigen Tatzen, andere mit messerscharfen Klauen … Er kannte jeden einzelnen von ihnen. Herrgott, er hatte ihnen sogar Namen gegeben.

Mal hingen sie an Mauervorsprüngen, mal kopfüber von Deckenbalken, hockten auf dem Geländer der Empore oder zogen Kreise unter dem Gewölbe. Die verbliebenen Gäste drängten in panikartiger Flucht zum Ausgang, stolperten übereinander, schrien. Reglose Körper lagen zwischen den eingebrochenen Aufbauten des Catwalks. Blut mischte sich mit dem Gold von zerbrochenen Champagnergläsern. Ein dürrer Gargoyle, mit hauchzarten Flughäuten zwischen den spinnenfingrigen Gliedmaßen und einem langen Schnabel, stakste hochbeinig über die Reste des Laufstegs.

Gauguin ...

In Abständen blieb er stehen und stocherte mit seinem dünnen Arm nach einem der Körper. Geschickt klaute er eine diamantenbesetzte Kette vom Hals einer Dame, deren türkisfarbener Taft rostrot schimmerte. Eine Glasscherbe hatte sich zwischen Nacken und Schulter gebohrt. Anschließend ließ er die Kette an seiner Kralle hin und her baumeln, um das Farbspiel zu bestaunen. Dabei gab er zufrieden grunzende Laute von sich.

Zwei andere Gargoyles hatten die Kirchenorgel für sich entdeckt. Schauerliche Laute drangen aus den Orgelpfeifen, hallten von allen Seiten wider und fuhren Adam durch Mark und Bein. Er hielt sich die Ohren zu.

In der Nähe einer Arkade hatten sich die drei Bandmitglieder und die Tänzerin zusammengedrängt. Steven hielt Alyssa im Arm. Zwei fauchende und flügelschlagende Gargoyles versperrten ihnen den Weg in die umliegenden Gänge. Colin schwenkte drohend seine Gitarre, als wäre sie Thors Hammer. Er stand Rücken an Rücken mit Pixie. Deren platinblondes Haar schimmerte im Scheinwerferlicht wie ein Heiligenschein. Sie drückte einen silbernen Anhänger gegen ihre Lippen, wie um sich damit Mut zuzusprechen. Ihnen zur Seite standen zwei Frauen in Blau. Sie streckten ihre Handflächen nach außen, die Fingerspitzen zeigten zueinander. Zwischen ihren Daumen und Zeigefingern strahlte ein Licht auf, ein hellblauer, glühender Kreis aus Energie, der zwei weitere sich überschneidende Kreise einfasste. Die Gargoyles wagten sich nicht näher an sie heran, fast als ob das Symbol aus Licht sie abschrecken würde. Das gleiche Symbol hatte den Boden über der Knochenkammer markiert.

Adam schob sich ein Stück in die Höhe und spähte über das Podest, um besser sehen zu können. Zehn oder zwölf weitere Frauen in blauen Kleidern hatten sich um den

Altar geschart. Auch zwischen ihren nach vorn gestreckten Händen glühte das Lichtsymbol. Auf dem Altar stand Stella Fortune mit zornigem Gesicht. Ihr dunkles Haar wehte im Luftzug, der durch die gesprungenen Scheiben in das Kircheninnere fegte.

»Das hier ist heiliger Boden. Respektiert den Pakt von Babylon«, rief sie erzürnt.

Zwei Gargoyles stießen von oben auf sie herab. Aber kurz bevor sie zupacken konnten, flammte einen halben Meter über Stellas Kopf wie aus dem Nichts ein blauer Schutzschild auf. Er knisterte und spie Funken, als die Biester mit ihren Krallen dagegen stießen. Wie bei einem gewaltigen elektrischen Schlag zuckten ihre Muskeln, und für einen Moment schien ihre ledrige Haut zu glühen. Mit einem erschreckten, fast schmerzvollen Kreischen taumelten die beiden Gargoyles in entgegengesetzte Richtungen davon.

Ivy zerrte Adams Smartphone aus seiner Brusttasche und aktivierte das Display. Er starrte sie ungläubig an. Wollte sie das etwa filmen? Das musste ein Traum sein, ein schrecklicher Traum! Es konnte unmöglich real sein.

Ein drahtiger Gargoyle von der Größe eines Pferdes hüpfte auf sie zu. Auf seiner lederartigen Haut flossen helle Kreise und Spiralen ineinander. Er hatte Beine wie ein Strauß und ein Krokodilsmaul mit rasiermesserscharfen Zähnen. Adam hatte ihn Hundertwasser genannt. Seine Schwingen, die als einziger Teil seines Körpers keine Muster aufwiesen, waren drohend zu beiden Seiten ausgestreckt. Als Ivy ihn mit dem Blitzlicht des Smartphones fotografierte, schirmte er geblendet seine Augen ab. Aber die Ablenkung währte nur kurz. Ein gezielter Hieb mit der Flügelspitze schlug ihr das Gerät aus den Händen. Mit einem Schmerzenslaut taumelte Ivy zurück. Adam fing sie auf und wollte sie mit sich unter das Podest ziehen, aber sie riss sich los.

»Das bringt nichts«, rief sie, stellte sich beschützend

vor ihn und hob die Hände. Die Fingerspitzen zeigten zueinander. »Hinfort, du Biest!« Ein schwaches blaues Leuchten flackerte zwischen ihren Fingern auf und erstarb gleich darauf wieder. »Mist, verdammter!«

Hundertwasser krächzte und keckerte. Wahrscheinlich sollte es ein Lachen sein. »Kleine Hexe, lecker Leckerbissen.«

Adam wollte nicht glauben, was er sah. Ein schmerzhafter Stich durchfuhr seine Brust, der nicht dem Kristall geschuldet war. Ivy – *seine* Ivy – gehörte zu den Hexen?

Sie warf einen Blick über ihre Schulter zurück, als hätte sie seinen inneren Aufruhr gespürt.

»Es tut mir leid, Adam.« Ihre dunklen Augen glühten wie im Fieber. »Ich hatte keine Ahnung, was geschehen würde.«

Der Gargoyle rückte näher. Ivy schüttelte ihre Hände, aber das Leuchten kehrte nicht zurück. Sie fluchte und warf einen ihrer Pumps nach ihm, der harmlos von Hundertwassers flachem Schädel abprallte.

»Niemand hatte das«, ergänzte eine weibliche Stimme. Adam zuckte zusammen. Es war die Frau aus dem Garten. Er hatte ihre Annäherung nicht bemerkt, dabei leuchtete ihr tiefrotes Kleid wie eine Warnboje. Schmutz verunzierte ihre rechte Gesichtshälfte und ihr Dekolleté. Wirre dunkle Strähnen hingen aus ihrem hochgesteckten Haar, und ein vertrauter Duft nach Zimt und Koriander umhüllte sie. Die Erkenntnis traf Adam wie ein Schlag. Das war seine Entführerin! Die Frau, die ihn nach dem Konzert wie einen nassen Sack hinter sich her geschleift hatte! In hilfloser Wut ballte er die Fäuste, seine Kehle verengte sich. Steckten denn alle unter einer Decke? Das Herz in seiner Brust pochte und schmerzte, als wollte es zerspringen. *Wieso?* Wieso verriet Ivy ihn? Hatte sie die ganze Zeit über den Lockvogel für ihn gespielt?

»Tritt mal zur Seite, Kleine«, sagte die Frau, die selbst kaum größer und nicht viel älter als Ivy war. Dafür hatte sie das Auftreten eines Generals. Ihre weiblichen Rundungen täuschten auf den ersten Blick über trainierte Muskeln hinweg.

Ivy gehorchte und vermied es, Adam in die Augen zu sehen.

Die Frau riss mit geübtem Griff den Saum ihres Kleides auseinander und zog eine Pistole aus einer Halterung an ihrem Oberschenkel. Adam traute seinen Augen nicht. Er musste in einem schlechten Hollywood-Film gelandet sein. Eine andere Erklärung ließ sein Verstand nicht mehr zu. Die Waffe war mit Symbolen aus Silber verziert und fast so lang wie sein Unterarm. Er hatte keine Ahnung, wie sie das Ding unbemerkt mit sich hatte herumtragen können. Der Gargoyle bleckte seine Zähne.

»Keine Chance, Reptil«, sagte sie kühl und drückte den Abzug. Eine blaue Stichflamme durchschlug die Schulter des Gargoyles und hinterließ eine rauchende Wunde. Hundertwasser heulte auf und hüpfte mehrere Schritte zurück. Seine Krokodilsnüstern blähten sich.

»Vorwärts, macht schon!« Die Frau scheuchte sie beide um das Podest herum und hinter die Reihen der Hexen.

Adam glaubte ein leichtes Surren zu hören, als sie die Barriere aus leuchtenden Symbolen passierten. Anders als die Gargoyles gelangten sie ohne Widerstand hindurch. Einige der Frauen starrten ihn an. Der Blick der Grauhaarigen, die er bereits früher am Abend bemerkt hatte, war eindeutig feindselig. Die Frau mit der Armschlinge und die hübschen Blonden – Zwillinge, wie er aus der Nähe feststellte – musterten ihn neugierig. Die Blicke der anderen waren einfach nur abschätzend.

»Ms Fortune, es sind zu viele«, raunte die Frau, als sie den Altar erreichten. »Ohne die Seelensteine werden wir uns nicht mehr lange behaupten können.«

»Das wird auch nicht nötig sein.« Stella warf Adam einen taxierenden Blick zu. »Wir haben noch ein Ass im Ärmel.«

Ich will nur das Beste für Sie, Adam. Das waren ihre Worte gewesen, als sie ihm den Auftrag für das Hologramm erteilt hatte. Er hatte ihr geglaubt. Und Ivy. Geglaubt, dass sie ihn tatsächlich seiner selbst wegen schätzten. Der Verrat schmerzte wie ein glühendes Eisen in seinen Eingeweiden.

»Nimm das, du Monster!«, brüllte Colin von der Seite und drosch mit seiner Gitarre auf den Schädel eines froschmäuligen Gargoyles ein. Das Instrument barst mit einem tönenden Geräusch. Der Gargoyle wich zurück, aber gleichzeitig riss er Colins Hosenbein und das Fleisch darunter mit einem blitzschnellen Prankenhieb in Fetzen. Mit einem Schmerzensschrei stolperte der Sänger zurück und sackte zu Boden. Blut quoll aus der Wunde und bildete eine Pfütze unter ihm. Colin umklammerte sein Bein mit beiden Händen, um den Blutfluss zu stoppen. Adam wurde übel. Ein paar Zentimeter näher, und der Gargoyle hätte dem Sänger das Bein abgerissen.

Die Lage war aussichtslos. Die drei Bandmitglieder, Alyssa und die beiden Hexen an ihrer Seite waren von den anderen abgeschnitten. Die Gargoyles hatten sie eingekreist und ließen sich auch von dem magischen Symbol nicht vertreiben. Die glühenden Kreise surrten inzwischen wie Geschosse durch die Luft. Die Hexen schleuderten sie in rascher Abfolge eines nach dem anderen, während sie immer wieder neue Symbole zwischen ihren Fingern heraufbeschworen. Aber die Gargoyles waren zu schnell. Sie sprangen hierhin und dahin, schwangen sich in die Luft oder huschten hyänengleich über den Boden, um die Frauen abzulenken. Traf doch mal ein Geschoss, richtete es keine schlimmen Verletzungen an. Es war nur eine Frage der Zeit, bis sich die Monster davon nicht mehr aufhalten ließen und ihre Opfer in Stücke rissen.

»Genug!«, donnerte eine Stimme von oben durch das Kirchenschiff, so laut, dass die Erde bebte. Adam hielt sich instinktiv die Ohren zu. Er hätte schwören können, dass

die Säulen der Empore unter dem Nachhall dieser Brachi-
algewalt erzitterten. Das war keine Stimme, das war ein
ganzes Gewitter, das über sie hinwegtoste. Die Hexen
krümmten sich, wagten aber nicht, ihre Ohren zu bedecken. Sie mussten das Schutzsymbol zwischen ihren Händen am Leuchten halten.

Stella Fortune stand hoch aufgerichtet auf dem Altar –
unbeugsam, eisig schön und reglos wie eine Statue. Nur
ihre Augen funkelten vor Zorn. Ihr Blick war unverwandt
auf das Monster gerichtet.

Rembrandt.

Der mächtige Gargoyle schwebte mit ausgebreiteten
Schwingen mehrere Meter über ihnen reglos in der Luft.
Die zerfetzte Folie des Hologramms warf sein verzerrtes
Spiegelbild zurück, wie um sich über sie lustig zu machen.
Die in den Mauern verankerten Projektoren und Schein-
werfer hingen verbogen herab, die Reste der Instrumente
und Elektronik lagen verstreut auf dem Boden. Die Tech-
niker waren entweder geflohen oder tot.

Adam erblickte Fetzen von Stoff und Flecken von Rot in
dem Durcheinander.

Was hatte er angerichtet?

KAPITEL 44

SOLON

Was hat dieser Taugenichts getan? Hat nicht nur eine Horde Gargoyles aus dem Nirgendwann zurückgeholt, sondern sich auch noch mit den Hexen verbündet.

Die Hexenschwestern von Avalon haben in den vergangenen Jahrhunderten mehr Schaden als Nutzen angerichtet. Sie halten sich für unbezwingbar, weil sie einen Seelenstein besitzen. Oder mehrere. Wer weiß, wie viele magische Artefakte sie während meiner langen Abwesenheit angesammelt haben. Um Risse ins Zwielicht zu reißen, dazu gehören Unverstand, Überheblichkeit und ein Hang zur Selbstzerstörung. Keinen Finger haben die Dreizehn damals gerührt, als ich verbannt wurde. Verdammt sollen sie sein und der Seelenwahrer gleich mit! Ich sollte Adam hier und jetzt den Garaus machen, bevor er noch mehr Unheil stiftet.

Die Musik und das Echo seines Herzschlags haben mich zu seinem Aufenthaltsort geführt: ausgerechnet St Bartholomew-the-Great, Ort meiner Verdammnis und meiner Verbannung. Mein Grab und meine Auferstehung. Arkanisten, Hexen und Schattenkreaturen haben sich damals gegen mich vereint. Die Details dessen, was an jenem

Tag geschah, sind mir entglitten, untergegangen in einem Wirbel aus Schmerz, als mein Sein durch die vereinten magischen Kräfte meiner Gegner buchstäblich auseinandergerissen und ins verfluchte Nirgendwann geschleudert wurde. Dafür brennt die Erinnerung an Williams Verrat so hell in mir, als wäre es gestern gewesen. Es macht mich wütend. Wut ist eine wunderbare Triebfeder, aber sie verleitet zu Fehlern. Ich darf jetzt nichts Unüberlegtes tun. Meine Vergeltung muss warten, bis ich wieder im Vollbesitz meiner Kräfte bin. Selbst die Zeit wird dann kein Hindernis für meine Rache mehr sein.

Während die Menschen in Panik nach draußen flüchten, gelange ich unbemerkt ins Innere. Die Kirche hat mir viele Geheimnisse zugeflüstert, seit Heinrichs Hofnarr vor neunhundert Jahren den Grundstein gelegt hat. Heute habe ich keine Zeit für ihre Geschichten von Krieg und Frieden, Trauer und Hochzeiten. Auch nicht für die blassen Schemen, die in Mönchsroben gehüllt durch die Gänge ziehen. Ich fürchte das Zwielicht der Kirche nicht, obwohl ich ihre Schatten im Auge behalte. Nicht jeder Schatten hinter einer Säule, unter einem Relief oder neben einer Statue ist einfach nur ein Schatten. Falls Gian-Sûl mir gefolgt ist, wird er sich nicht einmischen. Nicht, wenn er dabei zwischen die Fronten gerät. Seine Absicht, mich zur Zielscheibe zu machen, hat er bereits erreicht.

Zu meiner Rechten ist ein Metallgestell umgestürzt. Ein Mann liegt darunter; er ist tot. Eine Eisenstange hat sich in seinen Schädel gebohrt, als das Gestell über ihm zusammengebrochen ist. Sein Schemen ist noch hier. Er schwebt unschlüssig über dem Körper, blickt erst zum Ausgang, dann wieder nach unten auf seine sterbliche Hülle. Wenn es ihm nicht gelingt, ins Licht zu ziehen, wird er verblassen und möglicherweise als Echo im Nirgendwann enden. Oder er wird Opfer eines Reapers. Diese finsteren Gesellen suchen im Zwielicht ständig nach frischen Seelen.

Ich verhülle meine Aura, um nicht seine Aufmerksamkeit zu erregen. Manche Schemen sind anhänglich und man wird sie nur schwer wieder los. Im Schutze des Zwielichts schleiche ich mich durch den Chorumgang bis in die Nähe des Altars, wo ich mich im Schatten eines Pfeilers verberge. Von dort aus kann ich das Geschehen überblicken, ohne entdeckt zu werden.

Sie sind uneins, die Hexen. Der Silberhaarigen steht der Unmut ins Gesicht geschrieben. Die blonden Zwillinge scheinen verunsichert und gleichzeitig erwartungsvoll zu sein. Die mit der Armschlinge ist wütend und unschlüssig, aber sie verbirgt ihre wahren Gefühle gut.

Die Frau in Rot wirkt beinahe gelangweilt. Sie ist keine Hexe; jedenfalls kann ich keinerlei magische Energie an ihr spüren. (Hexenmagie kribbelt mich wie eingeschlafene Füße.) Ihre Aura wabert wie Zimtstaub um sie herum, so schwach, dass ich sie kaum wahrnehmen kann. Vermutlich schirmt sie die Aura mit einem Amulett ab, um Hellfühlige daran zu hindern, sie zu lesen. Sie könnte eine Söldnerin sein. Oder eine Spionin. In früheren Zeiten schleusten die Arkanisten gern ihre Agentinnen in die großen Hexenzirkel ein.

Die anderen sind ratlos, überfordert und ängstlich. Keine von ihnen ist jemals einem lebendigen Gargoyle oder einem anderen Wesen aus dem Reich der Schatten begegnet. Sie haben ihrer Hohepriesterin vertraut, doch die wiederum scheint ihre ganz eigenen Pläne zu hegen. Ihre Aura riecht verdächtig nach Geheimnis und unterdrückten Gefühlen. Sie ist blau und kalt wie gefrorener Schnee auf einem Gletscher, aber in ihr glüht ein Feuer, das in Eis gehüllt ist.

Dagegen haben die Gargoyles in neuer Eintracht zusammengefunden. Außerhalb des Nirgendwann kann ich zum ersten Mal seit langem wieder ihre Auren wahrnehmen. Sie sind weit weniger individuell und bunt als die der Menschen. Ich schmecke Granit und porösen Basalt, durchmischt mit Salz und Asche. Ein dunkles Flackern wirbelt um sie herum, als würde der Staub der Zeit erfolglos versuchen, sie zu ersticken – Überreste des Ersten Fluchs, der noch immer auf den Gargoyles liegt.

Frida schwebt in scheinbarer Harmonie neben ihrem Vater. Offenbar hat Rembrandt seine Position als Oberster Clanführer ihr gegenüber behaupten können. Mehr noch: Er hat seine Meute fest im Griff. Die Wesen des Zwielichts sind schwerer zu lesen als Menschen. Aber ich bezweifle nicht, dass Rembrandts Ansehen gestiegen ist. Er hat den Odem überlebt und seinen Clan in die Freiheit geführt. Sie werden sich nicht gegen ihn stellen. Auch nicht Van oder Gogh, die ich in der vordersten Reihe entdecke.

Ach Gogh, du zäher alter Gargoyle. Noch einmal wirst du mir nicht so bereitwillig vertrauen.

Ich könnte sie umbringen. Hier und jetzt. Doch wenn ich mein Zír ein weiteres Mal einsetze, verbrauche ich meine letzten Kräfte. Und ich bin sicher, dass die Schatten bereits darauf lauern.

KAPITEL 45

ADAM

»Ehrwürdiger Clanführer, ich heiße dich und dein Gefolge im Reich der Menschen willkommen. Eure Rückkehr wurde bereits lange erwartet.« Stella Fortune stand mit stolz erhobenem Haupt auf dem Altar, in ihrer Stimme schwang keinerlei Furcht mit. Sie zuckte nicht einmal mit der Wimper, während sie den Blick des Monsters über sich erwiderte.

»Wie kann das sein, Hexe, wo ihr es doch wart, die uns verbannten?«

Rembrandts Stimme hallte durch das Gemäuer. Er schwebte zwei Meter tiefer, sodass ein kalter Luftzug über die Anwesenden hinwegfegte. Seine Flügel schienen sich dabei kaum zu bewegen. Die Präsenz des mächtigen Gargoyles wirkte erdrückend. Obwohl Adam vor Angst wie erstarrt war, konnte er nicht anders, als fasziniert die dunklen Maserungen auf dem blau schillernden Panzer zu mustern, die er Stunde um Stunde sorgsam am Computer gezeichnet hatte. Wie war das nur möglich? Wo Rembrandts linkes Auge hätte sein sollen, klaffte ein tiefer Schnitt, der rötlich-weißes Fleisch unter den Schuppen bloßlegte. Adam erinnerte sich nicht daran, dieses spezielle Detail entworfen zu haben.

Die anderen Gargoyles sammelten sich hinter ihrem Anführer, einige hockten auf den Mauern der Empore, manche am Boden oder auf umgeworfenen Tischen und Aufbauten. Ein einzelnes Weibchen hielt sich dicht an Rembrandts Seite, beinahe Kopf an Kopf. Ihre Flügel schimmerten in den Farben eines von Nacht verhüllten Regenbogens.

Frida. Seine erste Begegnung mit Stella Fortune hatte ihn zu ihrem Bild inspiriert. Ein Augenpaar blaugrün, das andere purpurrot, doch in beiden brannte das gleiche kalte Feuer.

»Ich habe ein Versprechen erfüllt, das der letzte Seelenwahrer deiner Königin gegenüber gebrochen hat: euch aus dem Nirgendwann zurückzuholen«, antwortete Stella Fortune.

»Du, Hexe?« Rembrandts Stimme dröhnte von den Mauern wider. Steinstaub rieselte zu Boden. »Ich blickte in den Himmel, der in Tausend Farben erglühte, und sah die Zeit vor meinen Augen fließen, dort, wo es keine Zeit gibt, sondern nur Ewigkeit. Und in die Farben der Zeit mischten sich die süßesten Töne, die je an mein Ohr gedrungen sind, schöner noch als der silberne Klang des Vollmonds in einer Winternacht. Der Tanz der Farben hat uns in diese Welt zurückgeführt, die wir einst auch die unsere nannten. Keine Hexe vermag solches zu vollbringen. Und wenn doch, soll sie hervortreten und mir ihre Macht beweisen.«

»Wir sind die dreizehn Hexenschwestern von Avalon und Hüterinnen des Paktes von Babylon! Unser Orden vereint die Macht von Jahrhunderten in sich, weitergegeben durch das Wissen unserer Vorfahren. Zweifle nicht an unserer Entschlossenheit, Clanführer!«

Rembrandt bewegte sein goldenes Auge und musterte Stellas Kleid. Die eingewebten Glassplitter funkelten bei jeder Bewegung. Das gleiche Farbspiel hüllte Alyssa Dale ein.

Kein Glas, dachte Adam. *Kristalle.*

Die junge Ballerina schmiegte sich zitternd in Stevens beschützende Umarmung. Doch das half ihr nicht, Rembrandts Aufmerksamkeit zu entgehen.

»Die Kraft, die uns zurückbrachte, war kein Hexenwerk. Sie war reine Energie, schön und unschuldig wie dieses Kind.« Rembrandts Klaue fuhr blitzschnell nach vorn. Er packte Alyssa an der Kehle und riss sie zu sich in die Höhe, wo sie bewegungslos in seinem Griff hing – eine makabre Wiederholung ihres letzten Tanzes.

Steven schrie auf, als ihm Alyssa entrissen wurde. Gedankenlos wollte er sich auf den Gargoyle stürzen, stoppte aber mitten in der Bewegung, als sein Bruder warnend seinen Namen rief. Vom Blutverlust war der Sänger kalkweiß im Gesicht. Er war aufgestanden, konnte sich jedoch kaum aufrecht halten. Steven wich zurück und half Pixie, ihn zu stützen, das Gesicht vor hilfloser Wut verzerrt.

»In der Unschuld liegt solche Kraft.« Mit Alyssa im Griff schwebte Rembrandt zu Boden und faltete die mächtigen Schwingen auf dem Rücken. Die spitzen Gelenkknochen ragten über seinen Kopf hinaus. Aufgerichtet war er größer als die Rundbögen unter der Empore. Alyssa wimmerte leise, ihre Augen waren weit aufgerissen. »Seht unsere Retterin. Ein Opfer der Hexen genau wie wir.« Er hob die Ballerina höher, damit jeder Gargoyle sie sehen konnte.

»Lass sie gehen, Clanführer! Sie ist nur ein ahnungsloses Menschenkind.« Stella vollführte eine gebieterische Handbewegung.

Der mächtige Gargoyle schenkte ihr keine Beachtung, sondern verengte sein goldenes Auge. »Zeig mir deine Magie.« Er schüttelte die Ballerina wie eine Gliederpuppe. Die Kristallsplitter an ihrem Kleid flammten im Lichtschein auf.

Prompt wiegten sich die versammelten Gargoyles mit halb geschlossenen Augen in dem bunten Glitzern, als wären sie in Trance. Die Hexen wagten nicht einzugreifen.

Das blaue Leuchten in ihren Handflächen ebbte ab und glühte wieder auf, im Gleichklang mit dem Spiel der Farben auf Alyssas Kleid. Als das Funkeln langsam erlosch, öffnete Rembrandt sein heiles Auge. »Magie fürwahr«, sagte er leise, und es klang wie ein Summen, das von Donner getragen wurde. Er legte Alyssa sanft seine Pranke an die Wange, als wollte er sie liebkosen. Die Ballerina starrte ihn panisch an. Ihr Gesicht war rot angelaufen, der Griff des Monsters schnürte ihr die Luft ab. Sie konnte nicht einmal mehr wimmern. »Aber befleckt durch die Eitelkeit der Hexen. Wie tragisch für dich, Kind.«

Rembrandt brach ihr Genick mit einer federleichten Drehung. Dann ließ er sie los. Ein dumpfer Aufprall war zu hören, gefolgt von Schweigen. Alyssa starrte mit weit geöffneten Augen an die Decke, als wollte sie die Materie durchdringen und den freien Himmel darüber umarmen. Doch ihr Blick blieb leer. Die Kristalle auf ihrem Kleid glitzerten ein letztes Mal auf, wie Sterne, die im Morgengrauen verblassten.

Zwei Sekunden vergingen, drei, vier ... dann gellte ein markerschütternder Schrei durch die Stille. Steven hätte sich in blindwütiger Wut auf die Gargoyles gestürzt, wenn Pixie ihn nicht mit einer Ohrfeige zur Vernunft gebracht hätte. Adams Herzschlag setzte verspätet wieder ein. Die Hexen waren wie erstarrt vor Schock, ihre Blicke fassungslos.

Adam würgte die Übelkeit in seiner Kehle hinunter und sah weg. Wieso hatte Rembrandt das getan? Alyssa war doch nur ein hilfloses Mädchen gewesen; arrogant, talentiert, aber völlig wehrlos gegenüber einem solchen Monster. Sie trug keine Schuld – im Gegensatz zu ihm. Er hatte die fremde Welt erlebt, sie auf eine Art sogar erschaffen, doch Alyssa hatte nicht ahnen können, was auf sie zukommen würde. Anders als die Heldin in ihrem Tanz hatte sie sich nicht freiwillig als Opfer dargeboten. Ein so sinnloses obendrein.

Rembrandt wandte seinen Blick wieder Stella Fortune zu. »Ein Gargoyle, der seinen eigenen Clan verrät, ist seines Clans nicht würdig. Das gilt auch für eine Hexe.«

»Alyssa war keine Hexe«, erwiderte Stella tonlos. Sie stand noch immer still wie eine Statue auf dem Altar, nur ihre Fingerspitzen zuckten. »Ein unschuldiges Kind zu töten, um eine Hexe zu treffen, ist eines Gargoyles ebenfalls nicht würdig. Hütet euch, Kreaturen der Schatten, denn ihr fordert den Zorn der Dreizehn heraus! Ich war es, die euch zurückgeholt hat, indem ich das Nirgendwann meinem Willen unterwarf und das Zwielicht öffnete. Ich kann euch ebenso leicht wieder zurück in euer Gefängnis schicken. Ihr und eure Königin schuldet uns Dank!«

Adam hatte keine Ahnung, ob Stella Fortune einen Plan verfolgte oder lediglich Zeit schinden wollte. Den teils fassungslosen Gesichtern der anderen Hexen nach zu urteilen, hatten sie nicht mit dem Erscheinen der Gargoyles gerechnet. Aber sie hatten auf jemanden gewartet. Langsam ergab es für ihn einen Sinn. Die Falle war vorbereitet gewesen, mit ihm als Köder, doch bevor sie zuschnappen konnte, war der falsche Gegner aufgetaucht. Einer, der sich womöglich als zu mächtig erwies, um von den Hexen bezwungen zu werden.

Das Gleiche schien auch Rembrandt zu denken, denn sein Grollen – oder war es ein Lachen? – hallte schmerzhaft von den Mauern wider. »Warum sollten wir unsere Schwingen vor euch beugen, Hohepriesterin? Es war nicht die Magie der Dreizehn, die uns im Nirgendwann unsere Namen gab.«

Auf ein unsichtbares Zeichen von ihm schnellte der weibliche Gargoyle wie ein Blitz über die Köpfe der Hexen hinweg, packte Ivy und riss sie mit sich in die Luft. Es geschah so schnell, dass Adam nicht einmal Zeit hatte zu blinzeln. Ein erstickter Schrei war alles, was Ivy hervorbringen konnte. Die blauen Schutzsymbole leuchteten zischend auf, doch Frida wurde nicht einmal aus dem Gleichgewicht gebracht. Im Bruchteil einer Sekunde schwang sie sich aus dem Wirkungskreis der Hexen heraus und schwebte langsam wieder zu Boden, wo sie sich mit ihrer Beute neben Rembrandt stellte. Wie eine Python hielt sie ihre Arme um Ivy geschlungen, die verzweifelt versuchte, sich loszureißen. Goldglänzende Pailletten lösten sich aus ihrem Kleid und klimperten zu Boden. Aus schreckgeweiteten Augen blickte sie erst zu Adam, dann zu Stella.

Tut doch was, flehte Adam die Hexen stumm an, doch niemand rührte sich. Stella ballte die Fäuste, aber kein Muskel in ihrem Gesicht zuckte. Sie hielt ihren kühlen Blick starr auf Rembrandt gerichtet.

Adam fuhr zusammen, als die Frau in Rot unvermittelt seinen Arm drückte und leise zu ihm sagte: »Gargoyles sind Raubtiere. Sie wählen sich immer das schwächste Glied in der Kette.«

Adam hätte beinahe gelacht. *Das schwächste Glied bin ich. Nicht Ivy.*

Rembrandt knurrte, und die anderen Gargoyles fielen ein. Sie schlugen mit den Flügeln, fauchten und drohten. Doch dann hob Rembrandt seine Donnerstimme und das Treiben stoppte sofort.

»Das Leben dieses Menschenkindes für eine einfache Antwort, ihr Sterblichen.« Er ließ seinen goldenen Blick über jeden einzelnen von ihnen wandern, dabei nahm er vor allem Colin und Steven ins Visier. Auf Adam blieb sein Blick nur eine halbe Sekunde lang ruhen.

»Wer von euch ist der Seelenwahrer?«

KAPITEL 46

SOLON

Ein paar Sekunden lang rührt sich niemand. Die junge Hexe versucht vergeblich, sich aus Fridas Griff zu befreien. Es ist die Kleine, die ich in Adams Begleitung im Nirgendwann erblickt hatte. Mhm, ihre dunkelgoldene Aura riecht verführerisch nach Honig, Pfirsich und Moos. In ihr brennt ein Feuer, das ich in meinem Seelenwahrer schmählich vermisse.

Adam stolpert über seine eigenen Füße, als er nach vorne tritt. Dieser Idiot.

»Du Idiot!«, ruft die dunkelgoldene Hexe wie ein Echo. Ach, es wäre schade, wenn ihr etwas passiert.

Durch die Reihen der Gargoyles und Hexen eilt ein Raunen. Nur die Hohepriesterin lächelt. Sie steht auf dem Altar wie eine Königin, die Hof hält.

Rembrandts Kopf zuckt zu Adam hinunter. Der Gargoyle öffnet sein Maul zu einem messerscharfen Lächeln. »Endlich ist die Zeit der Abrechnung gekommen, Seelenwahrerrrrr«, grollt er. Seine Worte schallen als Echo von den Mauern zurück.

Wie ich es hasse, wenn ich keine Wahl habe.

Ohne länger zu zögern, trete ich aus dem Zwielicht. In der physischen Welt erscheine ich wie aus dem Nichts direkt neben Adam. Die Hexen hinter uns schnappen hörbar nach Luft.

Wieso überrascht euch das?, amüsiere ich mich in Gedanken über sie. *Ihr habt doch die ganze Zeit auf mich gewartet, oder etwa nicht? Als ob ich eure Falle nicht schon von weitem gerochen hätte.*

Laut sage ich zu Rembrandt: »Lange nicht gesehen, alter Freund. Die Narbe steht dir.«

Das Grollen der Biester lässt den Boden unter meinen Füßen erzittern.

Adam zetert und flucht lautstark in seinen Gedanken. Die Namen, die er mir verpasst, sind nicht gerade schmeichelhaft. Mit hochgezogenen Brauen sehe ich ihn an.

»Gemach! Ich habe noch nicht entschieden, wen ich töte. Gut Ding will Weile haben.«

›Hilf Ivy!‹

»Auch noch Forderungen stellen? Du solltest auf Knien vor mir rutschen, dass ich dir nicht längst das Genick umgedreht habe, so wie der Große dieser Kleinen da.« Ich deute auf den leblosen Körper der Tänzerin.

»Genug!«, donnert Rembrandt. »Wir werden den Weltengänger und den Seelenwahrer beide vernichten dafür, dass sie uns zweifach verflucht haben. Danach sind die Hexen an der Reihe, die ihnen dabei geholfen haben. Und dann ... dann endlich, werden wir unsere Freiheit zelebrieren, indem wir als Krieger der Nacht über das Reich der Menschen herrschen.«

Die Gargoyles knurren und kreischen Beifall.

»Adam hat euch eure Namen gegeben. Zählt das denn gar nichts für euch?«

Frida schenkt mir ein schauriges Lächeln und entblößt dabei ihre spitzen Zähne. »Namen sind für die Schwachen und Verzweifelten. Im Nirgendwann haben sie uns dabei geholfen, nicht zu vergessen. Hier jedoch sind sie für uns bedeutungslos.«

Die junge Hexe in ihrem Griff sieht aus, als würde sie

ihr gleich auf den Fuß treten wollen. Sie ist tapfer, aber leider auch dumm. Reize niemals einen Gargoyle, außer du bist der Weltengänger.

»Ich reiße dich in Stücke!« Rembrandts Schädel nähert sich mir bis auf Augenhöhe. »Und es wird mir ein Vergnügen sein.«

»Jeder bekommt, was er verdient«, entgegne ich und trete zurück ins Zwielicht.

Es ist riskant. Mein Energielevel ist bereits auf einem Tiefpunkt, aber nur im Zwielicht bin ich schnell genug, um die Gargoyles abzulenken. Ich packe ein loses Brett, das von den Aufbauten im Mittelgang herausgebrochen ist, und schwenke es mit beiden Händen wie ein Schwert. Dann schlage ich zu. Frida taumelt mit einem Aufschrei zurück, als das gesplitterte Ende ihr Gesicht in zwei Hälften schneidet. Grünes Blut quillt hervor. Die junge Hexe kommt frei und stolpert auf mich zu. Ich zerre sie zu mir ins Zwielicht und tauche zusammen mit ihr im Kreis der Hexen wieder auf. Sie taumelt und sinkt in die Knie, da der plötzliche Strukturwechsel sie schwächt.

»Macht euch nützlich!«, zische ich die Hexen an und stoße das Mädchen in ihre Mitte. Dort ist die Kleine wenigstens sicher. Für den Moment. Die Frauen starren mich an, als würden sie ein Gespenst vor sich sehen. Keine von ihnen rührt sich.

»Schwestern, formiert euch!«, reißt die Stimme der Hohepriesterin sie aus ihrem Bann. Die Hexen erwachen aus ihrer Starre und verstärken ihre Energieschilde. Das Leuchten ihres Siegels strahlt hell über ihren Köpfen auf. Die Hohepriesterin sieht mich mit Augen an, die mich an ein blaugrünes Feuer erinnern. Die eingewebten Kristalle in ihrem Kleid glitzern in einer Nachahmung meines Zír. Die Magie, die von ihnen ausstrahlt, ist schwach, aber ausreichend, um die Kräfte ihrer Trägerin zu bündeln. Um ihren Hals liegt eine Kette aus Zwielicht, die ich zuvor nicht bemerkt habe. Ihre Hand verdeckt den Anhänger auf ihrer Brust, doch das Glühen zwischen ihren Fingern fühlt sich seltsam vertraut an. »Zähme die Gargoyles!«, befiehlt sie mir.

Befiehlt mir!

Ich höre Adams Herzschlag, aber er ist unregelmäßig. Ein unwillkommener Druck legt sich um mein eigenes Herz: der Befehl eines Seelenwahrers. Aber es ist nicht Adam, der ihn mir aufzwingen will, sondern die verdammte Hexe. Sie sieht meine Verwirrung. Mit einem Lächeln nimmt sie die Hand fort, und mir stockt der Atem. Das Schattenherz strahlt auf ihrer Brust, schwärzer als die Nacht, hell wie ein Stern.

So klein. So zerbrochen.

Ein Splitter meines Lebenskristalls. Ein Bruchstück nur, aber es lodert in einem lebendigen Feuer. Meine Gefühle stehen kopf. Einen Moment lang bin ich wie gelähmt. Angst, Wut, Schrecken, Trauer, all das stürzt wie ein Wasserfall auf mich ein. Darum ist Adams Herz so still. Ich habe es gefühlt, als ich heute Morgen einen kurzen Blick in seinen Geist tat, aber erst jetzt begreife ich das Ausmaß. Der Kristall, den Generationen von Seelenwahrern sorgfältiger als ihr eigenes Leben gehütet haben, ist entzweigebrochen. Nicht nur zersplittert, sondern in einzelne Stücke zerbrochen durch Williams Magie, die mich ins Nirgendwann verbannte. Also wollte er den Kristall damals tatsächlich vernichten, und mich mit ihm. O William, warum nur?

Wenn das Bruchstück in Adams Brust nicht bald mit gleicher Kraft erstrahlt, dann ist dieser Splitter am Hals der Hexe das letzte, was von meiner Lebensenergie noch übrig ist.

Umso größer ist die Wut, die sich in mir aufstaut und alle anderen Gefühle verdrängt. Zweimal verflucht wie die Gargoyles will ich sein, bevor ich mich dem Willen einer Hexe unterwerfe!

»Adam!«

Mein Atem geht keuchend. Es kostet mich weit größere Anstrengung, dem Befehl dieser Hexe zu widerstehen, als ich zugeben will. Der Schattenkristall hält mich am Leben, aber er verleiht dem Träger auch eine gewisse Kontrolle über mich.

Adam kauert hinter dem Schutzwall der Hexenschwestern. Sie beschützen zwei junge Männer und eine hübsche Silberblonde – die drei mit der wahren Magie in ihrer Musik. Die Gargoyles kümmert das nicht. Sie stoßen immer wieder von oben auf sie nieder. Noch hält das Siegel sie ab, doch sein Leuchten wird zunehmend schwächer. Es ist nur eine Frage der Zeit, bis die Gargoyles den Schutzschild durchdringen. Und dann ist niemand mehr vor ihren Klauen sicher.

Rembrandts Schatten stößt auf uns nieder, aber der schwarze Kristall auf der Brust der Hohepriesterin flammt so hell auf, dass selbst ich geblendet die Augen schließen muss. Der mächtige Gargoyle taumelt mit einem Gebrüll aus Schmerz und Wut zur Seite und prallt dicht unter der Empore gegen die Wand. Mehrere Mauersteine brechen heraus. Das Gebäude erzittert, als Rembrandt zu Boden stürzt. Doch schon kurz darauf krallt er sich entlang eines Pfeilers wieder in die Höhe und schwingt sich von der Empore aus in die Lüfte. Tiefe Kratzspuren bleiben im Mauerwerk zurück.

»Zähme sie!«, fährt die Hexe mich an. Ihre Augenbrauen sind zornig zusammengezogen. Ein Schweißtropfen perlt an ihrer Stirn herab. Es kostet sie unheimliche Anstrengung, den Kristallsplitter zu kontrollieren.

»So funktioniert das nicht, Priesterin! Der Kristall ist nicht für eine Hexe bestimmt.«

»Der Splitter ist mit dem Blut des Seelenwahrers getränkt worden«, antwortet sie beinahe trotzig.

Wenn ich könnte, würde ich lachen, aber meine Lungen schmerzen vor Anstrengung, sie aus meinem Geist fernzuhalten. Mein Blick verschwimmt.

»Und du bist nicht der Seelenwahrer.«

Ich stolpere zurück ins Zwielicht und berühre dabei die Aura der Hexe, die mir in der physischen Welt am nächsten steht, eine große, dünne mit mausbraunen Haaren. Sie schmeckt nach altem Quellwasser und Holz. Bitter, aber ausreichend. Neben Adam tauche ich wieder auf. Er zuckt bei meinem plötzlichen Erscheinen zusammen. Die drei Musiker weichen erschrocken zurück. Der Hagere mit dem Ziegenbärtchen stolpert dabei aus dem Schutzschild. Ein Gargoyle greift nach seinem Knöchel, aber die Silberblonde zerrt den Mann geistesgegenwärtig zurück, bevor das Monster ihm das Bein abreißen kann.

Meine Hand durchstößt Adams Brust – nicht seinen stofflichen Körper, sondern seine Aura. Für ihn sieht es aus und fühlt sich so an, als würde ich meine Hand in seinem Herzen vergraben. Gewissermaßen tue ich das auch. Es ist das Zentrum seines Seins, seiner Gefühle. Dort, wo die Essenz des Kristalls ihn ausfüllen sollte, aber nur ein schwacher Abglanz pocht, berühre ich das Bruchstück des Schattenherzes und lasse ein Quäntchen meines Zír hineinfließen. Es kribbelt. Das Herz lebt, aber es schlägt noch nicht.

»Finde deine Magie. Nur so kann ich uns beschützen«, beschwöre ich ihn.

Adam ist bleich wie ein Bettlaken, als ich meine Hand wieder zurückziehe. Ich habe wenig Hoffnung. Wenn er weiterhin so nutzlos ist, bleibt mir keine andere Wahl, als auf meine eigenen schwindenden Kraftreserven zurückzugreifen.

Ohne mich weiter um ihn zu kümmern, tauche ich zurück ins Zwielicht. Die Schatten beobachten uns. Abwartend, lauernd, wer aus diesem Kampf als Sieger hervorgeht. Ich ignoriere sie für den Moment.

Als wäre ich selbst ein Schatten, gleite ich zwischen den Gargoyles hindurch. Doch sie sind Kreaturen des Zwielichts und daher nicht so leicht zu narren wie die Hexen.

Frida entdeckt mich als Erste. Mit einem Wutschrei springt sie in die Höhe, um mich von oben herab anzugreifen. Aber ihr Blick ist vom zähflüssigen Blut getrübt, ihr zerstörtes Gesicht eine regelrechte Maske des Grauens. Sie verfehlt mich um Haaresbreite. Ihr treues Anhängsel Van heult wütend auf und galoppiert auf allen Vieren frontal auf mich zu. Seine zerbrechlichen Flügel zittern nutzlos auf seinem Rücken. Ich packe eine Eisenstange. Er bietet ein so leichtes Ziel …

Noch während ich zögere, trifft mich eine Klaue in den Rücken und schleudert mich zu Boden. Die Stange entgleitet meinem Griff und prallt im Dunkeln gegen eine Säule. Ich wälze mich herum, doch schon ist mein Angreifer über mir und presst mir die Luft aus den Lungen. Es ist Gogh. Natürlich. Der alte Gargoyle muss seinen Schützling Van verteidigen. Dieser gräbt prompt seine Krallen in meine Schulter, weil er auch ein Stück von mir abhaben will. Verdammt, tut das weh! Gleichzeitig verstärkt Gogh den Druck seiner Pranke. Mein Brustbein knackt, ich unterdrücke ein Stöhnen. Warum sind die beiden nur so anhänglich? Die Lage droht mir außer Kontrolle zu geraten. Gogh hat kein Mitleid für mich übrig, das sehe ich in seinen Augen. Seine weiße Mähne kitzelt mein Gesicht.

»Nicht nur Gargoyles ihre Größe verloren.« Seine Stimme grollt, als würden Mauersteine unter seiner Pranke zerbersten. Oder meine Knochen.

Die Bemerkung trifft mich tiefer, als mir lieb ist. »Wir alle haben … einen hohen Preis … bezahlt«, keuche ich, denn ich bekomme kaum Luft. Der alte Gargoyle hätte ein Verbündeter sein können. Stattdessen habe ich ihn mir zum Feind gemacht. Aber für Reue ist es zu spät. Ich muss zusehen, wie ich überlebe.

»Zerquetsch ihn«, quietscht Van. »Er hat Mami wehgetan.«

Gogh sieht mich an. Diesmal ist er derjenige, der zögert. Mir bleibt keine Wahl. Ich lasse das Zír durch die Energiebahnen meines Körpers in meine Hand fließen. Ein kleiner Stoß reicht, um Gogh mehrere Meter weit zurückzuschleudern. Er landet hart auf dem Rücken. Auch Van wird von der Welle erfasst und kracht gegen einen Pfeiler im Mittelschiff. Doch nicht genug – die Welle frisst sich weiter am Mauerwerk in die Höhe, bringt Pfeiler und Säulen zum Wanken. Selbst aus dem Deckengewölbe rieselt Verputz auf mich herab. Der Boden zittert wie unter einem Erdbeben. Die alten Kirchenmauern ächzen und stöhnen, Schatten fließen panisch auseinander, um sich andernorts wieder neu zu formieren.

Verdammt, ich habe noch immer keine Kontrolle über meine Kräfte.

Das Energiebeben treibt die Gargoyles auseinander. Planlos schwirren sie durch die Luft. Einer von ihnen landet in meiner Nähe, ohne mich zu bemerken. Er hat ein Maul wie ein Krokodil. Ich reiße ein Stück seiner Aura heraus – kalte Asche in einem Knochenfeuer –, um meine verlorene Energie zu ersetzen. O wie ich das später bereuen werde!

Dann wälze ich mich aus dem Zwielicht heraus und finde mich vor dem Altar wieder. Auf dem Podest davor steht Adam und psalmodiert wie ein tonloser Wanderprediger.

Mit Rembrandt.

KAPITEL 47

ADAM

Solon war wie vom Erdboden verschluckt. Dafür drang ein Lichtblitz aus dem schattigen Säulengang neben dem Mittelschiff, gefolgt von einem berstenden Geräusch. Die Gargoyles stürzten kreischend durcheinander. Das Gebäude zitterte und ächzte. Adam hatte Mühe, sich auf den Beinen zu halten. Sein Magen rumorte, als das Beben in Wellen durch seinen Körper pulsierte. Mehrere panische Sekunden lang fürchtete er, die Kirche würde einstürzen, doch nach einigen Sekunden beruhigte sich der Spuk wieder. Die alten Mauern hielten dem Druck stand.

Als die Gargoyles das bemerkten, begannen sie sich sofort neu zu formieren, um einen weiteren Angriff auf die Hexen zu starten. Einige der Frauen waren zu Boden gestürzt und rappelten sich eben erst wieder auf. Colin kauerte mit blassem Gesicht zwischen Pixie und Steven. Die Drummerin hatte ihm ein Stück Stoff um die Wunde am Bein gebunden, aber noch immer tropfte Blut auf den Boden. Alle drei machten sich so klein wie möglich, um ihren Angreifern kein Ziel zu bieten. Adam sah sich nach Ivy um, konnte sie aber nicht entdecken. Sie hatte gerade noch in seiner Nähe gekauert, aber das Beben hatte sie voneinander getrennt. Die Hexen drängten an ihm vorbei oder stießen ihn einfach aus dem Weg, hektisch darum bemüht, ihren Schutzkreis zu erneuern. Immer wieder leuchteten ihre Siegel auf, knisterten und spieen Funken, wenn eines der Monster ihnen zu nahe kam.

Benommen starrte er auf das Chaos, hilflos und starr vor Schock.

Diese Wesen hatten zurück in seine Welt gefunden, weil er mit seinen Hologrammen den Weg für sie bereitet hatte. Er konnte nicht begreifen, wie das möglich war, doch ohne sein Zutun wäre das niemals passiert.

War es damit nicht auch seine Verantwortung? Doch was konnte er tun? Die Gargoyles würden ihn in der Luft zerreißen, sobald er eine falsche Bewegung machte. Er besaß keine magischen Kräfte, keine geheime Wunderwaffe, mit der er sie zurückschicken konnte. Doch selbst wenn – weder Solon noch diese wilden Kreaturen hatten die Albtraumwelt verdient, aus der sie gerade erst entkommen waren. Allerdings hatte es auch niemand verdient, ihretwegen zu sterben.

Der dumpfe Druck auf seiner Brust nahm zu. Es lag nicht nur am Kristall. Schuldgefühle und Angst tobten in seinem Innern, drohten ihn zu zerreißen. Fliehen konnte er nicht, kämpfen konnte er auch nicht. Aber er konnte wenigstens versuchen, mit den Gargoyles zu sprechen. In gewisser Weise waren sie seine Geschöpfe, selbst wenn er nur ihr Abbild aus Pixeln und Vektoren erschaffen hatte.

Keiner achtete auf ihn. Adam duckte sich, schlich an den Hexen vorbei und kroch hinter das Podest. Sein Herz pochte wie wild. Vorsichtig lugte er um die Ecke.

›Rembrandt‹, rief er in Gedanken. Wenn Solon ihn hören konnte, dann vielleicht auch der Gargoyle? Beide waren sie magische und – so hoffte er inständig – vernunftbegabte Geschöpfe. ›Rembrandt! Hör auf mit diesem Irrsinn! Ich habe euch zurückgeholt. Ihr seid frei. Ist es nicht das, was ihr immer wolltet? Keine dieser Hexen hat euch verflucht. Die Schuldigen sind schon vor langer Zeit gestorben.‹ Alle außer Solon, aber das dachte er lieber nicht laut. ›Was bringt euch da noch eure Rache?‹

Von oben ertönte ein hallendes Lachen, im nächsten Moment brauste ein Flügelschlag über ihn hinweg. Ehe er begriff, wie ihm geschah, riss ihn eine Klauenhand am Kragen in die Höhe und ließ ihn achtlos auf das Podest fallen. Adam blieb keine Zeit, seinen Sturz abzufangen. Ein bohrender Schmerz schoss durch seinen linken Knöchel. Das Blut rauschte in seinen Ohren. Einen Moment lang blieb er benommen liegen, dann stemmte er sich mühsam auf die Knie und sah sich nach einem Fluchtweg um. Auf der schmalen Plattform bot er ein perfektes Ziel für seine Angreifer.

Rembrandt stieß in einer Drehbewegung auf ihn nieder, doch hielt er im letzten Moment mit ausgestreckten Klauen in der Luft inne. »Seelenwahrer, du wirst mich nicht aufhalten – falscher Schöpfer, der du bist.« Er lachte grollend.

Adam hob instinktiv die Arme zum Schutz, obwohl er wusste, wie nutzlos die Geste war. Sah so sein Ende aus? In den Fantasien seiner Kindheit waren Gargoyles machtvolle, jedoch friedliebende Kreaturen gewesen, die die Schwachen beschützten und Ungerechtigkeit bestraften. Warum sollten nur seine schlimmsten Träume Realität geworden sein? Es musste doch auch Gutes in der Welt der Magie geben. Etwas in ihm weigerte sich, aufzugeben.

›Ist euch die Freiheit denn nicht genug?‹, fragte er verzweifelt.

Rembrandt schwebte ein Stück näher an ihn heran. Speichel tropfte von den zurückgezogenen Lefzen. Adam konnte seinen beißenden Atem riechen. Das Herz schlug ihm bis zum Hals, trotzdem stand er schwankend auf. Er hatte einmal gelesen, dass man vor einem wilden Bären nicht davonlaufen sollte. Meide Blickkontakt und hektische Bewegungen, sprich ruhig. *Haha.* Einen Löwen dagegen sollte man anschreien und dabei mit den Armen wedeln.

In welche Kategorie fiel ein Gargoyle?

»Solange der Weltengänger existiert, werden wir immer zugleich Jäger und Gejagte sein«, grollte Rembrandt.

›Und wenn er vernichtet ist?‹, fragte Adam zitternd.

»Solange kämpfen wir für unsere Freiheit. Das ist ein Versprechen.« Rembrandt nickte feierlich.

Adams Gedanken überschlugen sich.

Der kalte Schweißfilm auf seiner Haut ließ ihn frösteln, während gleichzeitig Hitzeschauer durch seinen Körper jagten. Würden die Hexen ihm helfen? Im Augenblick kämpften sie gegen denselben Gegner. Wenn er Solon auslieferte, konnte er dem Spuk ein für alle Mal ein Ende bereiten. Aber war dem Clanführer zu trauen?

Jemand zerrte an seinem Arm und Adam stürzte vor Schreck beinahe vom Podest. Doch es war nur Ivy. Sie stand geduckt auf den Stufen und warf ängstliche Blicke nach oben zu Rembrandt. Sie sah blass aus. Wimperntusche befleckte ihre rechte Wange, die Locken waren zerzaust, doch sie wirkte gefasst.

»Adam, hör auf mit diesem Unsinn!«, rief sie mit heiserer Stimme und deutete auf die Leiche der Tänzerin. »Mit diesen Bestien kannst du nicht verhandeln.«

Sein Blick zuckte unwillkürlich zu dem reglosen Körper hinüber. Glasige Augen starrten ihn anklagend an. Alyssa war ein Bauernopfer gewesen, keine Heldin. Adam konnte den Anblick nicht länger ertragen und wandte sich rasch ab. Ihm blühte das gleiche Schicksal. Aber hatte er eine Wahl?

»Es gibt immer eine Wahl.«

Adam blieb fast das Herz stehen, als Solon wie aus dem Nichts neben ihm auf dem Podest auftauchte und ihm die Hand auf die Brust legte. Ivy wich erschrocken zurück. Solons Augen glühten so dunkel wie sein Kristall. »Rembrandt hat kein Wort von dem verstanden, was du ihm gerade erzählt hast. Er hört sich nur selbst gern reden. Und jetzt zeig mir deine Magie«. Bevor Adam zurückweichen konnte, verstärkte Solon den Druck auf sein Herz. Doch diesmal drang seine Hand nicht in ihn ein, im Gegenteil, die Berührung blieb beinahe sanft.

Adam war unfähig, sich zu rühren. Eine angenehme Wärme breitete sich in ihm aus. Sie schien direkt aus seinem Herzen zu strömen, durchfloss seine Adern, vertrieb alle körperlichen Schmerzen und beruhigte seine wirren Gedanken. Wie auf einen stummen Befehl hin schloss er die Augen und versank in den Tagträumen und Rollenspielen seiner Kindheit. Oder waren es Erinnerungen? Er wusste es nicht. Alle Anspannung fiel von ihm ab.

Vor seinem inneren Auge zogen Clans von Gargoyles über das Land, stolze Kreaturen am Nachthimmel, die im Mondlicht tanzten. Menschenkinder standen staunend an den Fenstern, um ihren Flug zu beobachten. Die Erwachsenen brachten den Gargoyles Opfer dar, damit sie ihre Ernte beschützten. Mit Königen und Rittern zogen die Kreaturen in den Krieg, um für die Freiheit ihres Landes zu kämpfen. Das waren die Gargoyles, die er kannte und bewundert hatte. In der Nacht stolze Krieger, am Tag steinerne Wächter.

Adam wäre am liebsten tiefer in dieser faszinierenden Welt versunken, doch eine unbekannte Kraft hielt seinen Geist fest. Plötzlich hatte er das Gefühl, an mehreren Orten gleichzeitig zu sein. Während seine innere Wahrnehmung auf die Gargoyles in seinen Träumen gerichtet war, erlebte er das Außen wie durch fremde Sinne. Nein, nicht fremd. Eine Erweiterung seines eigenen Seins, Solons Präsenz. Eine beruhigende und kraftvolle Energie strahlte von ihm aus, die sie beide auf eine unerklärliche Weise miteinander verband. Zugleich hielt sie alles Störende von Adam fern.

Durch Solons Augen sah er, wie der Kristallsplitter auf Stella Fortunes Brust zu leuchten begann. Goldenes, warmes Licht floss um Adam herum, durch ihn hindurch und erfüllte seine Brust, wo es auf ein Echo traf – sein Schattenherz. Unvollständig, aber nicht zerstört, das größere Bruchstück des Kristalls, wie ihm durch die geistige Verbindung mit Solon bewusst wurde. Sie kommunizierten nicht mit Worten, aber ein Teil von ihm verstand plötzlich die Freude und den Schmerz über das zaghafte Erwachen dieser uralten Macht.

Von dort strömte das Licht in Solon hinein. Adam fühlte keine Furcht, sondern Zuversicht. Es gab nichts, was er nicht erreichen konnte. Kein Horizont war zu fern, keine Grenze zu weit. Sein eigenes, physisches Herz klopfte ruhig und regelmäßig. Ein zweiter Herzschlag mischte sich darunter, so lange bis sie eins waren. Mit Ohren, die nicht die seinen waren, hörte er die Hexen flüstern und Rembrandt brüllen. Die Gargoyles stürzten als geschlossener Schwarm auf sie zu, aber für Adam war es nur ein weit entfernter Traum. Ein Traum von verlorener Hoffnung und vergangenem Schmerz.

Solon hob die Arme. Das Licht des Kristalls strömte als goldener Strahl aus seinen Handflächen hervor und traf die Gargoyles.

KAPITEL 48

SOLON

Verstärkt durch Adams Lebensenergie fließt die Kraft des Kristalls in mich hinein und belebt mich auf eine Weise, die ich verloren geglaubt hatte. Ich spüre jeden Nerv, jede Zelle meines Körpers, kann das Rotieren des Planeten wahrnehmen und die Schwingungen seines Magnetfelds. Wir sind eins. Der Splitter auf der Brust der Hohepriesterin pulsiert im Gleichklang unseres Herzschlags. Mein Zír reagiert stark und unbeugsam, doch diesmal kann ich es kontrollieren. Ich blicke in Adams Träume, die einst meine Erinnerungen waren und die Tausender Menschen. Sie sind längst vergessen im unablässigen Rinnsal der Zeit. Die Nacht vergeht und ein Sonnenstrahl schiebt sich über das Land. Er färbt die Wolken in leuchtendes Orange. Mit mächtigen Schwingen strömen die Gargoyles herbei und versammeln sich auf hohen Mauern, um ihr Antlitz vor dem anbrechenden Tag zu senken. Noch sind ihre Formen weich und fließend im Schattenreich der Dämmerung. Die Sonne ist ihr Freund und ihr Feind. Sie wärmt ihre Flügel, schenkt ihnen Ruhe, doch nimmt sie ihnen auch die Fähigkeit zu fliegen. Denn im Morgengrauen erstarren sie zu Stein.

Mit meinem Zír fange ich das Sonnenlicht aus Adams

Traum ein und entlasse es in einem Strahl in unsere physische Welt. Wie gesponnenes Gold gleißt es in der Kirche auf. Die Gargoyles stürzen geblendet durcheinander, aber Rembrandts Donnerstimme lässt die Mauern erbeben. Ein einziges Wort reicht und sie stoßen mit Geschrei auf mich herab. Der mächtige Clanführer landet mit ausgestreckten Klauen vor dem Podest, um mich zu packen, der Boden erzittert unter dem Aufprall seiner mächtigen Hinterpranken. Rembrandts Bewegungen sind geschmeidig und stark. Für einen Moment ergreift mich Panik, dass ich mich verkalkuliert habe. Doch noch während er sich nähert, werden seine Bewegungen langsamer. Zentimeter für Zentimeter kriecht die Versteinerung über seine schuppige Haut, während das Sonnenlicht seine Wirkung entfaltet.

Den Mitgliedern seines Clans ergeht es ähnlich. Ihre Flügel werden schwerer und steifer. Es kostet sie Kraft, sich in der Luft zu halten. Als sie begreifen, was geschieht, brechen sie ihren Angriff ab. Wo sie sich gerade befinden, gleiten sie zu Boden, landen auf den Umrandungen der Empore oder krallen sich in das Mauerwerk, bevor sie von ihrem eigenen steinernen Gewicht zu Boden gerissen werden können und zerschellen.

In einem letzten Aufbäumen packt Rembrandt mich am Oberarm und zerrt mich vom Podest. Seine Krallen durchbohren Haut und Muskeln. Der Schmerz bricht meine Konzentration. Mein Zír erlischt, aber die Magie glüht nach. Bevor die Krallen meinen Knochen zermalmen können, erstarren sie zu Stein. Nur Rembrandts goldgelbes Auge bleibt offen. In seinem Blick liegt all die Wut, der Hass und die Hilflosigkeit, die er in diesem Moment verspürt. Noch ein paar Herzschläge länger, und die Gargoyles wären vollständig versteinert, blind und taub für die Welt um sie herum.

Doch sie sind wach, wenn auch bewegungsunfähig. Das Sonnenlicht, gestohlen aus Adams Traum, hält sie gefangen. Wo zuvor rote, braune, blaue Schuppen leuchteten und feste Lederhaut und Flügel sich spannten, bedeckt kalter Stein die Körper der Gargoyles, mancher dunkel und glatt wie Schiefer, anderer roh und hart wie Granit. Nur ihre Augen sind unverändert. Rot, gelb, grün, golden; in stummer Wut schreien ihre Blicke mich an.

Meine Versuche, mich aus Rembrandts Griff zu befreien, scheitern kläglich. Seine erstarrte Klaue hat sich zu tief in meinen Arm gebohrt. Sein Auge glüht auf; er mustert mich mit kalter Genugtuung. Um mich zu befreien, muss ich seine Klaue zerschlagen, aber in meiner Reichweite ist nichts, was ich als Waffe einsetzen kann. Mit bloßen Händen auf Granit einzuschlagen, ist zwecklos.

Wütend gebe ich meine Bemühungen auf.

»Zertrümmert sie!«, rufe ich. Es ist die einzige Möglichkeit, wie wir dieser Plage Herr werden können. Mein Kristall hat Adams Magie geweckt und mein Zír gelenkt, aber das allein reicht nicht aus. Der Bann, der die Gargoyles in Stein verwandelt hat, wird nicht lange halten. Es ist Nacht, Samhain noch dazu. Die Kräfte des Zwielichts wirken meiner Magie entgegen. Uns bleibt nicht viel Zeit.

Ein paar Hexen reagieren instinktiv und greifen nach herumliegenden Eisenstangen. Gut so! Mit ein wenig Magie lassen sie sich in perfekte Werkzeuge verwandeln. Doch mein Triumph ist nicht von langer Dauer.

»Schwestern, haltet ein!« Die Hohepriesterin hat ihren Platz auf dem Altar verlassen und schreitet durch das Chaos, als wäre sie dessen Herrscherin. Eisenstangen klirren wieder zu Boden und meine Wut wächst. Während ihr Blick hoheitsvoll über die Anwesenden gleitet, steigt sie die Stufen des Podests empor, an der jungen goldenen Hexe vorbei, und stellt sich neben Adam. Offenbar gefällt ihr die Rolle als Königin auf einem erhöhten Thron. »Wir haben einen gemeinsamen Plan geschmiedet: eine Waffe wiederzuerwecken, die unsere Feinde vernichten kann. Indem wir rituell den Weg bereiteten und Weltengänger und Seelenwahrer miteinander vereinten, habe ich zugleich ein Versprechen eingelöst, das der alte Seelenwahrer der Königin der Schatten gegenüber gebrochen hat: Ich habe ihre Kinder befreit. Ich werde nicht die Ehre der Dreizehn beschmutzen, indem ich die Gargoyles jetzt vernichte.«

Hat diese Frau vollkommen den Verstand verloren? Als ob Versprechen im Reich der Schatten irgendetwas zählten. Für die Gargoyles ist sie ein gefundenes Fressen, weiter nichts. Wer die Macht hat, diktiert die Regeln. Das wird die Hohepriesterin in all ihrer Selbstherrlichkeit noch schmerzlich erfahren. Wütend knirsche ich mit den Zähnen, mein Zír flackert unruhig. Lange kann ich meinen Zorn nicht mehr beherrschen. Sogar die Hexen murren.

»Du wusstest, dass das passiert?«, fragt eine der Zwillinge.

»Bist du des Wahnsinns?«, schnarrt die Silberhaarige. »Wie konntest du dich mit den Schatten einlassen? Die Königin ...«

»... ist uns zu Dank verpflichtet«, unterbricht die Hohepriesterin sie scharf. »Das Schattenherz ist in unserer Hand, ebenso der Weltengänger. Und ein Magier, der seine Macht lenken kann.« Mit einem Seitenblick auf Adam fügt sie hinzu: »Auch wenn er noch viel Übung braucht.«

»Das ist Irrsinn«, sagt die Mausbraune. »Wir haben das Zwielicht verletzt. Die Königin wird das niemals dulden. Es ist unsere Schuld.«

Wenigstens eine von ihnen hat Verstand.

»Schwestern, jetzt ist nicht die Zeit für Erklärungen. Nur für Vertrauen. Habe ich euch je im Stich gelassen?«

Die Hexen sehen sich unsicher an, aber im Angesicht der Gefahr wagen sie nicht, ihrer Hohepriesterin zu widersprechen.

Diese arroganten, dummen Weibsbilder! Das Blut kocht in meinen Adern. Ich beiße mir auf die Zunge, um sie nicht mit Verwünschungen zu überschütten.

»Hexe, du weißt nicht, mit welchen Mächten du dich eingelassen hast«, schleudere ich ihr entgegen. »Zerstöre die Gargoyles, bevor es zu spät ist.«

Kühl blickt sie mich an. »Schweig! Du bist nur eine Waffe. *Meine* Waffe.«

O wie sehr möchte ich ihr meinen Kristallsplitter vom Schwanenhals reißen und ihr selbigen umdrehen.

Und dann ist es ausgerechnet Adam, der in Gedanken spricht: ›Findet einen anderen Weg.‹

KAPITEL 49

ADAM

A ch, könnte er sich doch nur eine Stimme verschaffen. Eben noch hatte er diese unvorstellbare Kraft in sich gespürt und für einen verrückten, atemberaubenden Moment geglaubt, alles erreichen zu können. Unbesiegbar zu sein. Das goldene Licht hatte sein gesamtes Sein durchdrungen. Zum ersten Mal in seinem Leben hatte er sich vollständig gefühlt. All seine Zweifel, Ängste und Unzulänglichkeiten waren wie weggewischt gewesen. Doch dann – als hätte jemand einen Schalter umgelegt – war es wieder dunkel in ihm geworden. Er spürte jede einzelne Blessur an seinem Körper, die Müdigkeit und Kälte. Das berauschende Gefühl von Macht war zerplatzt wie eine Seifenblase.

Trotzdem klammerte er sich an die kärglichen Reste dieser Energie, denn sie war alles, was ihn noch bei Verstand hielt. Seine Gedanken rasten. Es war so frustrierend, seine Worte nicht laut äußern zu können. Gab es denn keine andere Lösung als Gewalt? Die Gargoyles waren eine Gefahr, aber sie kämpften für ihre Freiheit. Ihre Wut galt Solon. Adam konnte das nur zu gut nachvollziehen.

Doch Solon war ebenso gefährlich. Welche Kräfte er freisetzen konnte, hatte Adam gerade erst am eigenen Leib erfahren. Es war verrückt von Stella Fortune zu glauben, dass er oder jemand anderes in der Lage sein würde, Solon zu kontrollieren.

Wer also war das größere Übel?

Mit zitternden Fingern tippte Adam die Worte in sein Smartphone und hielt es Ivy entgegen. Sie sah ihn halb fragend, halb ungläubig an. Er antwortete ihr mit einer ungeduldigen Handbewegung. Stella Fortune beobachtete sie beide mit einer hochgezogenen Augenbraue, sagte aber nichts. Ihr kühler Blick ließ ihn schaudern. Adam wäre am liebsten vor ihr zurückgewichen, aber diese Blöße wollte er sich nicht geben.

Schließlich begriff Ivy und las seine Worte laut vor: »Solon hat recht. Sie werden über uns herfallen, sobald sie erwachen. Aber wir ...«

Weiter kam sie nicht, denn die Frau mit den grauen Haaren fiel ihr ins Wort: »Ganz recht! Die Gargoyles hegen keine Liebe für uns. Wir erschaffen uns nur einen weiteren, vielleicht noch schlimmeren Feind. Wir können nicht an zwei Fronten gleichzeitig kämpfen, Hohepriesterin. Vernichten wir die Gargoyles, solange wir die Chance dazu haben.«

Einige Frauen murmelten ihre Zustimmung.

»Das könnt ihr nicht tun!«, rief Ivy und zerrte an seinem Arm, als wollte sie die restlichen Worte aus ihm herausschütteln. »So hat Adam das nicht gemeint. Wir dürfen sie nicht vernichten. Es sind fühlende Wesen, keine Monster. Monster sind nur diejenigen, die sie dazu machen.«

Ihr Blick streifte Solon. Der lächelte sie an. Es war kein angenehmes Lächeln.

»Was verstehst du schon, Mädel?«, schnarrte die Ältere. »Du gehörst nicht in unsere Welt, egal wie sehr du dich bemühst. Dein Ehrgeiz hat uns das eingebrockt. Sie zeigte auf Stella Fortune. »Ich sage, vernichtet die Monster!«

»Vernichtet sie, vernichtet sie!«, riefen zwei oder drei andere.

Die Frau in Rot trat nach vorn. Ihr zerfetztes Kleid enthüllte ein muskulöses Bein. »Jetzt stellt euch mal nicht so an, Mädels! Die Gargoyles mögen euch hassen, aber sie sind nur wenige. Die Zeiten haben sich geändert. Lasst sie ins Zwielicht zurückkehren, um ihre Wunden zu lecken. Und hört auf eure Hohepriesterin. Ihr Rat hat euch immer weise geführt. Ist euer Vertrauen so gering? Und euer Verstand so kurz? Solange die Königin der Schatten auf eurer Seite ist, habt ihr nichts zu befürchten. Im Gegenteil, ihr könnt Verbündete brauchen. Doch wenn ihr euch das Zwielicht unbedingt zum Feind machen wollt ...« Sie ließ den Satz offen im Raum stehen.

Die Frauen sahen sich unsicher an.

»Es sind Monster!« Colins Stimme war heiser. Der Sänger hockte auf dem Boden, gestützt von seinem Bruder. Noch immer tropfte Blut aus seiner Wunde. »Tötet sie.«

»Tötet sie«, wiederholte Steven mit kalter Entschlossenheit. Pixie schwieg.

Solon lachte leise. Die Auseinandersetzung schien ihn zu amüsieren. Im Licht der Scheinwerfer funkelten seine Augen blaugrün, ihre Farbe und Kälte spiegelte Stella Fortunes. »Oh, Hohepriesterin, ich weiß nicht, welchen Feind du bekämpfst, aber du hast dir soeben einen neuen erschaffen. Weißt du, wer am Ende immer gewinnt? Der Feind in den eigenen Reihen.«

Stellas Lippen zuckten. »Und dieser Verrat schmerzt am meisten – willst du mir das damit sagen, Weltengänger? Ich vermute, du sprichst aus eigener Erfahrung. Aber du kennst uns Menschen schlecht.«

Mit anmutigen Schritten stieg sie vom Podest und näherte sich den Gargoyles. Diese kämpften mit purer Willenskraft gegen ihre Versteinerung an, ihre Wut war beinahe greifbar. Aber vergeblich.

Nicht einmal eine Flügelspitze zitterte. Stella schritt ihre Reihen entlang, als wäre sie ihre Herrscherin. Sie ignorierte Rembrandt und den in seiner Klaue gefangenen

Solon. Vor Frida blieb sie stehen. Deren Augen folgten wachsam jeder ihrer Bewegungen.

»Der Fluch, der euch aus unserer Welt verbannte, wurde zum Schutz der Menschheit ausgesprochen. Aber wer verkehrte eure edle Natur ins Gegenteil und machte aus stolzen Kriegern blutrünstige Bestien? Nicht wir Hexen! Nicht die Dreizehn von Avalon! Ich verstehe eure Verwirrung und sehe den Schmerz in euren Augen. Erinnert euch, Krieger der Nacht, wer euch einst den freien Willen raubte! Wir haben einen gemeinsamen Feind. Nun ist die Stunde der Rache gekommen. Lasst ihn uns gemeinsam bekämpfen!«

»Das kann unmöglich ihr Ernst sein«, raunte die ältere Frau, allerdings so leise, dass nur die Umstehenden sie hörten. »Ein Bündnis mit diesen Kreaturen ...«

Stella wandte sich zu Adam. »Du bist in den Träumen der Gargoyles gewandelt, während sie in der Verbannung weilten. Was hast du darin gesehen? Ihren Schrecken, den Terror? Oder ihre majestätische Größe? Ich kann es dir sagen! Du hast ihre Erhabenheit in all ihren Schattierungen erkannt und neu erschaffen. Nicht nur das Dunkel, sondern auch den Glanz. Ein Spiel aus Licht und Schatten. Zwielicht. Du hast es mir selbst einmal gesagt: Nichts ist nur Gut oder Böse. Es kommt darauf an, was wir daraus machen. Durch deine Kunst hast du den Gargoyles ihre Würde zurückgegeben. Das ist deine Gabe, Seelenwahrer: Du kannst die wahre Natur der Dinge sichtbar machen. Dadurch hast du den Fluch gebrochen und den Gargoyles die Freiheit geschenkt. Willst du sie ihnen jetzt wieder nehmen?«

Alle Blicke richteten sich auf ihn. Adam schluckte. Seine Hände waren nass vor Schweiß. Tatsache war, er hatte gar nichts erkannt. Im Gegenteil, er war vor dem Schrecken geflohen. Und jetzt wollte Stella Fortune ihm die Entscheidung aufzwingen? Sie hatte ihn von Anfang an manipuliert.

Welche Ziele verfolgte sie wirklich? Und wer war der Feind, von dem sie sprach? Einmal mehr wurde ihm bewusst, wie wenig er verstand. Diese Welt ... voller Magie und Monster ... war keine Welt, in der er leben wollte. Er sah Solon an und fragte ihn stumm: ›Werden sie mich danach in Frieden lassen?‹

Solon begegnete seinem Blick gleichmütig. Er erwiderte kein Wort. Nur eine Ader an seiner Schläfe pochte. Adam wandte sich enttäuscht ab. Was hatte er auch von ihm erwartet?

In Rembrandts Granithaut bildeten sich erste Risse. Adam erschauerte. Der Gargoyle taxierte ihn mit seinem goldenen Auge. Sein steinernes Maul stand halb offen, er schien höhnisch zu grinsen. Adam rieb sich fahrig über die Stirn. Er konnte es hier und jetzt beenden. Den Stein zerschlagen, die Monster bannen. Für immer. Seine Brust schmerzte schon wieder. Warum fiel es ihm plötzlich so schwer zu atmen?

Eine Hand legte sich federleicht auf seinen Arm. Er zuckte zusammen. Die Berührung fühlte sich an wie ein Stromschlag.

»Gut oder Böse, Adam?«, fragte Ivy leise und sah ihn aus dunklen Augen an. Es schien ein ganzes Leben her zu sein, dass sie dieses Gespräch geführt hatten. »Wir alle fürchten die Abgründe in uns. Du hast den deinen eine Form gegeben. Was siehst du, wenn du in diesem Moment in sie hineinschaust? Das Monster – oder dich selbst?«

Ein handtellergroßes Granitstück platzte von Fridas Flügel ab und legte die federgleichen, schillernden Schuppen darunter frei. Stein knirschte und stöhnte, als das Gefängnis der Gargoyles zu bröckeln begann.

Adam bohrte seine Fingernägel in die Handflächen, bis es schmerzte.

›Ich habe auch dich aus dem Nirgendwann befreit‹, sagte er in Gedanken zu Solon. ›War das denn die bessere Entscheidung?

Ein Muskel in Solons Wange zuckte, aber er entgegnete noch immer nichts. Seine Augen hatten die Farbe von Amethysten angenommen.

Adam atmete tief durch. Er hatte kein Recht zu entscheiden, wer lebte und wer starb, egal ob Mensch oder Monster. Keiner von ihnen hatte das.

KAPITEL 50

SOLON

Sag das den Gargoyles, du dämlicher Narr!

Ich habe genug von Adams Spielchen und denen der Hexen. Rembrandts Klaue zuckt, als der Granit zu bröckeln beginnt. Seine Krallen bohren sich Stück für Stück tiefer in mein Fleisch. Ich beiße die Zähne zusammen. Der Schmerz ist nichts im Vergleich zu dem, was ich im Nirgendwann ertragen musste, doch er befeuert meine Wut und Entschlossenheit. Überall platzen Steinbrocken von den Gargoyles ab. Die Biester versuchen mit ihren Flügeln zu schlagen, um den Prozess zu beschleunigen. Das ist meine letzte und einzige Chance – und ich greife zu.

Rembrandts Aura schmeckt nach Staub und Lagerfeuer im Winter.

Gargoyle-Energie ist Zwielicht-Energie. Dunkel und kapriziös, nicht zu vergleichen mit der reinen Lebensenergie meines Zír. Sie ist pures Gift für mich, eine Droge mit aufputschender Wirkung, doch sie tut, was sie soll. Neue Kraft flutet durch meine Adern und lässt mich den pochenden Schmerz in meinem Arm vergessen. Der plötzliche Energieverlust lähmt Rembrandts Kräfte. Sein goldenes Auge zuckt wild hin und her, die noch halb versteinerte Klaue zerkratzt meinen Oberarmknochen. Ich nutze seine momentane Verwirrung, verringere mit der neu gewonnenen Energie meine stoffliche Dichte und entschwinde im selben Moment ins Zwielicht. Langsam bekomme ich Übung. Zwei Schritte nach rechts, ein kleiner Sprung – und ich tauche auf dem Altar wieder auf.

Die Hexen zucken zusammen, als ich hinter ihnen erscheine. Instinktiv richten sie ihren Schutzschild gegen mich, aber ich lache sie aus. Was für ein armseliger Haufen! Mein Zír pulsiert hell in mir. Ach, wie lebendig ich mich fühle, auch wenn es nur für einen kurzen Moment ist.

»Adam, halten Sie ihn auf!«, befiehlt die Hohepriesterin mit schneidender Stimme. Sie umklammert den Kristallsplitter, um mir ihren Willen aufzuzwingen.

Zu spät, Hexe!

Das Zír strömt aus meinen Handflächen hervor, stärker als je zuvor. Es schießt als blendender Lichtstrahl an das Deckengewölbe hoch über mir, strahlt gleißend von dort zurück, trifft auf Mauern, Pfeiler, Statuen, Gargoyles und Menschen gleichermaßen. Die Hexen schreien auf, als ihr Siegel zerschmettert wird. Ein Wirbelwind tost durch das Kirchenschiff und reißt die letzten Reste von Glas aus den Fensterrahmen. Der Boden zittert und wankt. Chaos bricht aus.

Die Hexen fliehen.

Adam schreit mich in stummer Wut an und will zu mir vordringen, aber seine goldene Hexenfreundin packt ihn und zerrt ihn mit aller Kraft zum Ausgang.

Besser für euch.

Die ersten Steine brechen aus dem Gewölbe, treffen einen Gargoyle auf der Empore und reißen ihn zu Boden. Sein Schrei verstummt abrupt. Eine schiefergraue Klaue, am Ansatz noch versteinert, bricht mit einem Knirschen ab. Das Gebäude schwankt wie unter einem schweren Erdbeben. Die Gargoyles brüllen und kreischen in blinder Wut.

Mein Zír verliert im selben Moment seine Kraft, als der

Altar unter mir bröckelt. Ich werde zu Boden geschleudert. Meine Arme und Beine fühlen sich plötzlich bleischwer an. Dunkle Fäden greifen nach mir und wollen mich in ein endloses schwarzes Loch ziehen. Die Zwielicht-Energie in mir kehrt sich viel schneller gegen mich selbst, als ich erwartet habe. Aber so leicht lasse ich mich nicht in die Knie zwingen. Schwankend richte ich mich auf. Ein weiterer Mauerstein kracht zu Boden, keinen Meter von meiner Position entfernt, und überschüttet mich mit Splittern und Staub. Es ist reines Glück, dass er mich nicht getroffen hat. Ich hätte ihn nicht abwehren können.

Wie ich es hasse, so wenig Kontrolle über meine Kräfte zu haben!

Die Gargoyles spüren meine Schwäche. Von allen Richtungen stürzen sie auf mich zu. Einzig die Tatsache, dass sie ihre Steinhülle noch nicht vollständig abgestreift haben, rettet mich. Sie sind zu langsam. Nicht jedoch Rembrandt! Es ist ihm gelungen, sich in die Höhe zu schrauben, obwohl sein linker Flügel noch zur Hälfte versteinert ist. Er starrt auf mich herab und lacht dabei so laut, dass er das Tosen des einstürzenden Deckengewölbes übertönt. Sein Auge glüht wie im Wahn, das Maul ist zu einem irren Grinsen verzerrt.

Dann lässt er sich fallen. Mit dem steinernen Flügel voran.

Mir bleibt keine Zeit auszuweichen. Sein tonnenschwerer Körper rammt mich, noch während ich ins Zwielicht tauche. Schmerzen rasen durch meine Nervenbahnen, als ob alle meine Knochen brechen, ich kann nicht mehr atmen. Die Kollision dichter Materie mit der höheren Schwingungsfrequenz meines Körpers löst eine Stoßwelle aus, die sich nach allen Seiten ausbreitet. Sie reißt den Gargoyle beim Aufprall regelrecht auseinander und schleudert mich tiefer ins Zwielicht. Das allein rettet mich davor, zerschmettert und anschließend pulverisiert zu werden. Gestein, Knochen und Fleisch verdampfen in Sekundenbruchteilen. Von Rembrandt bleibt nicht mal mehr eine Schuppe übrig. Der Boden, die Luft, alles bebt und zittert. Ich werde herumgeschleudert, kollidiere mit fließenden Schatten, versuche verzweifelt mich irgendwo festzuhalten. Wo ist oben, wo unten? Ich packe, was immer ich greifen kann, und kralle mich vorwärts, nur fort von dem tosenden Inferno.

Das Zwielicht dehnt und windet sich, als ich mich aus seinen Tiefen herausziehe. Strukturen und Formen flackern, werden nur langsam stabiler. Taumelnd komme ich auf die Beine, stolpere blind durch das Dunkel, stoße gegen schwammiges Mauerwerk und Schatten, die eiskalt durch meinen Körper fahren, bis mich meine Kräfte verlassen. Mit einem letzten verzweifelten Griff packe ich eine Konstruktion aus rostigem Metall, die in der Dunkelheit vor mir auftaucht, und ziehe mich daran zurück in die Welt der festen Materie.

Die dichtere Sphäre drückt meinen Körper zu Boden. Keuchend bleibe ich liegen. Feuchtes Erdreich dringt durch meine zerrissene Kleidung. Wellen aus Schmerz rollen über mich hinweg, ebben langsam ab. Meine Gedanken treiben wie Wrackteile auf einem stürmischen Meer.

Ich lebe. Gerade noch.

Nachdem sich mein Atem beruhigt hat und die Schmerzen auf ein erträgliches Maß gesunken sind, richte ich mich vorsichtig auf die Knie auf. Das Blut rauscht in meinen Ohren und verdrängt alle anderen Geräusche. Mir ist schwindlig. Ein allzu vertrauter metallischer Geschmack füllt meinen Mund. Mehrere Rippen sind gebrochen, ebenso mein linker Unterarm. Die Knochenspitzen haben sich durchs Fleisch nach außen gebohrt. Meine linke Schulter ist ausgekugelt, mein Kopf dröhnt vom Energieverlust, ich sehe alles verschwommen.

Es ging mir schon schlechter. Im Nirgendwann. Aber selbst da hätte mein Körper sich nach und nach regeneriert. Mein Schattenkristall in Adams Brust ist längst wieder erloschen, sonst hätte die Verbindung mir neue Kraft geschenkt und die Verletzungen geheilt. Immerhin: Adam hat das Beben überlebt. Andernfalls wäre ich wohl nicht mehr hier.

Übelkeit gesellt sich zu den Schmerzen, als mir einmal mehr bewusst wird, wie verwundbar ich bin. Den Bruchteil einer Sekunde langsamer, und ich hätte Rembrandts Schicksal geteilt.

Über mir erstreckt sich ein dunkler, von Wolkenfetzen bedeckter Himmel. Ich befinde mich viel näher an der Kirche als gedacht. Das Eisengeländer, an dem ich mich aus dem Zwielicht gezogen habe, umgibt einen schmalen Hof mit Büschen, ein paar Bäumen und Grabsteinen. Die Grabsteine könnten auch ein Nachhall aus einer anderen Zeit sein. Meine Sinne sind derart durcheinander, dass ich ihnen nicht trauen kann. Schemen huschen über das Gelände, flüchtiger noch als Echos; verblasste Erinnerungen, die sich hartnäckig an ihre frühere Welt klammern.

Allmählich schärft sich mein Blick. Die Kirchenmauern stehen noch, doch das Dach ist an mehreren Stellen eingestürzt. Aus dem Turm über dem Eingangsportal sind zwei Zinnen herausgebrochen, die Uhr darunter ist intakt. Die Zeiger stehen auf zwei Minuten vor Mitternacht.

Samhain geht zu Ende. Die Schatten verlieren an Kraft.

Schwankend stehe ich auf. Ein blaues Leuchten erhellt die Nacht, aber es ist nicht das Siegel der Hexen, sondern das Alarmzeichen der herannahenden Polizei- und Rettungswagen. Verzögert setzt mein Gehörsinn wieder ein. Der Lärm der Motoren zerrt auch alle anderen Geräusche und Sinneseindrücke mit voller Wucht zurück in mein Bewusstsein.

Menschen schreien und weinen. Einige wandern verwirrt über das Gelände und die umliegenden Straßen. Andere kauern kraftlos auf dem Boden. Anwohner sind aus den Häusern geeilt und verteilen warme Getränke und Decken. Die eintreffenden Hilfskräfte kümmern sich als erstes um die Schwerverletzten. Schaulustige sammeln sich in einiger Entfernung vom Geschehen. Herbstblätter treiben durch die Luft, ein eisiger Wind fährt durch die Straßenschluchten, aber der Verkehr ist zum Erliegen gekommen. Uniformierte Polizisten sind dabei, ihn mit Sperren und Leuchtsignalen umzulenken. Keine Spur von den Hexen.

Wie viel Zeit ist seit dem ersten Angriff der Gargoyles vergangen? Auf mich wirkt die Szene so, als hätten sich die Gäste gerade erst nach draußen retten können. Gut möglich, dass durch das Zusammentreffen unvereinbarer magischer Kräfte das Zeitgefüge im Innern der Kirche verschoben wurde, verstärkt durch die Energien von Samhain und die Inkompetenz der Hexen. Oder die Risse im Zwielicht haben größere Auswirkungen, als ich befürchtet habe.

Darüber möchte ich lieber nicht nachdenken.

Als ich nach oben blicke, tanzen schwarze Flecken hoch oben in einem Wolkenloch am Himmel. Orientierungslos kreisen sie über der Stätte, ihre Bewegungen sind ungelenk. Ein unbedarfter Beobachter hätte sie vielleicht für einen Schwarm Vögel gehalten.

Bei ihrem Anblick kehrt meine Wut mit voller Wucht zurück, zusätzlich angefacht von den brennenden Schmerzen in meinem Körper. Ich hätte die Gargoyles gleich beim ersten Auftauchen mit meinem Zír vernichten sollen, egal zu welchem Preis, anstatt auf die Magie des Seelenwahrers zu vertrauen. Adam ist kein Magier, sondern nur ein dummer Junge, der aufhören sollte, seinen Pinsel zu schwingen. William hat viel mehr zerstört als nur den Kristall, als er mich ins Nirgendwann verbannte.

Ein Sanitäter eilt auf mich zu. Seine Besorgnis umspült mich wie eine warme Ozeanwelle. Es ist nicht verwunderlich, dass ich in meinem Zustand Aufmerksamkeit errege. Außerdem stehe ich gut sichtbar im Lichtschein einer Straßenlaterne. Seufzend kratze ich meine letzten Kräfte zusammen und weiche ins Zwielicht zurück. Der Mann bleibt überrascht stehen, als ich vor seinen Augen verschwinde. Das leuchtende Gelb seiner Kleidung verwischt für mich zu einem faden Grau. Mauern, Menschen und Bäume verzerren sich zu langen, flackernden Schatten.

Doch ich spüre auch die Anwesenheit der anderen – Schatten in den Schatten. Sie lauern und beobachten mich. Einige, darunter Nachzehrer, laben sich unbemerkt an den Menschen. Angst, Panik und Leid ziehen die niederen Wesen des Zwielichts instinktiv an.

Ich wage es nicht, meine Schritte tiefer ins Dunkel zu lenken, schutzlos und angreifbar, wie ich im Augenblick bin. Ein letztes Mal erwecke ich mein Zír, ein Quäntchen nur, und schicke es wie einen Dieb in der Nacht tief in die Schatten – zu ihr, die auf ihrem Knochenthron sitzt und mit dem Wasser im Brunnen der Zeit spielt.

Die Dunkelheit erbebt.

»Ich werde dich aufhalten, Ruh!«, rufe ich in das Zwielicht hinein, ohne meine Stimme zu erheben. Das Zír wird meine Nachricht zu ihr tragen, zu allen, die meine Worte hören sollen. »William mag vergangen sein, aber du wirst meine Rache spüren, Königin der Schatten. Niemand stellt sich gegen mich. Für deinen Verrat wirst du büßen, selbst wenn ich dafür jeden einzelnen deiner Schatten ans Licht zerren muss. Wenn du glaubst, du könntest zerstören, was ich über Jahrtausende hinweg aufgebaut habe, dann irrst du dich. Vergiss nie, welches Versprechen ich dir einst gegeben habe: Der Weltengänger kehrt immer zurück!«

Zurück, zurück.

Das Echo meiner Worte hallt in der Dunkelheit nach. Nur das Schweigen der Nacht antwortet mir.

IM ZWIELICHT

Die Königin der Schatten lauscht dem Echo ihres Namens. Es kräuselt die Wasseroberfläche ihres Brunnens. So viel Wut. So viele Versprechen. So viele Leben. So viel Rot, so viel Schmerz in einem einzelnen Wort. So viel Gefühl, dass die Schwingung ihr Zwielicht befleckt. Er ist zurückgekehrt und mit ihm eine neue Welle im Brunnen. Neue Variablen.

Es stimmt sie wütend und traurig. Darum holt sie ihre Flöte hervor, die aus der Welt vor der Welt stammt. Einer ihrer Väter hat sie ihr geschenkt, geschnitzt aus dem Holz eines uralten Baumes, dessen Namen selbst sie nicht kennt. Die Flöte ist nicht länger als ihre Hand. Auf der Oberseite befinden sich drei schmale Löcher, auf der Unterseite Runen, ähnlich denen, die ihren Körper bedecken.

Die Königin setzt sich mit der Flöte auf den Brunnenrand und beginnt zu spielen. Töne, deren Echo als Farben im Zwielicht widerhallt.

Der erste Ton besitzt die Farbe des Wassers, denn im Wasser sind alle Farben des Lebens vereint. Die Farben für einen neuen Seelenwahrer. Ein Junge mit Haar wie die Felder im November und Augen in der Schattierung des Waldes. Sie spielt seine Farben auf ihrer Flöte, um sein Bild in ihren Tönen einzufangen, und spielt die Harmonien des Zwielichts am Abend, bevor er einschläft. Er, der den Träumen ihre Wahrhaftigkeit schenkt. Die Königin spielt für ihn in rascher Folge die Farben der Erde, des Feuers und der Luft. Die Farben der Zeit. Sie umhüllen und verbrennen ihn, formen ihn. Mit ihm formt sich eine neue Zukunft.

Sie spielt für ihre Kinder, die in den Schoß ihrer Dunkelheit zurückgekehrt sind, nach Äonen und einem gebrochenen Versprechen, spielt für ihre Wut und ihre Erinnerungen. Ihren Stolz.

Sie spielt für die Hohepriesterin, für ihren Kampf und ihren Ehrgeiz. Starke Hexe, sie hört die Töne der Flöte, aber sie hält sie für das Echo ihrer eigenen Gedanken. Schwache Hexe, den Einflüsterungen der Dunkelheit machtlos ausgeliefert.

Sie spielt ein Lied für ihre Mütter. Für eine, die sie geboren hat, für eine, die sie vergessen hat. Sie spielt ein Lied für ihre Väter. Für einen, der sie erschaffen, für einen, der sie verraten hat.

Sie spielt für den Weltengänger und seine Rache.

ENDE BAND 1

Solon kehrt zurück in „Der Pakt von Babylon", Band 2

EIN LETZTES WORT

(bevor die Gargoyles kommen)

Es BEGINNT MIT EINEM GEFÜHL. Oder in diesem Fall mit einem ziemlich aufdringlichen Weltengänger, der mich so lange genervt hat, bis ich seine Geschichte aufgeschrieben habe.

»Der Pakt von Babylon« hat sich aus den Tiefen des Nirgendwann hervorgeschält wie ein störrischer Gargoyle, der partout nicht versteinert werden will. Bis er endlich als Teil meines phantastischen Imagiya-Universums das Licht der Buchwelt erblickt hat.

Nach jahrelangem Ringen mit eigenwilligen Charakteren, die ständig ihr magisches Eigenleben entwickeln wollten (ich schaue dich an, Solon!), darf ich nun stolz das Ergebnis präsentieren. Und es geht weiter! Der Weltengänger hat noch einige Missionen zu erfüllen. Wenn er sich denn mal an meine Plot-Vorgaben halten würde ...

Ein großes Dankeschön an dich, lieber Leser!

Mit deinem Kauf hilfst du Imagiya zu wachsen und zu gedeihen. Falls dir das Buch gefallen hat (oder auch nicht), freue ich mich über dein Feedback. Eine kurze Rezension auf einer der Buchplattformen ist wie ein kleiner Zauberspruch – sie verleiht meinen Büchern mehr Sichtbarkeit in der weiten Welt des Internets.

Möchtest du keine Geheimnisse aus dem Imagiya-Universum verpassen?

Dann schau auf mairicarlsson.de vorbei und melde dich zu meinem Zwielicht-Newsletter an. Aber Vorsicht! Du könntest dabei selbst zum Protagonisten werden! Als Dankeschön gibt's eine Mystery-Kurzgeschichte gratis dazu. Versprochen – ganz ohne Gargoyle-Attacke!

Bis bald im Zwielicht!

Mairi

*Ein Reaper, der sich gegen sein Schicksal auflehnt –
dunkelmagisch und verhängnisvoll*

Mairi Carlsson

REQUIEM FÜR EINEN REAPER

Dark-Fantasy-Roman

*Erhältlich als Taschenbuch
und E-Book*

Nora kehrt erstmals seit ihrer Kindheit in ihren Heimatort zurück. Doch das Dorf steht unter einem uralten Fluch, der die Toten nicht zur Ruhe kommen lässt. Um den Fluch zu brechen, muss sie sich mit dem geheimnisvollen Reaper verbünden. Er ist der Wächter der verlorenen Seelen und verbirgt ein Geheimnis, das Noras Schicksal für immer verändern kann.

*Trau dich in das mystisch-düstere Zwielicht zwischen den Welten
…*

mairicarlsson.de
»Glaube nicht alles. Aber glaube, dass alles möglich ist.«

Ein Unsterblicher, der gegen die Schatten der Vergangenheit kämpft – magisch und geheimnisvoll

Mairi Carlsson

ZEITLÄUFER: DER VERBORGENE RAUM

Dark-Mystery-Roman

Erhältlich als Taschenbuch und E-Book

Der Unsterbliche Jonas Loring hat viele Geheimnisse. Als ein alter Feind ihn aufspürt, beginnt eine atemberaubende Jagd nach einem uraltem Wissen, das die Geschicke der gesamten Menschheit bedroht. Doch der Schlüssel zu diesem Wissen liegt in den Händen der jungen Lia, die von ihrem gefährlichen Erbe nichts ahnt. Jonas gibt vor, sie zu beschützen. Aber kann Lia ihm vertrauen?

Tauche ein in ein Abenteuer voller Mystik, Verschwörungen und Rätsel der Geschichte ...

mairicarlsson.de
»Glaube nicht alles. Aber glaube, dass alles möglich ist.«